갖고 싶은게 너무나 많은 인생을 위하여

갖고 싶은 게 너무나 많은 인생을 위하여

이충걸 지음

위즈덤하우스

갖고 싶은 게 너무나 많은 인생을 위하여

초판 1쇄 발행 2008년 5월 30일　초판 5쇄 발행 2012년 5월 22일

지은이 이충걸　**펴낸이** 연준혁

편집 2분사 분사장 이부연
편집장 김연숙

제작팀_이재승

펴낸곳 (주)위즈덤하우스　**출판등록** 2000년 5월 23일 제13-1071호
주소 경기도 고양시 일산동구 장항동 846번지 센트럴프라자 6층
전화 031)936-4000　**팩스** 031)903-3893　**홈페이지** www.wisdomhouse.co.kr
출력 (주)미광원색사　**종이** 화인페이퍼　**인쇄·제본** 영신사

ISBN 978-89-6086-106-0 03810

이 책의 국립중앙도서관 출판시도서목록(CIP)은 e-CIP 홈페이지(http://www.nl.go.kr/cip.php)에서 볼 수 있습니다.
(CIP 제어번호 : CIP2008001558)

머리글 살기 위해 산다

나에게 쇼핑은 마케팅의 측면이나 문화적 결핍을 충족시키는 레저가 아니다. 자본주의의 첨병인 잡지 에디터라는 직업을 취함으로써 뻔뻔한 쾌락주의자이자, 기품 없는 유물론자이자, 즐거움을 좇는 호색가로 살아오는 동안, 눈은 높고 본 건 많은데 가진 게 없다는 진실만이 내 인생의 비극이 되었기 때문이다.

쇼핑은 분명 세상에서 가장 신나는 일이고, 개명한 창의적 습속이며, 심오한 애국적 행위이자, 심각하고도 진지한 주제지만, 그 해석에 동참하긴 쉽지 않다. 쇼핑은 상점을 지날 때 충동적으로 이루어지는 행위가 아니라, 다양한 사람들의 다양한 가치에 따라 다양한 형태를 보이다, 결국 역사적 정치적 각성의 시각 안에 머물기 때문이다.

옛날 문화는 음악과 문학과 건축으로 정의되었지만, 후기 산업사회의 모든 도회적 삶이 쇼핑으로 침윤된 지금, 사람들은 모두 숍 마스터가 되었다. 아기는 모태에서 나오자마자 원죄처럼 소비자가 된다. 민족중흥의 역사적 사명이 아닌 소비하기 위해 태어났기 때문에. 슬픈 일이 있을 때도, 국가적 참사가 있을 때도 사람들은 쇼핑을 멈추지 않았다. 지루함을 견디면서 마트 계산대 앞에 하염없이 줄을 섰다. 쇼핑은 마땅히 해야 하는 것, 그동안 잘해왔던 것, 자유와 새 구두를 살 수 있는 민주적 권리라고 누군가 부추겼기 때문에.

그래서 매일 쇼핑에 대한 새삼스러운 사실들을 배운다. 쇼핑은 1퍼센트의 영감과 99퍼센트의 합리화라는 것부터, 내가 산 것들은 늘 분별과 후회 사이에서 갈등하게 만든다는 것, 때로 연애나 스포츠, 비즈니스보다 더 큰 힘으로 동기를 부여하거나 빼앗고, 자극하거나 낙담시키며, 정체성을 지탱하거나 제한한다는 것, 결국 시간처럼 차라리 삶 자체를 판단한다는 것까지. 하지만 나는 어떤 자기 성찰도 쇼핑 경험보다 못하다고 믿는 속물이라서 지갑을 열 수밖에 없다. 사고 싶은 걸 안 사면 내 돈이 외로워할까봐.

'쇼핑'이라고 발음할 땐 선율이 느껴진다. 부드럽게 쇼핑, 하고 다시 말하면 신성한 기도처럼 들린다. 창조적이고 도발적이며 아주 특별한 이 단어는 건조한 애무보다 훨씬 자극적이라서, 쇼핑을 할 땐 늘 뺨이 관능적으로 상기된다.

상점은 분명 현대적인 동화이다. 평생 갖고 싶은 아이템들이 널린 원더랜드 같은 상점, 조용하고 배타적이며 전략적인 상점, 하얀 꽃 사원 같은 상점, 짧은 시간 안에 어리버리한 패션 피플이 극단적인 패션 피플에게 낚이는 수족관 같은 상점, 약에 취한 라 돌체 비타가 꾸민 것 같은 상점, 대도시의 섹시한 얼음 조각 같은 상점이 손짓하면 아무리 부르주아를 혐오하는 자라도 빨려 들어갈 수밖에 없다.

쇼핑은 시도 때도 없이 문화 조정자의 웅장한 힘으로 우리를 밀어붙인다. 그러나 정작 그 패러다임은 평이하면서도 복잡하고, 단순하면서도 모호하기만 하다.

도대체 왜 다들 1백억짜리 그림을 산 사람은 신경도 안 쓰면서 3천만 원짜리 소파를 산 사람에겐 그렇게 분개하는 걸까? 몸에 좋아서가 아니라 이미지 때문에 유기농 상점에 가는 사람은 앞서 가는 듯 보이는 걸까, 정말 앞서 가는 걸까? 새로 나온 시계를 갖고 싶은 욕망은 석기시대 조상 탓일까? 그들은 맘모스 가격을 어떻게 매겼을까? 사랑은 또 어떻게 아이템들을 바꾸었을까? 언제, 무엇을, 어디서 사는지에 관한 구체적 구매 행위엔 어떤 흐름이 따르는 걸까? 더는 소비할 수 없는 날이 온다면 우리는 역사의 어디쯤에 남겨질까? 문명이 이룩한 성벽들이 차례로 허물어질까?

하지만, 과학이 협력하는 한 쇼핑은 어떤 공공활동보다 오래 남을 것이다. 쇼핑은 사람, 기술, 이데올로기, 발명, 공간을 통해 끝도 없이 새 옷을 갈아입으며 팽창의 도구를 찾아내기 때문이다.

쇼핑은, 모든 게 사라지지만 동시에 그만큼 채울 것도 많은 물질세계를 이해하는 가장 좋은 방법이다. 하지만 삶도 쇼핑도 단순하지 않다. 인생은, 몇 달 동안은 괜찮다가 두세 번 세탁소에 맡기고 나면 엉망이 되는 옷과 같고, 쇼핑은 그런 싸구려 옷들로 가득한 옷장을 보며 한숨짓는 여행자들의 웃지 못할 이야기와 닮았으니까.

한편, 쇼핑만큼 감성적인 경험도 없다. 사람들은 직업이나 종교, 친구를 당장 바꾸진 않는다. 그러나 쇼핑은 아주 손쉽게 인생을 바꾼다. 사람들과의 관계를 유지하는 방법이든, 광고의 자극에 대한 반응이든, 고독을 피하기 위한 자구책이든, 우리가 산 모든 것들은 옛날과 전혀 다른 방식으로 개인의 지위를 드러내기 때문이다.

가끔 잊었던 유년까지 쇼핑하는 순간을 만난다. 세상의 모든 독립적인 행위가 다 멋져 보이던 그때, 나는 어머니와 빵가게 앞에서 가장자리에 주름 장식이 있는, 구불구불 초콜릿 글씨가 적힌 케이크를 보며 꼼짝 않고 서 있었다. 그걸 가게 밖으로 가지고 나올 수 있을 거라곤 생각도 못했다. 단맛에 중독된 아이에게 쥐어진 눈깔사탕, 온갖 풍선껌, 혼절할 것 같은 초콜릿처럼, 케이크의 단맛은 성숙을 위한 망상으로 싸여 있었다. 얼마를 내면 케이크를 먹을 수 있다는 황홀은 자본주의 초보자의 첫 번째 즐거움이었고, 동시에 쇼핑이 왜 그토록 중요한지에 대한 해답이었다.

쇼핑은 잔인한 절식과 난폭한 폭식, 두 개의 그림자를 만든다. 인생이 그런 것처럼. 비싼 자동차를 타면서 영혼까지 더 높이 들어 올리도록 가부좌를 트는 자가 새로운 이상형으로 등재된 21세기, 창대한 쇼핑몰로 변한 도시에서 서성거리며 집에 돌아올 때마다 인생을 생각한다. 갖고 싶은 게 너무나 많은 인생을, 가질 수 없는 건 더 많은 인생의 그 의미를.

이충걸

차례

트렌드를 소비하는 야비한 방법들 2장

3장 괴로운 부르주아 세계

1장

매장에서 생긴 일

매장엔 언제나 두 개의 기류가 흐른다. 상품의 매혹과 구매 욕구, 가격과 지불 능력, 망설임과 결단의 순간, 그리고 고객과 판매원 간의 알력과 대립.

고객이 판매원에게

저기요, 제발 날 따라다니지 좀 마요. 뭘 살지 정하고 들어오지 않은 이상 나한테도 시간을 줘야 하지 않아요? 손님들은 아무도 말 걸지 않는 게 편하다는 거 몰라요? 삽살개처럼 귀찮게 따라다니지만 않으면 모든 걸 매장에 던져버릴 수도 있다는 걸? 혹시 딴 데서 스토커 소리 안 들어요? 어디 딱풀 공장에서 일하다 왔어요?

여기 거 하나라도 살 돈이나 있니, 하는 듯한 눈초리, 매장에 들어온 것만으로 고마운 줄 알아,라는 듯한 교만한 표정, 한 사이즈 작은 옷을 들고 탈의실로 들어갈 때 뒤통수에 꽂히는 조소, 옷걸이에 손도 안 댔는데 거기 없으면 없는 거예요, 라며 손톱을 내려다보는 심드렁한 표정은 어디서 배운 거예요? 손톱 속에서 에이리언 알이라도 발견해 방송국에 알릴까, 『사이언스』지에 글을 써서 새 과학자의 탄생을 알릴까, 고민중이에요? 하긴, 취향, 경제력, 계층, 사이즈, 나이로 모든 걸 판단하는 게 매장에서의 일만은 아니지만요.

나에게 매장은, '특별 세일'이란 무기를 들고 매복해 있다가, 알 수 없는 향수병을 든 채 금방이라도 뿌려댈 것 같은 희멀건 약탈꾼들이 널린 곳이에요. 어쩌다 심호흡을 하고 들어가면 판매원도, 브랜드 로고까지도 나를 깔보는 것 같아요. 매장 뒤쪽 엘리베이터까지 걸어가는 것 자체가 시련이죠. 누군가 그런 내 모습을 사진 찍는다면, "이 풍경에서 혼자 따로 노는 건 뭘까요?"라고 질문하겠죠. 하지만, 이런 나에게 누가 관심이나 있겠어요? 투명인간이고 싶은 나에게…….

친구들이 아무리 "매장에선 떨떠름하고 지루한 얼굴을 해야 돼. 맘에 드는 게 있어도 티 내지 마. 절대 어리버리해 보이면 안 돼"라고 가르쳐도 소용없어요. 카디건을 만졌는데 정전기를 일으키며 몸에 들러붙으면 질겁하며 뛰쳐나오고, 같이 간 일행들이, 내가 소화하기 벅찬 옷인데도 자꾸 권하면 모든 생각이 닫혀버리거든요. 그때 당신이 그들의 훈수라도 들면 사지 않고는 배길 수 없어요. 심약한 고객은 부담감 없인 아무것도 살 수 없고, 결국 집엔 입을 수 없는 옷들만 쌓이죠. 매장에서 아무것도 안 사면서 환영받는 것보단 부자가 천국에 가는 게 더 쉬우니까요.

선반을 흘낏 보기만 해도, 가방과 나 사이에 교묘히 끼어들고는 상어 같은 미소를 지으면서 "한번 매보시겠어요?" 하고 묻는 것, 망설이면 다른 손님이 재빨리 낚아챌 거라고 겁주는 것, 모두 다 무서워요. 물론, 취향에 자신 없는 우울한 고객에겐 "체격 있는 분한테 그 사이즈는 무리예요"라고 솔직하게 말해주는 판매원이 필요하지만요.

그런데 또 거기, 스웨터를 정리하다 말고 의자에 앉아 휴대폰만 만지작거리는 당신, 내가 안 보고 있다고 생각하지 마요. 내가 뭘 물어볼까봐 귀찮은 거죠? 카운터 앞으로 나올 생각도 없는 눈치잖아요. 매장에 들어온 지 3분이나 지났는데도 아무도 관심을 보이지 않으면 고객은 아무리 돈이 많아도 매장을 떠나고 싶어지는 거 몰라요? 고객이 있든 말든 상관 않는 건 직무태만 아니에요? 혹시 알이라도 품고 있어요? 성격이 원래 그렇다고요? 잠깐 쉬지도 못하냐고요? 짜증나는데 말 시키지 말라고요? 글쎄, 당신 일이 바로 흐트러진 데님을 포개놓자마자 다른 손님이 큰 엉덩이를 작게 보일 바지를 찾느라 뒤적거린 자리를 다시 정리하는 거라니까요.

당신이 받는 질문은 대충 세 가지죠. "얼마예요?" "더 작은 사이즈 있어요?" "탈의실 어디죠?" 시간만 되면 산짐승들도 요런 질문엔 대답해줄 거예요. 아니, 훨씬 친절하게 가르쳐주겠죠. 먹이만 좀 준다면요. 하지만 당신에겐 그 정도론 부족해 보여요. 그렇다고 대답 한 번 할 때마다 도토리라도 던져줘야 하나요?

내가 이렇게 후둘후둘한 티셔츠 말고 좀 도톰하고 톡톡하고 빳빳한 천으로 된 건 없냐고 물어보면 대답 좀 똑바로 해줘요. 시름시름 앓는 동물처럼 한숨을 쉬며 어깨를 들썩이곤 팔을 펼쳐 보이는 그 제스처는 뭐죠? 미국 배우 흉내 내는 거예요? 런웨이 모델 같은 뾰로통한 그 표정은요?

대답이라고 해봤자 "요샌 다들 몸에 딱 붙게 입어요" "이 체크 '가라' 하고, '기장' 짧은 게 최신 유행이에요" 따위죠. 아니, 요즘 유행이라면 돼지 왼쪽 불알이라도 목에 걸쳐야 하나요? 체크 셔츠는 카우보이들이나 좋아하는 거 아니에요? 언제 나온 거냐고 물으면 '일한 지 일주일째라서', 소재를 궁금해하면 '새로 나온 거라서' 모른다는 건 무슨 말이에요? 잘 모르면서 매장엔 왜 나왔어요? 그런 대답은 쇼핑 상이용사들의 등을 타 넘고, 씰룩거리는 다른 점원들의 엉덩이를 피하면서까지 매장의 갈비뼈 사이로 발을 들여놓은 것 자체가 실수란 걸 가르쳐주죠.

가끔 이런 생각을 해요. 담당 판매직원이나 '퍼스널 쇼퍼'가 딸리는 돈 많은 고객, 신상품이 나왔을 때나 세일 직전, 제일 먼저 연락을 받는 고객이 되어, 은빛 터널을 통과하면 초원의 작은 집이 나타나는 매장에서 드레시한 옷을 쇼핑하는 거예요. 거기에 맞춰 신을 구두도 사고 말예요. 이런 상상은,

허구한 날 매장에 들락날락거려도 넌 지갑 하나 사는 법 없더라,라고 말하는 듯한 당신 눈초리 앞에서 싸그리 식어요. 당신에게 이것저것 용도를 물을 때조차 바보가 된 것 같죠. 그러니 그냥 입 다물고 살아갈래요.

카운터 주변은 정리 안 된 옷가지들이며 뜯어버린 가격표로 산만한 데다, 장식장 먼지는 닦여 있지도 않은데, 음악까지 난폭하네요. 경쾌하지 않냐고요? 요즘 다들 이런 음악 튼다고요? 이 매장이 '힙'하고 '핫'하고 '시크'하단 건 알겠는데요, 전 누구 엉덩이 흔드는 걸 보자고 여기 온 게 아니거든요?

어쩌다 나를 설인이 아닌 킹카처럼 보이게 해줄 셔츠를 봤다고 해도 계산대에서 또 한 번 기분이 상하죠. 카운터 밑 의자에 쭈그리고 앉은 당신이 메이크업을 끝내길 기다려야 하니까요. 당신은 휴대폰 벨이라도 울리면 목 언저리로 수화기를 떠받치고서라도 사적인 임무를 마쳐야 하죠. 폴더를 덮고 날 보는 눈은 산송장이 땅을 헤매고 있는 듯해요. 하릴없이 앉아 횡경막만 오르락내리락하는 사람들은 깨어 있는 망령 아네요? 무장강도라도 돼서 정신이 확 들게 해줄까요? 당신은 고객을 무시하기 위해 태어난 족속인가요? 카드를 긁을 때만 미소를 짓는? 도대체 매장에서 난 뭘 하고 있는 걸까요? 당신은 뭘 말하고 싶은 거죠? 쇼핑이 이런 거예요?

초라함과 경멸로 제풀에 지쳐서 매장을 나올 때, 좋은 것도 언짢은 것도 아닌 표정으로 고개를 돌리는 당신이 끈덕지게 달라붙지 않은 걸 차라리 고마워해야겠어요. 왜 당신 개인적인 일을 마칠 때까지 기다려야 하는지 말하라고 따지건, 찝찝한 표정을 짓고는 가운데 손가락을 쫙 뻗어 보이건 겁먹을 당신이 아니니까요. 내 말 맞죠?

손님은 뭘 사든 안 사든 매장을 나갈 때까지 따사롭게 주의를 기울여주는 판매원이 최고죠. 뛰어난 판매원 한 명은 고객 30명을 주물럭거린다잖아요. 상점들은 지겹도록 고객 만족 서비스를 떠들지만, 현대의 명민한 구매자들이 원하는 건 '럭셔리'란 걸 알아야 해요. 진정한 럭셔리란 그 안에 들어가기만 해도 얼마나 존중받는지를 속속들이 느끼게 만드는 거거든요.

난, 혼자 이 가게 저 가게 기웃거리면서 머릿속으로만 체크하는 방랑자 쇼퍼지만, 판매원이 어떤 세일즈 테크닉을 구사하든, 나를 찌질한 것들만 사들이는 한심한 작자라고 생각하든, 이젠 신경 쓰지 않을래요. 어차피 매장에 간다는 건 속물이 되길 원하는 거고, 그건 나나 당신이나 마찬가지 아녜요? 속물적이라는 건 결국 속물이라는 의미니까요.

판매원이 고객에게

난 '고객님'이라고 불리는 여자들에게 백을 팔아요. 산봉우리보다 높은 벽 사이에서 종일 다트 게임을 하는 거죠.

우리 집 월세며 공과금을 합친 것보다 열 배나 비싼 핸드백 때문에 아무리 화가 나도, 핸드백에 대해 이야기하는 여자들의 열기는 새 교황을 선출하는 추기경들만큼 뜨거워요. 핸드백이 한낱 주변적인 액세서리에서 욕망의 절대적 대상으로 신분 상승했기 때문일까요?(그런데 프로이트는 왜 핸드백을 여자의 음부로 해석했을까요?)

조명 아래 클로즈업된 핸드백 사진을 보면, 21세기가 좋아하는 실루엣은 복어처럼 빵빵한 모습 같아요. 하지만, 애완용 용처럼 비늘이 번쩍번쩍, 파충류 특유의 위협적인 분위기를 발산하는 악어가죽 백이든, 해머로 두들겨 편 송아지 가죽 백이든, 나한테는 그냥 갈색 가죽 덩어리나 시골 애들이 강가에서 갖고 노는 양동이 같을 뿐이에요. 아무리 아름답게 박힌 금속 징도 그냥 압정 같고, 화려한 버클도 절그럭거리는 소리가 나는 쇠붙이에 불과하죠.

종일 서 있으니 직업병이 생겨요. 결절성 홍반이나 좌골 신경통. 그러니 쇼핑이 놀이인 손님을 보면 어떻겠어요? 있는 대로 백을 매본들 매출 한 번 올려주지 않는 고객이 오면 우리만 아는 경고음이 울리죠. 세 개를 샀다가 두 개는 환불하는, 일단 사버리곤 수십 번 교환하러 오는 무분별한 치들은 더 미치겠어요. 매대를 마구 헤쳐 난장판으로 만들어놓는 손님들은 그냥 콧대를 주저앉히곤 감방에서 며칠 살다 오는 게 낫겠다 싶다고요.

매장에서만 나는 특유의 소리도 있어요. 뉴욕 티파니 매장 카운터에서 들리던, 펜을 톡톡 치는 소리는 다이아몬드 반지가 팔렸다는 신호이기도 했지만, 보석을 산 고객의 행복과 지불 능력을 나타냈다죠. 하지만 우리 매장에선 손님이 계산대에 소리를 내며 가방을 내려놓고는 다시 옆으로 미는 소리가 들리죠.

돈만 많은 오십 대 아저씨들은 정말 환장하겠어요. 턱만 쳐들고는 뭐든 명령조거든요(그 턱을 잘라버렸음 좋겠어요). 코트를 쫙 펼쳐 속주머니에서 뒤룩뒤룩 살찐 지갑을 꺼내는 몸짓도 추하긴 마찬가지죠. 더 웃긴 건, 딴 직원들은 모두 우르르 몰려드는데 자길 무시하는 저 아이는 뭐냐는, '뽕' 넓은 정장을 입은 중년 여자들이에요. 그럼 내가 비타 500이라도 갖다 바쳐야 하나요? 내가 약국 아가씨예요? 세일을 별러서 왔더니 다 '빠져' 버렸다고 화내는 여편네들은 또 어떻고요? 그걸 매고 동창회에 가야 한다고 나한테 윽박지르면 뭐하냐고요. 다른 매장에 전화해도, 창고를 뒤져봐도 없는걸. 지금이라도 코끼리 한 마리 때려잡아서 가죽을 벗길까요?

20만 원 주고 산 지갑이 이틀 뒤 세일 땐 5만 원이 더 싸더라고, 영수증 들고 와서 차액을 환불하란 손님도 허무하긴 마찬가지예요. 이삿짐을 싸다 3년 전 우리 매장에서 산 핸드백을 발견했는데 한 번도 맨 적 없고, 태그도 그대로고, '기스' 하나 없다고, 어떻게 해줄 거냐고 하면 뭐라고 대답해야 하나요? 어떤 상황에도 맬 수 있는 핸드백을 찾는 고객들도 참 황당해요. 모임이랑 장례식, 약혼식이랑 프레젠테이션, 시댁이랑 회사에서 다 통용되는 핸드백이 세상에 있을까요?

정말 싫은 부류는 비즈니스 수트를 입은 치들이에요. 지난 시즌 건데도 끝끝내 구해오라니, 아니, 자기가 무슨 출판되지 않은 해리포터 원고를 구해오라는 미란다예요? 세관원처럼 매서운 눈으로 카운터의 청결부터 판매원의 판매 테크닉까지 지적하는 손님들은 제일 소름 끼쳐요. 물론 나도 만만치는 않죠. 어떤 손님이 백에서 얄딱꾸리한 냄새가 난다고 트집 잡으면 손님, 그게 요즘 뜨는 냄새거든요, 하고 받아치거든요.

사람을 상대하는 데는 정말 인내가 필요해요. 비싼 핸드백을 권한다고 내가 죽일 년인가요? 마음에도 안 드는데 강매한다고요? 고객이 형편없는 백을 매고 다니면서 그걸 어디서 샀다고 떠드는 것만큼 미칠 일이 뭔데요? 내가 고객에게 주는 건 '참고할 만한 기준'이에요. 난 '교육'을 통해 패션 선구안을 길러주죠. 손님들은 나와 5분만 있어도 어떤 백이 자기에게 어울리는지 단번에 알아요. 내가 권하는 것들은 그들이 습관적으로 사던 것들과는 다르거든요. 우린 고객에게 아주 중요한 개인적 자원이니까요.

매장과 고객 사이의 연결은 감정적이고 때로 극적이에요. 내겐 대화 몇 마디만으로 손님의 라이프스타일을 파악한 다음, 머릿속에서 작성된 노트에 의해 뭐라도 사게 만드는 수완은 없지만, '어디'와 '무엇'에 대해선 아주 잘 알아요. 매장에서 일하는 사람은 다른 의미의 구매자니까요. 매장에서 우리의 도움을 필요로 하는 사람들은, 자기들이 알아서 쇼핑하는 사람보다 구매 가능성이 높아요. 쇼핑의 이치죠. 청바지를 못 골라 헷갈려죽겠는데 판매원이 딴 일 때문에 정신없으면 나라도 떠나버릴 테니까요.

손님들은 선입견을 버리고 판매원에게 그냥 맡길 필요가 있어요. 피부과 전문의에게 이렇게 말하는 사람은 없잖아요. "저 뾰루지는 그냥 놔두세요." 환자는 다 의사의 조언을 따르죠. 그래서 나의 공손함과 안목을 존중해 또 찾아주는 손님을 볼 땐 꼭 주치의가 된 듯한 기분이 들어요. 그건 복종이 아니라 비즈니스가 만들어준 현대적 인연이죠.

내가 골라준 백을 매고 거울을 보는 고객의 표정은, 내 인생에 이런 배려를 몇 번이나 받아봤을까, 딱 그거예요. 손님이 판매원에게서 (항상 의미 있는 건 아닌)다소 개인적인 서비스를 우연히 대함으로써 맛보는 감각이죠. 그러나 모든 고객이 우리와 친해지길 원치는 않아요. 친해진들 공적인 공간에서 쇼핑이 만든 관계가 항상 즐거운 것도 아니죠. 우린 다 거짓된 자연스러움, 개인화된 언어, 조율된 감정들에 둘러싸여 있으니까요.

손님이 뜸한 시간엔 점장 언니하고 매장 뒤 계단에서 담배를 펴요. 처음 담배를 배운 불량소녀처럼 연기를 사방으로 뿜어대다 잽싸게 가글하죠. 농담도 스타카토라서 딱딱 끊겨요. 언제 손님이 들어올지 모르니까요. 우린 차례가 되기 전까지 백스테이지에서 잡담을 하는 뮤지컬 배우나 같아요.

난 여자를 볼 때 백과 구두를 봐요. 그녀에 대한 모든 것을 알 수 있거든요. 그렇지만 점장 언니야말로 정말 비상해요. 두꺼운 가죽과 얇은 가죽, 양가죽, 소가죽, 돼지가죽, 악어가죽, 생선과 뱀장어 껍질 가죽, 비늘 하나하나에 핸드 페인팅으로 양각 효과를 낸 비단뱀 가죽, 레이저처럼 보는 각도에 따라 무지개 빛깔을 내는 도마뱀 가죽, 오직 손잡이에만 쓰이는 타조 다리의 크림빛 가죽에 대해 이야기할 때 그녀의 고양이 같은 미소는 미묘한 생기로 빛나죠. 그녀는 눈이 안 좋아도 안경을 쓰진 않아요. 판매원이 안경을 끼면 고압적이고 갑갑해 보인다나요.

매장 문이 닫히면 결산의 시간이에요. 종이돈과 매출전표가 사각거리고, 숫자들이 조용히 귓속말을 하죠. 사람들이 매장 밖에서 안타깝게 안을 들여다봐도 우린 아무 말 하지 않아요. 침해받고 싶지 않으니까요.

우리는 옷을 갈아입어요. 더 지치고 작아진 모습으로. 점장 언니는 부어오른 발등을 매만지다 립밤을 찾아 입술에 살짝 바르죠. 니스를 바르듯 아주 자유롭게. 마지막으로 민트 하나를 입 속에 밀어 넣고는 나에게도 하나 줘요. 우리의 자매 의식이죠. 그러고는 불을 꺼요. 탈의실의 불, 거울을 비추는 불, 밤의 보도를 밝히는 외등.

그녀는 주차장 사이로 사라지고, 커다란 달걀 같은 달이 매장의 둥근 천장 위에 멈추었어요. 조금 외롭지만, 이것이 나의 하루인걸요.

세일, 현대의 마법

사람들은 스스로 아주 자유로우면서 이성적인 소비자라고 생각한다. 일상의 모든 것을 자발적으로 선택하는. 그러나 세일 때만은 아니다. 세일은, 한 발 비켜서서 보면, 필요하거나 사고 싶었던 게 아닌 '싼' 물건을 사는 행위지만, 다른 사람들이 원하지 않았던 것들을 거두는 일일 뿐이다. 한바탕 유행했던 팬츠를 눈 돌아가도록 싸게 산다고 해도 그건 이미 한물간 것이다. 결국 세일 매장을 배회하는 이들은 백화점도 어쩌지 못했던 재고를 치워주는 호의적인 소비자에 불과하다.

물론 우린 다들 미적지근한 일상을 확 뒤집을 횡재수를 그리워하는 가련한 존재들이다. 그토록 원하던 캐시미어 재킷이, 그것도 딱 맞는 사이즈가, 4만 원짜리 가격표를 붙인 채 눈앞에 있을 확률, 즉 잭팟을 터뜨릴 확률은 극히 드물다는 사실을 알기 때문에 도박꾼들은 잔뜩 취할 수밖에 없다. 브랜드의 패밀리 세일 때 알부자까지 들소떼처럼 매장으로 돌격하는 건 다 그런 이유 아닌가. 발달된 소비자 사회의 소비 동기는 사회적 계급, 인구통계학 같은 전통적 다양성에도 바탕을 두지만, 가장 큰 이유는 역시 가격일 수밖에 없다.

'이월 상품 재고전' '눈물 세일' '고별전' '70% 세일' '크리스마스 특별 할인전' '10년 전 가격으로 드립니다'라는 캐치프레이즈에 흔들리지 않는 자는 없다. 그런 특별한 할인은 공짜 샘플, 할인, 온라인 쿠폰 협정을 찾아 헤매는 중독자들을 위한 특별한 배려이다. 누가 3분의 1 가격의 비옷을 안 살 수 있지? 원래 가격의 10분의 3인 법랑 냄비를 어떻게 외면하지? 5천 원밖에 안 하는 줄무늬 셔츠는 또 어떻고?

세일은 누구에겐 광란이지만, 누구에겐 마법이다. 살아생전 두 번 다시 만나지 못할 원목 책장을 찾아 헤매는 것, 시즌 막판, 세일의 끄트머리에서 미리 점찍어 둔 물건을 손에 넣는 것이야말로 절묘한 현대의 예술이다. 세일이 아니라면 모서리가 보랏빛인 귤색 이불과 구불구불한 프랑스풍 서랍을 갖춘 장식장과 곰 모양 젤리처럼 투명한 비옷을 모두 25만 원에 살 수 있을까? 「섹스 앤 더 시티」의 사라 제시카 파커가 파리에서 입을 것 같은 150만 원짜리 디올 드레스를 '단돈' 50만 원에 사는 상상이나 할 수 있을까?(세일만 쫓아다니는 알뜰한 안주인의 마음속에는 역시 명품 라벨을 갖고 싶은 욕망이 지글지글하다는 얘길까?) 결국 세일 땐 다들 쇼핑의 유전굴착장치 일꾼, 어린 의사, 얼굴에 석탄을 묻힌 광부, 피투성이가 되더라도 굴복하지 않을 사람이 되고 만다.

그런데, 세일이 아닐 때 전생부터 그리워하던 가죽점퍼가 보이면 어떻게 하지? 지체 없이 계산대로 가야 할까, 세일이 언젠지 물어본 다음 그때까지 기다려야 할까. 두 경우 다 위험하다. 바로 샀다간 내일, 세일 들어가는 걸 보곤 충격으로 뇌사 상태에 빠질지 모르고, 그저 세일만 기다렸다간 다른 사람에게 뺏길 거란 강박에 정신병원 신세를 질지도 모른다. 정말이지 '정가'가 적힌 가격표는, 남극에서 지구 온난화 현상을 직접 보는 것 같은 쓰라린 괴로움을 줄 뿐이다.

외국에서, 망막에 스크래치가 날 만큼 출중한 구두를 보았는데 5퍼센트조차 할인이 안 될 땐 가슴이 더 메인다. 그냥 서울로 돌아가면 살아선 평생 가질 수 없을 것 같고, 외국이라 할부는 안 된다. 그래서, 일본에서만 한정 판매 되었던 폴 스미스 가방과, 마크 제이콥스의 감색 롱코트와 버버리 프로섬의 후드 달린 낙타색 가죽 재킷은 나에게 회한만 남겼다.

상점에서 보았던 그 구두가 최후엔 면세점까지 가거나, 결국 인터넷 어느 사이트에 등록되었다 치자. 그러나 고민은 아직 남아 있다. 입찰을 통해 살까, 즉시 구매할까. 가격은 세일 때보다 비쌀지는 모르지만 지금 사지 않으면 누가 가로챌지 모르니까. 설사 인터넷 세일 코너에서 반값에 샀다고 해도, 나중에 가격이 다시 절반으로 내려가는 걸 확인해야 하는 슬픔, 오프라인 매장 가격보다 싼 슬리퍼를 인터넷 사이트에서 주문했는데, 세금과 배송료를 내고 나니 오히려 더 비싸져버린 황당함도 대기 중이다.

사실, 세일의 트릭은 평소 생각 못했던 곳을 돌아보게 하고, 느끼지 못했던 삶의 필요를 일깨운다는 데 있다. 크롬도금 부엌 용구가 진열된 주방용품 코너에서 연두색 리넨 행주를 3천 원에 세 개나 살 때, 그게 너무 싸고 예쁜 나머지 당장 설거지가 하고 싶어지거나, 2인용 소파를 사려다 더 싸다는 이유로 3인용 소파를 사버리는 건 그 때문이다.

세일은, 경제적 쇼핑을 위한 변명이 적용되는 시즌이자, 디자이너 상표가 덤으로 딸려온다는 환상에 갇힌 볼모의 계절이며, 쇼핑중독자들이 숨을 쉬며 살아가는 이유이다. 즉, 세일은 술꾼 앞에 던져진 소주 첫 모금이다. 아무리 검약한 사람도 세일이 시작되면 물에 뛰어드는 새끼 오리처럼, 막무가내의 애정으로 마음에 드는지 아닌지도 모를 아이템들을 집는다. 후회할 걸 알면서도 빈 공간도 없는 찬장을 채우기 위해 돈을 쓴다. 수줍게 손을 들다가 미친 듯 입찰하는 초보 경매사처럼.

세일 때의 가장 흔한 실수는 평생 한 번도 입지 않을 옷을 사는 것이다. 똑같은 청바지가 열 벌이나 있는데도 '마지막 찬스' 사인은 로렐라이처럼 이성을 마비시킨다. '품절 직전'이라는 말이 귓가를 때리는데 코끼리가 밟아도 끄떡없을 견고한 의자라면, 살 수도 안 살 수도 없는 연옥 같은 시간을 견뎌야 한다. 이런 이야기가 어떻게 끝나는지는 아이들도 안다.

지갑을 꺼내는 수밖에 없다. 지금 안 산다고 전쟁이 나는 것도 아니건만.

마지막 세일이 밀려오면 세상은 경쟁적으로 분주해진다. 온몸에 '세일'이라고 써 붙인 정신없는 동물들이 무거운 신발을 신은 채 누가 먼저 문을 통과하는지 내기하듯 믿기지 않는 속도로 달려들어 파헤치고 낚아채고 두들긴다. 매장엔 귀청을 찢는 불협화음과 유혹적인 재잘거림과 천 개의 카드를 긁는 소리가 난반사된다. 식품 코너는 성수기 때의 농장 매대 같고, 로비는 심포니홀 같으며, 4층 아동용품 코너는 모로코 시장 같고, 3층 아줌마 매대는 마돈나 콘서트 같은 에너지를 뿜어댄다. 똑똑한 여자들도 열광적인 텔레파시의 세뇌를 만끽한다.

버스에서 뛰어내려 상점으로 진격하는 여자들과, 화장품 샘플을 받기 위해 서로 팔꿈치로 밀어대는 사악한 아줌마들, 굴비 두 꾸러미를 서로 붙잡고 위협하는, 얼굴을 목도리로 칭칭 감싼 여자애와 가방을 든 냉혹한 얼굴의 부인(저리 안 비켜? 내 거야! 내가 먼저 잡았단 말이야!), 슬리퍼를 신어보느라 그 비싼 가방을 닫지도 않은 채 던져둔 패션 피플, 탈의실에서 사계절 패션쇼를 하며 수다스럽게 떠드는 노처녀, 자기 사이즈가 동났다고 삐죽거리는 여대생, 스카프 뭉치에서 빨강 목도리를 악착같이 끄집어내는 오십 대 여인, 껌 씹듯 기백만 원짜리 오디오를 사는 아저씨, 침대 시트는 어떤 색깔이 좋을지 질문하는 비니 쓴 청년, 프라이팬을 든 와중에도 오리 모양 뚜껑이 달린 소금 후추통으로 눈을 잠망경처럼 굴리는 독신녀, 펌프스 굽이 높아 계속 망설이다 그래봤자 7만 원이라며 어금니를 꽉 무는 약혼녀, 선글라스 너머로 매장을 훑다가 없을 게 뻔한 친칠라 모피가 있냐고 묻는 잡지 에디터, 좌절 섞인 눈동자로 미우미우 꽃무늬 셔츠를 만져보는 마른 남자애, 일본의 차의 식인 듯 고개 숙여 밥솥을 보는 맨 얼굴의 새댁, 빨강 에나멜 구두를 보고 코를 훌쩍 들이마시는 소녀……. 이들의 쇼핑 언어는 같다. 누군가 "우와!" 하며 감탄사를 내지르면 무슨 일인지 모두들 다 안다. 원래 1백만 원짜리 백이 '겨우' 30만 원밖에 안 한다는 얘기인 것이다.

그런데, 즐거운 사회적 행동으로서의 쇼핑과 필수적 유지를 위한 행동으로서의 쇼핑은 상반된 특성을 보인다.

식료품이나 식기 같은 가정 경제 관련 아이템이 아닌 구매를 할 때 여자들에겐 구실이 필요하다. 이때, 세일은 밖으로 달려 나가 가족들을 위한 선물을 사는 보험과 같아서, 똑같은 국자 하나가 그냥 딸려온다는 건 쇼핑의 환상이자 변명이 되는 것이다. 집에 가야 할 시간인데도 아직 완도 김을 살 돈이 남았을 때, 여자들은 많이 쓸수록 돈을 아끼는 거라고 우기며 세일의 북새통을 꿋꿋하게 헤쳐 나간다. 엄청나게 할인된 제품을 샀을 땐 세계 정복자라도 된 것 같다.

세일 상점이 문을 닫을 때 빈손은 아무도 없다. 어떤 여자는 쇼핑백 더미에 묻혀 보이지도 않는다. 천가방을 든 여자는 아예 새로 산 가방으로 바꿔 멨다. 코 부분이 금색으로 된 구두를 신고 손톱에 펄이 들어간 팥죽색 매니큐어를 바른 여자는 길거리에서 쇼핑백을 열어 파시미나 숄을 눈앞에 갖다 대곤 합죽이처럼 웃는다. 그들 모두 능수버들처럼 넘실대는 기쁨을 안고 집에 돌아가 이 모두를 '건졌다고' 자랑한다. 쇼핑으로 얻은 노획물은, 원시시대의 공동 사냥처럼 집으로 가져와 쫙 펼쳐놓고 동물들의 발자국이나 날아가는 새들의 형태를 관찰하듯, 온 일가친척들이 모여 밤새 살펴보는 축제인 것이다. 세일로 얼마나 돈을 아꼈는지를 확인하는 역설적인 검증이 생각 없는 쇼핑을 부추긴다는 것과, 곧 우라질 대금 청구서가 날아오리란 것을 다 알고 있으면서도. 결국 세일이란, 감각 있는 선택의 기쁜 전복이자 너무 많이 잃어버린 돈의 텅 빈 결과라는 걸 뻔히 알고 있으면서도…….

자존심은 정상가격으로 산 옷이나 가느다란 허벅지에 달려 있지 않지만, 사실 좋은 품질이야말로 진정한 바겐세일이다. 그러니까, 할인 매장에서 몇 시간이나 줄 서고 싶진 않다. 세일이 돈을 번다는 애기라면, 할인받기 위해 시간을 버리는 건 돈을 잃는 것 아닌가. 당신도 알다시피 시간은 돈이니까.

백화점, 박물관에서도 고해소에서도 살 수 없는 것

낮에, 백화점 매장 앞을 지나다 그 안의 대평원(모두 말랐고, 돈도 많고, 멋지기까지 한 동물들이 법석대는)을 바라본다. 그 만화경을 뚫고 당장 유리문 안으로 들어가지 못하는 건, 오성급 호텔에서처럼 숨 쉬는 것만으로도 돈이 들 것 같아서이다. 영락없는 호색한 같긴 하겠지만, 진열장의 차가운 유리에 코를 비비지만 않는다면 몇 시간을 서 있어도 방해할 사람은 없다. 그리고 쿠키 냄새를 맡은 아이처럼 독백하는 것이다. 난 저 가방이 필요해…….

토요일 정오, 갤러리아 백화점 4층의 유쾌한 소음, 현대 백화점 1층에 퍼지는 웅성거림처럼 밀레니엄의 서울을 말해주는 곳도 없다. 공간과 층 사이의 구분을 희석시켜 양립 불가능한 공간들을 평평하게 이음으로써, 각 층간을 부드럽게 교통시키는 에스컬레이터는 전위적이다 못해 영적인 감흥을 일으킨다. 매장에서, 갤러리의 작품처럼 다소곳한 소용돌이를 일으키던 여자들이 공간을 무한히 엮는 이 급진적 장치 위에서 비스듬히 엇갈릴 때, 고객과 제품 사이의 소통은, 서로의 기호 시스템과 계층적 코드 안에서 이루어진다는 걸 저절로 알게 된다. 그럼 나는, 3천 원짜리 머리핀을 꽂은 여자가 2백만 원짜리 백을 사기도 하는 공간을 향해 손을 흔들어 보이는 것이다.

자본주의의 본질적 결점은 욕구를 필요로 바꾼다는 것이다. 하지만 자본주의의 우아한 측면은, 욕구를 희망으로 전환시킴으로써 물질에 영웅적 성분을 부여한다는 것이다. 이때 백화점은 획득을 사회성으로, 탐욕을 멤버십으로 가장한다. 백화점은 소비주의의 장대한 성전이자, 물질적 열망과 기도의 현현이기 때문이다. 백화점이 일요일의 교회처럼 반드시 가야 하는 목적지가 된 건 확실히 현대의 마법이다. 백화점에 갈 때마다 크레파스 속으로 들어가는 것처럼 흥분되고, 도서관이나 클럽에 갈 때보다 더 들뜨는 건 그 이유에서다.

백화점 매장은 상품 페티시즘의 과장된 한 형태지만, 정작 기본 도식은 간단하다. 쇼핑과 주차시설. 그야말로 진부하고도 가차 없는 차원이다. 다른 공공장소들은 사회적 소통을 위해 만들어지지만, 백화점 주변은 사람들의 개인적 동선과 분산된 움직임으로 늘 붐빈다(워낙, 시장은 각기 다른 계급이 섞여 상품과 새 소식과 아이디어를 교환해온 곳이었다). 백화점은, 빈부 차이라는 도시의 갈등으로부터 달아나고 싶은 허구적 피난처가 아닌, 도시에서 가장 활동적인 혼합 구역이라서, 그 안에서는 누구라도 평등한 대접을 받는다. 백화점을 자신들의 집합소로 만든 각각의 세대들은 분수대 물줄기가 보도를 타고 흐르는 광장에서 종일 히죽댄다. 백화점 안은 창문 없이 밀봉돼 있지만, 그 밖은 도시에서 가장 개방된 장소인 것이다.

쇼핑의 본질이 생태학이라면, 백화점은 분열을 결합으로 이끄는 유기체이다. 백화점은 구매자와 판매자, 제품, 정보, 인간성, 돈의 흐름, 혼잡한 생명선으로서의 무한하고 유연한 교통, 그것에 대한 광범위한 동의, 복합적인 세입 분배와 토지 권리, 주변과의 관계 모두를 수용한다.

백화점은 이동 방식에도 심오한 영향을 미친다. 보도, 도로, 지하도, 계단 같은 기존 설비와, 지하철, 버스 같은 대중교통체계 출입구와 연결된 채 에스컬레이터를 통해 사람들을 유인한다. 통행량과 판매량의 관계는 절대적이다. 사람의 흐름은 돈과 이어질 수밖에 없기 때문이다. 따라서 접근성은 백화점의 절대적 조건이 되었다.

백화점은 그 문지방을 넘는 사람에게 질문한다. "왜 그것을 사는가?"가 아닌 "왜 여기서 사는가?"를. 그 질문은 고객에게 잠깐의 구매 행위인지, 공들인 외출인지를 결정하게 만든다. 사람들이 백화점에 가는 건 고상해서라기보단—어차피 사고 난 뒤에는 어디서 샀는지 어떻게 안단 말인가—소비의 원천이라는 구매자로서의 존중감을 갖고 싶은 욕구 때문이다. 시장에서 사면 이웃보다 현명한 거겠지. 조그만 가게에 가면 물건을 고르다 말다 하겠지. 기차역처럼 광대한 쇼핑몰에 가면 다리품 팔다 지치겠지. 나중엔 입구도 못 찾겠지. 하지만 백화점에 가면 점원의 무례 앞에 온순해진 바보가 될 일은 없겠지. 창고 안으로 끌려가 협박당하지도 않겠지. 짧은 동선마다 위치를 알려주는 표지판은 헨젤과 그레텔을 인도한 빵가루처럼 길을 찾게 해주겠지……. 고객의 신뢰에 응답한다는 안정감, 수월한 반품 및 환불, 청결한 매장과 통로 앞에서 사람들은 약국에 온 것처럼 안정감을 갖는 것이다.

상행위가 생활의 중심이라면 백화점은 그 일부에 불과하다. 그런데도 백화점은 늘 현대판 유물들의 생물학에 새로운 라이프스타일을 제시해왔다. 깍두기의 무미한 형태, 무모하도록 축적된 분량, 메시지를 압도하는 부피, 끝없는 복도, 싸구려 음식, 비대한 상징으로서의 매머드 쇼핑몰과 밀집한 럭셔리 브랜드 숍들이 백화점을 겨냥해 위협적으로 경적을 울려대고, 거래의 속성이 다른 대형 마트의 할인 문화가 타격을 입힌다고 해도, 권위로 도시의 면모를 바꾼 백화점의 존재감엔 미치지 못한다. 시들어가는 도시도 백화점이 생기면 도심 재정비를 방불케하는 생기를 되찾는다. 쇼핑의 규모가 커지고 밀도가 조밀해질수록 백화점은 도시의 핵심 풍경으로 착색된다. 똑같이 생긴, 렘 쿨하스가 쓰레기하치장이라고 말한 백화점 건물이 튀밥 터지듯 온 도시를 덮는다고 해도 영향력은 사라지지 않는다.(그런데 왜 건축가들은 그토록 시장을 경멸했을까? 왜 그들의 건축 목록에 백화점 건축은 열외되었을까? 그들은 왜 쇼핑의 광기를 이해하지 못했을까?)

하지만 운동장 같은 매장을 배회할 때면 약간 골이 아파진다. 매장 규모엔 시장의 필요와 판매 잠재력, 이미지, 제품 생산력까지 고려돼 있겠지만, 이렇게 광활한 매장과 많은 상품이 반드시 쇼핑객을 오게 만들까? 그건 판매와 비례할까? 그러자면 디스플레이 유닛이 몇 개가 되어야 할까? 어떤 방법으로 매장의 활력을 지속시켜야 할까? 그 답으로, 백화점은 쇼핑객들이 새로운 식단으로 차린 성찬을 먹을 수 있도록 끝없이 매장을 바꾼다. 조명, 소리, 냄새, 온도, 식물까지 합세해 구매 욕구를 자극하는 것이다. 그래서 보수 확장 공사 중인, 베니어판으로 만든 매장 벽과, 비계가 설치된 외벽조차 새로운 쇼핑의 방식으로 보일 정도이다.

정확한 쇼핑 리스트를 가진 도시 사람들은 윈도쇼핑도 없이 단시간에 필요한 것만 사고 나간다. 백화점은 시간이 없는 고객에게 주문을 건다. "지금 안 사면 나중에도 못 사거든. 빨리 사. 그리고 어서 가." 시간이 많은 고객에겐 다른 주문을 왼다. "돈을 다 쓸 때까지 사. 꼭 사."

현대의 백화점은 분명 고매한 이미지의 성원聖院이자, 유서 깊은 쇼핑 역사에 영감을 곁들인 앞마당이자, 애통한 자들에게 위로를 주는 고해소이다. 책에서 읽은 고상한 허영을 맛보게 하는 백화점은, 나에겐, 아르데코풍의 쇼윈도와 나무 에스컬레이터가 있고, 모자를 쓴 여자 안내원들이 방긋 웃고 있는 작은 왕국 같은 곳이다. 예전의 퇴계로 신세계 백화점에도 시간에 리듬감을 주는 옛날의 마지막 여운이 있었는데……. 그러므로 모든 찐득한 여행자 군단들은 그들의 '고향'에 갈 때마다 고대한다. 이집트 홀엔 무엇이 있을까? 센튜얼 룸엔? 그 신성한 가죽 룸엔? 그러나 가보기 전에는 상상할 수조차 없는 것이다.

한편, 백화점은 상업적 엑스터시로 작열하는 자본주의의 꽃이기도 하다. 북한에서 넘어온 '귀순 용사'들을 데리고 가서 대한민국의 발전상이라며 뻐기던 곳도 샹들리에가 유난스러운 롯데 쇼핑센터 아니었나.

언젠가 런던 히드로 공항에서 딱 여덟 시간만 머물러야 했을 때 대영 박물관에 갈지, 해러즈 백화점에 갈지를 고통스럽게 고민했었다. 오래전, 파리에서 퐁피두 센터에 가는 대신 백화점 식품 코너에서 반나절을 헤맸던 나는, "백화점은 현세 가장 뛰어난 디자이너들의 '작품'들을 전시하는 현대의 박물관이야. 그건 '명소 관람'이야"라는 논리를 급히 만들어내며 해러즈에 갔다. "박물관이 특정한 관점으로 사물을 관찰하는 장소라면 백화점도 마찬가지 아니야?"

가끔 악몽을 꾼다. 뉴욕 바니스 백화점 앞에 섰는데, 비행기 시간이 정확히 세 시간만 남은 꿈. 마음은 사이렌처럼 울리며 그 안에 들어가길 열망하지만, 공항 수속 때문에 결국 택시를 잡아탈 때, 마음은 모든 관절을 잃고 허물어지고 마는 것이다.

오래된 상점의 냄새

나에게 미적 공명을 일으키는 물건들은 다 지나간 세대의 것들이다. 내부에서 느끼기 전까진 표현할 수 없는, 옛날로만 남은 추억을 간직하고 싶어서(지금이 모든 사물마다 물성 자체를 장대하게 드러내던 산업혁명 직후라면 얼마나 좋을까).

하지만 추기경이나 생명공학자였을 수도, 미슐랭의 별 세 개 요리사일 수도 있지만, 살인자였을 수도, 시체 애호증과 수간 경력과 매독으로 고생했을 수도 있는 사람이 썼던 것을 갖는 데는, 대낮 지하철 안에서의 페팅 같은 측면이 있다. 물론 더 중요한 건 검소한 생활에 대한 낙관적인 태도이다.

거무튀튀한 데라고 설명할 수밖에 없는, 형광등 불빛이 새나오는 고가다리 아래 점포나, 전면이 굴곡진 상점들은 희끄무레한 선반과 책장으로 채워진 중세의 지역 도서관 같다. 복잡한 벽면마다 절충적으로 혼합된 앤티크와 자질구레한 작은 사물들은 각각 알전구 아래 빛난다. 민감한 것일수록 더 빨리 더러워지고 좀먹고 풍화되기 마련이지만, 낡고 더 이상 사용할 수 없게 손상된 것일수록 목가적 분위기부터 향수鄕愁의 마력까지 내뿜는다.

오래된 백은 단순히 오래된 백만은 아니다. 이런 '유물' 순례엔 이가 나간 5천 원짜리 웨지우드 접시와 4백만 원이 넘는 피카소의 초벌구이 세라믹 접시의 차이를 아는 지혜가 필요하다. 동시에, 입맛 달아나게 만드는 갈색 얼룩이 있는 법랑 컵을 손 안에서 돌려보다, 역사의 긴 행렬 속 어느 지점 것인지를 추리해보며 인생의 더 큰 질문을 잠깐 떠올려보는 여흥을 즐길 줄 알아야 한다(노련한 눈으로 불상이나 아프리카산 나무 조각들을 살펴보는 사람들은 어느 우주에서 왔을까).

벼룩시장이나 인적 드문 중고가게로 파고들 때, 처음엔 앞이 보이지 않아 평평하지 않은 바닥 때문에 중심을 잡기 위해 뻗은 손이 머리 없는 인형을 짚고는 비명을 지를지도 모르지만, 그건 바깥의 지루한 햇빛과 신선한 공기를 어둡고 좁은 통로와 바꾸는 순간이기도 하다. 그때마다 기묘한 가게의 신비한 지배에 빠져 손잡이가 달린 골동 확대경, 빠닥빠닥한 가죽과 금속 자물쇠가 달린 가죽가방, 진주결이 있는 턱시도 단추, 녹슨 얼음 집게, 얼룩진 손수건, 칼라가 넓은 오버코트에 정신을 빼앗긴다. 망가진 빨래집게와, 찌그러진 번호판과, 펜촉 없는 펜과, 갓이 없는 등과, 옛날 극장용 철제의자와, 갈라진 나무 손잡이는 일요일의 풍경을 펼쳐 보인다. 인형용 깔개처럼 보이는 쥐 가죽, 구리로 된 결혼반지나 사과 씨, 밀랍과 그을음으로 녹슨 캐비닛의 결을 만져볼 때는 그리운 먼지 냄새에 익사하고 만다. 벽에 걸고 싶은 낡은 인쇄물과 오래된 그림들, 순은 차 세트, 라이플 소총이 있는 가게는 아일랜드인의 골동품 상점을 옮겨온 것 같다. 그때 그 가게 벽이 말을 할 수 있다면, 단순하지만 오래된 열정으로 낡은 축음기를 만든 사람의 이야기를 들려줄 것만 같다.

'럭셔리한' 중고용품숍에 가면 심장의 동계가 더 빨라진다. 더러운 신문지 뭉치로 속이 채워졌든 아니든 빈티지 캘리백 같은 아이템 안엔 변덕, 다이어트, 클래식, 정사, 스캔들, 사교계의 경쟁, 행운의 반전이 다 있다. 정부情夫가 사준, 중고시장에서 현금 꽤나 불려주는 까르띠에 가죽 아이템을 위탁한 고급 매춘부들의 방기된 날들까지. 그런 가게엔 동화책에 나오는 방치된 광 같은 매혹이 있다. 구식제도가 사라진 유럽에 온 듯한 남성 전용 중고 상점의 기이함, 낡은 나무 작업대 위에 옛날 대패가 놓인 작업실의 숭고함, 다락방 같은 서점에서 이상李想 자신이 수정 보완한 『권태』의 초판본을 3천 원에 사는 흥분……. 그렇다면 중고라는 이유로 흠 없는 발렌시아가 가방을 용서 못하는 유관순 누나 같은 우리 어머니도 흔들릴 것이다.

서울의 중고명품숍들은, '명품'으로 탕진한 사람들의 서글픈 우화와, 한국에서 가장 바람이 잘 통하는 거리를 장식했던 족속들이 되물리는 과거들로 질펀하다. 사실, 옛날엔 군용 점퍼를 입던 대학생들이야말로 중고 쇼핑의 전초 부대였다. 동대문 구제품 시장이나 광장 시장은 축축한 주차장 같지만, 가난하든 절약형 소비자든 스타일이 발군이든, 요즘도 장미꽃 위의 이슬 같던 청춘을 쇼핑하는 곳이다.

한 팔 넓이도 안 되는 복도와 난장 같은 제품 사이를 헤치고 뭔가 낚아챌 땐 행진곡이 들린다. 접시에 차려진 먹이보다 야생에서의 이런 약탈은 쇼핑이라 불리는 스포츠의 매력이다. 어디서 흘러왔는지 모르는 넥타이 여덟 개를 1만 5천 원에 살 때, 칼 세이건의 『코스모스』 아래, 『메주고예의 성모 마리아』 옆에, 『흡혈귀 친구』가 파묻혀 있는 것을 볼 때, 나는 아이를 많이 낳아도 이런 오래된 상점이 있어서 꿀리지 않고 키울 수 있을 거라고 안심한다.

지각 있는 아마추어이기도 한 중고용품 중독자들은 똑똑한 소수만의 혜택을 가로챈다. 그러나 레트로 패션의 근원에 이르면 문제는 달라진다. 물론 비싼 값을 극복할 수 있다면, 디올, 샤넬, 지방시 백과 구두는 소장가치까지 있는 안전한 도박이다. 그러나 신고 걸을 수나 있을지 불안한 15센티미터 플랫폼 슈즈나, 체조 선수들이나 겨우 균형을 맞출 것 같은 스틸레토는, 신성 모독이나 파손 걱정 없이 마구 만져야 하는 자들에게 완상용일 뿐이다.

오래된 사물들의 결정적인 함정은 용도이다. 도대체 손끝 하나 스쳐도 모골이 송연해지는 옛날 피아노, 불안해서 앉을 수 없는 의자가 무슨 소용이 있을까? 요즘에도 칭기즈칸 시대의 컵이나 아르누보 양식의 모자걸이, 코끼리 뒷다리로 만든 우산꽂이가 필요한가? 일제시대 국민학교 표창장과 구멍 난 냄비는? 녹슨 산소 탱크는? 조율에만 1년이 걸릴 베토벤 시대의 피아노는 언제 쓸 것인가? 뜯지 않은 기저귀 꾸러미는 고맙긴 해도 사용할 순 없다. 대학교 매점에서 팔던 병따개야 매일 쓰겠지만.

2백 년 된 소나무 옷장은 아현동 가구 거리에서 MDF로 만든 가구보다 튼튼하지 않다. 서랍은 뒤틀려 있으며 손잡이는 떨어져 나가기 직전이다. 그런데도 말도 못하게 비싼 건, 복제될 수 없는 매력이 수집가 기질을 자극하기 때문이다. 모눈종이처럼 반듯하지 않아도 윗세대의 숨결이 닿은 나무의 광채와, 70년 된 펜던트와 구한말의 안경 케이스와, 벌레가 가죽 조금, 종이 조금 갉아먹은 일기장은 한숨이 나오도록 의고취미를 자극한다.(잠깐, 그럼 지금 내가 찬 시계는 20년 후엔 올드모델이 되겠지? 프리미엄도 붙겠지?)

바다와 대륙을 거치면서 가격표에 동그라미가 추가되고, 손에서 손을 거칠 때마다 또다시 공 몇 개가 추가돼도 열광은 멈추지 않는다. 군산에 있던 경대가 바르셀로나까지 날아가고, 퀘벡의 퀼트가 교토로 새 주인을 찾아가며, 티스푼 하나가 토리노에서 서울까지 공수되는 건, 역사가 위험하고도 잘못된 사고라고 말하는 불멸의 낙관주의 때문이다. 단지 좋아해서, 유쾌한 탐욕 때문에, 가슴 깊이 퍼지는 만족을 못 잊어서 저지르는…….

4천 원을 주고 산 과자 색깔의 본차이나 접시를 보면 캐럴이 들린다. 크리스마스 때 산 거라서 더 그렇다. 보증 마크, 접시를 만든 가문의 문장紋章이 없어도 상관없다. 그 접시에, 크리스마스 날 세상을 하직한 부모의 소장품을 중고 가게로 내다 판 냉혹한 재산 상속자의 일화가 숨어 있다고 해도.

거리에서

우리가 어디를 가든 세상은 상상했던 것보다 훨씬 평범할지 모른다. 사실, 아직도 아크릴로 만든 의자나 데님보다 비단이나 금을 더 쳐주는 데도 많다.

라거펠트도 그랬다. 싼 게 멋이라고. 맞다. 눈은 보배고, 저예산 쇼핑족들은 황금심이 노래하던 '알뜰한 당신'들이다. 어떤 때, 수많은 블록버스터 시장구획이나 메가 브랜드들의, 산산조각 낼 듯 격렬한 경쟁 속에서 구매 레이더가 교란될 땐 나무 상자 두 개가 모든 것인 시장 좌판이나, '리어카 매대'가 훨씬 '팬시' 하게 느껴진다.

싼값의 후광을 빌려주는 거리엔 필요한지조차 몰랐던 것들까지 다 있다. 앞치마부터 양푼까지, 버버리 가짜 실크 스카프부터 물비누까지, 키스 해링의 작품을 프린트한 비치 타월부터 회반죽으로 만든 토끼 두 마리까지, 방수 성냥부터 말린 수프 봉지가 든 비상 구명상자까지, 아랫도리를 위한 입에 담지 못할 고약한 기구부터 십자가 펜던트까지, 싼 맛에 새로운 가치를 보태고 있다.

좌판은 거대한 상업 공간들의 공습으로 '표류하는 상점'이 되었지만, 여전히 조밀하고도 질서정연한 할인이 있는 이상한 장소이다. 이 잡다한 잉여 아이템들의 신전은 '원하는 것은 너무 많고, 보관할 곳은 너무 작은' 산업사회의 모순을 보완한다. 쾌적한 카페들, 주철로 된 빌딩들, 현재적인 상점들의 틈에서 거리의 쇼핑 메카는 '사악한 행상'으로 돌변하기도 한다. 요즘은 애들도 다 가진 신용카드조차 통용되지 않는다. 인도로 걸어 다닐 수도 없게 복잡한 보도는 퇴역 군인 출신의, 장애를 가진, 손수레에 음식을 파는, 자신들 또한 헌법에 의해 보호받을 권리가 있음을 주장하는 행상인들과, 버스카드나 로또를 파는 합법적 잡화상들로 붐빈다. 거기엔 복잡한 거리를 점거하고 공중위생을 위협하는 거친 작자들과, 모조 시계와 가방, 노골적인 발기제, 음란물이라면서 만화영화가 수록된 비디오를 파는 얍삽한 야바위꾼들까지 가세한다. 이 번잡한 풍경 사이로 음식 배달을 하는 아줌마들의 움직임은 차라리 경외감을 준다.

좌판의 생명력은 드세고도 정서적이다. 꼭 차이나타운 같다. 문제는 그 덤불과 더미 속에서 옥 같은 것을 찾아내야 한다는 것이다. 타일로 장식한 분수대 하나 없는, 형광등 켜진

호랑이 굴 같은 '길바닥 상점'의 첫 번째 규칙은 '품위는 휴지통에 버려라'이다. 멈춰 서서 "실례합니다"라거나 "먼저 가세요"라고 교양 있는 척해봤자 아무것도 건지지 못한다. 열두 번 밀쳐지던 와중에 찜해놓은, 튤립 꽃 달린 노란색 욕실 슬리퍼는 바닥에 바구니를 내려놓는 사이에 누군가 낚아챈다. 화가 나서 생선 장수처럼 소리를 지르든, 나이트클럽 기도처럼 윽박지르든, 급기야 욕지거리를 하든 아무도 관심이 없다.

진열 방식에도 질서가 없다. 샴푸와 칼이 섞여 있거나, 남원 이도령 민예품 옆에 남자 팬티가 진열돼 있거나, 새로 나온 두루마리 휴지가 구두 옆에 놓여 있거나 하는 식이다. 어떤 전동기구는 손가락이라도 자를 듯 섬뜩하지만, 배터리로 작동하는 매니큐어 세트는 민망한 만큼 신통도 하다. 그렇다면 어떤 도구로건 자신을 방어하거나 표현할 수 있는 것이다.

거기선 무엇이든 용서가 된다. 영화광인 후배는 내가 사준 두 장의 DVD를 아주 고마워할 거다. 듣도 보도 못한 영화들이 세 편씩 들어 있다고 해도, 그중 한 편은 빔 벤더스 영화니까 그렇게 형편없는 건 아니다. 에스티 로더 로션은 없지만 하늘색 튜브 용기에 담겨 있는 영양 크림은 살 수 있다. 용기에 적힌 아라비아 글자에 별로 괘념하지 않는 사람들은 늘 있으니까. 빛이 바랜 숀 캐시디나 레이프 가렛이 프린트된 옛날 엽서도 상관없다. 뭐든 예뻐야 하는 아이들은 그 사진이, 그들이 맛이 가기 전에 찍힌 거라는 걸 모른다.

하지만 친구 딸아이를 위해서라면 좀 곤란하다. 바비를 닮은 인형 박스엔, 이 제품은 중국산이며 머리카락이 잘 빠져 인형 목에 칭칭 감기기 쉽다는 경고가 적혀 있다. 내 책임은 선물을 사는 데서 끝나고, 그 뒤 상황이야 그 애 부모 몫이라고 생각하면야 모르겠지만.

그런데, 살색 팬티 한 근에 1천 원이라는 게 거절하기 힘든 제안인지 재앙인지는 잘 모르겠다. 열 손가락 가득 비닐봉지를 낀 채 소박하고도 겸허한 척 집에 돌아온 다음 집안을 싸구려 산타 소굴로 만드는 건 일도 아니다. 좌판의 아이콘은 역시 '최후의 만찬'이다. 다빈치 자신도 자기가 만든 걸작이 몇 백 년 후 재떨이를 장식할 거란 생각은 못했겠지만, 가슴에 맺힌 것 많은 사람들이 거기에 시름과 재를 함께 털어낸다면 별로 언짢진 않을 것이다. 또 눈 내리는 산동네, 작은 슬레이트 지붕 밑 경대 옆에 놓여 있다면 예수의 미니어처 제자들도 결코 그를 배반하진 않겠지.

뽀글뽀글 파마머리에 스카프를 불룩하게 두른 '리야카' 아줌마는 코튼 스타킹 더미를 정리하다 말고, 비닐 스커트와 가짜 가죽점퍼 사이의, 여자 젖가슴을 뒤집어 오목한 소스 용기로 만든 나무 쟁반을 들여다보는 나에게 "천 원"이라며 수작을 건다. 내가 고개를 젓자 그녀는 음탕한 분방함이 있는 거센 목소리로 "스타킹 열 개에 천 원"이라고 다시 말한다. 싼 것만 찾아 방황하는 소비자를 윽박지르는 무시무시한 자선가게처럼.

앉아서 하는 쇼핑

현대 사회는 속도전이다. 다들 너무 바빠서 쇼핑할 시간도 없다. 그래도 늘 뭔가를 애타게 원하고 열망한다. 집에서 마우스를 몇 번만 클릭하고, 수박을 먹으며 홈쇼핑의 자동주문전화 버튼만 누르면, 며칠 후엔 감격적인 땅콩빛 상자 하나가 배달된다. 이젠 누구나 찰나의 수고만으로 몸속에 일렁이는 차갑고 짜릿한 전율을 느낄 수 있다. 포장을 열면 좋아하는 사람한테서 선물을 받은 듯한 착각으로 감미롭다. 주문한 사람이 자기라는 것도 잊고.

이제 쇼핑 영역은 도시의 비대한 메커니즘 속에서 공항, 놀이공원, 학교까지, 물리적으로 늘어날 수 있는 모든 시공간으로 확장되었다. 동시에 현대의 정보 기술은 백만 가지의 소우주를 만들었다. 관계의 고립이라는 우주를. 텔레비전 홈쇼핑,

인터넷 쇼핑, 우편 주문, 정보성 광고 메일들은 새로 프로그램화된 쇼핑 카테고리이다. 잠에서 깨어나 TV 홈쇼핑으로 시작된 하루의 쇼핑은, 새벽 책상에서의 주식 거래, 아침 지하철역 벤치에서 먹은 김밥, 점심식사 후 편의점에서 산 카페라테, 저녁에 산 친구 딸 돌 선물, 한밤중의 이베이 경매 목록까지 끝없는 일상으로 이어진다.

경제학자들과 사회과학자들이 '제품 유통 채널의 이동'이라고 부르는 인터넷 신기술은 쇼핑 방식에 최대의 혁명적 전기를 마련했다. 전에는 상상할 수 없었던 장소에서 쇼핑이 이루어진다는 것도 그렇지만, 가장 큰 혁신은 클릭 한 번으로 소유권이 옮겨진다는 것이다.

이미지를 확대하고 회전시키는 이 탐색 장치는 한때 넓은 틈이 있었던 온라인과 오프라인의 판매 경험을 연결한다. 집 밖에서의 쇼핑만 전부인 줄 알았던 이들에게 탐구되지 않았던 이 공간은 때로 현실의 실물 시장보다 편안한 단계의 경험을 준다. 동시에 집 안에서 사회적 관계를 문맥화한다. 어떻게, 언제, 누가 그 테크놀로지를 이용하는지에 의해 관계가 정해지지도 않는다. 많은 사람들이 한날한시에 같은 사이트를 방문한다고 해도 서로 무관할 뿐이다(그들은 판매자들이 만든 공공 경기장 같은 상점보다 집을 더 좋아한다). 소비자에게 상점 자체가 옮겨졌는데도, 판매원도 탈의실도 없다. 아이들이 자고 있을 때, 새벽 네 시에, 통화 중일 때(는 마우스를 조용히 클릭해야 한다. 수화기 저편에서 지금 무슨 소리냐고 물으면 휴대폰

이 옛날 거라 잡음이 많아서라고 하면 된다), 그러니까 내킬 때마다 할 수 있다. 수익 열기와 기술활용능력으로 무장한 채 전 세계 커뮤니티와 접촉할 수도 있다.

집안의 돈줄을 쥐고 있는 부모뿐 아니라 아이들, 환자, 외국 거주자들, 심지어 지금 어딘가로 이동 중인 사람들까지 소비자로 재인식되었다. 외딴 데 살거나, 운전을 못하는 사람과도 혁신적인 배달 동맹을 맺었으니, 춥고 더울 때 마트까지 안 가도 된다. 매장 한가운데서 떼쓰는 정신 나간 애들은 더 이상 보지 않아도 된다. 뭘 사러 나가고 싶어도 기름값과 발레파킹 비, 하다못해 버스값이며 택시비가 들지만, 세금이며 배송비까지 공짜인 인터넷 쇼핑몰도 많다.

인터넷 쇼핑 안에는 숙박, 포르노, 뱅킹, 부동산, 음악 다운로드, 주식, 항공 티켓, 이벤트 티켓, 옥션은 물론이고, 벼룩시장에도 없는 먹다 만 햄버거, 에로 영화의 배역, 스포츠 팀 자체까지 모든 게 다 있다. 그래서 거리의 상점들이 대규모 엑소더스로 몰려가리라는 위협적 관측까지 있었지만, 늘어나는 인터넷 쇼핑의 총량은 그 카테고리의 성장과 결부돼 있을 뿐이다. 그렇다면, 럭셔리 브랜드의 과제는 어떻게 하면 속물적으로 보이지 않으면서 현재까지 구축한 브랜드 이미지를 인터넷으로 운반할 수 있는지의 여부일 것이다.

어떤 점에서 인터넷 쇼핑은 럭셔리 브랜드의 허황한 수사가 아닌 더 직접적인 주제로 쓰인 실용학문 같다. 굳이 옷을 차려 입지 않아도 되고, 소비자의 환상이 보다 효과적으로 이용되며, 관계 유지의 강박도 없다(오프라인 상점과 비교하면 인터넷 쇼핑몰에 대한 고객의 로열티는 낮을 수밖에 없다. 개인간 상호작용이 없는 데다, 찾고 있던 세탁기가 없다면 다른 사이트로 당장 넘어가면 된다)는 걸 생각하면, 오히려 진보된 상행위라 할 만하다. 그러나 중개자의 통제 없이도 소통 가능한 제조사와 구매자 사이의 사회적 관계, IT 기술이 만든 가짜 환경 속의 인격을 인정한다고 해도, 컴퓨터를 통한 쇼핑 환경은 현재성의 논리로 보면 가상일 수밖에 없다. 개인의 고립을 심화시키고 사회적 소통을 제한함으로써 사람들의 분리 경험을 증폭시킨다는 점에선 TV보다 지나치다.

거리의 상점이 문을 닫았을 때도 끝나지 않는 쇼핑은 보상심리를 위해 지갑을 여는 사람에게 상대적으로 쉽게 접근한다. 특히 홈쇼핑은 카트를 끌고 직접 상점을 돌아다니지 않는 여자들에게 쾌락과 서비스, 그리고 독특한 탈출감각까지 안겨준다.

집이든 대합실이든 여관이든 TV를 보는 장소는 TV를 보는 목적보다 중요하다. TV의 위치나 채널 결정권은 집안에서의 규칙과 충돌을 상징하기 때문이다. TV 채널권에는 단순한 파워 게임이 아니라 민족성, 개성, 계층, 나이, 개인적 지위, 한 가족의 라이프스타일까지 포함되어 있다. 그러나 TV 홈쇼핑은 여지없이 여자가 리모컨을 쥐게 만듦으로써 리모컨을 둘러싼 거실의 오랜 알력을 우습게 비튼다.

놀랍게도 홈쇼핑의 어느 것 하나 명품 아닌 게 없다. 브랜드라고 하기엔 어딘지 쇠락한 제품에도 부활의 생명력이 움트며, 비싸든 싸든 꺾일 줄 모르는 자부심은 상황에 따라 유연해진다. 저렴한 트레드밀을 팔 땐 헬스 센터에서나 필요한 다기능 제품이 가정집에 무슨 쓸모 있겠냐고 강조하지만, 고가 제품을 팔 땐, 싼 제품이 과연 얼마나 튼튼하겠으며 건강 체크 기능이 있기나 하냐고 항변한다.

홈쇼핑에는 인생의 우울과 비탄도 없다. 모든 게 즐겁다. 쇼호스트뿐 아니라 패널들, 써보니 좋다는 체험단 모두 반할 준비가 되어 있고, 이미 반한 상태이다. 이보다 더 싸고 좋은 조건으로 이 상품을 줄 데는 없다는 불가침의 자부심, 이 구성 이 가격으론 다시는 만나볼 수 없다는 즐거운 협박, 결국 경쟁력 있는 가격이 안정된 투자라는 회유, 시간을 달라고 애원하지도 않았는데 11분 더 드리겠다고 시간을 늘려주는 인심, 공짜도 아니면서 '어서 빨리 가져가라' 고 종용하는 무료 급식 창고 직원 같은 배려, 꼭 간택된 3백 분께만 이 혜택을 드리겠다는 넓디넓은 마음. 쇼호스트들이 수선스럽고도 간드러진 목소리로 구사하는 단어들은, 이 시간이 다시는 돌아오지 않을 것 같은 초조와 강박으로 얼룩져 있다. 차라리, 인생은 길지 않고 이 순간만 소중하다는 현대적 선禪이다.

그러나 고통 없는 거래란 없다. 인터넷 쇼핑이나 홈쇼핑 같은 '앉아서 하는' 쇼핑의 약점은 '이틀 내 출고 가능' 이라는 말을 믿기 힘들다는 것, 선택 폭이 적은 것, 직접 만져볼 수 없다는 것이다(사이즈도 브랜드마다 다르고, 모니터로 본 색깔은 실제와 같지 않다. 게다가 사람들은 늘 뭔가를 만져야 한다). 사회적 활동이나 스포츠로서의 쇼핑의 기능을 대신할 수도 없다. 결국 서가를 둘러보며 종이 냄새를 맡고 싶다면 서점에 가는 수밖에 없다. 꿀을 모으고 싶다면 벌이 있는 곳으로 가야 하듯이.

누가 누가 먼저 내나

화가 친구를 만나기로 한 호텔 바엔 생전 처음 보는 얼굴들이 모여 있었다.

테이블 위의 칼루아와 생과일주스와 피나 콜라다는 녹록치 않을 가격을 미리 암시하고 있었다. 하나마나한 인사를 나누자마자 누군가 남은 썰을 마저 풀기 시작했다. 지금 미국에서 의사 과정 중인데, 너무 힘들어 포기할 거라고, 그러나 그럴 수 있는 건 오렌지 카운티에 재산이 좀 있어서라고. 그간 한국에서 쓴 돈을 환산해보니 한 달에 용돈만 4백만 원이더라고.

내가 도착하기 전에 오간 이야기의 '전체의 대강'은 뻔했다. 자리를 뜰 시간, 즉 지불 시간이 되자 주위가 진공 상태로 변하더니, 계산서가 마술처럼 내 자리로 밀려왔다. 그 자리에서 가장 연장자인 나에겐 계산서를 어딘가로 밀어낼 해리 포터의 지팡이가 없었다.

"내가 낼게."

진심은 아니었다. 오렌지 카운티의 재산가는 오버랩으로 내 말을 받았다. 한국에 와서 얻어먹긴 처음이네요. 삽질하네. 내 마음이 나쁜 말을 뱉었다. 하지만, 왜 처음 본 이들 것까지 내가 내야 할까. 고작 두세 살 어릴 뿐이고, 듣자 하니 내 스무 배쯤 되는 재산가들이 어떻게 '얻어먹는' 것에 그렇게 당당할까. 그런데도 내가 계산하는 게 내 나이 남자에게 옳은 행동양식일까. 나는 계산서를 낚아채며 거들먹거리는 사람도 아니고, 화장실 가는 척 계산하고 나선 절대 알리지 말라는 이순신도 아닌데. 차라리 그들이 카드밖에 없어 못 낸다고 하면 저기 지하철역에 현금자동지급기가 있다고 말할 수도 있는데. 지갑을 털린 채 차에 타자 주유 경고등이 서글프게 번쩍거리기 시작했다.

계산하는 순간, 상대와 코드를 맞추는 건 쉬운 일이 아니다. 그래서 사람들은 경험을 통해 적당한 지불 방법을 생각해낸다. 그러나 순수하게 배양해왔던 내 금전 감각으로도 이해할 수 없는 일들은 참 잦다. 언제나 연장자가 지불해야 한다고 '믿는' 것부터, 여자와 함께한 식사값은 남자가 내야 '마땅한' 것까지.

각자 추렴하는 네덜란드식은 합리적이지만 쉽게 익숙해지는 방식은 아니다. 테이블을 돌며 입도 대지 않은 와인까지 백 원 단위로 나누게 하는 건 정말 맞지 않는다. 그러나 선배는 돈 내는 기계도 아니고, 후배들이 외로울 때마다 술잔 나누는 작부도 아니다. 나이 어린 자들은 다 뱀파이어다. 나의 경제력(애깃거리도 안 되지만), 지혜(다 어디서 읽은 것들인), 충고(얼핏 들으면 그럴 듯한)를 모두 무상으로 받길 원하는. 그러나 어쩌다 그들이 계산하려 들면 나는 형량을 못 채우고 형무소를 나선 듯 이상한 수치심을 느낀다. 나에게도 나보다 연장자가 계산하는 게 자연스럽기 때문에. 그리고 남자가 내는 게 '옳기' 때문에.

연애에 미친 한 친구는 남미 대륙만한 빚을 졌다. 남자가 여의치 않을 땐 여자가 내면 되지 않냐고 했더니, 그는 지금까지 단 한 번도 그녀가 산 적이 없다고 했다.

걘 돈 안 벌어? 벌어. 그런데 어떻게 번번이 너만 내? 늘 그래 왔는걸. 말이 돼? 난 당연히 그래야 한다고 생각해. 그 여자는? 걔도 그렇게 생각하지 뭐……. 나는 화가 났다. 걘 거지냐?

왜 '평등'을 주창하고(투표권, 세무, 동등한 급여 같은) 평등의 모든 혜택을 원하는 여자들이 데이트를 할 땐 남자가 운전하고 계획하고 모든 걸 지불하는 '전통'만은 유지하길 바라는 걸까. 지성의 지루한 불변不變 중 하나이며, 지식에 대한 인류의 지속적 노력의 이면엔, 이미 아는 걸 몇 번이고 다시 증명하려는 충동이 있다. 그러므로 남녀 사이에 가장 흔한 분쟁의 주제가 돈이라는 게 폭로된다면, 낭만적인 사람들은 3초마다 기절할 것이다.

우리는 모두 약간의 전통을 숭상한다. 남자들은 누가 셔츠를 다려주는 것을, 여자들은 저녁 대접 받는 것을 좋아한다는 전통을. 여자들은 또 구두, 가방, 꽃, 휴일, 차, 보석, 작고 반짝이는 선물을 좋아한다는 전통을.

여자들은 여왕과 닮았다. 많은 현금을 지니지 않는다는 점에서. 그들은 지갑에 대충 5만 원 정도만 있으면 충분하다고들 생각한다. 반면 '상식이 있는' 남자는 신용카드와 조그만 금 덩어리쯤의 현금 없이는 여자를 만나지 않는다. 늘 자기만 돈을 쓴다는 자각으로 약간 언짢아질 때 남자가 굳이 잊으려 하는 건, 여자가 치장에 돈을 많이 들인다는 사실이다. 여자들은 머리 손질이나 손톱 소제, 신발과 가방 쇼핑에 수입의 상당량을 양보한다. 극단적으로 말하자면, 평생 일회용 면도기, 남대문에서 산 티셔츠 한 장, 1년에 한 번 정도의 이발이면 끝인 남자에 비해, 매일 막대한 금액의 단장을 해야 하는 여자에겐 하찮은 저녁을 살 돈이 남아 있지 않다.

현대의 연애는 일종의 거래이다. 남자들은, 여자가 자기와의 거래를 유지하는 한 로맨스를 포기하지 않는다. 그러므로 자신의 성性이 주는 혜택을 이용하고 싶은 여자라면 다른 전통적인 것들은 포기해야 한다. 이를테면 잔소리 같은 것. "그렇게 소리 내서 먹지 마." "저딴 걸 입겠다고?" "그 습관을 여태 못 버린 거야?" 여자의 선천적 잔소리는 옳다. 몇 주 동안만은. 그러나 그 후로 남자에겐 자기보다 덜 성공한 이가 인생을 어떻게 살라고 가르치는 따분한 사운드트랙이 된다. 남자들은 여자에게 꽃과 보석을 사주는 섹시한 전통에 불만은 없지만, 결혼한 바보들처럼 잔소리를 듣고 싶어 하진 않으니까.

해방은 모두에게 좋은 거지만, 양쪽 다에게 대가가 따른다. 요즘은 요리하는 여자들을 별로 못 봤다. 그건 좋다, 나도 하지 않으니까. 그게 현대의 평등이니까. 그러나 밥값은 누가 내지? 술값은? 망할 놈의 평등.

언젠가 파리에서 어떤 여자와 저녁식사를 할 때, 웨이터는 계산서를 내 편에 두었다. 남자가 지불하는 관습은 숙녀를 배려하는 신사다움에 대한 금언이었다. 다음 날 저녁, 그녀는 파리 최고의 클럽에서 모든 술값을 냈고, (여자를 만날 땐 장소가 어디든 계산 자체가 딜레마가 되는 한국 남자인)나는 이상한 자존심을 억눌러야 했다.

누군가와 자리할 때, 친밀한 관계가 아니라면 머릿속은 분주해지기 마련이다. 돈은 자주 모든 것을 좌우하는 화두가 되기 때문이다. 때로 돈은 감정과 동의이음어이다. 지불 순간의 미묘한 차이를 읽지 못해 표현과 해석이 어긋날 때 관계도 꼬이는 건 그 때문이다.

성별, 나이 차에 관계없는 개인적 금전 감각은 사회적 동물이라는 방패로 가려져왔다. 그러나 아무리 여자의 지불 권리를 지지하는 세태라고 해도 나 역시 밥값이나 택시비는 남자가 내야 한다고 생각한다. '여자라는 통념' 속에서 그들 스스로 잔 다르크처럼 떨치고 일어나 계산하러 나서는 건 그래서 수월한 일이 아니다.

한 여자 후배는 분명한 의지로 돈을 낸다. 상황에 따라 대접 받을 일이 생겨도 누군가 그녀 앞에서 돈을 낼 땐 왠지 심란해서다.

"빚을 진 느낌이랄까. 내가 계산하면 왠지 안심이 돼요. 애인이나 남편이라면 얘기는 다르지만, 그래도 일방적으로 의지하는 건 싫어요."

그 후배는 여자가 경제적 사회적으로 자립한 증거라는 진부한 예일지는 몰라도, 돈을 내(고 싶어 하)는 마음은 지갑의 크기와 무관하다.

"미팅할 때 남자한테 매미처럼 달라붙어서 그가 돈 내는 게 당연하단 여자애들은 나도 싫어요. 돈은 나도 있거든요. 그런데 처음 데이트를 할 때, 그가 데이트 비용은 남자가 내는 법이라고 말했을 땐 왠지 내가 소중하게 여겨지는 기분이 들었어요."

돈에 관한 문제는 파트너와의 호흡에 따라 현실적인 문제가 되기도 하고 아니기도 하다. 그녀의 말은, 속은 쓰리지만, 여자들의 불가해한 지불 감각을 이해하게 해준다. 그래도 서로의 수입을 구분하며 따로 쓰는 부부를 볼 땐, 금전적 상식이 일치하는 게 멋져 보이긴 한데 나하곤 좀 곤란하다는 생각이 드는 것이다.

상대의 경제력에 관해 묻는 건 힘든 일이다. 거기엔 서로의 체면을 위해 그 자리에서 불만을 토로하지 않는 불가침의 영역이 있기 때문이다.

타인과 쇼핑할 때 예상할 수 있는 것들

쇼핑에는 언제나 예상하지 못했던 요소들이 끼어든다. 아이템이 아니라 동행한 사람들과의 문제라는. 쇼핑 파트너들은 다채로운 역할을 한다. 불가능을 가능으로 만들고(너한테 이런 화려한 색이 어울릴 줄 정말 몰랐어), 성깔 사나운 시어머니가 되기도 하며(네 눈에는 그게 좋아 보이니?), 라이벌이 되기도 한다(나도 살래!). 디자이너들은 독창적인 아이들과 보수적인 부모가 새롭고도 일상적인 문제로 논쟁을 벌이는 패션 발화점들을 검토해야 한다. 샌들을 쥐고 놓지 않는 딸과, 대체 그게 왜 필요한지 따지는 엄마와의 오래고도 질긴.

자식과 쇼핑할 때

아이들은 쇼핑을 좋아한다. 두려울 만큼의 열의와 굶주림으로 달려든다. 그들은 외계인 모양의 사탕봉지를 꽉 쥐곤 가게 바닥을 쓸며 분탕질을 한다. 버릇없는 애라고 생각하는 위선적인 구경꾼들은 눈으로 혀를 찬다. 자기들도 그런 아이를 길러봤으면서. 아이를 타이르다 인내가 한계에 다다른 부모는 아이를 패거나, 가게에서 내쫓거나, 결국 그 우라질 사탕을 사주고 만다.

성질도 더러우면서 갖고 싶은 것도 많은 아이와의 쇼핑은 종갓집 며느리의 제사 스트레스보다 크다. 시간은 없지만 돈은 많은 부모라면 장난감을 끝도 없이 안겨주는 것으로 안심한다. 물론 아이들은 부모가 얼마나 자기를 생각하는지 느끼지 못한다. 확실히 선택 과잉의 문제다. 모든 집이 종이에 압사되듯(신문, 잡지, 공책, 광고 전단지, 청구서, 청구서, 청구서!) 아이들 방은 일주일 안에 장난감으로 가득 찬다. 그래도 십 대 자식들과의 쇼핑만큼 끔찍하진 않다. 어린애들과라면 적어도 부모 방식대로 할 수 있다. 아이들은 아직 세상에 존재하는 모든 독립적인 행위를 모르니까.

십 대 자식들과 쇼핑할 때의 문제는, 그들이 '세상에 존재하는 거의 모든 것'을 원한다는 사실이다. 그러나 쇼핑이 가족간의 유대와 엮이면 유용한 행위가 아니라 설득과 강요와 회유가 난무하는 전투로 변한다. 사소한 것으로 언쟁하고, 취향을 강요하고, 잔인하게 품평하고, 기호를 공격한다. 딸애가 블라우스에 한쪽 팔만 넣어도 엄마의 핀잔이 이어진다. "당장 벗지 못해?" "그건 어떻게 해도 너한테 안 어울려!"

특별한 날, 부모가 오늘은 뭐든 사준다고 선언해도 분쟁은 잠복해 있다. 십 대 자식들은 모래 놀이터에 어른들을 끌어들임으로써 자신들의 영역을 망치길 원치 않는다. 그들은 어른들이 제한한 생활방식과 고유한 취향을 유기적으로 조합한 최고의 것만 제공받고 싶어 한다. 그들이 (찬양의 대상인)브랜드에 얼마나 관심이 있는지는 청바지 개수와 옷장 크기, 옷보다 비싼 신발, '걸' 잡지에서 본 옷을 사달라고 부모님한테 떼쓰는 횟수, '즐겨찾기' 해놓은 목록 개수, 옷 입는 데 걸리는 시간, 아는 브랜드 이름이 얼마나 되는지로 결판난다.

그래서 엄마가 "너무 예쁘다. 어쩜, 이 빨강 좀 봐. 태양 속에서 빛나는 것 같아"라고 감탄하는 원피스를 보며 딸은 한숨을 쉰다. 엄마가, 네 나이가 되면 여잔 바지를 벗고 치마를 입어야 한다고 우겨도, 딸은 아무도 종아리를 쳐다보지 않는다고 항변한다. 엄마가, 처녀 적에 딱 그렇게 입었더니 동네 남자애들이 침을 질질 흘리더라고 해봤자 역효과다. 엄마처럼 보이고 싶은 소녀는 없으니까. 게다가 엄마와는 키도 체형도 가슴 사이즈도 달라진 세대이다. 즉, 딸에겐 청색 가발을 쓴 마네킹과 착 붙는 펜슬 바지와 거미줄 치마와 탱크톱만 잔뜩 있는 매장이 천국이지만, 엄마에겐 정신없는 군상들만 한데 몰아넣은 연옥일 뿐이다.

쇼핑엔 기적이 일어나기도 한다. 엄마가 뿔이 잔뜩 나 있다가도 탈의실에서 옷을 갈아입고 나온 딸을 보곤 감동으로 훌쩍거리며 "우리 딸 정말 예쁘네" 혹은 "그 옷에 저 샌들을 맞춰 신어봐라" 또는 "그래, 난 우리 딸이 이런 모습이었으면 했어"라고 말하는 순간, 새순처럼 입을 삐죽 내민 딸은 휴전을 선언하고 만다. "얘, 근데 네 아빠가 이 옷 얼만지 알면 놀라 자빠질 거다"라고 말하는 순간 반전될지 모르지만.

아버지는 자신이 뭘 좋아하는지, 좋아하는 게 있기나 한지 모른다. 쇼핑을 언제 했는지 기억나지도 않는다. 밝은 색깔에 장식이 달렸거나, 불규칙한 글씨에 파도치는 셔츠 같은 건 전생에도 떠올린 적이 없다. 하지만 그의 십 대 아들은 재질, 스타일, 색상까지 혼합해 옷을 입는다. 올챙이배를 강조하는 이완된 허릿선의 바지를 든 아버지에게 아들은 말한다. "그거 입으심 KFC 할아버지처럼 보일 거예요!"

혼자라면 대충 쇼핑을 끝냈을 아버지는, 이젠 아들과 침착하게 남성복 매장을 거닌다. 아들의 조언에는 알아듣기 힘든 슬랭이며 투덜거림이 섞여 있다. 그러나 아들은, 아버지가 입고 싶어 했던 것들을 찾아냄으로써, 아버지 스스로 굴복하던 스타일의 한계를 부순다. 아들이 "오버예요, 아빠"라며 참견하면 아버지는 흔들린다. 아들에게서, 수트가 아주 잘 어울리는 체형이라는 소리라도 들으면, 아들을 자신만의 의상 컨설턴트로 키웠다는 사실에 마구 우쭐해질 따름이다. 쇼핑을 몰랐던 아버지에겐 회한에 가득찬 칭찬이라서…….

부모와 하는 쇼핑은 하나의 계약이다. 부모가, 네가 원하는 걸 다 고르라고 하면, 당연히 겨울 모직 코트, 갈색 구두, 그릇 세트쯤은 사야 하고말고. 그때 자식이 "무슨 소리에요? 나도 돈 있어요"라고 우기면 경칠 일이 생긴다. 자식 못 이기는 부모들이 "그럼, 그렇게 해라"라고 양보해버릴 테니까.

친구와 쇼핑할 때

늘 같이 쇼핑을 하는 친구들은 자칫 무엇이 나에게 잘 맞는가에 대한 올바른 사고를 후퇴시킨다. 어떤 친구들은 과욕(이나 모험 혹은 결단)을 부리도록 부추기지만, 다른 친구는 자기 취향만 강요(나 비난 혹은 야유)해서 쇼핑 자체를 질리게 만든다. 봐준다고 해놓고선 자기 것만 사제껴서, 오히려 이 편을 쇼핑 들러리로 만드는 부류들도 있다.

혼자 쇼핑하러 갈 때는 '꼭 필요한 것만 사자'는 결심이 크게 달라지지 않는다. 그때 구매 가능성이 제일 높은 건 당장 필요한 제품이다. 블랙 부츠컷 팬츠를 사고 싶은 괜한 충동만 피한다면 예산을 넘길 일이 없다. 그러나 친구하고라면, 쇼핑에 걸리는 시간은 매장 문 닫을 때까지다.

친구와 쇼핑할 때는 철칙이 있다. 몸 치수가 같은 친구나 마른 친구, 항상 경쟁하려는 친구, 또 솔직하다는 핑계로 잔인한 친구들과는 곤란하다. 그들은 결코 "넌 어쩜 그렇게 끝내주는 등을 가졌니?" "네가 그 속옷을 입으면 네 남친은 아주 그냥 뻑이 갈 거야!"라고 말하지 않는다. 대신 네게 몸에 붙는 옷이 어울리기나 하냐며, 시트콤에서나 나올 법한 펑퍼짐한 파자마 같은 옷이나 권한다. 탈의실에서 바지가 끼어 발버둥칠 때도 "네 몸 구석구석 살덩어리 좀 한번 봐라"라는 핀

잔만 준다. 친구가 '라이프스타일을 위한 선택'으로서의 쇼핑에 동참했다면, 몇 시간 들여도 다른 사람을 위한 것만 고르기 십상이다. 양말 하나를 사도 친구가 좋아하는 색깔일 게 뻔하다. 그땐 준비된 걸스카우트가 되어야 한다. 푸드 코트는 절대로 안 된다. 코너마다 음식을 죄다 시켜 먹으면서 '내가 지금 여기서 뭘 하고 있나? 차는 어디다 세웠지? 오늘 안에 집에 가게 될까?' 따위의 생각으로 복잡해질 테니까.

남자친구와의 쇼핑은 한 시간쯤 걸리는 일종의 전희이다. 남자가 부추기는 드레스를 살 확률이 제일 높기 때문이다. 어쩌면 탈의실에서 둘이 불붙을지도 모르고.

평균적인 남자가 생각하는 가장 이상적인 남자의 옷은, 자기가 지금 입고 있는 옷이다. 그건, 패션에 대한 남자들의 본질적인 무능과 두려움 때문이다. 남자들의 악몽은 만난 지 3개월이 된 어느 날, 여자가 이젠 단정하게 입으라면서 그를 옷가게로 데리고 가 승마바지에 털 방울 달린 베레모를 쓰게 만들지도 모른다는 것이다. 그러나 그녀는 그와 '함께'가 아니라, 그를 '위해' 쇼핑한다. 그는 여자가 권하는 대로 입다가, 거울 속에서 난생 처음 자아를 발견하기도 한다. 어쨌거나 여자가 남자와 쇼핑할 때 걸리는 시간은 여자친구와 갔을 때의 절반도 안 걸린다.

남자가 여자친구와 쇼핑할 때는 엄청난 관용과 인내가 필요하다. 토요일 오후, 연애 6년차인 그 남자가 "꼭 오늘 쇼핑해야 돼?"라고 물을 때 여자의 논리는 이렇다. "쇼핑 말고 우리가 할 수 있는 게 뭔데?"

그는 이미 그녀를 따라 시내 모든 매장에 다 가봤다. 잡지에 나온 보세 가게, 성질 사나운 강아지가 있는 란제리 숍, 판매원이 양푼을 우그러뜨리는 목소리로 강권하는 상점도 안다. 그날, 아이템이 드문드문 걸린 백화점 매장에서, 고양이 프린트 핸드백을 든 그녀는 엄격한 얼굴로 지시한다. "저기 소파에서 좀 기다려."

쿠션이 있는 벤치는, 머리가 아프지 않고는 옷 가게에서 절대 5분 이상 견딜 수 없는 남자들의 성소이다. 소파가 없다면 모든 가게 바닥은 지쳐서 기절한 남자들로 가득 찰 것이다. 여자친구들이 옷걸이를 뒤지는 동안, 소파엔 같은 신세의 남자들이 착하게 앉아 있다. 각각의 여자친구들은 차례로 탈의실로 들어간다. 커튼 아래 노출된 발목들이 탭댄스를 추듯 부산스럽게 움직인다. 커튼이 잠깐 펄럭거리면 그들은 봐선 안 될 것을 본 듯 잽싸게 서로의 눈을 피한다. 탈의실에서 나온 그녀들은 똑같이 묻는다. "나 어때?" 그들은 대충 대답한다. "아주 예뻐." "뚱뚱해 보이지 않아?" 그들은 느리게 대답한다. "음…… 아니……."

그들은 모두 "난 포스트 페미니스트야. 이런 거 하나 못 참는 남자들이 제일 한심해"라고 말하는 여자친구를 두었다. 여자들은 그를 쇼핑에 '참여'시키기 위해 백만 가지의 수를 쓰지만, 그건 안 된다. 쇼핑의 괴로운 체험이 충격에서 살아남을 수 있는 통과의례로 변하면 여자친구와의 관계가 더 두터워진다는 걸 그들은 모르기 때문이다.

그녀는 아무것도 사지 않는다. 다른 상점에 가서도 재빨리 훑곤 뒤돌아보지도 않고 나온다. 마지막으로 뒷골목 빈티지 매장에 간다. 재고품이 빠른 속도로 교체되는 곳. 80년대엔 폴로가, 90년대엔 스타벅스가 그랬듯, 2000년대의 부분적인 상징성을 지닌 곳. 하지만, 문화가 지나쳐 가지 않을 것 같은 그곳에서 여자친구에게 "빨리 좀 골라. 벌써 몇 시간째냐?"라고 했다간 판매원이 매장 밖으로 내몰듯 눈을 부라릴 테고, 그는 어쩔 수 없이 골목 전봇대에 붙은 전단지만 쳐다보는 신세가 되고 말 것이다.

늘 그 꿈을 꾼다. 사는 게 반복되는 꿈인 것처럼. 좌판에 펼쳐진 중동의 시장에서 나는 닥치는 대로 고르다가, 그 위에 싸구려 은목걸이까지 올려놓으며 외친다. 모두 얼마예요?

우주의 질서가 불길하게 삐걱대는 토요일, 마음속의 반란을 확장시키는 3시였다. 이대 서브웨이 앞에서, 마리 앙투아네트가 입으려다 만 것 같은 울퉁불퉁 패딩 코트를 입고 그녀가 나타났다. 대학 졸업식 날 레이스 달린 투피스를 입었던 그녀도 벌써 아이가 둘이었다.

겨울 내내 이 코트만 입었어,라고 그녀가 말했다. 나는 패딩의 실용성을 따지지 않기로 했다. 우리가 원하는 건 가벼운 커피 한 잔과 트레인 스포팅이었다. 우린 오늘 관광객이야. 아무 데서나 방심한 듯 막 사버리는 거야. 아무것도 필요하지 않다는 말은 하지 말기.

시멘트 계단을 내려가자 좁은 고샅길에 옷가게들이 도열해 있었다. 첫 번째 숍. 손으로 짠 것 같은, 나긋나긋하지 않고 투박한 스웨터는 2만 4천 원이라고, 아리산의 처녀 같은 여자애가 냉큼 말했다. "처음 본 데서 바로 사면 나중에 후회해." 그녀가 주의를 주었다. 맞아. 카키색 코트와 입기엔 상식적이야. 오렌지빛 터틀넥이라면 모를까. 그래도 입어보고 싶었다. 처녀는 고개를 저으며 노련하게 웃었다. "스웨터는 다 늘어나게 돼 있어요." 옷을 입는다는 건 규율에서 벗어나면 곤란한, 모순된 개념이다. 처녀는 천 원만 깎아주었다.

옆 가게 쇼윈도의 백팩은 주머니가 너무 많은 데다, 계모임 끝에 점심 먹고 나오는 아줌마들의 콜드크림 바른 얼굴처럼 유난히 번들거렸다. 높은 아치를 그리는 갈매기 눈썹의 여자애가 참견을 했다. "이거 클럽 모나코 신제품 카피예요." 신제품은 뭐고, 카피는 뭐지? 나는 혀를 쑥 내밀었다.

다른 가게 유리엔 셔츠 하나에 5천 원부터 만 원이라고 적힌 종이가 붙어 있었다. 내내 소극적이던 그녀가 설날 등극한 백두장사처럼 기세 좋게 가게 안으로 들어갔다. 덩굴과 표범무늬 벽지로 푸닥거리를 하는 행거에서 셔츠 쪼가리를 뒤지는 그녀의 검약이 궁핍해 보여서 "맘에 드는 거 있음 다 골라. 내가 사줄게"라고 했는데, 슬쩍 이런 데는 카드가 안 될 거라는 생각이 들었다. 나는 늘 현금이 없어서. 그때, 아까 것보다 더 음전한 데다 주머니도 적은 백팩이 보였다. 상像을 위 아래로 당겨 뭐든 날씬해 뵈는 요술거울 앞에서 티셔츠 두 개를 번갈아 얼굴에 대보던 그녀가 "우리 나이엔 가죽을 매야 하는 거 아냐?"라고 하자, 나는 그 가방과 그녀가 고른 셔츠 두 개까지 함께 지불했다. 카드로.

매장 문 옆에 파스텔 색깔 가죽 소매 끝으로 깃털이 빠져나온 코트가 보였다. 소심한 사람들이 소화하기엔 너무 연극적이었지만, 나의 연극배우 친구라면……. "아유, 활동적인 여자한텐 안 어울려. 성가시잖아." 그녀는 주춤거리는 나를 떠밀어 거리로 내몰았다.

커브를 돌자마자 그녀는 빨려들 듯 청바지 가게 안으로 들어갔다. 여자 산타클로스가 쓸 것 같은 푸른 공단 모자는 유아 같았지만 그녀는 동의하지 않았다. "이런 모자는 필요 없어도 사야 돼. 7만 5천 원인데 세일해서 3만 7천5백 원인 거 있지? 그리고 머리가 추우면 안 된대."

모자 상인의 음모야 아니겠지만, 몸의 열기가 머리로 빠져나간다는 사람들의 말을 믿으면 안 된다. 몸의 어느 부분에서나 빠져나가는 열의 양은 위치가 아니라 표면적에 달려 있으니까. 그래도 머리가 춥다면 모자를 써야 한다. 게다가 추운 날, 내 아킬레스건이 뭐냐고? 손가락. 벙어리장갑이나 야구 글러브로도 녹일 수 없어 만년 꽁꽁 얼어붙은 손가락. 그러니 진짜 양이 아닌가 착각했던 하얀 앙고라 장갑은 껴볼 필요가 있다. 장갑 하나 사는 데도 돈이 들지만 동상 걸린다면 더 슬프다.

이대 길은 약간 외로웠다. 에스프레소를 더블로 마시면 곧 에너지를 다시 불사를 수 있을 것 같았다. 팥죽색 차양이 달린 가게의 녹색 배낭을 찬찬히 바라보자 "오늘 왜 이래? 집에 가방 없어?" 그녀는 소리를 질렀다. 나는 상점을 모조리 불태워버리려는 연쇄방화범, 그녀는 출혈을 막는 물질이 든 전해액이었다. 그러나 뻣뻣한 가죽과 엠보싱 처리된 이니셜이 학술적 매력을 풍기는 가방은 그 가게에 걸려 있는 것 자체가 이미 잘못이었다. "이번이 마지막이야." 그녀가 옥새를 전하듯 나를 다잡았을 때 판매원이 말했다. "이거 호주 원주민들이 만든 거예요. 사실 파는 거 아닌데, 여기 머천다이징하는 분이 가지고 온 거예요. 근데 진짜 잘 어울려요. 주인을 만난 것 같아요."

가방을 메고 매장 안을 빙빙 돌던 나는 아끼던 관용구를 꺼냈다. 난 어른인데, 이까짓 가방 하나 못 사?

그녀는 가짜 보석을 흩뿌린 목걸이를 걸곤 망설이고 있었다. "꽃잎이 드러나게 할 수도 있고 길게 맬 수도 있고 두 줄로 겹쳐서 맬 수도 있어요. 또……." 판매원이 스커트가 되기도 하고 길이가 조절되는 드레스가 되기도 하는 이상한 옷까지 권하자, 그녀는 순순히 지갑을 열었다.

쇼핑은 즐겁다. 그러나 엄청난 즐거움은 아니다. "어, 저기!" 그녀가 다시 툭 치며 3층짜리 가게를 가리켰다. 이젠 그녀와 나 가운데 누구의 죄질이 더 나쁜지 불분명해졌다.

중저가 편집숍의, 깃이 너무 높은 쑥색 밀리터리 코트는 꼭 볼셰비키의 옷 같았다. 실내는 샤브샤브 요리처럼 더운데 나는 이미 러시아 여행을 떠나고 있었다. 아무리 창의적인 디자이너도 개인의 취향을 완전히 분쇄시킬 수는 없다. 그게 같은 걸 고르게 되는 이유다.

코트를 입자고 가방 두 개와 쇼핑백 두 개, 입고 있던 코트와 목도리까지 내려놓으니 흥남부두 피난 보따리가 따로 없었다. 코트는, 사이즈가 작아 단추가 약간 울었지만 심봉사 눈이 번쩍 뜨일 만큼 멋졌다.

3층 여자옷 코너에서 나는 냉담한 테일러링을 보여주는 코트를 들여다보고 있었다. 그녀는 내가 권한 코트와, 항해복 풍의 빗장 걸린 빨강 코트 사이에서 갈등하고 있었다. 일곱 번쯤 번갈아 입어보다가 그녀는 결정했다. "네가 골라주는 옷으로 할게."

피곤했다. 나는, 날 쳐다보지 마세요,라고 말하고 싶었다. "그냥 어디 가서 얼음 넣은 콜라 마시자." 멀리, 도시의 불빛을 바라보는 가출소년처럼 말하다가 마지막으로 밀리터리 가게로 들어갔다. 그녀는 기운 없는 눈으로, 밖에서 기다리겠다고 온순하게 말했다.

위협적인 추위가 밀려드는 토요일 저녁은 파티의 끝 같은 물리적 장벽으로 다가왔다. 초저녁의 호프집, 모조 향나무에 작년에 설치한 듯 때 묻은 꼬마전구를 보며 우리는 말없이 위로의 미소를 보냈다. 저녁밥을 지어야 하는 그녀가 화들짝 떠나고 나자 비로소 달콤한 묵상의 시간이 찾아왔다.

문 밖에서 나를 기다리는 리무진의 영예 따위는 있지도 않았다. 오늘 내가 산 것들은, 성숙이란 아주 어려운 거라며 혀를 차고 있었다. 네 시간 전, 나는 꿈을 가진 적극적인 사람이었지만, 지금은 사는 게 억울한 이류 시민이 되어 있었다. 인생의 의미는 무엇일까. 갖고 싶은 것들은 또 얼마나 쓸데없는 것들일까. 늘어진 목도리가 질퍽대는 땅에 끌리고 있었다.

소비의 네 가지 유형에 관한 짧은 언급

돈을 보는 태도는 가치를 대하는 감수성을 말해준다. 그런데, 개인이 돈을 의식하는 방법은 상당 부분 타인(주로 가족)의 고유한 특성과 간섭에 의해 결정된다. 그러니까 그는, 가난하게 자란 어린 시절에 대한 반발로 재정적 책임감을 지녀야 할 어른이 되어서도 무지막지하게 돈을 쓴다, 그가 그렇게 안하무인인 이유는 막대한 유산 때문이리라,는 식이다.

소비 스타일은 보통 네 가지로 분류된다(세부로 들어가면, 직감과, 완벽과, 만족과, 혁신이라는 다른 범주도 있지만). 세일만을 좇는 검약가 유형, 지출에 한계가 없는 유형, 아껴야 사는 스크루지 유형, 물질과 정신의 균형을 유지하는 유형. 그 각각의 탐사 결과는 이렇다.

세일 사냥꾼의 모토는 절대, 결코, 정가 그대로 사지 않는 것이다. 뭐든 백 원이라도 싸야 하는 이유는, 절약 자체보다는 '도전' 때문이다. 소비는 게임이라서. 그는, 돈으로 행복을 살 수 없다는 사람들은 쇼핑을 할 줄 몰라서라고 생각한다. 세일을 쫓아다닐 때 자기 확신은 절정에 이른다. 누군가 자신의 구매 품목을 칭찬할 때마다 얼마나 싸게 샀는지를 열에 들떠 과시한다. 그 스스로도 세일 플래카드에만 반색하는 자신의 검소함이 대견해 죽겠는 상태이다.

그는 늘 냉혹한 백화점들과의 전쟁에서 예리한 지능과, 완전한 예술적 재능과, 전사의 방식으로 승리한다(고 믿는다). 그는 매장 안에서 도움을 바라며 어슬렁거리지 않는다. 수개월 동안 추적해온 먹잇감을 호랑이처럼 조용히 살피다 두 번째 선반의 백이 놀라지 않도록 기민하게 잡아챈다. 그는 세일 때 헛되게 돈을 쓰지 않는 지혜를 잘 안다(고 생각한다). 절대 입지 않을 거라면, 싼 게 비싼 거야. 장식이 많은 옷은 떨어졌을 때 일일이 붙여야 하니까, 아예 안 사. 잔소리하는 친구와 쇼핑하는 것도 방법이야. 환불이 되는지 꼭 알아봐야 해. 또 세일이라도 할 말은 해야 돼. 90퍼센트 세일이라고 해도 고객은 대접받아야 하잖아…….

매장을 나갈 때 문득, 무릎길이의 검은 가죽 부츠가 눈에 밟히면 곧 돌입할지도 모를 세일 날짜를 안타깝게 물어본다. 세일 정보를 제일 먼저 달라고 매장에 연락처도 남긴다. 다른 데서 더 싸게 살 수 있었다는 걸 알기라도 하면, 더 샅샅이 탐색하지 않고, 다리품을 더 팔지 않았던 자신을 용서하기 힘들다. 어쨌든 그 모든 지혜가 알맞은 시간에 알맞은 물건을 알맞은 가격으로 자신을 이끌어주리라고 믿는 건 그만의 '도'이다.

그러나 생각도 못한 함정이 기다린다. 8천 원짜리 바지를 사기 위해 기름값이 만 원도 더 나오는 길을 운전해 가기도 하는 것이다. 이런 미묘한 불균형은, 그의 부모가 평생토록 가장 싼 매장을 찾아 헤맸기 때문일까? 아니면 능력 이상의 생활을 했던 부모에게 반발하느라고?

지출에 한계가 없는 두 번째 유형에게 돈이란 쓰기 위해 있는 것이다. 그는 생각한다. 써라, 써라, 써라. 알게 뭐야. 지금 써버리고 나중에 걱정할래. 소비를 통제할수록 걱정이 줄어든다는 생각은 하지 않는다. 신용카드는 오직 나만을 위해 세상이 고안해낸 산물이니까.

그에게서 자아와 돈은 분리되지 않는다. 그래서 동기에 상관없이 자기 통제력을 벗어난 돈까지 흘낏댄다. 그는 자신에게 보상한다. 열심히 일했으니 쓸 자격이 있지. 무리하게 지출하고 나면 죄책감이 들기도 하지만 멈출 순 없다. 공과금을 다 납부하는 것보다, 외식하고, DVD를 고르고, 와인 한 병을 집에 들이는 게 먼저다. 임대료나 공공요금 같은 사회적 책임감엔 무치하도록 둔감하다.

걱정되거나 지루하거나 화가 날 때, 타인에게 좋은 인상을 남기고 싶을 때, 최상의 상태로 인생을 즐기고 싶을 때, 그는 쇼핑한다. 절실해서가 아니라 순전한 재미나 미적 감각을 위해. 지출 여부를 결정하는 데 가격이 절대적 요소도 아니다. 감정을 대신하는 (과도한)소비는 삶의 결핍(행복이든 사랑이든 다른 사람의 관심이든 성공을 위한 열망이든)을 채우기 위한 가장 현실적인 시도라서 대부분 대량으로 산다. 복권에라도 당첨된다면 무자비하게 써버릴 것이다.

소비 단위가 커질수록 만족도 커지니까? 돈이 껌처럼 우스운 부모 밑에서 자랐기 때문에? 부모가 돈에 너무 지독한 탓에 자립하자마자 엇나가는 거라고? 그래서 새 소파를 사고는 불필요한 후회로 하루하루를 보낸다.

한 푼 아끼는 건 두 푼의 이득이라고 믿는 스크루지의 가족과 친구들은, 지갑의 동전 개수까지 헤아리는 그를 영 거북해한다. 사람들은 그를 이해하지 못한다. 필요 이상으로 돈을 모으는 사람의 동기는 탐욕이 아니라 두려움이라는 걸 모르니까. 그는 늘 가진 게 두 쪽밖에 없게 될 때를 걱정한다. 돈이 있으면 집도 절도 없이 거리로 나앉진 않겠지. 돈은 안전과 안심을 의미하거든. '가톨릭적인' 죄의식 때문에 그는 돈을 쓰는 데도 보상을 기대하는 일종의 투자행위로서의 '도덕적' 목적을 필요로 한다. 그래서 양말 같은 필수품조차 돈을 쓸 수 없다는 이유로 자제한다. 소비 자체를 용서할 수 없다. 뭔가 갖는다는 게 도저히 허락되지 않아서. 죄짓는 것 같아서.

그의 화두는 현재의 행복보다 미래의 경제적 안정이다. 그래서 은행 잔고는 종교와 같다. 누가 그의 재산이나 가처분 소득에 대해 물을 땐 저절로 방어적이 된다. 사실이건 아니건 그는 늘 이렇게 말한다. "내가 버는 돈으론 그거 못 사." 그는 쇼핑 좀 한다고 알거지가 되진 않는다는 사실을 모른다. 기분 상하지 않고도 얼마쯤 쓸 수 있다는 생각을 하지 못한다. 매달 수고한 자신에 대한 보답으로 양복 한 벌 사는 식의 선물을 하지 못한다. 자신에게 그럴 자격이 없다고 생각한다. 불안정한 환경에서 자라기도 했지만, 워낙 부모가 타고난 자린고비였기 때문에.

돈에 대해 균형감각을 갖춘 '합리적인' 부류는, 쓰고 저축한다. 자신의 재정 상황을 통제하는 그는 현명한 시각으로 돈의 역할을 이해한다. 돈이 삶을 풍요롭게 만들어주는 수단인 건 알지만, 잃어버린 뭔가를 대체하기 위해 돈에 의존하진 않는다. 그가 명품 가방을 사지 않는 건, 하루 이틀 동안 부자가 되었다고 느끼기엔 너무 알량하고 상투적이라서다. 그는 말한다. "남들이 다 가졌다고 나까지 가질 필요는 없어. 나에게 가장 중요한 건 어떤 기능을 하느냐니까." 파격 세일 때도 정확한 차별과 상식을 갖추고 매장으로 나아간다. 할인점에서 쉽게 현혹되거나 흥분해서 난투극을 벌이지도 않는다. 그는 최고의 선택을 위한 모든 행동과 결말을 목록화시킨다. 그래서 매장에서 빈손으로 나올 때도 실망하지 않는다.

그는 비싼 구두 한 켤레나, 연휴를 위해 돈을 쓰는 건 괜찮다고 생각한다. 정말 원하는 거라면 굳이 세일 때를 기다려 사지 않는다. 그도 미래를 위해 저축한다. 통장에 빨간 불이 켜지지 않도록 늘 일정액을 유지하지만, 이따금의 낭비는 용서한다. 긴 안목으로 지출하면, 소비와 저축을 동시에 할 수 있다는 걸 알기 때문이다.

그가 그렇게 한 방향으로 너무 멀리 가지 않도록, 절제와 양식과 상식이 잘 버무려진 상태로 돈을 쓰도록 가르친 건 누구였을까? 그런 수도사급의 자제는 누가 가르친 걸까? 그 자신의 건전 건실 건강한 시민의식 때문에? 아니면 분간 없이 소비하는 사람들이 그의 반면교사가 된 걸까?

여기엔 다르게 측정된 카테고리가 하나 더 있다. 돈에 대한 감각 자체가 없는 사람, 현금자동출금기를 봐도 찾을 돈이 없는 사람, 미래 같은 건 적립해둘 줄 모르는 나 같은 사람.

이별이 쇼핑에 미치는 두 가지 영향

우리는 쇼핑을 통해 '삶의 유지를 위한 행동'과 '기쁨을 주는 사회적 행동' 사이에서 감정적 원천을 자극받는다. 쇼핑이란, 번지점프나 요가처럼 결국 심신의 편안함을 얻기 위해 누군가 만든 안전한 관습이기 때문이다.

그러나 때로 어떤 습관이나 취미조차 쇼핑을 대하는 태도에 영향을 미친다. 이별 같은 괴로운 일이 있을 땐 더 그렇다.

쇼핑은 나의 짐

전에 난 이랬어. 단순한 걸 살까, 장식적인 걸 살까. '오일리'한 걸 살까 '매트'한 걸 살까. 세단을 살까, 해치백을 살까. 그 사람하고 헤어지고 나선 좀 달라졌어. 옷 가게 근처엔 가지도 않았어. 세일을 해도 관심이 안 가고, 완전히 방어적으로 변한 거지. 쉬는 날엔 편집 매장이며 백화점이며 두루 둘러보곤 했는데 지금은 그냥 집에서 뉴스 보고, 라면 먹고 그래. 차 타는 것도 무섭고, 돈 쓰는 것도 조심스러워. 세상이 끝난 것도 아닌데.

생각해보면 쇼핑이 나에게 얼마나 큰 부분을 차지했는지 믿어지지 않아. 기분 전환이나 단순한 위로를 위해 매장을 순례하는 건 거의 내 특기였잖아. 벼르던 게 대폭 할인 중일 때의 폭발적인 기쁨, 시즌이 지났는데도 아직 남아 있다는 안도감, 그렇지만 그게 여태까지 팔리는 흔한 제품이라는 실망, 그런데도 그게 여전히 비싸다는 경이로움을 나만큼 잘 아는 사람이 있을까.

예전엔 꼭 갖고 싶은 게 언제나 하나씩은 있었어. 요즘은 그런 게 다 무슨 소용인가 싶어. 친구들이 내 기분은 생각도 하지 않고 구두나 가방 얘기를 하면, 세상에서 가장 부도덕한 행위야말로 쇼핑이라는 생각이 드는 거야. 쇼핑백을 운전기사 양손에 들게 하곤 자기는 날씬한 힐로 명품관 바닥을 짓이기며 걷는 족속들을 보면 더 그래. 특히 지쳐 쓰러질 때까지, 종아리가 당겨 더 이상 걷지 못할 때까지, 결국 탈진할 때까지 쇼핑했다는 얘기를 들을 땐 미치겠다고.

종일 땅벌레처럼 돌아다니다 노점의 산패한 기름 냄새를 풍기며 주섬주섬 뭔가 먹는 사람들을 볼 때, 태양 아래 티셔츠는 땀에 젖은 채로 방석만한 종이백 꾸러미를 안고 있을 때, 바닥에 눕고만 싶은 피곤과, 또 그 돈으로 대신할 수 있었을 애들 공책 값을 쓸쓸히 반추할 때, 방광이 터질 듯한데도 하도 걸어서 허벅지가 쓸리고 저절로 갈지자가 될 때, 하품을 연발하며 빨리 매장 밖으로 나가자는 남편을 달래다 빨간색 에나멜 코트 앞에서 오르가슴마저 느끼는 아내를 볼 때, 백화점에 돈 갖다 바치고 싶어 죽겠는 얼굴에 아예 빛이 날 때, '난 공주야' 라고 적힌 티셔츠를 입은 여자애를 볼 때, 사회학적 관심과 인격적 성숙에 관해서만 목청 높이던 작자가, 우연히 백화점에 들렀더니 양복을 70퍼센트나 세일하더라며 기뻐하는 걸 볼 때, 여행을 떠나서조차 아울렛만 생각하는, 따뜻한 데서 보내는 겨울 휴가도 일행들과의 술자리도 다 필요 없고 오직 구두만 찾는 여자들을 볼 때, 세상에 오직 암수의 사랑밖에 없는 유행가처럼 모든 우선순위가 쇼핑인 부류를 볼 때, 아예 쇼핑으로 일생을 탕진하는 자들을 볼 때, 이런 말이 저절로 튀어나와. 그 유리 구두 갈아 신고 얼른 꺼져버려!

쇼핑은 아주 중요한 행위인데, 그게 잘못으로 느껴진다는 건 묘한 이분법이야. 하지만, 쇼핑하지 않는 건 공짜로 행복의 손잡이를 얻는 방법일지도 몰라. 상품이란 결국 물질로 만들어진 이데올로기 아니니? 옷 '따위' 를 경멸하는 지식인들이나 작가들이나 계몽주의자들은 말하지. 세계 인구의 70퍼센트가 굶주리는데 비싼 시계를 사는 게 도덕적일까? 나한테 무슨 헤링본 코트가 필요해? 차를 사는 게 내 인생에 절대적일까?(글쎄, 마크 트웨인이나, 버지니아 울프, 디킨스, 오스카 와일드도 그렇고 김동인이나 백석도 하나같이 잘 갖춰 입었다더만…….)

맞아. 입는 건 먹는 것보다 중요하지 않아. 스타일이란 다 쓸데없는 것, 멋이란 아무렇게나 걸쳐 입는 것, 사물이란 영혼 없는 풍요로움의 부산물이니까. 필요하지 않은 걸 산다면, 당신 스스로에게서 훔치는 것과 같다는 게 스웨덴 속담만은 아니야. 조금 덜 쇼핑한다면, 그렇게 미친 듯이 일할 필요도 없겠지. 인생에 뭔가 또 다른 여지가 있다는 걸 알게 될 테고.

쇼핑은 일상적인 문제의 탈출구란 말을 들은 적이 있어. 푹 빠질 수 있고, 재미도 있으니까. 근데, 쇼핑은 꿈을 줄지는 모르지만 기대만큼 행복을 주진 않아. 물론 멋진 걸 보면 '저걸 가져야 하는데' 하는 생각이 들지만, 그게 그만한 가치가 없다는 생각이 동시에 드는 거야. 원하는 걸 정확히 모르거나 어디서 뭘 사야 할지 잘 모를 때 쇼핑이 싫어지잖아.

반드시 가져야 한다고 생각하는 것들에 대한 인식 자체가 바뀌어버린 지금 내 상황이 오히려 현실적인 것 같아. 무욕의 나르시시즘이랄까. 모자가 필요한데도 이게 정말 갖고 싶은 걸까, 나를 심문하는 거야. 입고 싶어도 소화할 수 없는 속 비치는 옷이 1백만 원씩이나 하는 건 쇼핑의 격렬한 가학적 피학적 경향 아니겠어? 그런 옷이 바꿔놓는 건 인생이 아니라 통장 잔고 아니니? 불필요한 물건을 사고 싶은 욕구 자체가 불건강하잖니. 화장지도 아니고, 꼭 필요하지도 않은 것에 돈을 쓰는 건 온당치 않아. 난, 반짝반짝 빛나는 무생물에 너무 많은 감정과 인생을 쏟아버릴까봐, 소비재에 의해 소비되고, 사물에 의해 질식되고, 욕구에 의해 잠식될까봐 정말 무섭다고.

지금 나에게 쇼핑 하자고 집 밖에 나가는 건 모험과 같아. 이별과 회복 사이의 일시적 고요 속에 '현실'이라 불리는 무엇이 존재하는, 지금 내 상황에선 신발 한 켤레 사는 것도 골백번 생각해야 해. 힘든 일이 있을 때 내가 할 수 있는 게 돈 쓰는 일만은 아니니까.

나도 몰랐는데, 언젠가부터 내가 칙칙한 색깔의 옷을 많이 입고 다녔나봐. 감정을 드러내고 싶지 않았던 거지. 어제, 사이즈가 없어서 주문해두었던 수트가 왔는지도 알아볼겸 모처럼 매장에 갔는데 아직 안 왔대. 순간적으로 이런 게 다 무슨 소용인데? 하는 생각이 들었어. 분명 내가 덜 경솔해진 것 같기는 해. 소극적인 소비로 변했는지는 모르지만, 어쨌든 전략적으로 소비하는 법을 배운 것 같아. 디자이너 브랜드를 좋아하면서도 다른 걸 찾는다거나, 튼튼하고 단순하고 오래가는 것에 끌리는 식으로. 사랑은 금방 끝이 났지만…….

쇼핑은 나의 힘

그 사람하고 그렇게 헤어지고 나니까 세상이 내가 믿었던 것과 다르다는 걸 알게 됐어. 그러나, 상실을 극복하는 제일 좋은 방법은 이별에 대해 '상식적으로' 받아들이는 거야. 너무 괴로워서 사고 싶은 것도 안 산다고? 사고 싶은 게 하나도 없어졌다고? 글쎄, 내가 갑자기 금욕적이 되고 또 성스러워져야 하니? 마음이 괴롭다고 그것 때문에 하루하루의 삶이 방해받는 게 옳겠니? 사랑하는 사람하고 헤어진다는 건 누구에게라도 타격이겠지만, 내 소비 스타일은 여전히 아주 건전해. 소비 습관이 쉽게 바뀌는 것도 아니고.

개랑 헤어지고 나서 정말 쇼핑을 많이 했어. 내 자신을 위로할 것들이 필요했으니까. 누구라도 그때는 음식, 술, 초콜릿 같은 살찌는 것들에 의지하잖아. 상황이 좋지 않을 때 모든 악은 서서히 모습을 드러내면서 세상을 점령할 준비를 하는 것 아니니? 그렇지만 나는 먹는 것 대신 다른 걸 찾았어. 편하게 막 입는 '추리닝'도 필요했고, 스니커즈처럼 실용적인 것도 필요했고, 몽상 속으로 도망칠 현실도피적인 옷도 필요했어. 모자도 사고 탁자도 주문하고 오디오도 바꿨어. 내가 산 것들은 매번 그걸 보는 날 기쁘게 했어. 나는, 저조한 기분일 때는 내 안의 잠재된 끼를 발산하고 디바처럼 한껏 차려 입고 싶어져. 시선을 끄는 타이츠, 세련된 길이의 트위드 스커트, 이브 생 로랑의 고딕풍 액세서리, 발가락 부분이 둥근 펌프스 신발, 드라마틱한 분홍 스웨터처럼. 난 더 이상 순진한 양처럼 입고 싶지 않아. 기본적이고 실용적이고 기능적인 옷은 사절이야. 그런 옷들은 내가 안정될 무렵을 위해 아껴둘래.

어떤 땐 머리핀 하나를 사고도 감전된 것 같은 기쁨이 들더라. 고동색 수세미 설거지 솔은 파출부가 된 느낌을 줄지 모르지만, 제대로 만든 진짜 억센 털솔이라면 남자도 설거지 하고 싶어지지 않겠니? 누가 나처럼 방어기제로 아이섀도를 사는 여자를 비웃을 수 있다는 거니? 이런 사소한 기쁨이 없다면 그 괴로움을 감수하면서 살 만큼 삶이 가치 있을까? 핸드백 쇼핑은 골 빈 짓이지만 책 전집을 사는 건 위엄을 준다고? 핸드백이든 책이든 개인적 열정을 따르는 것 아닌가? 쇼핑이 유한계급만의 향유물인 거니? 또 누가 돈을 쓰겠다는 일념 하나로만 일생을 보내겠냐고? 꽃이나 소파부터 손톱깎이나 전등까지, 내가 말하는 쇼핑은 삶을 격려해주는 종류의 것들이야. 원하는 게 뭔지 알고 욕구를 채운다는 점에서 말이야.

쇼핑이 모두의 의무는 아니야. 그러나 적어도 내 의무이긴 해. 난 뭘 '사는' 것보다 돈을 '쓰는' 것에 더 신경 쓰잖니. 필요한 건 무슨 일이 있어도 살 거야. 부츠가 필요하면 바로 살 거야. 일과가 늘어난 거지. 전에야 그 사람을 위해 모든 시간을 할애했지만, 이제 내 자신은 내가 돌봐. 난 스스로 멋진 여자라고 느끼고 싶고, 맘껏 쉬고 싶고, 건강해지고 싶어. 나이 드는 게 무섭진 않지만 이왕이면 '젊은' 스물아홉으론 보이고 싶어.

난 째째하게 안 살기로 했어. 화장실 휴지는 두 번 정도 쓸 분량이 남았을 때 바꾸고, 비누는 반 토막 남아도 새 걸 뜯어. CD는 한 번에 세 개는 사야 돼. 내 방, 회사, 차에 하나씩. 머리는 2주에 한 번은 해. 매니큐어나 페티큐어, 비키니 주위와 눈썹 왁싱도 한 달에 한 번은 하려고. 치아 미백도 할 거야. 레이저 부정맥을 없애는 시술은 꼭 받을 거고, 두개골 마사지도 끊을 생각이야.

이런 행동들이 쇼크에 의한 반사, 그런 거라며? 하지만 옷들이 아리아를 부르는데, 왜 집구석에 처박혀서 지루한 찬송

가나 읊는단 말이니? 쇼핑을 삼가라는 건 우리를 중세시대로 끌어내리는 이들에게 패배를 시인하는 것과 같아. 행복이란 진열대 사이를 누비는 것, 여섯 시간을 집중적으로 쇼핑한 후 피곤해 죽을 것 같아도 다른 매장으로 진군해 가는 거야.

사람들은 늘 자기가 제대로 살아가는 건지 생각해. 사는 게 재미없다고 말하면서, 우울한 일상과 불경기 사이를 왔다 갔다 하지. 하지만 난 입고 싶은 걸 입을 자유가 있다고 내 자신을 부추겼어. 살아 있는 한 우리는 일을 하고, 쉬고, 쇼핑을 해야 해. 행복하기 위해, 책을 읽고, 아이를 씻기고, 박애주의를 갖추고, 인생의 해답을 얻기 위해 쇼핑을 해야 해. 죽고 나면 다시는 쇼핑할 수 없잖아.

쇼핑으로 기분을 바꾸는 것과, 새 밥솥을 사서 기분이 좋아지는 건 다른 문제야. 어차피 시들 거 알면서도 촌스런 끈에 묶인 장미 한 다발 때문에 행복해지는 건, 내가 자본주의의 괴물이라서도 아니고, 사상누각 같은 행복을 연장하기 위해서도 아니야. 그건 즐거움 이상도 이하도 아니야. 어떤 사람에겐 말다툼 끝에 피자 두 판을 다 먹어치우는 게, 울화 때문에 드러눕는 것보다 나은 거야. 이혼도장 내미는 것보다 골프용품점에서 5백만 원 날리는 게 더 속 편한 일인 거라고.

쇼핑을 혐오한다는 사람은 스스로를 혐오한다고 선언하는 거야. 제 아이조차 주변에 어떻게 비칠지 상관없단 얘기니까. 누군가의 집에 갔는데, 장판지 위에 놓인 시든 화분을 보면 어쩐지 슬퍼져. 그에겐 풍경의 아름다움 따위는 필요 없는 건지, 너무 바빠서 바닥재를 고를 시간이 없는 건지, 단풍나무로 할지, 리놀륨은 어떨지, 코르크는 괜찮을지, 보기엔 좋은지, 밟으면 안락한지, 넘어져도 괜찮을지를 생각하는 게 골아파서인지……. 싱크대를 채우는 거라곤 달랑 주전자뿐인 주방에는 어떤 이야기도 오고 갔을 것 같지 않아.

힘든 시간일수록 창의적인 자기표현이 더 중요해져. 어떤 점에서 자기를 위한 투자는 경제적 심리적으로 회복력을 길러주거든. 두려움을 극복하는 가장 좋은 방법은 괴로움에 상식을 적용하는 거야. 힘든 일을 겪은 후에도 살아가는 법을 배워야 돼. 최고의 쇼핑은 사랑만큼 맛있고 만족스러운 거라는 걸 알아야 돼. 우린 다 건강하게 인생을 이어나가야 하니까.

쇼핑중독자들의 비밀

앤디 워홀은 진정한 첫 번째 현대적 쇼퍼였을 것이다. 그는 세계의 매장과 옥션, 시장을 돌아다니며, 망상처럼 끝도 없이 물건을 사들였다. 그가 죽었을 땐, 위대한 파라오를 위해 묻힌 노예 군단 대신, 포장도 뜯지 않은 상자들로 쌓아 올린 피라미드가 발굴되었다.

쇼핑엔 장기 출석해야 하는 학교나, 가끔 가는 병원과 달리, 정해진 횟수나 정도가 없다. 소득과 상관없이 쇼핑이 취미라는 말도 자연스럽게 들린다. 하지만, 쇼핑은 강제 구매, 중독, 보상심리, 충동구매가 매복해 있는 장애물 경주이다. 보상을 원하는 흥미와 상실을 혐오하는 두려움이 뒤죽박죽 섞인. 거기엔, 흥분과 자책, 의기양양함과 의기소침함, 우울과 만족, 갈망과 획득, 선택과 보상, 통증과 쾌감, 신뢰와 자기 의심 같은 복잡한 덩어리까지 추가돼 있다.

인생엔 기둥뿌리가 뽑히도록 비싸든, 입을 때마다 숨을 참고 배를 안으로 당겨야 하든, 드라이클리닝 값이 옷값보다 비싸든 상관없는 순간이 있다. 그때 검소함이란 쓸모없는 부가물일 뿐이다. 하지만 굳이 필요하지도 않은 것을 쇼핑했을 땐 죄의식으로 얼룩진 범죄적 감정이 밀려온다.

사람들은 의식적으로 그릇된 선택을 하기도 한다. 나도 그렇다. 나에게 과연 파스타 만드는 기계가 필요했을까?(한 번도 써본 적 없다.) 서른 개도 넘는 양초는 또 어땠나?(3년 동안 눈길 한 번 주지 않았다.) 옷장 속에 몇 미터 넓이로 걸린 셔츠들은 진실로 원했었나?(단순히 자리만 차지했던 게 아니고?) 반죽을 위한 훅이 달린 믹서기는? 라벤더 목욕 소금은? 샤워 중에도 사용할 수 있는 CDP는 왜 샀을까? 전혀 필요하지 않은 상품, 비실용적인 장식, 무의미한 패션에 대한 열망은 누가 준 걸까?

쇼핑중독의 핵심은 불필요한 물건들을 계속 사들이는 것이다. 귀에 거는 데만 두 시간 넘게 걸리는 귀걸이나, 사다리처럼 굽 높은 구두와, 립스틱 하나 겨우 들어갈 실용성 빵점의 지갑과, 그걸 신고는 병원 안에서만 돌아다녀야 할 신발, 죽기 전까진 한 번도 걸칠 일 없을 울 스카프, 드레스 코드가 강조된 파티에서도 신을까 말까한 힐을 사들인다면 이야기가 달라진다. 정상적인 소비와 쇼핑중독의 차이는 생활에 미치는 훼손의 정도이기 때문이다.

두 번째 핵심은 '혹시 필요할지 몰라서' 이다. 사이즈가 달라도 교환하거나 환불하지 않는다. 논리는 없다. 깃털로 만든 잠옷을 보면 동시에 합리화가 진행된다. 언젠가, 영화상 시상식에 노미네이트 될 때 필요할지 몰라서, '사고 싶어서' 가 아니라 '사야 하는' 거라서, 제일 먼저 사서 자랑하고 싶어서, 옆에 선 섹시한 여자가 절실히 사고 싶어 해서, 누구나 원하는 아이템이라서, 지금뿐만 아니라 자손들에게 물려줄 수 있는 거라서.

그런 성향의 사람들에겐 명품관의 반값 할인된 100퍼센트 울 스카프만한 모순도 없다. 그런 데선 모든 게 비싸서 만 원만 싸도 횡재 같다. 부드러운 스웨이드와 주름이 패치워크된 가죽점퍼는 한정판인데도 '겨우' 150만 원밖에 안 한다. 밑단 아래 미세한 주름이 잡힌 스커트는 '단돈' 90만 원, 감색 홈스펀 재킷은 '고작' 120만 원, 귤색 캐시미어 카디건이 '기껏' 110만 원이라면, 어떤 명석한 경제학 이론도 매장에선 길을 잃는다. 실제 인플레이션 수치가 머릿속 인플레이션의 수치를 따라잡을 수 없다. 그래서 9억 원 하던 아파트가 1억 내렸단 소리를 들으면 이런 생각이 든다. 싸네! 아주 그냥 확 사버려?

입으론 그러고 싶지 않다고 말해도 미약한 떨림으로 되돌아온다. 곧 "다른 사람들도 이만한 돈은 쓸 텐데 난 왜 안 되는데?"라는 생각이 급습한다. 그리고 문득 무지하게 아끼며 살았던 자신의 사회적 양심이 차라리 부끄러워진다. "지금 사지 않으면 계속 꿈에 나올 텐데 그럼 괴로워서 어떻게 살아?" 결국 점유욕이 풍선처럼 부풀다 충동구매의 유혹으로부터 모든 면역을 잃어버리곤, 계산대로 나아가 처녀성을 잃고 마는 것이다.

욕망은 아름답게 펼쳐진 날개와 같다. 판타지를 헤엄치며 미세한 신경처럼 마음 깊은 곳을 흔든다. 식욕이나 성욕을 충족시켜주는 장치처럼, 머릿속엔 자신에게 뭔가 안겨줘야 보상받는 회로가 있는 것이다. 그들 자신도 상점의 자장磁場으로부터 도저히 달아날 수 없다는 걸 안다. 정말 갖고 싶은 거라면 일반적 법칙 따위는 없다. 임대료를 낼 돈이 없거나, 구두가 백 켤레라도 상관없다. 매일 백화점에 출근해 블라우스를 색상별로 다 사제끼던 여자가 매장에서 또다시 멈췄을 땐 사고 싶다는 욕망 말곤 아무것도 없다는 신호이다. 그건 팔뚝이 빈 남자가 황야의 무법자 같은 시계를 차고 싶어 한다거나, 헐벗은 발의 신사가 롤스로이스처럼 우람한 구두를 훔쳐보는 정도로는 비할 수도 없을 만큼 집요한 충동이다.

신용카드 한도를 넘길 경우, 쇼핑중독자들은 구매의 정당성을 위해 마음속의 재무 보고서를 조작한다. 일반적인 트릭은, 눈독 들이던 외투를 사고는 술 몇 번 안 마시면 된다고 생각하는 것이다. 자신만의 어휘를 조작하기도 한다. 이 이음새를 정교하게 감춘 수트는 하나의 습득이야. 내 컬렉션의 마지막 부분이야. 무모한 소비가 아니라 투자야. 우린 특별한 것에 대한 투자를 이해해야 해. 언젠가 유산이 될 거니까(그 말은 사실일 수 있다, 모자가 달린 빨간색 디올 쿠뛰르 수트라면).

또는 쇼핑의 황금률과 궁극의 역설을 발명한다. 좋은 걸 사느라 돈을 많이 썼다는 건, 오랫동안 돈을 아끼는 것과 같아. 시간에도 고스란히 적용되지. 비싼 시계는 매일 차면 지불비용을 만회할 수 있어. 이 오디오를 살까 말까 고민하는 데만 10개월을 보냈으니 앞으로 10년을 더 즐기면 되는 거 아냐?

가격을 앞으로 쓸 횟수로 나누기도 한다. 20만 원짜리 재킷은 200번쯤 입으면 본전은 뽑는 거야(앞으로 몇 번 입을지야 점집 아줌마만 알겠지만). 욕구를 부정직으로 채우기도 한다. 아찔한 정도를 넘어 목을 부러뜨릴 듯 굽 높은 구두를 사자고 월급을 다 쏟아 붓고는 가책 때문에 내내 가격표를 떼지 않거나, 영수증을 버리거나, 침대 밑에 숨겨두거나, 할부가 끝날 때까지 포장을 뜯지 않거나, 늘릴 수 있는 최대치 개월로 할부를 하거나, 반품을 두 번이나 하는 것으로 매출 달성에 기쁜 매장 직원들의 성질을 건드린다. 이윽고 빈 통장만큼 예술적인 거짓말을 한다. 내내 환불받을 것처럼 굴다가 웬만큼 시간이 지나 박스를 열었을 때, 누가 부러워하기라도 하면 죄의식은 흔적도 남지 않는다.

쇼핑중독은 여자들에게 더 흔하다. 그들이 가계의 구매 담당이기도 하지만, 쇼핑 자체가 낮술이나 부정한 사랑과 달리 사회적으로 넉넉하게 수용되는 여성적 행동이기 때문이다. 한편 남자 쇼핑중독자들은 실제 사냥에 나서는 것 같은 흥분을 맛본다. 정말 괜찮은 운동화를 봤다면 순식간에 기쁨을 관장하는 두뇌 부분이 자극된다. 사이즈를 물어보고 판매원들이 확인하는 시간은 법정 드라마를 방불케한다. 배심원들이 너무 오래 시간을 끄는 거 아냐? 아님 너무 짧은 시간에 나타났나? 내 사이즈를 찾기나 한 걸까? 정말 원하는 것이었다면 손에 넣기 전에 매장을 떠나는 일은 없다. 그리고 그날 밤, 그 운동화랑 자고 싶어지는 것이다.

구매욕은 성적 발달 단계와 닮긴 했지만, 쇼핑을 통해 심신의 안정을 얻고 싶은 일종의 테라피이기도 하다. 상식적이지도 합리적이지도 않지만, 열망은 갖고 싶은 것 자체를 신성하게 만든다. 화석 수집가가, 신이 만든 것 중 이처럼 특별한 건 없고, 그건 오직 자기만의 무량한 기쁨을 위한 거라고 믿는 것처럼. 그러나 욕구를 채우고 나면, 곧 안전장치도 없이 기대 상실, 잘못된 권력 의식, 공허가 기다린다. 어떤 것도, 돌아가신 고모가 살아 돌아온대도 가슴 속의 빈 수레를 채울 순 없다. 결국 (의학적)우울은 반복된다.

쇼핑중독은 통제 불능이나 망상이라기엔 도박처럼 특성 자체가 파괴적이다. 성격적 결함이나 유전적 요소가 쇼핑중독자를 만든다는 축도 있지만, 완화된 신용카드의 발급 조건, 소비 경쟁 심리, 무조건 밀어붙이는 광고, 집에서 잠옷을 입은 채 몇 십만 원을 우습게 쓰게 만드는 요즘의 전자 상거래 때문이란 진단도 자연스럽다. 어쨌든 항우울제가 쇼핑중독을 억제한다는 보고들은, 모든 이상행동을 정신병리학으로 분류하는 제약 회사들의 마케팅과 관련돼 있다. 기분을 좋게 만들어 허튼짓을 못하게 한다는 건, 그들을 좀비로 만드는 것 아닌가.

중독이란 게 무엇이든 한 가지만 줄곧 생각하는 어떤 열정적인 상태라면, 아주 멋진 거라는 생각도 든다. 그렇다면, 쇼핑중독자들은 열심히 번 돈을 소비함으로써 자신을 개선하는 동시에 사회 경제가 굴러가게 만드는 사람들이며, 쇼핑백에 희망찬 내일을 담는 사람들이며, 영원히 정열을 불태우는 사람들이며, 쇼핑만이 시든 욕망에 다시 불을 당길 수 있다는 걸 너무 잘 아는 순수한 사람들이 아닐까? 굳이 그들과 나를 위로하는 말이긴 하지만…….

빚과 그림자

예전, 대폿집에서의 외상은 술 찌꺼기 눌어붙은 장부책에 기록된 믿음의 실록이었다. 그건 손님과 가게 주인의 친밀한 사이만큼 다가올 불화를 예고하기도 했지만, 채무를 상환하는 것만큼 중요한 사회 도덕의 기초였다. 외상으로서의 신용 판매는 이 과도한 생산성의 시대에 소비자의 당연한 권리이자 궁극적인 (경제적)참정권이 되었다. 신용카드를 받지 않는 상점들이 어딘지 음성적이고 음란하고도 음습하게 느껴지는 건 그 때문이다.

자본주의 소비 운동가들에게 화투장보다 약간 더 큰, 이 얇은 플라스틱 조각보다 파괴적 호소력을 지닌 아이콘은 없다. 개인의 사회적 높이이자, 자산의 범위를 헤아리게 만드는 살아 있는 조형물, 문명의 보너스라기보다는 생활 자체인. 그래서 솔직히 늘 현금 고갈 상태인 나는 신용카드 없이는 아무 데도 갈 수 없다(그렇다고 내가, 가을빛 톤의 자비로운 아메리칸 익스프레스 골드 카드를 그을 때마다 크리스마스 선물을 주는 샤넬의 VIP 고객이나, 보스를 비스킷처럼 우습게 사제끼는 부자일 리 없다).

요즘 사람들은 마이클 잭슨이 얼굴에 집어넣은 플라스틱의 양보다 더 많은 '플라스틱'을 가지고 있다. 모두 알아서들 신용카드의 노예로 전락해버렸다. 이젠 애들도 부모의 신용카드를 갖고 다니거나 부모 계좌에 딸린 가족 카드를 발급받는다. 신용의 민주화는, 신용카드를 쓸 만한 지혜가 있건 없건 어린애들에게 충동구매와, 소비를 통해 그들 그룹 사이에서 소속감을 찾아야 한다는 강박증까지 싹싹하게 일러주었다.

물론 신용카드를 사용함으로써 보다 더 탄력적인 지출을 하는 방법도 배운다. 그러나 모든 카드 광고는, 상품 가득한 광야에서 카드 하나로 일상의 모든 비용을 지불함으로써 내적인 평화까지 보장하시라고 외칠 뿐이다. 결국 메시지는 "내일 죽을 것처럼 쇼핑하세요. 맘껏, 원 없이, 쇼핑하세요"이다.

가끔 최악의 상황이 떠오른다.

당신은 지금 새 고객에게 좋은 인상을 남기려고 별의별 아첨을 하는 중이다. 끝내주는 레스토랑의 제일 좋은 자리를 예약했고, 그 시간은 환상적으로 지나갔으며, 회사에 돌아가 성공적인 접대를 약간 과장해서 보고하는 일만 남았다. 마지막으로 당신은, 검지와 중지로 우아하게 집은 신용카드를 웨이트리스에게 건네주며, 힘겨웠으나 보람찬 하루의 서비스를 마치려 한다. 그러나 자리로 다시 돌아온 웨이트리스는 접대 끄트머리의 팁 서비스로 분주한 당신에게 처량하게 말한다. "손님, 죄송하지만 이 카드는 거래 중지라는데요."

신용 판매엔 사회적 신화와 경제적 압박이 한데 섞여 있다. 내 손에 쥐어진 것들은 얼굴도 모르는 사람들에게서 '외상'이라는, 무료 제의를 통해 전해졌지만 아직 해결되지 않은 채무라서 또 다른 속박을 행사한다(소비자는 산업 생산과 판매 체계 안에 속해 있으면서도, 생산자와의 관계가 전혀 없는 이상한 시스템의 희생자들이다).

어른들은 현금이 최고라는 철학으로 살았다. 사실 카드건 현금이건 대금 지불 방법을 선택하는 건 모두의 자유이다. 그러나 신용 판매는 미래 완료시제에 갇혀 있을 뿐이다. 시간, 노력, 기회비용, 불가피한 후회라는 고정 비용을 치른 후, 카드를 꺼내 지불을 약속하는 순간, 청구된 금액은 희미한 미래에 저당 잡혀 있는 것이다. 카드의 승인과 동시에 구입한 품목이 손에 쥐어진다는 것은, 사물이 가진 가치의 일부를 담보로 전체를 충당한다는 의미이기 때문이다.

때로 일시불 지급은 그 사람의 지위와 위신을 드러낸다. 부자들은 일시불의 쾌락을 아주 잘 안다. 그들은 카운터에 플래티넘이나 골드 카드를 내놓을 때 스스로의 사회적 성공에 전율을 느끼는 한편, 거만하던 판매원이 충격을 받는 모습을 즐기며 명세서에 갈기듯 사인한다. 게다가 가끔 이런 멘트를 날림으로써 주변 모두를 치사하게 만든다. "이 아멕스 카드는 사용 한도액이 없어서 참 편해." 물론, 아멕스 카드만 있다면야 정신적 동맥경화에 걸릴 일은 없겠지. 급기야 신용카드는 사물에 사회 정치적 기능을 '인격적으로' 부여하기 시작한 것이다.

한편, 지갑에서 신용카드를 꺼내는 단순한 손짓 하나로 여러 현실적인 미덕을 취할 순 있지만, 할부는 구매자에게 연쇄적인 짐이 됨으로써 만성적인 인플레이션 상태로 만든다. 카운터에서 신용카드를 건네면서 몇 개월 할부를 고민할 때, 뭔가 통제 불능 상태에서 눈을 감고 물속으로 뛰어드는 느낌이 드는 건 그 때문이다. 신문 대금, 휴대폰 요금, 병원비, 소득세, 10만 원 이하의 금액까지 신용카드로 결제함으로써, 악착같이 포인트를 모으고 마일리지를 적립하며 영악하게 살아보려 해도, 할부 거래 때는 '타인의 의심스러운 눈초리'를 견뎌야 한다. 결국 몇 개월 안으로 다 갚겠다는 약속을 믿어주겠다는 누군가의 '관대함'에 기생하기 때문이다.

신용카드로 제품을 살 때의 기쁨과 훗날 되갚아야 할 지불기간 사이엔 일목요연한 수순이 있다. '외상'은 허영심 많고 논리가 부족한 이가 금방 허장성세를 들키듯 곧 경제적 곤란을 부른다. 한번 폭로된 거짓말은 새로 지어낸 거짓말 속으로 피난갈 수밖에 없듯이, 지불 기한을 지킬 자신이 없는 구매자는 사용 한도를 넘기는 한이 있어도 또다시 '대형사고'를 침으로써 스스로를 위로하려 한다. 곧 기운 센 카드 회사 여직원들의 협박성 전화에 시달리고, '경제 사범'이 되어 포박되리라는 것을 알면서도 미래로 도주하는 것이다. 그래서 신용카드 회사들은 사람을 오직 신용양호자와 신용불량자 두 인종만으로 나누었다. 수수료와 정기적인 회비를 지불하는 믿을 만한 열혈 소비자는, 허구한 날 돈도 제때 못 갚는 위험한 소비자들과 함께 다루어질 수 없는 것이다.

신용 판매의 가장 잔인한 점은, 청구된 금액을 제때 갚지 못하고 '도주'한 구매자에게, 다달이 이율을 높여가며 잘못을 연좌하고, 급기야 경제적 압박감으로 부서뜨린다는 것이다. 계좌를 막음으로써 인생까지 막아버린다. 친구인 줄만 알았던 은행은 골 아픈 문제가 생겼을 때 채권자의 마지막 줄에서 있기를 원치 않는다. 세상이 다 그런 것처럼.

근대 사회는 구매하는 순간 바로 지불해야 한다는 압박감으로부터 소비자들을 자유롭게 만들기 위해 신용 판매 시스템을 만들었지만, 사실 그 시스템을 제공하는 사람은 소비자 자신이다. 사회가 지속적으로 재화를 생산할 수 있도록 소비하지만, 거꾸로 소비자 자신이 계속 일함으로써 스스로 지불능력을 갖추기 때문이다.

상업적 지도는 끝없이 진화해왔다. 신용카드 회사들은 그들의 데이터베이스에 쇼핑 행위를 곁들이면서 정보의 금광을 발견했다. 개인의 사적인 영역을 적극적으로 침범하여 소비의 궤적을 추적함으로써 구매 정보(누가 언제 어디서 무엇을 샀는지, 어디에 살고 또 그때마다 얼마나 쇼핑을 하는지, 언제 마지막으로 쇼핑을 했는지, 어떤 매장을 무슨 이유로 발길을 끊었는지)를 캐낸다. 이윽고 일목요연한 소비의 지형도를 그린다. 소비자들 역시 신용카드 회사들로부터 무의식적으로 강요된 숱한 압박들을 받아들이는 동시에, 카드를 긁는 자신들의 '수고'가 더 돋보이도록 더 멋지고 자극적이고 통합된(디자인의) 신용카드를 원한다.

가끔, 현금자동지급기를 찾아 분주하게 나다니는 허심탄회한 좌절감 속에서 반야심경을 외운다. 사물들은 소유되거나 사용되는 게 아닌, 오직 생산과 구매의 과정 속에서만 모호하게 존재하는 거라고, 누군가 다른 사람이 사용하기 전에 내가 잠시 보관하는 무엇일 뿐이라고, 그러므로 개인이 온전히 소유할 수 있는 것은 세상에 아무것도 없다고…….

쇼핑 게임에서 이기는 방법

충동구매의 비극엔 예외가 없다. 그러니까 세일 중인 백화점에서 작심하고 산 가죽점퍼는 항상 실패라는 것이다. 트렁크 팬티를 입고 자다 더워서 깼는데, 비몽사몽 홈쇼핑에서 산 운동기구는 말할 것도 없다.

쇼핑이 게임이라면 그 목적은 필요한 걸 획득하는 것이다. 최상의 버전은 가장 싸게 사는 것이다. 그러므로 쇼핑하기 전에는 술을 마시면 안 되고, 돈이 적을 땐 어두운 색의 아이템을 고르고, 구두는 오후에 사야 한다는 식의 고객 생존법이 난립한다. 물론 모든 힘을 무너뜨리는, 자기 의지로는 지나가고 싶지 않은 즐거운 정글에서, 상점의 먹이가 되지 않고 무사히 윈도쇼핑을 마치는 영웅들은 늘 있다. 영웅은 늘 극소수라서 문제지만.

그런데 쇼핑의 달인의 고조할아버지라고 해도 상점에 들어서기 훨씬 전부터, 그의 행방이 연구 분석되었다는 건 몰랐을 것이다. 상점 디자이너들은 애당초 고객의 시선이 처음 어디에 머물 것이며, 어느 타이밍에 물건을 만져볼지, 동선의 어느 지점에서 강력한 매력을 발산하는 상품을 둘지 태곳적에 다 파악해두었다.

기본 아이템들을 대략 매장 뒤쪽에 배치한 건 다 그들의 전략이다. 상점 입장에서 이 게임의 목적은, 고객의 관심을 가능한 한 흩어놓아 세상엔 필요하지 않아도 눈 돌아가게 만드는 제품들이 얼마나 많은지 알게 하는 것이다.

첫 번째 허들은 상점 입구라는 완충지역이다. 모든 가게들은 입구부터 담판을 짓고 싶어 한다. 입구 주변의 반경 몇 미터(거리를 걷거나, 육교 계단 어디쯤을 올라가다 말고 진열 상품을 보곤 반해서 당장 달려올 수 있는 거리)에 배치된, 이번 시즌 컬러로 반짝거리는 머플러가 놓인 테이블은 구매자의 걸음을 더디게 만든다. 분명한 예산과 규모로 목표를 향해 가고 싶은 고객을 저지하는, 말 그대로의 장벽이다. 그러므로 흔들리지 않는 보폭으로 진군하기 위해서는 머리를 통째로 비우고 사려고 했던 것 말고는 아무것도 생각하지 말아야 한다.

두 번째 허들은 남자가 맞닥뜨린 남성용 코너다. 기운 센 여자들은 남성용 제품이 보이든 말든 제 할 일을 다 하지만, 남자들은 여자 드레스와 마주치면 갑자기 경직돼 못 올 데에 왔다고 생각한다. 얼른 그 자리를 뜨거나 달아나버릴지도 모른다. 게다가 여자 코너는 남자보다 보통 세 배는 더 넓으니 공황감은 드넓게 퍼져간다. 그러니 남성용 매장에 가서 비로소 고향에 온 듯 심하게 반색하는 남자는, 뭐든 사지 않고는 그 코너를 빠져나오지 못할 것이다(함께 온 누구라도 그 꼴을 보면 양말 한 쪽이라도 사주고 싶어질 테다).

그는 이제 십중팔구 오른쪽으로 방향을 튼다. 세상이 오른손잡이 중심으로 돌아가니, 숍 매니저가 빨리 처분하고 싶은 옷도 대체로 오른쪽에 진열됐을 수밖에. 그러나 이 구역에서 살아남는다고 해도 더는 못 버틸 난코스가 기다린다. 트렌드 지역. 반짝반짝 행렬을 이룬 신상품들이 매초마다 모습을 바꾸며 고객을 교란하는 바람에 애초에 무엇을 사러 매장에 왔는지조차 잊게 만든다(그러니 트렌디한 것들엔 금방 물릴 수밖에 없다).

이윽고, 셔츠, 진, 스웨터, 티셔츠 같은 기본 아이템이 모여 있는 코너를 발견한다면, 운이 좋으면 다른 매장에 안 가고도 쇼핑을 끝낼 수 있다. 다시 말하지만, 운이 좋다면.

일단 바지를 입어본다. 맞춘 듯 딱 맞는다. 그를 위해 따로 만든 것처럼. 그는 스스로 도취되어 가격을 확인한다. 30만 원. 좀 부담스럽다고 느끼는 순간, 그는 바지를 더 간절히, 아주 간절히 원한다. 심장이 빨리 뛰고 현기증까지 살짝 감돈다. 그러곤 그 바지 없이는 행복할 수 없다는 결론을 내린다. 달려가야 할 오만 군데 자리마다 아주 독창적인 사람이라는 인상을 줄 것 같아. 어쩜 자신만만한 태도는 승진의 기회까지 줄지 모르지.

나중에도 살 수 있다는 생각은 안 든다. 신용카드 한도가 조금밖에 안 남았다는 생각이 얼핏 들고, 이 바지가 한도를 넘겨버릴 거라는 염려도 있지만, 사지 않는다면 직장도 잃고, 평생 '작업복' 차림으로 살아야 할 것 같은 불길한 생각만 든다. 이때 살아남는 길은, 그 코너가 마치 무너지는 동굴이기라도 한 것처럼 바지를 옷걸이에 걸어두고 어서 빠져나오는 것이다. 내일이면 이성을 되찾아 사실 바지를 살 돈도 없고, 그 바지가 없는 삶도 의미 있다는 걸 깨닫게 될 테니까.

그러나 다른 장애물이 또다시 아찔하게 눈앞을 가로지른다. "날 봐, 날 느껴봐, 날 만져봐"라고 외치는 디스플레이와 쓰다듬지 않고는 지나갈 수 없는 테이블. 병아리보다 더 보송보송한 스카프(우리는 촉감으로 쇼핑하는 게 아닐까)를 애무하며 한 번 집어 든 이상 다시는 내려놓을 수 없다. 그때 덫이 추가된다. 디자인은 같아도 탄복스럽기만한 소라색과 더 선명한 파랑……. 그렇다면 도저히 한 개만 살 수 없다.

사실 그가 겨냥했던 건 세일 품목이다. 뒤쪽 벽이나 코너, 엘리베이터가 있는 틈새 어디쯤으로 직행하면 꼭 세일 '매대'가 따로 있다는 건 이미 알고 있다. 쓸 만한 게 없다면 세일이라고 해도 마음이 움직이진 않는다. 그러나 80퍼센트 세일이라면 이야기는 다르다.

마지막 허들이 남았다. 계산대 주변에 포진한, 저항할 수 없는 작은 아이템들. 은하수의 멋진 여행으로 데려가는 예쁜 양말이나 깃털로 장식된 머리띠, 체크 목도리, 싸구려 보석들을 보면 눈을 감고 주기도문을 외워야 한다. 시편도 생각난다. 여호와는 나의 목자시니 내게 사고 싶은 충동이 없으리로다…….

가장 좋아하는 것들을 어쩌다 발견할 순 있다. 그러나 진실은 변하지 않는다. 쇼핑 게임에서 이기기 위한 단 하나의 전략은 눈과 마음은 열되 지갑만은 꽉 움켜쥐는 것뿐이다. 때로 안구가 튀어나오도록 출중한 코트를 봤을 땐 잠시 시간을 가져야 한다. 매장에서 그렇게 번쩍거리던 옷도 언젠가는 시장통 형광등 아래에서처럼 갑자기 누추해지고, 결국 옷장 구석에 처박힌 옷들과 다를 게 없다는 걸 타이르듯 생각해야 한다. 하지만, 집에 돌아왔는데 한 달도 넘게 눈에 어른거린다면, 그때는 돈 좀 쓰는 게 그렇게까지 죽을죄는 아니겠지…….

사실 쇼핑이 너무나 고통스럽다면 두 가지 옵션과 맞닥뜨려야 한다(방법을 찾기만 한다면 정책 입안자들이나 정치 사색가들을 매료시킬 것이다). 율리시스가 사이렌의 노래에 굴복하지 않기 위해 배를 돌린 것처럼 아예 쇼핑하지 않거나, 하더라도 아주 조금만 하는 것. 그러나 세상에서 가장 괴로운 건 매장에서 지갑이 다 털렸는데도 다음 날 또 쇼핑하며 살아가리라는 사실이다. 그래서 가끔 우긴다. 돈은 쓰라고 있는 거고, 헛된 소비의 기쁨도 없이 어떻게 살아가느냐고, 그게 오히려 현명한 소비라고.

트렌드를 소비하는 야비한 방법들

2장

패션 공화국 시민들에게

백날 봐도 난 패션을 잘 모르겠어요. 패션이란 진에 탱크톱, 가죽재킷에 모조 다이아몬드, 얼굴의 반을 덮는 소도둑용 선글라스, 부자연스럽게 몸에 착 붙는 옷과 억지로 태운 피부, 작황 좋은 해의 무등산 수박만한 가슴을 떠받치기엔 너무 가는 허리, 뭐 그런 거죠? 그런데, 늦가을 수세미처럼 늘어지는 슬립 드레스를 보며 내가 하는 말이라곤, 어이구, 한 줌도 안 되는 이까짓 게 무슨 50만 원이냐? 부피가 작아 포장이야 간단하겠지만, 정도인걸요.

사람들이 직장에 갈 때조차 베스트 드레서로 콕 찍힐 법한 옷을 입는 도시 구역에 계산되지 않은 룩이란 없어요. 거기선 '아무나' 라고 할 수 있는 누구라도 스타일리스트의 감각이 있죠. 아무나라고 할 수 있는 누구라도, 매장 임대료며 수수료 때문에 다른 가게보다 덮어놓고 비싼 백화점에 죽자 사자 들르는 거예요. 그러나 이 편이 살아서는 결코 가질 수 없는 것들을 절망적으로 원할 때, 다른 친구들이 1백만 원쯤은 우스워한다는 게 참 속 쓰려요.

이 모든 건 서울의 강남 쪽에서 일어나죠. 서울의 패션 공화국엔 유러피안처럼 보이고 싶어 하는 보통 사람들, 보통 사람처럼 보이고 싶은 패션 고수들, 패션 고수가 되려고 안달하며 돈을 쓰는 사람들이 모여들죠. 완벽한 룩의 수제자들이자 비싼 아이템들로 무장한 패션 무리들요. 패션은 굶주린 포식자 같아서 언제나 새롭고 흥미로운 먹이를 요구하죠. 화끈한 상점에는 화끈한 군중들이 몰려드니까요.

오프닝 행사로 분주한 패션 공화국의 매일은 신이 주신 금요일 같죠. 비싸(어려) 보이자고 작정한 사람들이 시상식 세레모니라도 하는 것 같아요. 모두들 손가방과 백팩, 스키니진과 힙합 바지, 원두커피와 라테, 골드 카드와 마일리지 카드를 두고 투쟁해요. 우리가 어렸을 땐 어서 나이 들고 싶었고, 또 근검절약에 대해 내이(內耳)가 헐도록 들었는데도 말이에요.

언젠가부터 서울의 남쪽은 사치스런 이주자들로 범람하기 시작했어요. 강북이 무슨 문젠데요? 어디 하수구라도 터졌어요? 왜 그렇게 강남권의 5자로 시작되는 전화번호에 구애하는 건데요?

다리를 건너 남쪽으로 향할 때, 자본주의의 들큰한 분위기가 미묘하게 끼쳐오죠. 탐낼 만한 위치를 선점한 빌딩들, 럭셔리 브랜드에 대한 천 개의 목록, 웬만한 상표쯤은 잡화점으로 만드는 화려함, 멋진 만큼의 폐쇄성, 눈두덩에 펄 섀도를 칠한 적당한 기품의 여자가 말을 거는 바의 풍경, 신용카드를 기다리는 성형외과들…….

강남의 보행자 도로는 어느 한 지점만 콕 집어도 버버리 더플코트를 걸친 남자가 장갑처럼 꽉 끼는 바지를 입은 여자 뒤편에서 걷는 식의 드라마가 있어요. 신호등 앞에서 옆 차선의 젊은 여자가 메르세데스 SLK 오토 버튼을 눌러 메탈 지붕을 벗기거나, 뒷골목에서 아우디 TT를 주차하는 광경은 차라리 흔해요. 카디건을 걸친 비대한 아버지가 이슬비 내리는 매장 앞에서 아들과 함께 렉서스 SUV에서 내리는 모습은 녹색 섬광을 뿜죠. 이탈리아산 수트를 걸친 그들 몸에 살짝 비친 땀방울은 차라리 고결함의 빛인 거예요.

강남이라는 극장은 외부에 노출되어 있어요. 신상정보를 공개한 타인들을 머리에서 발끝까지 관찰하는 완벽한 장소죠. 유리로 둘러싸인 자동차 대리점, 유리 케이스 안의 케이크를 보는 것 같죠. 비단옷을 입고 밤길을 걸어봤자 누가 봐주겠어요? 캣워크 무대에서처럼 주시받고 싶은 심리는 광기 속에 혼자 있는 대신 소동을 일으켜요. 자신을 드러내려는 욕망, 건물주의 상업적 목적, 광장으로 나가려는 세대의 사회적 징후 속에서 밖을 내다보면, 난잡한 풍경 속에 움직이는 빛과 녹아내리는 색깔들이 유리에 난반사되죠.

이 무대의 핵심 베테랑, 성장盛裝한 인형 같은 여자들은 마크 제이콥스 구두를 알아봐요. 모든 건 서로에게만 통용되는 기호로 직조돼 있으니까요. 진만 해도 하나같이 밑위 길이가 짧고, 그 밖의 모든 건 퇴출되는 거예요. 어떤 파벌에 속한다는 건 합의된 주요 통계치를 안다는 거죠. 서로들 코나 턱까지 비슷한 걸 보면, 모두 같아 보여야만 비로소 안심하는 게 분명해요. 그러니 지퍼가 하도 짧아 저러다 치모가 보이지 않을까 조마조마한 청바지도 모르고, 허리띠가 윗배를 가로지르거나, 알라딘처럼 헐렁한 청바지를 입은 사람들은 얼른 사과해야 해요.

이런 해프닝은 철학 인식론자들이 한 무리라고 일컫는 현상 같아요. 누 떼가 세렝게티 평원을 가로질러 갑자기 방랑 유행에 휩쓸리는 것 같죠. 급작스럽게 활동주기를 맞는 태양의 흑점과도 비슷하달까요.

갤러리아 백화점 앞길은 아직도 공사 중이에요. 공기 중에 크리스털 비즈가 떠돌아다니듯 정신 사납죠. 그렇지만 매장마다 숍 마스터들이 홍남부두 때 놓쳤던 처조카라도 만난 듯 고객을 껴안는 거리이기도 한 거예요. 저녁에, 검은 옷에 맨살을 살짝 노출한 그녀들은 잉그마르 베르히만의 영화 속 캐릭터 같아요. 체스를 두는 대신 뱀가죽 백을 걸쳤지만요. 그건 얼추 지들 부모 돈으로 산 것들인데요, 삶은 엄격한 노력과 보상에 따라 지속된다는 말은 이 공화국에서만은 맥을 못 춰요. 하긴, 평생 가난할 일 없는 금본위주의적 열광자들도 있는 거죠. 팔자야 타고나는 건데요, 뭐.

모든 숍마다 발레파킹 시스템을 갖추었죠. 자동차 배기량을 통해 차 주인 신분을 감별해내는 데 도가 튼(그들을 '대접' 할 것인지, '취급' 할 것인지를 순식간에 판단해내는) 청년들이 자동차가 쉴 곳을 제공한다 이 말이죠. 어쩌다 발레 맡겼던 차들이 계산을 끝낸 사람들 앞으로 우르르 대령될 때, 주인들의 계급은 순식간에 결정돼요. 그런 데서 뻘쭘해지지 않기 위해선 BMW 5시리즈 정도는 타야 하는데, 그러다 보니 거기선 BMW가 세상에서 가장 흔한 차가 된 거예요. 세상에, 그 아래 급은 차로 치지도 않는 주차 아르바이트 애들을 보면 공갈로라도 야, 내 시계는 랑운트쇠네야,라고 한 마디쯤 해주고 싶죠. "넌 꿈도 못 꿀걸. 수트는 키톤이야. 5백만 원도 훨씬 넘는다, 임마!" 하지만 랑운트쇠네는 발음하기도 힘들고, 키톤 라벨은 안감 안에 있으니 어떡하면 좋아요.

그 숍들은 주차장뿐 아니라 '컨셉' 도 의기양양해요. 해외에서 만들어진, 어디서도 볼 수 있거나 아예 볼 수 없는 것들만 가득해요. 다른 도시에서 이미 한바탕 물결쳤던 건축적 실험과 스타일도 망라돼 있죠.(그런데 어떤 매장의 콘크리트 마감은 안도 다다오 느낌도 나지만, 감옥 같기도 한 건 왜일까요?) 조끼 하나에도 '갈리아노의 남성을 위한 해체주의적인' 이란 수식이 붙고요. 머리 하러 가서도 원하는 걸 제대로 설명하지 못하면 일렬로 늘어선 아마존 여전사 머리가 될지도 몰라요.

이곳에선 '테레비' 에 나오는 사람들이 왕이에요. 어떤 판매원은 구두를 권할 때마다 이름이 브랜드가 된 여자 연예인들이 샀단 말을 꼭 하죠(한국의 패션은 네 단어로 요약돼요. 명품, 연예인, 동대문, 그리고 짝퉁). 연예인들은 모든 사람들이 자길 닮고 싶어 한다고 생각하지만, 정말 그럴까요? 아무튼 대한민국에서 가장 민감한 성감대를 가진 여자들이 서식하는 플래티넘급 동네에서 웬만한 강단으론 못 버티는 거예요.

어쩌다 거기로 길을 잘못 들면, 당장 벗어나고만 싶어져요. 그 동네에 약속이 있는 날에도 누군가 날 좀 어서 꺼내주길 바라죠. 패션 공화국에선 아무에게나 영주권을 발급하지 않으니까요.

복제 도시와 청담동에 관한 노트

세계의 도시는 역사, 문화, 정치, 기후, 언어, 가족의 규모와 가치라는 측면으로는 다 다르지만, 시간이 갈수록 급진적일 만큼 서로들 닮는다. 21세기의 도시엔 모든 문화적 기능을 돕는 아젠다가 겹쳐 있기 때문이다. 한때 신비로웠던 오지가 다른 도시들과 까무러칠 정도의 동일성을 갖는 것이야말로 진짜 세계화이다.

글로벌화로의 진행은 세계 각국의 쇼핑 지역을 구별 불가능하게 만들었다. 상하이와 두바이, 뉴욕과 도쿄만 봐도 그렇다. 어디나 도시가 있고, 주위에는 반드시 교외지가 들어선다. 너무 비슷해서 말이 안 통하는 도시에서라도 커피를 마시기 위해 회화책을 들출 필요가 없다. 그냥, 스타벅스의 재활용 종이컵을 들고 있는 사람들을 따라서, 이젠 진실로 국제

언어가 된 몇 단어만 발음하면 된다. "카라멜 마끼야또."

하지만 '단일성 추구'라는 전 세계적 가치는 쇼핑, 미용, 건축, 농업, 도시 생활에 걸친 다양성과 고유함을 훼손하고 있다. 이제 엄격한 법령으로 체인점 설립과 고층 빌딩 건축을 제한하지 않는 한 각 도시의 부족적 정체성—문자, 전통적인 가게, 민속, 유행—말고는 다른 도시들과 구분 짓는 방법을 찾기 힘들 것이다. 세계 도시들이 눈을 의심할 만큼 똑같아지리라는 미래의 악몽이 본질적이든 아니든, 계층이 사라지고 개성 없는 인생과 분별 잃은 소비자만 남으리라는 건 설득력 있는 우려이다.

스타벅스나 갭, 맥도날드, KFC 같은 다국적 기업 체인점들은, 세계 유수의 도시 번화가로부터 정원의 잡초처럼 어슷어슷 조촐한 풍경을 이루던 작은 가게들을 몰아냈다. 곧 유리와 스틸, 콘크리트로 무장한 로고들이 도시의 외관을 대신했다. 그때마다 문화 제국주의에 대한 비난이 거셌다. 미국식 패스트푸드와 TV 프로그램과 핵미사일과 색욕적 자본주의가 고유한 것들을 붕괴시킨다는 걱정은, 역설적이게도 이 무미한 체인점들의 퍼레이드가 마침내 부흥하는 도시의 증거이자 무제한적 선택의 기회라는 확신 아래 잦아들었다. 결국 '유구한 역사를 가진' 세계 대도시들은 서로를 카피하는 '복제 도시'가 되어버렸다(일용품인 커피를 치장하고, 먹기 힘들었던 라테를 쉽게 사도록 함으로써 더 세련된 미국의 상징이 되긴 했지만, 스타벅스의 목적은 카페처럼 쉬고 싶은 장소를 만드는 것이 아니라, 가능한 한 멀고 넓은 범위로 스스로를 복제해나가는 것이다). 복제 도시의 공통점은 '글로벌 기업 소유의 체인점의 영향으로 망가진 곳'이다. 이런 느낌의 근원은, 단순하지만 권태로부터 온다.

도시는 복합적이고도 성스러운 명암으로 나누어지기도 한다. 유행과 향수라는 두 낱말의 인습적 차이가 서울의 지층을 강북과 강남으로 분리한 것처럼. 전통주의자들이 과거를 참고하며 덕수궁 돌담길을 걸을 때, 대한민국에서 가장 새끈한 종족들은 강남으로 밀집하는 것이다.

청담동은, 도시의 주인은 패션인 것 같은 착각 속의 지점이자, 면세점 아닌 데서 '브랜드'를 살 수 있는 '축복'의 땅이다. 미친 듯 비싼 생활권이야말로 청담동이라는 지명과 동의한 낱말이다. 모순이란 알 수 없는 힘을 가진다. '문화는 돈' '즐거움을 위한 소비'라는 융성한 명제는, 외환 위기의 경제적 외상으로 이 나라의 자생력이 떨어졌을 때, 무료급식소와 명품가게가 한 도시 안에 존재한다는 역설 속에서도 꿋꿋했었다.

지금도 신용카드를 들고 동화를 현실로 만들기 위해 청담동을 찾는 남자와 여자들은 빙어처럼 반짝거리며 떼로 몰려다닌다. 그 공동체의 자부심은 타지인을 용납하지 않는 백호주의를 방불케한다. 마트에 가는 사람과 블루밍데일즈 백화점에 가는 이가 나뉘는 뉴욕처럼, 청담동의 계층 분화도 여지없다. 강철로 만든 장미 심장이 아니고서야 심드렁한 얼굴로 재규어 운전대를 잡은 새파란 아이를 곱게 봐주긴 힘든 일이다. 작년 버전의 스포츠카는 눈에 들어오지도 않는 거리, 겨울 스웨터가 아니라 '미니멀한 디자인의 깔끔한 울 니트 웨어'라고 이야기하는 거리에서라면 동네 이발사의 손길이 선연한 머리론 멀쩡하게 나다닐 수 없다. 그렇다면 청담동은 미적 쾌락으로 격리된 집단 거주지나, 다양한 배경을 지닌 사람들이 즐거운 시간을 보내는 공공장소가 아니다. 빈부의 차이가 주는 도시의 정서적 황폐와 갈등으로부터 달아나기 위한 허구적 피난처, 요새, 은신처로서의 혼합 구역인 것이다.

철저히 살균 소독된 청담동의 소비 체계는 쉽게 접근할 수 없는 비실용주의로 짜여 있다. 쇼윈도는 유행의 시발자로서 시장의 선두에 서야 한다는 강박을 전시하고, 고객은 제품 구매 이상의 만족과 경험을 제공받는다.

그렇지만 청담동엔 홍콩의 센트럴이나 도쿄의 긴자만큼 아찔한 숍들이 밀집돼 있지도 않고, 아시아 최고 영향력의 상권도 아니며, 다른 대도시 쇼핑가에 견줄 화려함도, 세계 유수의 도시를 호흡한다는 '국제적인' 확신도 없다. 예술가들이 소통하는 허브라는 함축성도 띠지 않는다. 숱한 외적 조짐들이 한 동네에 포개졌을 뿐, 고전적 매혹도 새로운 오락도 없다. 들쭉날쭉 키치한 건물들과 주유소까지 임립한 거리는 르네상스라기보다는 주차장에 가깝다. 하지만 북경이나 상하이가 대규모의 쇼핑지역을 가졌다고 해도 편리성, 범위, 서비스, 스타일, 감성에서 홍콩을 따라갈 수 없는 것처럼, 청담동에도 대한민국에서 가장 벼린 감각과 문화적 주의主義가 작열한다. 청담동은 꼭 서구 문화가 유입될 때 문화 충돌이 극심했던 근대近代 같다.

하지만 청담동이 없었다면 스타일과 마케팅이라는 낯설고도 날선 감각들이 어디에 소용되었을 것인가. 한국의 어디가 쇼핑을 감각적인 경험으로 바꾸고, 약탈을 진정으로 바꾸며, 하이 디자인의 세계를 순화시킬 것인가. 어디에서 '가장 아름다운' '가장 멋진' '가장 최신의' 라는 관용구가 '최고의 심미안' 을 통해 소비될 것인가.

패션과 외식과 언어와 파티와 자동차라는 통로 위에 이질적 문화를 잇는 청담동의 반대편 천칭엔 동대문 패션이 놓여 있어, 싼 것들의 실사구시를 배워야 한다는 국수주의의 창을 마구 퍼붓는다.

지표와 핵 사이에서 끝없이 움직이는 서울의 맨틀 속에서도 동대문은 특별한 비등점으로 끓어오른다. 동대문의 분방한 매력의 가치는, 박물관에 견줄 예술품이나 명품관과 비견될 브랜드가 아니라, 구제품의 단정치 못한 내력과, 초단기간 제품을 만들어내는 속전속결의 승부수와, 벼룩시장의 압도적 잡다함과, 뒷마당으로 연결된 모조품의 복마전까지 총망라돼 있다.

도매 지역의 전통적 활기를 보여주는 동대문은 세계 최고의 패션 산업 콤플렉스이다. 도쿄 하라주쿠의 다케시타 거리나 뉴욕 8번가를 찜 쪄 먹는 동대문의 낮은 정오의 에너지로 넘친다. 밤에도 결코 닳지 않는다. 오만 가지 옷가지들과 정크 제품들과 수입품, 작은 장식들이 주렁주렁 달린 신발들은 낡고 비좁은 매장 사이를 종횡으로 누빈다. 창궐하는 쇼핑몰들의 볼륨은 경외심을 줄 정도다. 물론 노점상, 신문 가판대, 퀵 서비스 아저씨들은 이 번잡함과 무관하다(동대문의 더 짧고 더 간단한 공급의 파이프라인은 24시간 일하는 노동자들의 희생을 담보로 한다. 그래서, 하이클래스 패션 산업 사이에 다리를 놓음에도 불구하고 전체 한국 패션 산업이 하루 단위의 짧은 패션 사이클로 오인되게 만드는 부정적 원인이 되기도 한다).

동대문에 기원을 둔 거리 패션은 꾸뛰르나 컬렉션이 보여주는 전통 패션에 대항함으로써 일정량의 지위를 획득했다. 패션을 통해 2차 사춘기를 겪는 대중적 반항의 형식 위에 진작부터 새 시대가 도래했음을 선언한 것이다. 형광조명을 받는 벽면, 손글씨의 가격표가 핀으로 꽂혀 있는 구제 옷, 천장 높이까지 들어찬 제품 속에서, 명품 매장에도 없는 디스퀘어드를 찾는 남자애들은 자기들이 좋아하는 로큰롤 스타일이 많아서 자주 찾는다고 말한다.

패션 산업의 유연성이라는 측면에서 동대문은, 도쿄 거리의 휘발적인 패션을 이성적인 가격으로 판매한다. 그러나 브리트니 스피어스가 60만 원어치나 쇼핑한 것조차 홍보되지 않는 기이한 장소이기도 하다. 부자들끼리의 사연들로 분분한 청담동에 비해, 아무도 기대 이상을 기대하는 법이 없고, 거칠고 방종하지만 무의식적으로도 예측 불가능한 국가.

동대문은 서울의 새로운 초상을 그릴 때 가장 우월한 지위를 점한다. 도시를 감지하고 경험하는 방법은 개인에 달려 있는데, 동대문은 낡은 계급이 사라져간 자리를 강렬한 반발과 새로운 독창성으로 채우기 때문이다.

이윽고 럭셔리 유전자로 질편한 청담동, 하위 패션의 집산지였으나 거리 패션의 뉴런으로 급부상한 동대문은, 그렇게 사조와 절충, 열정과 혼란이라는 드라마틱한 대비로 서울을 비춘다. 거부할 수 없는 흥분과 키스의 요소처럼.

참을 수 없는 유행의 고루함

삶은 모순을 사랑한다. 나도 인생의 경도와 위도에 동시에 걸쳐진 주소로 살았다. 1년에 40억을 버는 친구와, 내가 택시비까지 책임져야 하는 친구 사이의 거리. 한 끼 15만 원짜리 식사와 1천5백 원짜리 국밥의 낙차. 스타일리시한 것과 촌스러운 것 사이의 층위. 가슴 벅찬 원조에 엉겨 붙은 가슴 에이는 모조품의 진실.

어디에 살건 어디에 속하건, 삶엔 취향과 체험과 도덕과 돈이 엮인다. 그러나 비싼 가게의 고객관리 명단과, 5천 원짜리 티셔츠의 왕복 여행은 옷장의 문제일 뿐이다. 라면 열 박스보다 비싼 캐비어도 좋아하지만, 청계천 5가 뒷골목의 꽁치구이도 진정 못 잊는 부자처럼.

한 던힐 마니아는 라이프스타일엔 하나로 정의할 만한 모범이 있어야 한다고 말했다. 제냐를 입는다면, 만나는 사람들이며 장소며 모두 '제냐급'이어야 한다고.

"브리오니 수트를 입고 부대찌개 집에 가는 건 있을 수 없어. 집을 꾸미는 것도, 먹는 것도, 타는 것도 토탈 패션이어야 돼. 항상 새로워야 돼. 그게 트렌드거든."

트렌드는 모형이 된 그룹을 동경, 추종, 모방하려는 행동양식이자, 그들의 경험을 공유하기 위해 택하는 노선이다. 서로가 열외된 존재가 아니라 같은 특정 그룹에 속한다는 동류의식을 연합함으로써 정체성을 확인하는 도구인 것이다. 나도 세상의 이미지를 다 갖고 싶다. 그러나 방금 출시돼 백 원도 할인 안 되는 야멸찬 트렌드만은 싫다.

어느 날, 그가 다시 깃이 좁은 갈색 수트를 입고 나타났을 때, 값비싼 사물 앞에서 본성이 어떻게 반응하는지 알았다. 버터처럼 부드러운 옷감에, 네 달쯤 공들인 듯한 테일러링은 거의 관능적이었다. 하지만 그때도 아르마니 침대 스프레드보다 성남 모란시장 형광빛 이불 홑청이 더 멋지다고 우겼다. 수제비와 푸아그라가 왜 동시에 맛있을 수 없는 건지, 한정 생산된 가방을 사기 위해 대기자 명단에 이름을 올리면서 떨이 물건도 좋아하는 게 왜 이율배반이냐고 물었다. 젖은 델디딜세라 나막신 신고 걷는 18세기 프랑스 왕정의 귀부인 같은 그 앞에서, 없는 채 달관한 듯 김삿갓 풍의 나를 애써 자랑스러워하면서.

도시에는 백만 개의 풍문이 있다. 다양한 스타일은 각각 다른 순간에 정점을 맞는다. 가끔은 그도 트렌드와 타협한 자신의 쇼핑 목록을 한탄한다. 그 비싼 타프타 프라다 백은 금방 싫증 나 옷장에서 세상 구경을 못했다. 그가 그 가방에 들인 비용은, 소위 트렌드가 마케팅 속에서 얼마나 얄팍하고도 비싼 대가를 치러야 하는지 알게 해주었다. 아무튼 일약 '머스트 해브' 아이템이 되었다가 곧 기억 너머로 사라지고, 잠깐 꽃노래를 부르다 보면 효용성이 끝나는 트렌드의 무원칙을 보면 당장 상자 뚜껑을 덮고 싶다. 다음에 유행할 아이템을 만들기 위해 젖 먹던 힘까지 짜내고 트릭을 써도 현실에 더 이상 새 디자인이란 없다. 그것이야말로 거대하고도 트렌디한 소비자 정글의 공허이다.

여자와 남자가 상대에게 반응하듯 사람들은 타인의 스타일과 기호, 외관과 제스처의 자연스러움, 날카로운 인식에 반응한다. 그런데 '시즌의 통계'에 관해 떠들던 그룹에 속해 있다가, 유행과 무관한 마을에 가면 세상이 정확히 둘로 쪼개져 있다는 걸 알게 된다.

한 친구는 늘 청담동의 커피 한 잔과 수재민을 위한 라면 한 박스를 비교한다. 검약과 절제만이 더불어 사는 세상에 가치 있다는 그에게, 트렌디한 종족이란 근본 없는 것들이 부모 잘 만나, 호강에 뻗쳐 삶의 외곽만 배회하는 작자들이다. 그의 정당성은 신상품 따위는 안중에도 없는 후줄근한 룩과, 언제든 시계 값을 아프리카 아이를 먹일 쌀가마니로 대치하는 수학적 명암으로부터 온다. 하지만 그도 결혼식 예물로 오메가 시계와 롤렉스 금딱지를 두고 고민했었다. 반지도 18금인지 순금인지 씹어도 보았다. 따라가자니 벅차고, 무시하자니 찜찜해서.

트렌드 부족들은 항변한다. "그러니까 나라 살림이 어려울 때마다 꼭 카메라 갖고 매장에 가서 몰래 찍더라. 소비를 해야 경제가 돌아갈 거 아냐?" 그런 말을 들으면 나는 아예 청소년으로 되돌아가거나, 그리니치 빌리지에서 살고 싶어진다. 어떤 형태의 예절이나 취향도 다 받아들여질 것 같아서.

삶은 몇 가지 비밀을 마련했다. 용납될 수 없는 것은 없다는 것이다. 트렌드거나 구식이거나 둘 다 삶을 이룬다. 나는 배호의 「당신」도 좋아하지만 모차르트가 역할을 제대로 한 세상도 이해한다. 스타일을 유지하는 남자의 흔들리는 세계에는 재즈가 큰 힘을 발휘한다는 것도 안다. 문학의 고결함도 알지만, 때로 문학을 이기는 신파의 아름다움은 더 잘 안다. 그러므로 시골의 한가로움 속에 노닐 때 도시의 허황한 분주함을 딱해하지도 않는다. 프라다가 때로 아르헨티나 남단의 파타고니아, 사막에 길이 있는 지역의 황량한 패션을 모방하는 건, 안데스 지역의 난잡하고 구질스러운 듯한 이미지 속에서 프라다의 정교한 이미지를 발견했기 때문이다.

그런데 화학실험실 비커 속의 분자들처럼 매초 날뛰는 트렌드는 트래디셔널의 근원이라는 걸 기억할 필요가 있다. 리메이크 곡이 여러 세대를 포섭하고, 70년대 모즈룩이 90년대 폴 스미스로 재탄생되며, 80년대 김완선의 어깨 넓고 밑단 깡

총한 디스코 룩이 마크 제이콥스를 통해 이슈가 되듯, 트렌드는 당대의 형상을 비춤으로써 기억을 새로 조합한다. 진화를 거듭해 영구히 살아남는 언어처럼, 어떤 사조라도 시간의 허들을 넘고 나면 클래식으로 착상되는 것이다.

나는 내 방식대로 살아야 한다는 걸 안다. 일부러 찢은 옷을 입진 않았지만, 그런 옷을 만든 사람은 섹스 피스톨즈가 아니라 내 자신이라는 건 안다. 그래서 나와 생각이 다른 사람들을 봐도 그들이 지나가도록 길을 터줄 것이다. 그러곤 느긋하게 모든 걸 즐길 작정이다.

철새는 날아가고

맨날 소주에 삼겹살을 외치던 친구가 청담동의 한 퓨전 레스토랑 이름을 대면서 거기서 밥 먹자고 했다. 나는 싫었다.

"거긴 음식이 너무 달고 비싸. 양도 적은 주제에."

『리더스 다이제스트』가 퓨전 음식이란 아무리 먹어도 배가 고픈 거라고 정의했을 때, 제주 삼다수를 마신 듯 개운했었다. 무엇보다 그 레스토랑에서 청담동 일대를 유람하는 패션 피플들을 보고 싶지 않았다. 한 문화의 통합이자 총합인 잡지를 만들면서도 패셔너블한 치들을 불편해하는 건 모순이지만, 그 모든 걸 용납했다면 나 역시 이렇게 살진 않았다.

그는 노인 경품 행사에 가고 싶은 시어머니 말투로 계속 졸랐다. 하지만 '갭'도 모르는 그가 거기를 들먹일 정도라면, 이제 가볼 만한 사람은 다 가봤단 얘기였다.

오후 3시의 레스토랑은 한산했다. 예전에 거기 주차장은 BMW 3시리즈로 종일 복닥댔는데, 지금은 철 지난 바닷가처럼 을씨년스러웠다. 음식은 역시 달았다. 퓨전 음식은 동양 식단을 서양인에게 먹이기 위한 컨셉이며, 삼겹살에도 설탕을 쳐 먹는 시대지만, 물까지 달달할 필요까지는…….

회사에선 그리도 총명한 그가 청담동에선 팔푼이가 돼, 발레비를 5천 원이나 주고는 거스름돈 소리도 못한 채, 의뭉스러운 주차 아저씨 뒤통수만 쳐다보고 있었다. 폭력 남편에게 흠씬 두들겨 맞으면서도 연신 사랑해달라고 애원하는 여편네, 딱 그 꼴이었다. 그런데, 거기가 예전처럼 문전성시였더라도 그런 기분이 들었을까?

청담동에 새로 여는 집마다 진일보한 인테리어 센스, 경천동지할 레시피, 오성급 호텔을 주리 트는 비싼 가격을 뻐긴다. 육상경기처럼 평판은 시시각각 바뀐다. 요란하게 광고됐다가 곧 하향길에 이른다. 미국 고속도로변의 패밀리 레스토랑이 한국에서 행세깨나 하며 패스트푸드를 정크푸드라고 우스워하면, 청담동 음식점은 다시 패밀리 레스토랑 음식이 냉동식품이라며 비웃는 식이다. 그러니 청담동에서 뭔가 차리고 싶다면 더 기다려야 한다. 거기선 2등이 안전하니까.

'거기 레스토랑'은 몇 단계를 거쳐 알려진다. 처음엔 패션리더들, 즉 패션 디자이너, 브랜드의 홍보 담당자들, 라이선스 잡지의 패션 에디터들이 들르고 나면, 청담동 주부들이 다음 순서를 잇는다. '기지 바지' 입은 장삼이사 부대들이 레스토랑을 점거할 때쯤이면, 더 이상 전율을 느낄 수 없는 김 샌 패션 피플들은 새 서식지를 찾아 길 떠나는 은장도가 된다. 먹는 데조차 앞서겠다는 야심은 우월감만큼 중요하니까.

청담동의 파스타 집에서 한 사진가와 마주쳤을 때 우리는 친밀한 말이라도 나누게 될까봐 재빨리 고개를 까딱했다. 입꼬리 하나 올리지 않았다. 어슷어슷하게 소개 받기가 잘못이라서 마주칠 때마다 영 싱숭생숭했다. 몸통을 가로지른 루이비통 뮤제트 가방도 시답잖았다.

저녁에 만나야 하는 한 여자 배우는 하필 낮의 그 레스토랑에서 보자고 했다. 거기서 그 사진가와 다시 마주치자 목뼈만 한 번 똑딱이는 인사도 되풀이되었다. 내가 봐도 종일 거기서 죽치는 그가 웃겼고, 그도 이런 데서만 노닥거리는 내가 하릴없었을 테다. 하지만 요즘 '뜨는' 레스토랑이기 위해선, 오늘 본 사람은 어제 보았던 바로 그 사람이어야 한다.

세상 어딜 가도 자신과 딱 어울리는 장소를 기막히게 아는 자들이 있다. 감정적인 연결, 섹시한 분수, 젊음의 전율로 패키지 된 곳에 취향이 같은 '부족'이 몇이라도 있다면 '승리' 하는 것이다. 기숙사와 똑같다. 더 많이 선택할수록 더 많은 부족에 소속된다(끼리끼리의 충성심을 보여주는 '유니폼'은 정해져 있다). 화요일에는 와인을 시음하는 부족이 되었다가, 주말엔 브랜드 행사의 샴페인 부족이 된다. 부족과 부족 사이를 넘나듦에 따라 혼란은 커진다.

옮겨간 바에서 참치 와사비 피자에 마가리타를 마시는 젊은 엔터테이너들이라도 보면 행위의 중심에 선 듯한 기분이 새로 밀려온다. 엄청난 동맹이라도 맺은 것 같다. 비스듬한 눈초리로 다른 이들의 룩을 훑는 자들도 '셀러브리티 속물 근성'을 부추긴다. 영화 시상식의 패션 감시꾼인 듯 자신을 품평하는 타인의 눈길을 못 이기는 자들은 그런 인간 검문소에 갈 자격이 없다. 거기엔 한물간 배우 '따위'는 없어야 한다.

그 여자 배우를 보자 레스토랑에 앉은 모두가 너 같은 건 관심 없어, 너보단 내가 더 나아,라는 시선을 보냈다. 그녀가 거기 말고 어디서 (짧게 흘겨보았다가 순식간에 거두어들이는)그런 달갑지 않은 대접을 받을까. 그녀가 음전한 몸가짐으로 화장실에 가자 '화장빨'이란 소리가 들렸다. 피부 개작살이네, 하는 소리도 덤으로 얹혀졌다. 황신혜 얼굴을 트집 잡으려면 그녀보다 예뻐야 할진대, 한 푼 주고 그 얼굴 보라면 두 푼 주고 돌아설 얼굴들이……. 너무 시끄러워서 근처 다른 카페로 옮기자 아까 그녀를 우스워했던 여자들이 미행하기라도 한 듯 금방 거기로 들어왔다. 하긴, 그들이 2층에 미용실이 있는 역전 지하 다방 꽃무늬 소파에 앉아 쌍화차를 마실 족속들도 아니지.

며칠 후, 한 디자이너와 약속한 곳은 대한민국 최고의 에스프레소를 만든다는 압구정동 한 커피하우스였다. 2층엔 복덕방에서 장기나 두며 소일할 것 같은 뻰새의 아저씨들이 한 가마니였다.

"내가 이 집 사장이라면 문 걸어 잠그고 저 사람들 절대로 못 들어오게 할 거다."

주인 입장에서야 커피 맛 좀 안다고 두세 잔 리필하는 사람보다, 엉덩이 가벼운 아저씨들이 금방 왔다 사라져주는 게 수지에 맞겠지만, 노는 물이 다른 그로서는 그들과 같은 커피를 마신다는 것 자체가 마뜩찮았다. 여기가 복장 검사, 나이 제한에 우량한 유전자를 가진 애들만 들여보내던 예전의 강남 클럽인가. 나는 그가 이 동네를 벗어나 불타는 화양리에서도 지금 같을지 궁금했다.

저녁에 한 건축가와 약속이 있었다. 새로 생긴 이탈리아 레스토랑엔 빈자리가 없었다. 우리는 그저께 문을 연 신참 차이니스 레스토랑에 갔다. 5초마다 옷가지를 추슬러야 하는 강박적 인테리어 대신, 마피아 패밀리가 열었음직한 방만한 인테리어가 오히려 안락했다.

자리에 앉기도 전에 여기저기서 그를 불렀다. 문 연 지 이틀도 안 되는 집에 아는 사람들 천지라니. 건축가는 어딜 가도 아는 얼굴이 스물도 넘는다고 말했다. 재수생들의 사교장이 노량진 당구장이고, 명동 대폿집이 예전 문인들의 다락방이었다면, 강남의 '사랑방'은 그렇게 과시와 동참하고 연대하고 있었다.

이 계모임의 계원들은 다음 자리로 옮겨 가자마자 방금 전 들렀던 거기를 잽싸게 험담한다. 음식 기호가 변하는 게 3년이라는 생물학적 진실에도 불구하고 세 달도 안 돼 "거긴 왜 그렇게 요리마다 같은 소스를 쓸까?"라며, 눈멀도록 황홀해

하던 그 맛을 미워한다. “거기 선반은 먼지가 아예 더께로 앉았더라. 사장이라는 사람이 그런 것도 살필 줄 모르나봐” “거기는 분위기야 이국적이지만 서비스는 완전 황이야.” “사장이 연예인만 가면 반색하고 나한테는 수저도 챙겨주지 않더라.”

레스토랑 문이 열릴 때마다 모델처럼 걸어 들어오는 이들을 겨냥한 건축가의 눈동자는 순식간에 헤쳐 모이곤 했다. 옆 테이블의 그들 역시 주변을 쉴 새 없이 살피고 있었다. 월스트리트의 한 신이나, 오페라하우스에서 보석을 뽐내는 파리 사교계를 모셔놓은 것처럼. 하긴, 그릇의 놓임, 디스플레이 방식과 메뉴, 모이는 사람들의 룩으로 실존주의를 토론할 건 아니겠지만. 하나같이 매끈한 사람들로 법석대는 이 ‘동물 농장’의 관용구는 “내가 뉴욕에 있을 때”이다. 형용사뿐 아니라 통째로 영어를 구사하는 이들에겐 외국 학교에 낸 수업료를 확인할 수 있는 장소가 얼마나 반가울까마는.

그래, 문화적 과도기엔 노골적으로 새 것을 숭상하고도 싶겠지. 이렇게 들쑥날쑥 흥망성쇠를 거치다 보면 정통은 정통대로, 퓨전은 퓨전대로 제자리를 찾겠지. 하지만 그때도 철새들은 새로운 도래지를 찾아 날아들 가겠지.

패션 스토킹

모든 쇼핑은 경멸을 감수해야 한다. 사물에 대한 감식력과 변별력이 최하인 사람을 볼 때는, 쇼핑이 거의 존재론적 위기까지 부르는 것 같다. 스타일도 마찬가지다. 그래서 다른 사람의 룩을 그대로 따라하는 자들이 생긴다.

패션 스토커

나하고 제일 친한 언니가 어제 나한테 그러더라. "저번 주에 지미 추에서 세일하길래 구두 하나 샀는데 누가 똑같은 걸 신고 있는 거야. 기분 참 별로더라, 진짜."

날 빗대서 하는 소린 줄 알고 철렁했잖아. 나도 그 구두 있거든. 사실 내가 가진 것들 중 꽤 괜찮다 싶은 건 모두 그 언니한테 있는 거야. 동네방네 자랑할 건 아니지만 내 잘못만도 아니야. 내가 그 언닐 따라 하는 건 선택의 여지가 없어서야. 나한텐 어떤 스타일이 맞는지 본능적으로 감지하는 능력이 없거든. 그러니 어떡해? 본 게 있어도 감각이 안 따라주는걸? 먹는 것, 집 꾸미고 사는 것에 대한 감각은 그 대代나 그 다음 대까진 어떻게 익히기도 하지만, 입는 감각은 삼 대가 지나도 안 된대. 그러니 별 수 있어? 딴 사람 스타일을 따라 하거나, 옷가게 마네킹이 입은 걸 똑같이 사 입거나, 잡지를 보면서 겨우겨우 좇아갈 수밖에. 그렇지만 솔직히 난 패션 잡지 보는 게 진짜 따분해. 따지고 보면 남들이 유행을 알자고 시간을 그런 데 쓸어박을 때, 나는 다른 일을 할 수 있잖아. 그게 내 딜레마이기도 해.

외모나 룩이 종교라고 생각하는 여자들은 별로 애쓴 것도 없이 몸이 미끈한 애들을 질투해. 거리에서 본 모르는 여자한테도 그 가방이 어디 건지, 노트북은 어느 회사 건지 묻기도 하지. 스타일을 모방하자면 자기보다 뛰어난 사람들한테서 보고 배워야 하잖아. 뭔들 안 그러니? 세상엔 등 아래쪽이나 허벅지 위쪽 살이 접혀 구분되지 않는 사람들이 입을 만한 바지를 어디서 파는지, 키스마크를 없애는 크림이나 기절할 만한 체리 케이크를 어디서 파는지 낱낱이 아는 본능적인 구매자들이 있어. 발이 아주 넓은 종족들 말이야. 그 언니가 꼭 그래. 그런데 내 주변엔 언니 말고도 더 있어. 툭하면 브랜드 샘플 세일이나 패밀리 세일 때 초대받는 애들, 스타일리스트들하고 친한 애들, 잡지 같은 데 코디 감각 좋다고 얼굴 내미는 애들. 하지만 그 언니가 나한테 따로 전문적 지식이나 스타일, 실용주의, 쇼핑에 대해 조언해주진 않아. 언니 입맛이 샴페인인데, 내 주머니 사정 때문에 막걸리를 마시는 건 나도 싫거든. 언니도 갖고 싶은 욕구를 다 채우기엔 돈이 별로 없는 중산 소비자 계층이긴 하지만.

우리 엄마도 남다르거나 튀게 입는 것보단 단정하게 입는 것, 세련되진 않아도 늘 깔끔하게 입는 게 제일 예쁘다고 말씀하셨어. 내가 그렇게 자랐으니, 나한테 섹시한 옷차림이란 웃기는 수작인 거야. 엄마가 떠준 털실 스웨터하고, 대학교 입학할 때 아버지가 사준 모직 코트 하나면 한겨울 나는 것도 문제없었거든. 엄마도 「만추」 같은 옛날 한국 영화에서 여자 배우들이 달랑 스카프 하나 매고 낙엽 위를 걷는 걸 보면, 고상 떨지만 사실 추울 거야, 그렇게 야유했거든. 엄만 코트도 없어. 목도리 하나면 11월부터 다음 해 2월까지 버티셨어. 어른들이 추위를 덜 타셔서 그런 건지는 모르겠지만.

근데, 언젠가 한 브랜드 행사장에 갔는데, 동창년 하나가 왜 넌 언제나 레즈비언처럼 옷을 입고 다니냐는 거야. 난 호텔 로비 대폭할인 행사장에서 산 셔츠하고, 동대문에서 만 원 주고 산 바지를 입고 있었거든. 나름대로 잘 입었다고 생각했는데, 기분 너무 잡치더라. 내가 남의 스타일을 따라 하기 시작한 건 그 다음부터였어. 그 언니 집에 놀러 갔을 때도, 그 잘생긴 언니 남편보다 그 집 소파가 내 눈에 들어왔던 건 언니의 생활방식을 흉내라도 내고 싶어서였지. 남의 남자보다 그 집 소파를 질투하게 될 줄은 몰랐어. 내가 라이프스타일에 대한 경쟁심이 그렇게 큰 줄은.

언니는 담요나 스프레이만으로도 자신만의 룩을 창조할 수 있다고, 그러면서도 도나 카란을 입은 듯 당당할 수 있다고 주장해. 꼭 내가 절대 입지 못하리란 걸 아는 비비안 웨스트우드 같아. 지저분하고 브랜드도 없는 톱을 입을 때도 벨벳 트리밍된 만 원짜리 청바지와 섞어서 샤넬 분위기를 내는 거야. 언니는, 세상에 꼭 입어야 하는 옷이라는 건 없대. 그러면서 중간 가격대로 모든 걸 섞어서 최고의 이미지를 만들어. H&M과 불가리를, 좌판에서 산 목걸이와 티파니 반지를 절충하지. 유행하는 것들 중에서 신중하게 고르고 섞어서 맛있는 요리로 만드는 거야. 시시하지만, 예쁘고 용도도 분명한 싸구려 물건과 로맨스를 결합하는 거지.

언니에겐 옷가게에서 즐기는 그녀만의 게임이 있어. 통로를 어슬렁거리면서 시즌의 모든 상품들을 살펴보고는, 그중에서 가장 빨리 진열대에서 히트칠 만한 아이템들을 맞추는 거지. 그녀에게 쇼핑은 하나의 프로젝트거든. 그 오래된 원피스를 새 모스키노 벨트로 구해주거나, 낡은 벨트를 새 스커트로 부활시키는 안목은 그저 기막힐 따름이야.

내가 부러워하지만 절대로 가지지 못하는 것들을 누리는 한 그 언니는 내 스타일 스승일 수밖에 없어. 그녀가 하고 나온 게 어디 건지 일일이 물은 다음, 똑같은 걸 사이즈만 맞춰 사면 되거든. 그러니, 언니를 만날 때 빼고는 난 어딜 가도 스타일 좋단 소릴 듣는 거지. 언젠가 그녀가 메고 다니던 갈색 코듀로이 백팩을 회사에 들고 다니면 정말 예쁠 것 같았어. 상표를 보고 그 회사에 전화했더니 재고가 딱 하나 남았다고 해서 당장 샀잖아.

그녀는 자기를 따라 하는 나를 한 번도 재수 없어 하지 않았어. 하긴, 누군가 나한테 멋지다, 그럴 때마다 난 나의 스타일 제공자에게 공을 돌리거든. 누가 그 구두 참 예쁘네요, 그러면 난 그 언니가 구두 사러 가서 내 것까지 사줬어요, 이러잖아. 정말 언니에게 신라명과라도 보내고 싶어. 언니는 매일 물 한 병하고 삶은 감자랑 닭가슴살로 다이어트한다고 괴로워하니까, 가끔은 그런 걸 좀 먹어줘야 하지 않겠어? 그럼 언니만 아는 걸 또 가르쳐줄지도 모르고. 아무튼 어떻게 하고 다녀야 할지 모르는 사람은 나처럼 하는 게 좋을 거야. 덕적도 사는 어부라고 서초동 패션 피플과 같은 걸 못 가질 이유는 없잖아. 사람 욕심은 다 똑같으니까.

패션 스토킹 피해자

내가 가진 걸 제 손에 쥐기 전엔 아무도 걜 막지 못할 거야. 그 애는 정말 기절할 만큼 머리가 좋거든. 녹아버린 아이스크림을 들고 나를 뚫어져라 쳐다보는 여섯 살짜리 아이처럼 내 스타일을 바로 흡수해버려. 뇌가 얼어버리는 것도 상관 안 해. 내 패션 스토커 얘기야.

이해할 수 없는 건, 경력도 좋은 커리어우먼인 데다 오드리 헵번도 울고 갈 만큼 마른 느낌표 체형인 애가 자기보다 두 사이즈는 더 큰 나를 따라 한다는 거야. 사이즈가 달라도 꿈속에서도 그리워하던 것들이라 상관하지 않는다는 걸까?

처음 만났을 때부터 갠 내 옷과 구두가 멋지다고 난리였어. 안면을 튼 지 20초 만에 그것들을 어디서 샀는지 너무 궁금해하는 거야. 난 단골 매장을 다 가르쳐줬어. 탁월한 취향 때문에 질투받는 것만큼 감미로운 게 또 뭐 있겠니? 참 속도 없지. 치장이란 확실히 혼란과 모방과 질투가 섞여 있는 용어 같아.

나중에 그 매장에 들렀더니 판매원들이 이러는 거야. 친구분은 잘 지내세요? 세상에, 얼마나 자주 왔으면……. 뒷조사를 끝내주게 잘하는 내 스토커는 내가 그 매장에서 맘엔 들었지만 사진 않았던 옷들을 몽땅 사버렸어. 갠 농구를 했다면 박양계 찜 쪄 먹었을 거야. 가로채기를 그렇게 잘하는 걸 보면.

걔가 어떤 모임에서 찍은 사진을 봤는데 두 달 전, 내가 친구 결혼식 때 입고 간 투피스를 입고 있더라. 정말 흰핏톨 붉은핏톨까지 소름 끼쳤어. 그런데 걔가 또 묻는 거 있지. "언니, 그 가방, 어디 거야?"

그 가방은 홍콩 내셔널 브랜드인 데다 지금은 망해버렸으니 자기도 어떡하겠어? 그런데 살짝 맛이 가기 시작했나봐. 아니, 돌아도 완전히 돌았지. 얼마 후 걜 만났는데, 오 마이 갓, 바로 그 가방을 들고 있는 거야. 그런데 어딘지 좀 이상했어. 세상에, 내 가방을 몰래 사진 찍어선 동네 어디서 맞춘 거 있지. 주문하고, 가죽을 끊고, 거칠게 바느질한 흔적을 다 보이면서까지.

갠, 대부분의 여자들이 친구와의 쇼핑에서 지켜야 할 미묘한 규칙을 지키지 않았어. 그래, 친구하고 2만 원짜리 샌들을 같이 사는 건 좋아. 하지만 친구가 큰맘 먹고 산 1백만 원짜리 버버리 코트하고 똑같은 걸 사는 건 정말 아니지 않니? 서로 맘에 드는 청바지를 둘이 같이 사는 건 있을 수 있다고 쳐. 하지만 따로 맞춘 홈스펀 재킷까지 똑같이 베껴 입는 게 말이나 되냐고? 그래서 난 걔를 만날 땐 어디서도 살 수 없고, 누구라도 카피하지 못할 차림만 했어. 파코라반의 60년대 스틸 고리가 달린 핸드백 같은 거야 자기도 어쩔 거냐고.

난 멋진 여자들이 주변 사람들에 의해 어떻게 희생당하는지 다 알게 됐어. 어떤 친구도, 한 '패션 복제자'가 자기가 너무나 아끼는 트렌치코트와 똑같은 걸 사서는, 모든 자리마다 입고 다니면서 '선점'하는 걸 보고 눈이 뒤집혔다더라. 어떤 디자이너는, 스토커 두 명이 휴가 때마다 온 세상을 비행기 마일리지로 다니면서 자기가 착용한 액세서리들을 싸그리 모은다는 걸 알고 까무라쳤지.

며칠 전 걔가 또 전화를 했어. "최근에 뭐 또 산 거 있어, 언니?" 정말 이러다 그녀가 「요람을 흔드는 손」에 나오는 유모처럼 되지 않을까 무서워죽겠어. 옷도 머리 스타일도 나하고 똑같이 하고 우리 애한테 자길 엄마라고 부르라 그럼 어쩌냐고. 곧바로 없다고 대답했더니, 한숨을 쉬더라. 갑자기 안됐다는 생각이 들었어. 얼마나 감각이 없으면 자기 혼자 뭘 사지도 못할까. 가만히 보면, 여자를 촌스럽게 만드는 요소는 코르셋을 허리에 두른 것처럼 보이는 차림이거나, 불멸의 스틸레토힐을 신지 못하는 이들이 아니야. 겉으로 보기에는 아무것도 아닌 부분이 날씬해 보이고 싶은 여자들의 욕망을 가로막는 거거든. 그녀가 날 개인 구매 담당자처럼 생각하는 건. 그럴 수도 있겠다 싶었어. 언제나 쇼핑도 따라 하고, 뭐든지 똑같은 걸 가져야 하는 사람들도 있는 거지. 철학과 삶보단 오직 쇼핑이랑 가십 얘기만 좋아하는 사람들도 있는 거 아니니.

누군가에게 필요한 존재라는 게 꼭 나쁜 것만은 아니야. 그냥 편하게 생각하려고. 그러니까, 필요하지 않으면서 기대고 있는 목다리는 그냥 목다리일 뿐이지만, 절름발이 환자한테는 그게 얼마나 중요하겠어? 걔는 절름발이라서 내 목다리를 뺏으려는 것일 뿐이야. 조금 무섭기도 하지만, 화장을 벗겨놨을 때 안 무서운 사람이 어디 있겠냐고. 그녀가 내 감각 자체를 절도하는 건 아니니까.

아니야, 아니야. 그래도 무서워. 언젠가, 따라쟁이 그녀가, 내가 아무것도 사지 않는다고, 그래서 더는 따라서 입고 사는 재미가 없어졌다고 보세 가게 골목에서 날 죽여버리진 않을까? 그래서 내가 비자카드를 손에 쥔 채 사람들에게 발견되는 거 아냐?

패션은 왜 피곤한가

한 자동차 정비업체의 사장과 차양이 쳐진 구멍가게에서 깡통 맥주를 땄다. 그는 한 달 만의 모임에 가는 중이었다. 그는 김 두 장을 접어 입에 넣으며 입가의 소금을 핥았다. "이 신발 어때? 발리야."

하지만, 허리 사이즈 36인치에, 60년대 맥시 판탈롱처럼 넓은 바지통과, 끝이 화살촉처럼 뾰족한 검정 발리 구두의 조합은 돼지우리 판자 밑으로 보이는 돼지발, 딱 그거였다.

사람들은 사회적 지위만큼, 의복, 관습, 양식으로도 구별된다. 아무리 더불어 사는 사회라고 외쳐봤자 룩의 인종분리정책은 매일 자행된다. 기준점 없는 세상에서 서로 바라볼 수 없도록 다른 행성으로 유배되는 것이다.

패션은 스스로에 대한 환상을 탐험하지만, 그 언어의 형태는 원시적이다. 그러니까 친목회 자리가 룸살롱으로 이어지는 게 수순인 이들에게 프라다의 단화가 오드리 헵번의 짤막한 사브리나 팬츠로 이어지든 말든 무슨 상관일까? 그들은 아네스 베 벨트 위에 반짝이는 그래픽이 사람들이 어떤 계층에 속하는지 말해준다는 것에 동의할까? 옷 가운데 가장 잔인한 용어인 '프리 사이즈'를 입은 그가 갈리아노의 컬렉션에서 질식 직전까지 코르셋을 조였던 모델들을 이해할 수 있을까? 부자도 아니고 몸매도 엉망인 이에게 옷 하나를 보면 피카소를 좋아하는 모더니스트인지, 르느와르를 좋아하는 로맨티시스트인지 안다는 소리가 그 무슨 음풍농월이란 말인가?

때로 패션은 컬렉션, 디자이너들의 매장, 잡지에서나 기거할 뿐인 탐미주의자들의 놀이 같다. 테일러링 감각? 캣워크? 시스루? 비율? 런웨이? 패션 아이콘? 꾸뛰르? 사려 깊은 재단? 타이밍 감각? 능숙한 커팅? 헴 라인? 이 고상한 낱말들도, 기껏 외출했다가 남의 집 옥상에 걸린 빨래를 보며 빨리 집에 가 저녁을 지어야 한다는 주부들의 강박보다 정당해 보이진 않는다. 나에겐 어렸을 때 직접 천을 끊어 셔츠를 만들어주시던, 평생을 재봉틀 앞에서 보내고 싶은 소녀 같던 어머니가 지방시보다 위대하다. 바늘에 머리 기름 칠해가며 바늘 한 땀 뜨고 한 번 허리 펴다 조침문을 외우는 디자이너보다, 정작 혁신적인 룩을 창조하는 건 방과 후 거리를 휩쓰는 고등학생 여자애들인 것이다.

모든 야유에도 불구하고 패션이 생명인 사람들은 진열장에서 무리 지어 나온다. 그날 저녁, 소위 패션 피플과 마주쳤을 때, 나는 유독한 꽃을 본 것처럼 뒤로 물러섰다.

"재킷은 보테가 베네타고, 이 칠부 바지는 알렉산더 맥퀸이야. 셔츠는…… 베르사체!"

아, 이 수염 난 여편네가 옷 버렸군. 내가 걸친 옷의 총액은 그가 자랑하는 재킷의 버튼 세 개 값도 안 됐다. 그러나 그 소름 끼치는 비닐 가방의, 브론즈 로고는 더 봐줄 수 없었다. 하체가 그렇게 짧은데, 아라비안 나이트처럼 밑이 오그라드는 칠부 바지가 맥퀸이라고 용서될까. 그걸 입고 활보한다는 것 자체가 정말 시대착오적 꾸뛰르 해프닝 아닌가? 모든 문화권에서 추앙받는 망아지처럼 긴 다리도 아니고, 장독대 같은 어깨, 180센티미터도 안 되는 키로……. 정말이지 컨트리 분위기를 보태려다 촌부 되기는 한순간이다. 난 남루한 점퍼에 버스비도 없는 홀아비 같았지만, 그 또한 길을 잃은 패션의 창문에 부딪혀 가루만 남은 나방 같았다.

패션은 금기와 관습의 경계에서 끝없이 진자 운동을 한다. 그러나 "저런 옷은 왜 있는 거야?"라고 묻게 되는 과장된 마케팅은 참 흔하다. 비키니와 그 위에 걸치는 긴 드레스에 익살스러운 구멍이 뚫린 속옷을 만든 구찌나, 낡은 벨벳 팬츠와 격자무늬의 재킷을 조합한 아르마니도 마찬가지다. 급기야 '샤넬 힙합'이나 '펑크 발렌티노'도 있었다.

패션은 시장의 비위 속에서 부풀어 올랐다가 곧 이성을 찾는다. 한순간 80년대가 밀려왔다가 순식간에 60년대가 순환

되는 패션의 비체계성은 흥미로운 그만큼 골치도 아프다. 아무도 이번 시즌엔 왜 낙타색이 유행하고, 검정이 과거의 색깔이 됐는지 설명하지 못한다. 그러니 시폰 소재가 테일러드 시즌엔 적합하지 않다고 주장할 수도 없다. 다들 커팅을 이야기해도, 그게 무엇인지 정확히 들려줄 사람이 누군지도 모르겠다. 결국 패션은 단순하다. 단순히, 과거의 것들이 낡았다는 선언인 것이다.

미니멀리즘, 자연주의 같은 메가트렌드 담론은 매시즌 순환되지만, 패션은 결국 개인의 규칙 속에 존재한다. 보스를 입어도 후줄근한 사람이 있고, 자기만의 방식으로 패션의 즐거운 불완전함을 누리는 사람들도 있다. 펑크족처럼 메시지를 전하려 안달하지 않아도 옷은 자유를 부여하는 운송수단이며, 목소리를 살피는 검열관이기 때문이다.

그러나 어느 연말 파티는 내 자신, 기저귀만 차고 그 자리에 나온 스모선수처럼 당황스러웠다. 패드로 가슴을 떠받친 수트를 입은 교수, 머리를 틀어 감으려다 실패한 전직 모델, 아이라인을 강조한 스파이 영화의 메이크업을 따라 한 호텔 홍보 직원, 재키 오나시스 선글라스를 낀 화가, 누군가 가까이 오면 폐를 뚫어버릴 듯 뾰족한 구두를 신은 잡지 에디터는 호전적인 룩만큼 휑해 보였다. 그때, 언제나 기회를 노리는 무정부주의자 옷차림과 크림색으로 물들인 머리와 강철 반지를 씌운 손가락을 내저으며 누가 말했다. "이건 자유야." 그 말은 내 뒤통수를 당겼다. 아니야. 그건, 이류 작곡가가 그린

악보 위를 머리 나쁜 음표들이 배회하는 거야. 그건 '자포자기 머리'에 '그러고도 무사할까 룩'이야. 이중 고역이야.

옛날 어른들은 말했다. 볕이 잘 드는 앞뜰이라면 오동나무보다 대추나무를 심으라고. 어울리는 것들이 제자리를 찾을 때 신성한 융합이 이루어진다. 물론, 베라 왕 드레스를 입지 않아도 지구는 잘만 돌아간다. 엉뚱한 부분의 솔기가 헬무트 랭의 장기란 걸 몰라도, 밴드나 줄무늬 간격에 민감하지 않아도 삶은 달라지지 않는다. 제대로 고른 화이트 셔츠가 인생을 바꿔놓는 것도 아니다. 그러나 차디찬 부엌 타일 벽에 비스듬히 기대 서 있을 때조차 어느 순간 주의를 끌게 만드는 것이 패션인 것이다. 여전히 잔혹한 변덕 위에 매달려 있다고 해도…….

꼭꼭 숨어라 머리카락 보인다

5천 원짜리 커트라서 쇠빗에 머리를 찍는 동네 미용사의 습관을 견뎌야 했던 추억, 얼떨결에 들어갔다가 가위질 몇 번에 3만 원을 주던 고독, 남자 커트가 6천 원이라더니, 그건 샴푸를 제외한 가격이며 포함하면 7천 원이라는 말에 기절하던 경험까지, 머리 자르다 생긴 일은 전집 한 질로도 모자란다. 그래도 괜찮다. 잘못 잘라도 머리카락은 어차피 자란다. 내 마음속의 이발사 아저씨는 이렇게 말한다. 남자 머리는 2주마다 깎을 수 있지만, 머리가죽을 벗기는 건 한 번뿐이지.

꿈의 공장에 가기 전엔 머리 위에 뉴욕 스카이라인이라도 얹을 기세지만, 헤어 디자이너가 어떻게 해드릴까요,라고 묻기만 하면 갑자기 "그, 글쎄요……" 위축되고 만다. 그래서 커트 비용은 순수하고 대중적인 데가 좋다. 즉 2만 원이 넘지 않아야 한다. 하지만 누군가 눈꺼풀을 씰룩이며 일러준, 비싸서 은밀한 미용실에 가는 건 멍청한 짓이지만, 새로 산 구두 때문에 발이 아픈 어느 미친 날엔 들를 수도 있다. 어깨 위에 그저 얹힌 머리도 때론 사치해야 하니까. 비싼 옷은 매일 입진 않지만 머리엔 맨날 손이 가니까. 머리가 맘에 드는 날은 팔뚝에 영양 튜브가 꽂힌 듯 든든하지만, 머리를 망친 날은 어떤 칭찬, 체중 감소로도 상처가 낫지 않으니까.

머리는 눈동자처럼 모든 것을 숨기는 동시에 드러낸다. 코트걸이 같은 어깨와 조각 같은 코를 가졌어도 머리가 웃기면 모든 게 끝난다. 머리 하나로 웃겨졌다가 재발견되고, 과대평가되었다가 수그러들고, 그러다 재평가되는 족속들은 얼마나 숱한가.

미용실의 자아도취적인 놋쇠 액자, 높은 천장, 기다란 프랑스식 창문, 중앙 테이블 측면의 가죽 소파, 세팅 로션의 아득한 냄새, 베르톨루치 영화에서 막 튀어나온 듯한 여자 고객, 오존층 구멍이 상관없는 헤어스프레이, 상냥한 디자이너들의 '유로—코리오스트레일리안적' 억양, 그들이 '추상 예술'을 실험하는 방식, 경건한 침묵, 드라이어로 머리카락 조각들을 날려버린 뒤, 한 발짝 뒤로 물러서서 살피는 퍼포먼스, 심오한 집중으로 찌푸려진 미간을 관찰하다 보면 그 안에서 두 시간까지는 버틸 수 있다. 머리칼 하나로 잘난 사람들과 경쟁할 수 있다면. 또 헤어 디자이너가 존칭을 생략한 채 거기 들르는 알 만한 이름들을 들먹이면, 어여쁜 그녀들과 같은 디자이너를 공유한다는 생각만으로 흥분하는 것이다. 그러나 잡지에서 또 다른 헤어숍을 보고는 흥행단처럼 옮겨 가는 사람들은 그들이 원하는 마법을 가위 속에서 찾을 수 있을까? 베컴 머리를 하는 것으로 그와 접촉한다고? 커트 한 번으로?

머리 손질이 예술이거나 말거나, 벌집 헤어가 유행하거나 말거나, 헤어스타일엔 희생이 따른다. 머리끝부터 뿌리까지 머리를 부풀리는 빗질과, 두피 관리법과, 재발견된 샴푸 요령을 알고나 살아야 하기 때문이다. 코팅을 벗겨내지 않는 샴푸, 전체 형태를 좀더 차분하게 만들기 위해 블리치로 머리 전체를 구부리고 끝으로 갈수록 갈색 톤이 뒤따르게 한 헤어스타일, 그게 이브 생 로랑과 어울려야 한다는 문제에 이르면 정신이 하나도 없다.

5천 원짜리와 5만 원짜리 커트 사이엔 맥도날드와 프렌치 레스토랑에서의 저녁 같은 차이가 있다. 맥도날드는 다수에게 같은 음식을 안긴다. 메뉴도 적고 손님에게 개인적 관심도 없고 세심한 만족도 주지 않지만, 빠르고 그런대로 괜찮다. 예약할 필요도 없다. 하지만 긴 머리를 확 자르거나 보브에서 뱅으로 둔갑하고 싶다면 값비싼 조언이 필요하다. '이것이 필요한가?' 가 아니라 '이게 얼마짜리지?' 의 문제이기 때문이다.

그러나 머리 한 번에 20만 원이 든다면 이야기가 다르다. 20만 원은 도시에 새로운 지위를 부여한다. 그 지위는(18세기 프랑스 귀족의 분 바른 가발처럼 비싼 머리 손질이 흔한 건 아니지만) 머리에 그 돈을 들일 수 있는 사람은 소수란 걸 아는 데서 온다. 극치의 이미지를 위해 특별한 돈을 지불한다는 만족.("여자들은 신발 한 켤레에 1백만 원도 써. 2백만 원짜리 남자 구두도 있어. 그럼 한 달에 한 번 머리를 자르는 데 20만 원을 쓰면 왜 안 되는데?") 확실히 미용실 의자 수에 따른 산수와 상관없는 엄청난 가격은, 부유한 단골을 낚는 미끼가 되었다.

역사적으로도 신분과 계급, 정치적 종교적 믿음의 매개였던 머리는, 아무 이유 없이 갖고 싶은 마놀로 블라닉 구두 같은 부자의 새 아이템이 되었다. 향수 한 병보다 더 비싼 머리는 현대인이 새로 열망하는 권리의 은유인 것이다. 그래도 20만 원을 들인 머리라면 약혼식을 치르거나, TV 짝짓기 프로그램에라도 나가야 아깝지 않을 것이다.

손가락이 짧으면 부지런하고, 길면 게으르다는 실없는 소리가 있다. 머리카락은 자기 관리 능력과 성격을 드러낸다. 그러니, 머리띠로 머리 한 올 떨어지지 않게 질끈 올려붙인 애들은 결코 사소한 다툼 없이 하루를 못 보내지 싶고, 지하철에서 얼굴이 비치도록 트리트먼트 잘된 긴 머리를 한쪽 어깨로 모은 채 순하게 조는 애들을 보면, 저 머리 다듬느라 힘들어서 조나 보다, 안타까울 따름이다.

어쨌든 직모인 사람은 파마를 하고, 곱슬머리인 사람은 기어이 펴야 하고, 숱이 많은 사람은 쳐야 하고, 적은 사람은 많아 보여야 한다. 모두들 가지지 않은 것만 중요하기 때문이다.

셀러브리티라는 이름의 광고

성경은 말한다. 뿌린 대로 거두리라고. 하지만 모든 나라마다 성경을 거스를지도 모를 이런 속담이 있을 것이다. "세상에 공짜 싫어하는 사람은 없다." 이것처럼 설득력 있고 지구 전역에서 무리 없이 통용되는 속담이 또 있을까. "공짜라면 양잿물이라도 마신다"는 건 우리나라 속담이지만, 아르헨티나엔 "공짜라면 콜리플라워와 오이, 심황, 당밀 그리고 식초로 만든 소스라도 마신다"는 속담이 있을 것이다. 틀림없다.

살면 살수록 뭔가 잃는 건 인생의 법칙이다. 물론 그만큼 많이 얻는다. 특히 노동 없이 공짜로 얻는 것들은 격렬한 기쁨과 불분명한 성취감, 화학적 불균형, 즐거운 혼란을 가득 안긴다. 들키지 않은 절도처럼, 몇 분이라도 삶이 바뀐 듯 좋아 보이는 것이다.

공짜는 삶의 애착이고 강박이고 병이다. 홈쇼핑 같은 데서 마케팅을 위해 주는 사은품 속에 제품 가격이 포함돼 있는 걸 알면서도 굳이 공짜라고 여기는 건 그 휘황한 도취 때문이다. 그러고 보면 공짜 좋아하는 사람들은 뭐든 날로 먹으려는 반사회적 이상 성격자라기보단, 매수된 사회 우호주의자 혹은 동화 옹호주의자라는 생각이 든다. 그들은 이렇게 말할 것이다. "모두가 샤일록처럼 피 한 방울까지 계량해서 야멸하게 살아간다면, 뿌린 대로 거두는 성실한 결과만이 인생이 우리에게 베푸는 거라면, 사는 게 얼마나 재미없겠어요?" 하지만 공짜는 다른 것도 가져다준다.

'알 만한 인사' 들에게 이 도시가 제공하는 선물들은 아주 큼지막하다. 그들에겐 거의 모든 것이 지급된다. 여행, 음식, 유흥, 트레이너까지. 확실히 가장 큰 이점은 '덤' 이다. 그들에겐 원하는 건 얼추 살 수 있을 만큼 돈이 있을 텐데도, 브랜드에선 굳이 자기네 제품을 '증정' 한다. 하지만 그때의 '공짜' 는 '무료' 가 아니라서 순식간에 '투자' 로 둔갑한다. '증정' 받는 사람들은 웬만한 지위를 누리는 사회 특권층이기 십상이므로, 공짜 선물은 그들의 명성을 통한 마케팅으로 재활용된다. 눈에 띄는 그들의 이름과 지위의 특징, 모습과 성격 자체가 캐리커처화되어 특정 가치를 전함으로써 마케팅의 도구가 되는 것이다.

어떤 브랜드는 엔터테이너라는 꿈의 공장을 통해 특정 조립 라인을 타는 것으로 주목받는다. 스타일리시하게 보이는 건 그들의 임무이자 대중의 이목을 끄는 가장 효과적인 방법이라고 믿기 때문에. 브랜드들은 그들에게 접근하는 통로와 무료 증정의 기회를 얻기 위한 다채로운 메커니즘을 가지고 있다. 어떤 행사에 얼굴만 비쳐줘도 공짜 선물을 하는 건 치사하고도 흔한 마케팅 관행이다. 연예 및 패션 산업에 발을 걸친 인사들이 당신보다 훨씬 재빨리 최신 트렌드를 접하는 건 그래서이다.

자유와 해방과 자율성, 페미니즘과 사회적 · 경제적 성장까지 물질주의에 매수되어버린 지금, 사람들은 하루 3천여 개의 광고 메시지에 시달린다는 통계가 있다. 사실 우리가 정말 원하는 것들은 광고에 의해 무자비하게 주입된 것들이다.

여전히 홍보와 마케팅과 설득력을 필요로 하는 광고는 산업사회에서의 민속학이다. 동시에 황야의 예수에게 예루살렘의 영광을 다 주겠다던 악마처럼 우리 등을 떠민다. 진실한 계몽인 척 사칭하고, 라이프스타일을 개량한다고 유혹하며, 재산. 인테리어, 음식, 패션, 휴일 같은 소유하지 못한 것들을 꿈꾸라고 치근대고, 더 섬세하고 도회적이며 고상하고 예외적인 것들을 찾으라고 부추긴다. 부드러운 목소리로 당신이 소유한 건 당신의 존재 자체를 나타낸다고 조언하며, 나라를 발전시키는 것 또한 욕구와 갈망이라고 웅변하고, 당신 또한 소중하니까 계속 탐닉하라고, 당신은 그럴 가치가 있다고 속삭인다.

그렇다고 해도 소위 셀러브리티들이 광고하는 제품들은 도

대체 헷갈릴 따름이다. 차라리 호기심이 더 크다. 나쁜 예지만, 누가 패리스 힐튼이 광고하는 향수를 산다는 걸까? 상상력이 있는 이들도 그 키치적 가치를 살까? 그 향수를 사는 사람들은 (향수 광고의 모델로서든, 자기 이름만 빌려주었든, 향수 제조자와 유명인사의 합작으로 만들어졌든)향수 비즈니스에 관여한 자들이 자기들 삶에 뭔가 영향을 준다고 생각하는 걸까? 그 향수는 고객이 될 사람과 미리 상의를 한 후, 고객의 신조를 고려해 최대치의 신중함으로 만들어졌을까?

물론 셀러브리티라는 이들은 대중의 일상에 대충은 영향을 미친다. 그래서 당신은 새 휴대폰 하나에 60만 원이나 들이면서 지난주의 옹색한 가계부를 써 내려간다. 유명한 누구누구가 가지고 있어서. 아니, 그가 TV에서 어서 사지 않고 뭐하냐고 마구 종용하는 바람에.

그들의 이름은 사람들에겐 제품보다 더 두꺼운 피부층이 되어버렸다. 그게 바로 다들 유명인사들과의 핀셋 같은 친분을 망치처럼 과장하는 이유이며, 어떤 유치원에 자리 하나 얻기 위해 새벽부터 기다리는 이유이며, 줄리어드에 아이들을 보내기 위해 땡빚을 지는 이유이며, 강남 땅값이 떨어질 줄 모르는 이유이다.

무엇을 했느냐가 아니라 누구를 보았느냐는 어떤 장소의 가치를 판단하는 새로운 방법이 되었다. 그것이 하얏트 수영장이, 더 역사적이고 더 흥미로운 거제도에서의 한때보다 더 자극적인 이유이다. 꼭 모호한 낮 시간, 토크쇼 방청석에 앉아 시럽을 탄 미지근한 커피를 마시는 것 같다. 사람들은 어딜 가도 연예인을 봤다는 얘기만 늘어놓으니까. 자기 테이블 바로 옆에서 어떤 배우가 코를 파거나, 체크아웃할 때 그 옆에서 어떤 가수가 체크인하더라는 이야기조차 토픽이 된다. 6자 회담과 핵무기로부터 자유로운 휴양지에 가는 것도 에메랄드빛 바다 대신, 가슴이 통도사의 된장독만한 여자 배우가 호텔 바에서 술 취해 고함 치는 것을 보는 기회일 뿐이다. 요즘 음악의 경향 대신 매일 온다던 그 가수를 볼 수나 있을지가 정작 그 클럽에 가는 이유인 것이다. 하이라이트는 그들과 호텔 엘리베이터를 함께 탔다거나, 얼떨결에 뺨을 직접 만져봤다는 것.

그들이 광고하는 제품들은 '셀러브리티' 이상의 것을 제공하지 않는다. 신상품 론칭에 관해 얘기하자면, 소위 유명인사가 개입된 광고는 어떤 냄새를 풍기든 돈과 지위라는 공허한 세계 안에서 물장난이나 치는 아이들을 상기시킨다. 또 쇄도하는 브랜드 광고에 너무 늦게(라도) 합류했다는 그들 자신의 은밀한 안도만 물씬 풍길 뿐이다. 이것이야말로 선반에서 그 향수의 셀로판 포장을 집기 전에 기억해야 할 것들이다.

나이의 위선

나이를 먹는 게 부도덕한 패션 세상엔 기이한 모순이 있다. 모두가 숭상하는 조르지오 아르마니나 비비안 웨스트우드, 요지 야마모토 같은 디자이너들이 예순을 훌쩍 넘긴 할아버지 할머니라는 것이다. 루이 비통의 마크 제이콥스도 진작에 마흔을 넘겼다. 칠십 대의 칼 라거펠트가 없었다면 패션은 어떤 얼굴을 하고 있을까? 인습을 거스르는 이 노인은, 혁신이란 청춘의 전유물이 아님을 확실히 시위하지 않았나?

나이 먹는 게 군둥내 나는 일이라는 사람들이 할아버지 할머니가 만든 옷을 입고 싶어 난리를 치는 건 명백한 기만이다. 그런데도 그들을 매장의 네온 밖으로 매장埋葬해버려야 한다고? 그럼 그들은 거름이 되어 토양을 비옥하게 할 거라고? 만약 프라다가 한국에 왔다가, 당신은 너무 늙었으니 집에 가서 애나 보라는 말을 듣는다면 어떤 반응을 보일까?

패션엔 선택해야 할 게 있다. 융통성. 다음 시즌까지 기다리기. 자기에게 어울리는 옷을 알기. 살구빛 슬립을 입을 자신이 없어지는 시점이 되면 여자들은 더 이상 소녀처럼 입지 않는다. 어린 날은 늘 얇아진 가슴에 매달려 있다고 해도……. 인류학자들은 도시 유부녀들이 주부 옷차림에 대한 편견에 얼마나 효과적으로 대응하는지 안다. 클럽 가는 고등학생처럼 보이는 요가 팬츠나 짧은 진, 푸쉬업 브라 취향은 그들이 아직도 성인기에 접수되지 않았다고 귀띔한다. 하지만 자아도취 문화 속에서 나이보다 젊게 살아야 한다며 열아홉처럼 보이자고 안간힘을 쓰는 엄마들은 마흔 살처럼 입은 유치원생처럼 당혹스럽다. 그러나 스케이트 보드 탈 때나 입을 것 같은 바지로 별의별 데를 다니는 '비요크'는 세상에 한 사람밖에 없다.

오십 대 여고 동창 두 명이 쇼윈도를 들여다보고 있다. 한 여자는 다이아몬드 목걸이와 작은 핸드백, 몸에 딱 달라붙는 카디건을 지참한 채 서 있다. 다른 여자는 역삼각형 재킷과 주름 잡힌 스커트, 금색 장식 버클이 달린 벨트와, 작은 십자가 목걸이를 매단 채 흔들거린다. 둘 다 낡은 바비 인형과 신산스러운 아줌마를 합친 차림이지만, 문득 부는 바람에 큐피 인형처럼 야한 아이새도가 소슬해 보인다.

여자가 나이 들면 패션도 변한다. 열여덟 살 땐 검은 옷이 세련돼 보인다. 서른다섯엔 검정색 자체가 짜증난다. 마흔두 살엔 볼터치 하나도 잘 먹지 않는다. 그러나 오십 대 그녀들의 룩은 40킬로그램이 조금 넘는 소독저들이나, 기미투성이의 소녀, 버마 고양이한테나 예쁘단 소릴 들을 것 같았다. 살랑거리는 치맛단 위로 살짝 처진 얼굴 피부는 백만 가지 시름을 숨기고 있다. 언제까지 이렇게 입을 수 있을까? 한 2년 정도? 연두색 머리핀은? 살날도 얼마 남지 않았는데 무슨?

육십 대로 들어선 모든 이가 봉착하는 문제는, 적어도 지하철 노인 할인을 권유받을 정도로 보여선 안 된다는 것이다. 물론 그들은 그들 아버지 세대가 그 나이였을 때보다 젊어 보인다. 어쨌든 화장품도 바르고, 건강 메시지에도 노출돼 있기 때문이다. 또래 육십 대 여자들이 염색하고 주름을 가리는 분장용 화장을 하고, 늘어진 피부를 외과용 핀셋으로 들어 올리고, 몸 보정용 거들을 입을 책략으로 분주할 때, 남자들에겐 돋보기 안경 알을 작은 사이즈로 바꾸고, 모든 옷에 어울릴 갈색 구두(하얀 구두나 빨강 구두는 무섭지만)를 사고, 패드로 부풀린 양복보단 몸을 가늘어 보이게 만드는 수트를 사는 게 최고의 방어이다. 근육을 새로 만든 대학생처럼 입는 건 난감한 일이니까.

자신이 육십 대란 걸 결코 인정하지 않는 한 어른은 어느 날, 지옥의 사자와 노가다판 십장이 섞인 모습으로 나타났다. 니트 비니와, 늘어진 가랑이가 무릎까지 덮는 배기 청바지, 수십 년 전 뉴욕에서 입던 홀치기 염색 티셔츠에 은색 징이 박힌 가죽 재킷과 롱샴 백, 열쇠고리가 달린 체인벨트는 헐벗은 정수리를 가리자고 뒤섞인 머리칼 아래 달랑거렸다. 70년대를 횡단해온 이 한량의 가슴엔 밧줄만큼 두꺼운 목걸이가 매달려 있었다. 그는 여전히 시간과 함께 흘러가는 '현대인'들과 대화하며, 뻔하게 늙어가는 다른 친구들을 딱해하지만, 지금 그의 바지는 너무나 찢겨져 있었다.

또 다른 육십 대 화가의 귀에 반짝이는 액세서리는 한 가지 사실을 분명히 한다. 귀고리를 하기엔 나이가 좀 많다는 것이다. 젊어 귓불을 뚫은 남자라도 중년이 되어서까지 귀고리에 집착하진 않는다. 눈에 띄지 않는 큐빅을 착용한 사람은 봤지만. 당신도 그래선 안 된다고 말하진 않겠지만, 귀를 뚫으면 사생활 관리가 철저한 누구라도 방황하는 무법자, 메이저리그 야구팀의 2번 타자, 부풀려진 자신의 대중적 인기가 부담스러운 가수 같아 보이는 게 문제다.

변덕스러운 세상에서 자유로워지고 나면 성숙한 페이지가 기다린다. 오드리 헵번이 스무 살이건 마흔 살이건 누가 신경이나 썼단 말인가. 사람은 정체성과 의지에 따라 입을 뿐인데. 나는 그 화가 어른을 좋아한다. 물건—유기농 쌀, 고성능 자동차, 뛰어난 맞춤 양복—볼 줄 아는 사람이니까. 그가 쇼핑할 땐 쇼핑 요다의 지혜로운 광선검 일격을 보는 것 같다. 가끔 그는 나에게 문자를 보낸다. 갈색 울 바지에 로퍼가 어울릴까? 너 비둘기색 서류 가방 한번 들어볼래? 『지큐』에서 죽이는 리넨 재킷을 봤어.

판매원들은 그 나이에 정기적으로 백화점을 순회하는 사람이 있다는 것만으로도 놀란다. 그가 쇼핑을 난감해했던 건 딱

한 번이었다. 그의 딸은 입사 면접 때 입을 비즈니스 수트를 찾다가 새 브라도 사고 싶어졌다. 탈의실 밖에서 기다리던 그에게 판매원이 어떤 컵이 어떤 방법으로 가슴을 지탱하는지 설명하기 시작하자, 그는 선 채로 얼어붙곤 아무 대꾸도 하지 못했다.

전에는 아무도 예순 넘은 할아버지가 손자와 똑같은 셔츠를 입을 수 있다(거나 입고 싶어 할 거라)고 생각하지 못했다. 그러므로 나이에 관한 소모전을 비판적 시점으로 바라보는 새로운 개혁이 시작되었다. 일흔 살이 되자 인생의 서막이 시작되었음을 알았다던 오노 요코처럼.

탈의실 거울은 무엇을 비출까

행거에서 집어 들었든, 판매원이 선반을 한바탕 뒤집어놓고 찾아주었든, 옷을 들고 탈의실로 들어갈 때마다 묘한 기분이 들어. 모기장 같기도 하고 팬션의 테라스나 뒷마당의 창고 같기도 한 그 작은 공간 안에는 타인의 독재와 감시로부터 벗어났다는 아늑함이 가득하단 말이야. 그건 한편으론 사적이면서도 아주 창의적인 느낌도 주는 것 같아.

하지만, 탈의실 안에서 벌어지는 요가 고문이 얼마나 괴로운지는 아는 사람만 알 거야. 너무나 큰 브라와 거들을 입은 풍만한 주부들이 탈의실 커튼을 열고는, 누군가에게 지퍼를 올려달라고 부탁하는 걸 본 기억은 다들 있잖아. 하긴, 한쪽 다리를 뒤로 꼬아 무릎과 사타구니까지의 선이 일자가 되게 한 다음, 내장이 척추에 들러붙을 만큼 숨을 들이마시고 엉덩이 살을 구겨 넣는 건 형벌 그 자체야. 나처럼 둥글고 살 많은 어깨, 체구에 비해 조금 큰 가슴, 톱으로 잘라버리고 싶은 엉덩이를 가진 여자한텐 특히. 그건 마네킹이 입은 옷은 나한테 결코 맞지 않으리라는 공포보다 더 무서워.

이를테면 이런 식이야. 갈색 새틴 바지에 다리를 겨우 집어 넣었더니 있는지도 몰랐던 지방까지 튀어나오는 거지. 펜슬 시폰 스커트는 그 아래 둘둘 말린 살들을 더 울룩불룩하게 만들고 말이야. 소매 없는 회색 원피스에 몸을 맞추자니 속이 다 메슥거리는 걸 어떡하니. 살덩어리가 반죽처럼 들러붙은 몸을 스웨터가 조여댈 때는 사람 미치는 거지.

뒷모습도 반드시 살펴봐야 해. 룩을 완성하는 것도 망치는 것도 다 뒷모습이니까. 하지만 더블이나 트리플 거울을 갖춘 옷 가게도 거의 없을뿐더러, 있다고 해도 뒷모습은 다 다르게 비치는 게 문제라고. 어떤 탈의실에선 꿈에 볼까 무서운 엉덩이를 가졌지만, 또 다른 데선 웬일로 다리가 아주 길어 보일 때도 있잖아(할렐루야).

어쨌든 탈의실에서 낑낑대는 전쟁이 너무나 쓰라린 것만은 분명해. 그렇다고 인터넷에서 정해진 사이즈만 주문하는 게 더 문명적일까?

어떤 가게에선 이런 일도 있었어. 까만 스커트에 넓은 벨트를 코디한 셔츠를 보고 있는데, 거기 점원이 매장에 코끼리라도 들어온 것처럼 위아래로 훑어보더니 이러는 거야. "44 이상은 없어요." 도대체 제일 비싼 수트가 빼빼 마른 중학생 애들이나 입을 만한 사이즈란 게 말이나 되니? 디자이너들은 사람이 결국 뚱뚱해질 수밖에 없다는 걸 모르나봐.

그런데 입어봤더니, 정말 나한테 맞는 거 있지. 말이 되니? 갑자기 살이 빠졌나? 근데, 아니거든. 다른 셔츠도 역시 넉넉했어. 작은 사이즈를 입을수록 기분 좋아지는 여자들 본능에 아첨하자고 옷 회사들이 더 크게 재단한단 말은 사실이었던 거지. 그러니 살이 옷 밖으로 비어져 나오는데도 옷 사이즈는 스몰이라고 우기는 여자들이 속출할 수밖에.

여자들이 주구장창 하는 말이 "이 옷은 나한테 좀 작아"잖아. 근데, 그건 정말 황당한 소리야. 자기 사이즈대로 입으면 되는 것 아니니? 물론 "내 '곤조' 대로 내가 입겠다는데 네가 무슨 상관이야?"라고 외치는, 지금 막 출사표를 쓸 것 같은 여자들이야 늘 있지만.

패션의 속성은 너무나 젊어지고 싶어 한다는 거야. 아예 성장이 멈춰야 한다고 강요하지. 게다가 키 크고 날씬한 모델이 입었을 때 더 멋져 보이도록 우리 눈도 길들여지고 말았다는 게 참 슬퍼. 옛날엔 '타이트하다' 는 개념 자체가 없었잖아. 앞가슴 갈비뼈가 드러난 모델들은 얼마나 불쌍해 보였니. 그런데 말이야. 줄창 통통한 마릴린 먼로가 아름답다면서도, 마른 몸매만 좋아하는 요즘 애들은 정말 염증이 나. 얄미운 짓만 골라 하는 드라마의 어떤 배역 같지 않니? 도대체 어떻게 몸의 가치가 젊음과 효율성뿐일까? 어떻게 다들 젊음만이 모든 미적 기준을 재정의하고 지배하도록 방치해두는 걸까? 세상에, 오십이 넘어서까지 거울에 비친, 더는 젊지 않은 얼굴을 혐오한다는 게 말이나 되니?

우리 같은 중년 여자들은 입고 싶은 대로 입을 수 없어. 옷을 차려 입는 시간 자체를 즐기지 못하니 신체적 잠재력을 넓힐 수도 없어. 그렇다고 금식하면서 살 순 없잖아.

다른 매장에도 갔지만, 문제는 역시 사이즈였어. 하늘하늘 얇은 옷들은 농부처럼 무뚝뚝한 몸엔 안 맞지. 살다 보니 마음이 지쳐서 몸까지 부었기 때문일 거야. 솔기를 손으로 말아 올린 드레스는 앞이 아주 깊게 파여서, 가슴이 큰 데다 모아지지도 않는 여자한테는 곤란할 수밖에 없어. 마음에 드는 게 있긴 했지만, 카프리 팬츠의 맹점은 다리 길고 마른 여자한테만 어울린다는 거야. 결국 입을 수 있는 옷은 하나도 없단 얘기지.

그냥 나오긴 좀 그래서 황동색 징이 박힌 가죽 벨트라도 사려고 했는데 11만 원이 다 뭔 소리니? 판매원은 그걸 사고 싶음 세트로 원피스도 사야 한대. 기가 막혀서. 현금을 천 원짜리까지 착착 세서 그 손에 얹어주면서 그냥 눈을 부라려줬지.

옷을 구경하는 것 하고 뭔가 꼭 사야 한다는 건 달라. 난, 어렵게 옷을 사자고 나온 김이라 청바지라도 사고 싶었어. 그런데 청바지 가게 판매원은 지퍼도 안 올라가는 데다 걸음도 못 뗄 것 같은 진을 자꾸 권하는 거야. 청바지는 딱 붙을수록 육감적이고 또 나중엔 늘어나니까 괜찮다는 거지. 그렇지만 나잇살 때문인지, 밑위 길이가 매시즌 인정사정없이 짧아져서인지, 지퍼가 안 올라가는 걸 어떡하니. 겨우 단추를 채우고 나니 꼭 속을 너무 채운 소시지 같더라. 어디 앉을 수가 있나, 드러누울 수가 있나. 몸에 맞는 여자 청바지가 한 벌도 없다는 건 너무나 충격이었어.

판매원은 이번엔 남자 청바지를 한번 입어보래. 밑위 길이가 긴 것만 빼면 여자 청바지하고 똑같다는 거야. 사실 난 로라이즈 진을 사고 싶었어. 밑위가 길어서 챔피언 벨트를 허리에 찬 것 같던 옛날 청바지보다 훨씬 섹시하잖아. 그랬는데, 남자 바지를 입어보게 될 줄 어디 상상이나 했겠니. 그런데 신기하게도 약간 높은 밑위 길이가 거들처럼 뱃살을 평평하게 만들어주는 거야. 결국 여성성이란 이렇게 탈의실에서부터 서서히 거세되고 마는 걸까.

낙심천만한 생각이 들어서 포기하고 탈의실을 나오는데, 내 또래 중년 여자가 배꼽이 다 드러나는 진을 입고 오렌지색 테를 두른 벽거울을 보고 있는 거야. 슈렉 같은 나는 엄두도 못 내던 진을……. 그 여잔, 틀림없이 골다공증에 걸렸거나 연필심 경연대회에 나온 게 분명해. 그녀 딸내미는 한 술 더 뜨더군. "입으면 늘어날 텐데 한 치수 더 작은 걸로 입어, 엄마." 그 여자는 보조개처럼 쏙 들어간 자기 허리가 자랑스러워서 거의 죽을 것 같더만.

속옷 매장에 들른 건, 그런 기분으론 뭐라도 사지 않고는 안 되겠어서였어. 결국 난 '뱃살 커버' 바지를 샀어. 피도 안 통하게 꽉 끼지만 뱃살 하나는 끝내주게 잡아주니까. 다이어트 한다고 맨날 운동하고 굶어봤자 얼굴 주름만 늘었지 엉덩이는 줄어들지 않을 때 그야말로 진정한 대안이 되어줬거든.

브라도 샀어. 그날따라 가슴이 작아 보인다는 게 그렇게 위로가 될 수 없더라. 허리를 날씬해 보이게 하는 톱까지 샀어. 이쪽저쪽 불룩한 살들이 매끈하게 자연스러운 커브를 그리고 있는데, 퍼즐이 다 짜맞춰지는 기분이었어. 탈의실 거울에 비친 이 아름다운 여자를 이렇게까지 해서야 만나게 되다니.

전에는 작아서 못 입던 치마가 맞춘 듯 딱 맞을 때가 있어. 그땐 어쩐지 어린아이처럼 약하고 순수하게 느껴져. 결국 실제로 입는 옷과 그 옷을 대하는 태도를 보면, 모든 여자는 모든 게 뒤죽박죽인 사춘기에서 벗어나지 못하는 것 같아.

럭셔리 베이비

언젠가 그녀는 말했다. 난 아이는 낳지 않을 거야. 낳자마자 돈이 수억 들 텐데, 그 돈 안 들이고 내가 사고 싶은 거 다 살 거야. 그러나 아이가 필요 없다는 누구라도 아이 용품 매장에 가면 마음이 흔들린다. 양말 코너에선 무릎까지 후들거린다.

아이를 안 낳을 거라던 그녀의 아이 돌날, 그녀 집에 갔다가 완전히 나가떨어졌다. 그 집은 그야말로 오만 가지 유아 상품이며 가구들로 가득한 알라딘의 동굴이었다. 브레이크 달린 기저귀용 테이블은 40만 원짜리라고 그녀는 말했다. 30만 원이나 하는 요람은 정말 효과가 있는지 아이가 중간에 깨지도 않아 신통해죽겠다고 했다. 한 손으로 유모차를 번쩍 들어 올리며, 이건 얼마나 가벼운지 아냐면서 주석까지 달았다. 유모차는 꼭 접히는 제품이어야 했어. 첫 애한텐 뭐든 새 걸 사줘야 돼. 그녀는 사랑의 방점을 다시 꾹 찍었다. 그녀의 남은 꿈은 컨버터블 유모차나, 오줌을 눌 때마다 폴로네즈 음악이 흘러나오는 어린이용 변기를 사주는 것에 이르렀다.

내가 자랄 때 부모들의 바람은 개구쟁이라도 좋다 튼튼하게만 자라다오였다. 그것도 먹는 게 곧 생존이었던 초근목피 세대에겐 사치였다. 요즘 부모들이 아이들한테 치성 들이는 걸 보면 차라리 중독 같다. 그들은 아이를 안전하고 행복하게 만들기 위한 수단으로 소비를, 그것도 엄청난 소비를 한다. 그녀도 세상에서 가장 까다로운 소비자가 되었다. 뭐든 손에 집히는 대로 사던 그때 그 사람은 어디로 갔을까? 유아용 제품은 부모가 되는 과정에 꼭 필요한 요소일까? 두 달 동안 잠 한숨 못 자도 자식에게 베푼다면 위안이 되는 걸까?

애들 생긴 게 다 그렇고, 별로 예쁜 것 같지도 않은데도, 그녀는 우리 애 정말 예쁘지 않냐고 백 번도 더 물어보았다. 그녀에게 모성은 괴로운 일을 감내해야 하는 엄마의 본성이 아니었다. 고통은 고사하고 고혹적으로 비쳐졌다. 하긴, 임신을 확인하고부턴 아기 옷을 더 많이 사는 게 여자들이다.

아이 용품은 두 가지로 분류된다. 위험한 환경으로부터 아기를 보호하는(아기가 어이없이 죽을지도 모른다는 부모의 원시적 두려움을 적나라하게 건드리는) 제품과, 위험한 아기로부터 집을 보호하는(아기는 세상에서 가장 무모한 난폭자이기도 하니까) 반대 기능을 가진 제품. 그렇지만, 아기 용품의 수요가 아무리 많다고 해도 상당수는 박스에서 나올 이유가 없는 것들이다. 아기가 30초 동안 움직이지 않으면 저절로 알람이 울리는 모니터, 물의 온도가 너무 뜨거우면 색깔이 변하는 플라스틱 유아용 욕조 같은 사고방지용 제품은 그렇다 쳐도, 개나리색 비단 코트나 빈티지 옷감으로 만든 드레스는 좀 걸린다. 퀼트로 만든 기저귀 백, 검은 양가죽을 댄 한정판 가죽 시트 유모차에 이르면 할 말이 없다. 게다가 베이비 모니터라는 게, 방이 열 개쯤 되고 아이 방은 서쪽 끝에, 엄마 방은 동쪽 끝에 있을 때나 필요한 줄 알았는데, 그게 애를 기르는 데 필수 품목이라니.

그녀가 적은, 아이에게 필요한 기본 제품 목록엔 유아용 그네가 열 가지도 넘었다. 물론 초보 부모에게 밤새 울어대는 아이란 미스터리 자체다. 흔들거리는 걸 불편해할 아기도 있을 텐데, 부모들은 애들 그네라면 맹목적으로 열광한다. 내가 아니라 아이를 위한 거라고 정당화하는 건 부모들만의 쇼핑 테라피이다. 홈쇼핑에서 아이를 위한 보험 상품 방송을 할 때, 학자금을 위한 저축이 세월따라 불어나 아이가 어른이 되었을 때 큰 도움이 되리란 플랜조차 공허하게만 들렸는데, 눈앞에서 눈먼 부모 사랑을 목격하자 그게 위대한 건지, 유난스러운 건지 종잡을 수 없었다.

아기 용품은 지출에 관한 새로운 화두를 만든다. 디자이너 라벨이 달린 아기 옷이 어른들 것만큼 비싸다는 논쟁 말이다. 끝이 뾰족한 지미 추 구두의 이름도 들어보지 못한 엄마라면, 폴로 셔츠와 데님, 스웨터를 갖춘 최고급 아기 브랜드 라인이나, 발레용 스커트와 유모차용 담요 가격에 눈알 튀어나오기 직전, 올케가 물려준 보풀 일어나는 기저귀 가방을 내던질지도 모른다. 그러나 엄마들의 결론은 하나다. 여유가 있다면 누가 아이에게 구닥다리 내복을 입히겠나. 그런 마음엔 한 톨 죄의식도 없다.

아이가 빨래 바구니와 유모차의 차이를 알건 말건, 문명은 유모차를 필요로 하는 부모들과 그에 따른 비용을 만들어냈다. 그들은 이렇게 말한다. "난 유행도 모르고 살았지만, 내 딸은 달라. 디올 베이비 재킷을 입었잖니? 무지하게 패셔너블하지 않니? 네 눈엔 그렇게 안 보이니?"

이런 보상심리는 유아시절에 대한 우리의 불안정한 집착부터 현대 소비 문화의 영향까지 망라한다. 모든 부모마다 자녀교육과 관련해 자신만의 특별한 철학이 있다고 믿는 것처럼, 더 나은 아기 용품 또한 상대적으로 우월한 발육과 태생적 지위를 준다는 것이다. 그러나, 아무리 그래도 '내 아이는 특별하다' 같은 분유 광고 카피만큼은 용서할 수 없다.

소비의 유산

세상엔 언제나 두 부류만 존재한다. 품행이 방정한 사람과 방종한 사람, 화를 내는 사람과 홍어처럼 삭히는 사람. 버는 것보다 더 쓰는 사람과 적자로라도 살림을 꾸려보려는 사람.

가을날 오후, 어머니는 친정에서 보내온 고추를 빻아야 한다며 나를 앞세웠다. 그녀는, 쟁반 만두처럼 부푼 고추 포대를 들고 당연히 아파트 단지 안 방앗간으로 향하는 나를 저지했다. "거긴 한 근 빻는 데 백 원이 더 비싸!"

나는 고개를 외로 꼬았다. "그까짓 게 몇 푼 된다고?" 나중에 파스 값이 열 배는 더 들 텐데, 그것도 절약일까. 어머니는 청룡언월도를 든 관우처럼 단칼에 자르셨다. "내가 두 시간 죽도록 단추 달아도(여성복에 단추 하나 달면 20원 받는 아르바이트를 하실 때였다) 8백 원도 못 받는다!"

몇 백 계단 언덕 아래 있는 방앗간으로 내려가는 내 마음은 논리를 잃고 누추해졌다. 자본주의 시민으로서의 삶을 지탱하는 나의 계산법은, 기신기신 아랫마을로 고추 빻으러 가 기껏 7백 원을 아끼는 어머니의 환산법과 다르다. 어머니는 "청바지 한 벌에 어떻게 20만 원이나 하니? 미쳤어"라고 날 비난하지만, 나는 딱 맞는 청바지 한 벌의 가치는 상상 초월이라고 생각한다. 2만 원짜리 머리를 자르면서 팁까지 챙겨주는 서푼짜리 호기, 와인 한 병에 5만 원이 우스운 바에서 무심한 척하는 허세, 1백만 원 넘는 가방을 기어코 사들이는 무대책은 나만의 것. 금욕주의, 절약, 기능적인 것이 최상의 가치인 어머니 세대에게 미네랄이 꿈틀거리는 물이랍시고 기천 원이나 하는 건 허황하다 못해 골빈 일이다. 배냇저고리가 맞기만 하다면 지금도 입을 그녀에게 풍족함이란, 밀리지 않는 아파트 관리비, 이름 붙은 날 식솔들을 배불리 먹일 곡식, 어쩌다 떠나는 여행 정도이다.

수세기에 걸쳐 많은 세대들은 다음 세대에게 변하지 않는 가치를 상속했다. 노력, 가치, 축적은 뭔가 가진다는 것 자체가 일종의 물질적 완료 시제였던 대한민국 부모 세대의 미덕이자 재산이었다. 신문 전단지로 반찬 찌꺼기 그릇을 만들고, 오래 입은 조끼를 풀어 새 양말을 짜며, 땡전 한 푼에도 가슴 떨리는 그들의 청교도 윤리와 창의적 소비 양식은 뚜렷하고도 단순한 자취를 남겼다. 스타일 법칙도 간단했다. 양복 한 벌과 타이 하나. 내 친구 부친이 평생토록 하신 낭비라곤 20년 전에

산 목재 캐비닛 전축이 전부였다(그러나 부모 세대들도 인터넷 쇼핑을 하고, 우울증 치료제를 복용하며, 스타벅스를 드나들고, 소비자 지출의 막대한 부분을 차지한다 해도 마케팅 관점으론 중요하게 다루어지지 않는다. 마고자 주머니 안엔 쌈짓돈만 짤랑거리고, 동전조차 쇠잔한 욕구 대신 손주 줄 사탕에 쓰인다고들 생각한다. 그들을 위한 희미한 연금 제도가 무슨 구매력을 약속하겠냐면서).

조국 근대화를 위한 그 아들 세대의 수고 역시 역사에 기록되었다. 그들은 윗세대를 지배했던 엄격한 규칙이 얼마쯤 유연해졌다는 것에 안도한다. 그러나 그들 역시 물꼬가 트인 사회적 유동성과 자유의 기미를 얼핏 맛보긴 했지만, 갑갑한 사회 교육 시스템 속에서 존재감을 잃고 아이들 치다꺼리로 인생을 소진한 보수주의자들이다. 그들이 배운 소비의 교훈 역시 같다. 좋은 것을 사려면 항상 주의를 기울여라. 싼 것은 비싼 것을 구축한다.

그러나 그 손자 세대에게 소비는 하나의 각성과 같다. 사회문화적 카테고리 속에서 가장 강력한 영향력을 지닌 그들은 '명품'의 가치를 자신들의 새로운 표현형식 안에 끌어들여 재해석한다. 그건 청년 주도의 일본 소비문화(거품경제의 폭발 이후, 자식들에게 선물과 돈을 퍼부음으로써, 추락한 가부장적 권위를 회복하고 지탱하려는 오이디푸스 콤플렉스……)하곤 다르지만, 실용적 자기중심주의를 확신시켜주는 브랜드에 의존하며, 삶을 폭식할 때도 질을 따지는 일본의 손자 세대와는 확실히 닮았다. 개개인이 스페셜리스트로서 괜찮은 라벨로 정체성을 확립하는 게 일생의 주제라는 점에선.

그들은 시계도, 직장과 나이트클럽, 각각의 환경에 맞는 룩을 완성하고 태도도 확인할 수 있게, 세 개는 있어야 한다고 주장한다. 침대 매트리스가 2백만 원이라도 하루 여덟 시간을 거기서 보낸다면 옳은 선택이라는 것이다. 그러니, 눈길에서 미끄러지지 않는 고성능 신발부터 주문 제작한 아이팟 케이스까지 쇼핑 카탈로그에 둘러싸인 그들에게, 통조림조차 신기했던 할아버지 세대는 외계적으로 느껴질 뿐이다.

그들은 도회적이며 개방적이고, 혁신적이며 성급하다. 충성심이 그들의 덕목은 아니다. 인생을 낭비할 시간이 없으니까. 그들 세대의 목표는 직업적 성공과 '대단한 사랑'이다. 그러나 그들은 부정적으로 기록될지도 모른다. 예외 없이 카드 청구 대금 때문에 속깨나 쓰리고, 자동차 할부금 완납까진 아직 1년 3개월이 더 남았으니.

지나치게 규범화되었던 사회는 예측할 수 없는 사회적 경험 속에서 급기야 오타쿠의 나라가 되었다. 이윽고, 주말에 동대문 쇼핑몰로 향하는 인파 중엔 욕망을 배워가는 어린 신참들이 섞여 있다. 윈도쇼핑이라는 기치로 뭉친, 속눈썹 올린 증손자 세대는 어려서부터 가치 탐구의 열정 대신 소비 열정을 장착한 채 매장 사이로 썰매를 탄다. 정신분석학적으로 보면 그들은 쇼핑몰 이후 시대를 사는 셈이다.

현대 사회에서 십 대 아이들이 엘리트주의적 사회 경향을 쉽게 받아들이는 건 자연스럽다. 인터넷을 껌처럼 다루는 요즘 십 대 아이들은 『소년중앙』이 아닌 별의별 '걸' 잡지류로 대변되는 현대 미디어에 정통한 상태다(이것은 어떤 대학의 입학 명단에 이름을 올리느냐 마느냐 하는 절대적 명제가 아닌, 생활방식을 결정짓는 논의이다). 광고도 섹시한 소녀들을 이상화하고 우상화한다. 늘 유행에 민감하고 쇼핑 정보에 밝은 어린 소비자에 의해 변화해온 대한민국 시장 속에서, 어떤 책을 읽을지도 모르는 이들 십 대 괴물들은 사고 싶은 것도 많다. 그들은 선택에 제한 없는 시장을 종횡으로 누비는, 건국 이래 가장 부유한 그룹인 것이다. 갈수록 쇼핑 연령이 어려지다 보니 브랜드 입장에서도 열다섯 살 소비자가 자기네 회사 임원들보다 더 소중해졌다. 화농성 여드름으로 고민하는 아이들에게 구애하는 건, 고객과 오랜 관계를 시작하는 브랜드들끼리의 방법이기 때문이다.

그들 역시 0과 1의 비트 세대답게 상품 일련번호들을 줄줄이 외운다. 신용카드를 쓸 나이가 될 때까지는 무일푼 처지가 별 문제도 아니다. 숍에서 기괴하고 해괴한 것까지 미리 걸쳐 보는 건, 나중에 무엇을 살지 생각해두기 위해서다. 그 나이에 겪어야 하는 일에 관심이 없는 그들은 부모와 똑같은 것을 누리고 싶어 한다. 어떻게 보면 그들은 15세가 되기 전까지 세속적인 모든 걸 경험한다. 그리고 너무나 쉽게 영향받고, 서둘러 늙어간다. 그러므로 커피 빈에서 유리창이 깨져라 떠드는 애들을 보며 무법 시대를 사는 개념 없는 것들이라고 빈정대기 전에, 소비 스펙트럼에는 전혀 다른 부류가 있다는 것을 알아야 한다.

모든 세대의 흥미는 지방과 중앙, 경제와 사회 사이에서 때로 충돌하고 때로 일치한다. 어른들은 철이 없고 아이들은 성인화된 지금 아이들의 성장과 부모들의 양육을, 고통스럽지만 의미 있게 만드는 세대 차이는 사라져가고 있다. 소비자의 나이 또한 현대 시장에 더는 적용되지 않는다. 평균수명이 길어지면서 나이 먹는다는 것과 그것에 상응하는 기대치의 기준이 변하기 때문이다.

그런데, 한 가지가 참 궁금하다. 내가 할아버지가 되어도 지금처럼 자동차, 가죽제품, 시계, 살짝 튀는 옷가지들에 열광할까? 아님, 인생이 얼마 남지 않았음을 자각하며 모든 기력을 짜내 다른 경험을 만드는 데 바칠까?

괴로운 부르주아 세계

3장

그 여자 그 남자가 '사는' 법

생물학은 남자와 여자가 염색체만 다를 뿐이라고 지적한다. 별별 광고들도 페미니즘이 더 이상 여자에게만 독점된 이념이 아니라고 외친다. 그러나 어떤 남자와 여자도 유전의 본질적 차이를 극복할 순 없다. 소비 패턴을 보면 더 분명해진다.

쇼핑을 대하는 남자와 여자의 기준은 각각 생물학적 사회학적 역할에 따른 압력을 받는다. 남자의 진화 과정 중엔 백화점 부비트랩에서 살아남기 위한 프로그램이 입력되지 않았다. 옷은 남자에게 자기표현이 아닌 위장, 변장만을 가르쳤다. 여자들은 스스로 원하는 것을 분명히 안다. 무엇을 사야 할지도. 여자들은 힘들게 번 돈을 쓰기 전에 광범위한 제품 정보를 항목별로 분석하고, 면밀하고도 포괄적으로 관찰한다. 그들의 구매 수준이 높은 건, 부모로부터 남자들보다 의

도적일 만큼 소비자로서의 훈련을 받기 때문이다.

남자들은 '쇼핑' 해야 한다고 스스로에게 설득하는 대신 가능한 한 재빨리 해치운다. 새 구두가 필요하면, 여자처럼 백화점 모든 여성화 매장을 헤집거나, 두타에서 한나절 발품을 팔거나, 스무 종류를 다 신을 필요 없이 점원의 권고라는 저돌적 통로를 선택한다. 모든 가게를 돌며 시시콜콜 가격을 따지는 것이야말로 좀스러운 짓이니까. 숙련된 남자 골퍼조차 한 종류의 공만을 고집하는 건 그 때문이다. 남자들의 구매엔 감정적 상태, 제품 자체가 아닌 서비스가 더 영향을 자주 미친다. 판매원이 예쁠 때는 저절로 지갑이 열리는 것이다.

남자들은 혼자 매장에 남겨질까봐 늘 겁을 낸다. 골프장이나 헬스클럽처럼 쇼핑에도 사교적 감성이나 소속감을 필요로 한다. 그들의 취향은 공동 경험에 의해 정해진다. 흰색 악어가죽 구두 같은 대범한 아이템을 살 땐 여자의 결재 없이 지갑을 열지 않는다. 그게, 남성용품의 주요 구매자는 여자일 수밖에 없는 이유이다(세상의 거래를 형성하는 게 남자라는 관념은, 더 사려 깊고 과감하면서도 타인 중심적인 여자들의 실용성을 무시해왔기 때문에 생겼다).

여자들은, 쇼핑에 관해서만은 늘 독립적이다. 그녀들에겐 여자 매장이 남자 매장의 두 배가 넘든 말든 원하는 아이템이 있는 어디로든 이동할 수 있는 불굴의 체력이 있다. 하이킹의 막바지에 이르러도 지치지 않는다. 게다가, 여가를 위해 쇼핑을 하던 여자들의 쇼핑 패턴은 갈수록 지능화되어 가고 있다.

원하는 제품을 인터넷으로 샅샅이 확인해보고는, 품질이나 사이즈를 실제 상점에서 확인하는 주도면밀한 행태를 보이기 시작한 것이다.

여자 종족에 대한 남자들의 불안은 커져만 간다. 그야말로 최근의 '위협'이다. 남자 여자의 사회 역할에 대한 기대나 현실적 요구가 달라져버린 지금, 아무도 남자는 밖에서 돈을 벌고, 여자는 집안일만 해야 한다고 우기지 않는다. 평등은 이 시대를 정의하는 주제니까. 그러나 세상과 통장은 남자가 지배해왔으므로 남자가 여자보다 많이 버는 게 당연하다는 이데올로기 역시 변하지 않았다. 그러므로 아내의 수입이 남편보다 훨씬 많다면 조심해야 한다. 더 많은 수표를 가진 사람이 논쟁에서 이긴다는 법은 없지만, 남자의 미약한 경제적 군사들이 상대 전술에 의해 요동치는 동안, 여자의 군대는 수입이 들어오는 통장을 따라 장대하게 줄지어 서 있기 때문이다.

남편들은 쇼핑 가자는 아내의 제안을 집에서 인터넷으로 격투기나 보는 게 낫다고 자른다. 그들에겐 쇼핑 자체가 무의미하고 무리한 원정이다. 사야 할 목록이 있고 세일까지 겹친다면, 최소한 원가 절감의 명분으로 몸을 일으킬 순 있지만.

하지만, 자동차나 전자제품 카테고리에 초점을 맞추면 어떤 남자라도 쇼핑과 무관하지 않다. 아니, 거의 지배욕구까지 드러난다. 무한한 능력이 있는 남자라도 '장난감' 하나만으로 금방 즐거워진다. 빠르고, 강렬하고, 다채롭고, 섹시하면서도 비현실적인 것들에 대한 남자들의 절대적인 복종은, 인생의 절정이었던 어린애, 완벽한 좌절이란 존재하지 않았던 소년, 어른이 되면 갖고 싶은 모든 걸 가질 수 있다고 믿었던 십 대 시절에 대한 최소한의 동경 때문이다.

남자들은, 남자들이 좋아할 거라고 여자들이 믿는 대부분의 것—발레 티켓, 청소기, 자세 교정 수업, 코골이 방지 베개, 여행용 타이 케이스—을 원하지 않는다. 대신, 보기만 해도 어지러운 장치들이 계기반에 장착된 크로노그래프 시계, 시승자의 연령 장벽에도 불구하고 언제나 뜨거운 주제인 모터사이클, 통기타와 전자 기타, 원격 조종할 수 있는 청소 로봇, 꿈틀거리는 도구(갈고리에 걸려 몸부림치는 것 같은 플라스틱 파리들)가 달린 낚싯대, 30만 개도 넘는 행성과 다른 우주 관광지까지 들여다볼 수 있는 망원경, 집 안에서 배를 만들 만큼 강력한 드릴(무선 아닌 것은 생각도 하면 안 된다. 남자들은 묶이는 걸 너무나 싫어하니까), 어린 가슴을 긁어대던 전축에 상상할 수 없는 돈을 쓰면서도 죄책감을 갖지 않는 건 그게 실용적이라고 믿기 때문이다. 기능적인 필요 때문에 차를 타는 여자들은 지옥처럼 빠른 성인용 장난감, 최신 자동차에 대한 남자들의 흥분을 알 수 없다(남자는 빨리 달리고 싶어 한다. 갈 곳이 없을 때 특히. 그렇다면, 쓸 수 있는 돈이 수십억이라면, 남자는 부가티 베이런을 정말 고마워할 것이다).

휴대기기와 첨단 장치 또한 남자 인생의 또 다른 목표이다. 그건 시계 말고 별 액세서리가 없는 남자들의 긴요한 패션 아이템이자, 다른 이들을 판단하는 메커니즘이며, (기계적 편리가 아닌)사회적 순위와 소속을 의미한다. 남자들이 누군가와 만나서까지도 테이블 위에 휴대폰을 올려놓는 건, 어느 방위에 버려져 있다고 해도 세상과 끈을 대고 있다는 안정감 때문이다.

남자들의 쇼핑에 관해 여자들이 이해하지 못하는 또 하나는 뭔가 얻는 데서 오는 스릴이다. 남자들이 구매한 것뿐만 아니라 조립한 항공모함을 방 안 가득 쌓아두거나, 과자 봉지에 프린트된 퀴즈의 암호 해독 연결고리를 찾기 위해 외국 친구들에게까지 전화하는 건, 정유회사의 포인트를 얻기 위해 죽도록 한 주유소에서만 자동차 기름을 넣고, 악착같이 마일리지를 적립해 괌에 다녀오는 것보다 더한 열망이다. 그래서 여자들은 모두 소설가가 된다. 혹시 정부가 생긴 거 아니야? 어린 여자애를 꼬실 작정이야? 나 몰래 해외여행 가려는 거 아냐? 정답은, 반은 맞고 반은 틀리다,이다.

쇼핑만큼 성적 역할을 각성시키는 행위도 없다. 여자와 아이들을 우선시하는 남자들이 밀린 청구서들과 주택자금 대출금과 아이들 학자금을 처리하고 나서야, 비로소 자기를 위해 쇼핑하는 건 거의 인류학적 경향이다. 전통적으로 한 가계의 구매 전담 대행자인 여자가 쇼핑을 할 땐, 잡화나 식료품처럼 가족 모두의 필요라는 공동의 연관성을 따른다. 여자들의 타고난 조심성은 가족 양육자로서의 전통적인 역할로부터 결정結晶되었기 때문이다. 크리스마스 때 여자들이 산 선물의 태반은 반대의 성을 위한 것이다. 여자는 아무리 과감한 구매자라고 해도 결국 이타적인 족속이다. '사고'를 칠 때도 여자들은 스스로에게 묻는다. 이 쇼핑이 현실적일까? 아니면 도피하기 위한 걸까?

여자들은 거짓말을 날조한다. 그러나 남자들은 아예 새로운 공장 하나를 짓는다. 쇼핑에서도 똑같다. 아내가 남편에게 셔츠 하나가 10만 원이라고 말하면 실제론 20만 원짜리일 수 있다. 그런데, 남편이 아내에게 셔츠가 10만 원이라고 말한다면 가격도 정말 10만 원이다. 그러나 그게, 실은, 아내 아닌 다른 여자가 생일 선물로 사준 것이며, 그건 또 자신이 전에 그녀에게 사주었던 소나타에 대한 감사의 표시란 사실은 생략해버린다. 그런데 자기를 위해선 그렇게 단위가 큰 남편이, 아끼고 아끼다가 겨우 뭔가 사자고 드는 아내에겐 꼭 묻는 것이다. "그게 그렇게 꼭 필요해? 집에 똑같은 건 없어?"

'아내' 말고 '여자'에게 예산 내에서만 쇼핑하라는 것은 부모가 허락한 남자하고만 사귀라는 말과 똑같다. 그래서 현자賢者들은 여자에게 신용카드를 맡기지 말라고 충고한다. 1년의 어느 때가 되면 여자들은 쇼핑에 더 노골적이 된다. 중요한 모임은 좋은 옷을 원한다. 그건 해가 바뀌기 전에 남자를 만나리라는 희망 쇼핑이자, 초라한 나를 위해 지갑을 여는 거부할 수 없는 이유이다. 점원들에겐 무릎을 꿇고서라도 더 팔아야 하는 고객이지만, 남편에게는 기회만 있으면 돈 쓸 궁리부터 하는 여편네들은 세일 때 쇼핑한 것 가지고도 핀잔하는 남자에게 역습한다. "오늘, 내가 오히려 얼마나 돈을 많이 벌었는지 알기나 해?"

여자들이 좋아하는 말은 '특별한' '잊혀지지 않는' '욕망 충족'이라는 낱말이다. 그렇지만 여자들이 고가 옷을 마구 사대는 게 패션 산업의 음모라는 건 오산이다. 여자들의 필요를 짚어낸 디자이너들과, 소비 성향을 고루 갖춘 여자들이 동시에 갈망한다면, 그건 그들 삶에 정당하다는 얘기이다. 이런 흐름은 미미했으나 몹시 중요했던 순간을 주목하고 있다. 페미니즘 최후의 물질적 승리 말이다.

새 나라의 남자는

21세기가 되자 모두들 정치와 종교의 시대는 가고, 과학과 영적 숭고함의 시대가 도래했다고 믿었다. 서로 연합해 한 몸을 이룰 여자를 찾자고 지구를 돌아다니던 원시인은 구름도 쉬어 가는 오지로 추방되었으며, 새로운 남자가 나타나 결코 흔들리지 않을 지위를 점했다고.

아놀드 슈왈제네거가 실은 '신발의 여왕'이었다는 건 질겁할 만한 소리였다. 맘대로 형체를 바꾸는 사이보그로부터 약해빠진 인간들을 구하기 신물나서였나? 남자다움의 끝장이던 근육맨이 구두 페티시를 이제서야 밝힌 건가? 그가 집착한다는 구두는 '정통' 신사화일까, 텍사스풍 카우보이 부츠일까? 설마 여자 뾰족구두?(프리실라가 따로 없군.) 결국, 원시시대의 전사 코난과 미래의 용사 터미네이터가 자신을 있는 그대로 받아들이면서 요즘 사조와 교감한다는 얘기인가?

10년 전만 해도 남자들은 얼굴에 뭔가 손을 댔다고 시인할 수 없었다. 메이크업을 하는 엔터테이너들이나 정치인들은 화장이 아니라 분장이라고 우겼다. 복슬거리는 수건을 걸치고 간이용 침대에 누워 스킨케어를 받는다거나 왁싱 예약을 하는 건 다리 사이의 살덩이가 뚝 떨어질 일이었다. 그건 이성 복장 도착자, 트랜스젠더, 수술 전의 트랜스젠더, 중성, 또는 비아그라 남용자 같은 현재의 성별 범위를 넘어서는 이들에게나 허락된 금기였다.

만혼이 익숙해지고 여자들의 사회적 책임이 확장되는 동안, 거대 인구학은 문화적 변화와 맞물렸다. 여자가 라이벌이 되자 남자도 궐기하기 시작했다. 여자가 남자와 같은 속도로 질주하면서도 따로 외모를 가꾸는 시간을 내는데, 남자라고 못할 게 있나. 아름다움은 특성이자 상징이지만 행위 아닌가. 남성 라이선스 잡지들이 남자 고객의 호명에 화들짝 반가워할 성지聖地들을 속속 소개하는 동안, 임꺽정 종족조차 목구멍을 앗쌀하게 넘어가는 소주 대신 호가든 맥주를 마시고, 골프셔츠를 테일러드 셔츠로 바꿔 입으며, 부드러운 감의 속옷을 입고, 그 속옷을 적극적으로 성적 영역 속에 끌어들이며, 며칠이 걸려도 기어코 맘에 드는 진을 사기 시작했다.

워낙 난이도가 높은 패션과 화장품을 소비하는 도시의 스트레이트 남자들은 교양과 취향에 대한 정확한 인식을 갖추고 있었다. 중요한 건, 섬세한 남자들의 제한된 '남성적 뷰

티'가 아니라, 보통 남자들의 평균적 약진이다. 구찌 쇼 모델처럼, 배까지 풀린 단추 사이로 보이는 희미한 복근과 매끈한 뺨, 부드러운 몸통을 가진 남자들의 메시지는 단순하다. 꾸며라, 더 꾸며라. 그들은 원시 남자 조상만큼 단단한 남성적 확고함을 이미 지녔으니 더 이상 그것을 증명하는 데 인생을 낭비할 필요도 없다.

지금껏 남자들의 화장품 사용—성 차별, 근본주의, 동성애 공포증과 무관한—에 대한 합리적 논란 자체가 없었는데, 이런 원대한 변화가 이렇게 짧은 시간 안에 일어나다니! 레알 마드리드의 한 미드필더가 여성적 범주들을 만끽하면서도 여전히 남성적일 수 있다는 확신을 주어서? 그냥, 평소에 지저분하던 남자들이 어쩌다 제모 한번 해본 거라고? 진짜 남자는 두터운 금속에 사로잡히기 마련이니, 아무튼 목걸이며 반지가 새로운 남자들의 피부가 된 건 당연하다고? 그건 약간의 페미니즘이 오히려 비아그라로 부각된 남성적 권력을 그만큼 강력히 호위한다는 의미일까? 아니면 『백경』에 나오는 퀴케크 부족까지 소급되는 일종의 부족주의나 남성 문화의 겉치레 아래 존재하는 타히티 전사들의 상징일까? 결국 이 모든 게 원인일까?

유네스코, 세계야생동물기금 같은 단체에선 하루가 멀다 하고 훼손된 유적, 멸종 위기의 동식물, 곧 사라질 종족과 언어에 대한 보고서를 낸다. 거기에 남성용 매장 한 가지가 더 추가될 뻔했지만, 이젠 아니다. 격리된 트렌드가 아닌, 판매를 위한 남성성의 기준은 새 시장을 필요로 하는 자본주의 아래 형성되었다. 건강한 남자가 여자친구보다 자주 머리를 바꾼다는 사실이 시장에 영향을 미치기 시작하자, 패션과 스타일을 자부심과 결부시킨 브랜드 종사자들은 남자들의 소비와 관련해 좀더 간들간들해졌다.

남성 소비시장이 목록화할 수 있을 만큼 감지되고 호기심의 최고 단계까지 폭발했지만, 아직 승리의 노래는 이르다. 여자에게 화장은 존재의 일부지만, "형씨가 바른 파운데이션 참 매트하네"라는 말을 듣고 싶은 '남자'는 없다. 왁싱 가격표를 쳐다보며 손톱 큐티클 정리를 기다리는, 비뇨기과 대기실 환자들보다 자의식이 강한 남자들의 행렬은 여전히 봐주기 불편하다. 남자가 신발로 빼곡한 신발장을 아스라히 쳐다보는 광경 역시 우주의 자연 법칙을 파괴할 것만 같다. 비로소 자아 존중감을 찾은 생존자들이자, 페미니즘의 명백한 후손들이 여자만큼 쇼핑을 즐긴다는 건 확실히 비위 상하는 일인 것이다.

새로운 종족을 주의 깊게 들여다보지 않는다면 그 반대편 남자들이 어디로 향하는지 알 수 없다. 상당수가 안티 쇼핑객이나 쇼핑에 무관심한 부류에 추가되는 대한민국의 '머슴아'들은 부드럽고도 강력하게 밀어닥치는 남자들의 세기에 동참하지 않는다. 그들에겐 거울에 비친 얼굴 주름을 보며 한숨 쉬는 것만큼 한심한 일도 없다. 그들은 점원의 권고로 모이스처 크림만 살(만큼 진화된 것도 아니지만) 때조차 자신의 XX염색체를 의심하지 않는다. '사나이'의 정체성을 유지한 후에라야 쇼핑을 자신의 영역으로 인정하는 것이다. 손톱을 정리하는 가게에 들르라면 기절하겠지만, 옷 입기에 관한 약간의 조언과 치장이라면 경청해줄 용의 정도야…….

그러나 그들 역시 보신 음식, 근육 과시, 성기 확대, 여성성 경멸 같은 기괴한 남성 자아도취의 치환으로 시달려온 윗세대 남자들과는 다르다. 비뇨기를 단단하게 해주는 작고 푸른 알약이 혁명적 구원이 된, 어이없는 신체적 개발의 희생자들은, 세상에 백화점이 있고, 백화점 안에는 세분화된 브랜드가 있다는 것조차 몰랐으니까.

근원이 무엇이건 새 사조는 시대와 인간이라는 주제를 공유한다. 극단적으로 성을 분류하는 현대사회의 관습이야말로 성 문화의 유동성을 일깨우려는 환상이자, '섹슈얼' 혁명과 관련된 진짜 문제이다. 확실히 사람들은 메트로섹슈얼이 호모섹슈얼에서 파생되었다는 사실을 잊고 싶어 한다. 기업들은 게이에 대한 시각이 긍정적으로 변화하는 현대사회의 흐름에 동승하길 두려워한다. 사실, 성 정체성과 그에 따른 행동의 경계를 명확히 하기 위해 귀여운 신조어들을 만들어낸 갑작스런 필요—이성애자로 용인되는 사회적 행동이나 기준을 재정의하는 동시에 동성애자들을 안전하게 반대편 부류로 몰아넣기 위한—는 호모포비아의 교묘한 핑계일 뿐이다.

현대 남자를 정의하는 요소는 '남성적 이상'이 아니라, 그 세대의 모든 흐름에 영향을 미치는 스타일 감각이다. 그때,

지식, 사교의 기술, 성격, 유머 감각은 하나의 패키지이지만, 스타일로서의 개인성을 기념해온 흥미로운 남자들은 그것보다 더 높은 의자 위로 스스로를 위치시켜야 한다. 그것이야말로 '현재성'의 모순이다.

이제 새로운 남자들은 자연이 본래 그들을 인도하려 했던 지점에 이르렀다. 그런데, 혁신적인 문화를 새로 편찬하기 시작한 이들 소비자를 지배하는 건 누구인가. 그의 옆에 선 그녀인가, 그의 머릿속에 있는 쇼핑 목록인가. 21세기는 확실히 '소비자 시장에 등장한 신종 남자들'을 증언하고 있다.

여자의 일생에 잡지가 무슨 소용인가

여자의 인생에는 어느 순간 잡지의 헤드라인이나 내용만 다가오는 때가 있어. '다리미 활용법: 옷감에 상관없이 빨래 쉽게 다리기' 같은 내용은 '혐오 음식으로 만드는 연말 술안주' 처럼 여자를 섹시하게 만들진 않지만. 나한테도, 어쩔 수 없지만 아름다운 '주부다움'에 대한 동경이 있는 것 같아. 특별히 예뻐하지 않아도 강아지가 주인 품에 안기는 것처럼, 평범한 삶에 대한 진지함이 서점 가판대로부터 나에게 달려오는 거지.

그렇다고 내가 그 실용적인 부름에 열렬하게 반응하는 건 아니야. 달갑지 않을 때가 훨씬 더 많아. 사람 잘못 봤다고 잡지 가판대에다 대고 소리 지르고 싶을 때가. 하지만 그랬다간 외려 돈 많은 동네에서 발행되는 병원 무가지(피부과의 미백

프로그램 쿠폰을 주기도 하는) 독자로 보일지도 몰라.

나는 자기를 가꾸라고 종용하는 잡지의 목소리를 거부하기로 단단히 맘 먹었어. 점점 노쇠해가는, 실은 무르익어 가는 마흔 살 내 몸의 뼈마디마다 각오를 아로새겼어. '강북 주부도 알아야 할 강남 주부들의 부동산 투자 성공기를 배워보아요.' 내 나이엔 이런 게 더 현실적이잖아. 정기구독을 하면 밀폐용기를 준다는 광고에 홀려 지갑에 얼마가 있나 잽싸게 살펴보는 게 수치스러운 거야? 패션 잡지엔 옷과 관련된 심정적·현실적·기호적·종교적 제한과 규칙이 얼마나 많니? 그런데 주부 잡지는 가족을 먼저 챙긴 다음 소박한 옷차림에 대한 나름의 '교리'를 따르길 원하잖아. 난 그 교리에 따를래. 주부 잡지가 권하는 아이템들이 마냥 소박하기만 한 게 좀 짜증나긴 하지만.

갈등으로 생긴 틈새 시장의 범위가 특정 종파보다 넓을진 모르겠어. 내가 그나마 보던 잡지는 패션 잡지였잖아. 패션 산업과 관련된 직업에 종사하건 말건, 꿈을 가진 여자에겐 필수라고 생각했거든. 여자들을 날카롭고 풍부하며 더 광대한 세계로 인도하고, 정숙과 겸손에 관한 여러 가지 법칙을 제시하니까.

가끔 위장이 뒤틀려. 바깥 세상은 듣도 보도 못한 럭셔리로 가득 차 있는데, 나만 우물에 갇혀 있는 느낌. 나만 눈 앞에서만 깔짝대는 걸 움켜쥐려는 어린애인 것 같은 느낌. 패션 잡지는 기득권자들을 대표해. 완전히 뒤틀린 문화의 표본이라고. 현대의 광기로 번쩍거리는 잡지 종이는 가장 현재적인 야수파의 도화지야. 편집은 치즈 케이크를 연상시키지. 도발적인 사진은 입 안에 침을 고이게 하고. 잡지 사이즈, 종이의 질, 활자의 종류와 디자인, 여백, 혹은 사진과 그림, 전체적인 질감, 책장을 넘기는 속도, 눈길이 종이에 머무는 시간, 모든 게 그래.

패션은 가장 세련되고도 독점적인 세계를 표현하고 싶어 안달이잖니. 그 변화무쌍한 패션의 수사학은 또 어떻고. 『보그』는 원래부터 꿈을 팔았지. 귀족주의와 엘리트주의가 잡지 안에 다 살아남았잖아. 예전 귀족들이 입었던 화려한 치마며 코르셋이 아직도 실리는 것 좀 봐. 정말 광고로서의 문화적 신호는 너무나 강해. 이미지로 가득 찬 세상이 실제로 존재하다니. 꿈 속을 들여다보는 것과 뭐가 다르니?

『보그』 안에선 보그 기준에 맞춰 입는 게 중요하지만, 영광스럽게도 보통 여자의 일상적 삶과는 아무 관련이 없어. 그런 잡지가 상식적인 정보를 싣는 걸 봤어? 환갑이 넘은 사람들의 잇몸 질환 치료나, 먹다 남은 돼지고기 및 얼어붙은 참기름의 재활용, 축사 재건축에 대한 유용한 정보 같은 것 말이야. 매달, 통장 잔액을 우습게 뛰어넘는 오만 가지 아이템들을 쏟아내는 잡지의 몰인정에 어떻게 기대라는 거니?

그런 점에서 난 돈 많은 사람들과 말도 안 되는 얘기들만 써대는 패션 에디터들을 경멸해. 그 게으른 패션의 노예들이 우리가 원하는 것들과 지불 능력 사이의 거리를 줄이기 위해

하는 일이 대체 뭐니? 솔직히 자기 신세가 얼마나 척박한지 푸념하는 패션 에디터들보다 짜증나는 것도 없어. 그들에겐 트렌드와 브랜드란 말이 회사 식당 메뉴처럼 자연스럽고, 디자이너 이름이 고유명사가 아니라 보통명사라고 해도, 쭉 접해온 것들이라는 게 자기네들 재정적 한계를 훌쩍 벗어나 있기 십상이잖아. 시각적 감각은 하늘을 치솟지만 실은 비싼 취향의 대가로 바닥을 기는 적자 인생들이라고. 문제는 그 비싼 옷들이 피 철철 나도록 사랑스럽다는 거지.

어떻게 보면 그 알량한 월급에서 조금씩 떼서 일 년에 한두 번씩 일을 저지르는 그들에게 무릎 꿇을 수밖에 없어. 그들은 쇼핑 세계의 연쇄 살인범이거든. 그들에게도 달콤하고도 혼란스러운 패션의 낙원에서 벌꿀처럼 조우하는 순간이 있기는 해. 샘플 세일이나 프레스 세일 말이야. 정가를 지불할 여력 없는 인력들로 넘치는 패션 산업에서 샘플 세일은 아편이야. 아니, 패션의 디즈니랜드야. 그런 세일은 대체로 이메일로 전해지기 때문에 배타적 이벤트라는 분위기도 은근히 풍겨. 하지만, 교양 넘치는 파티인 척해도 실은 최고급품의 아수라장이거든. 음탕함과 동지애가 교묘히 혼합된 여대생 기숙사 같은 풍경 말이야.

스틸레토가 섹시하다는 식의 이슈에 내가 여전히 열광할지는 잘 모르겠어. 나는 스타일 감각을 일깨우는 잡지들이 주방 도마 옆에 방치된 할인쿠폰과 잡다한 가사 관련 기사 사이에서 가족들의 현실을 위협한다고 생각하거든. 그래도 나 정도면, 한쪽 발엔 패션 잡지에서 광고하는 힐을, 다른 한쪽은 뒷축이 썰그러진 시장통에서 산 '쓰레빠'를 신고도 두 영역에 동시에 발을 담글 수 있다고 생각했었어. 웬만하면 주부 잡지들과 패션 잡지를 다 보고 싶으니까. 근데, 꼭 성격과 배경과 모습이 너무 다른 남자 둘하고 불륜을 저지르는 것 같은 기분이 들더라. 근사하지만 은근히 속물인 남자와 오랜 관계를 맺는 동시에, 성실하고 믿음직스럽지만 둔감한 남자와 비밀스런 만남을 지속하는 느낌 말이야. 그래서 주부 잡지를 살 땐 날 보는 사람이 있는지 주위를 한번 둘러봐. 복잡한 내연 관계의 긴 역사가 그런 것처럼, 나 역시 어느 하나 포기 못하는 거지.

올 여름은 실용적인 잡지에 더 쏠리긴 해. 생활 잡지가 내뿜는 실용성의 빛은 정말 눈부시거든. 그런 전향은 요즘의 경박스러운 경향 탓으로 돌릴래. 어떤 패션 잡지가 독자들에게 프릴 달린 짧은 스커트를 입어보라고 화끈하게 권하는데, 나도 모르게 백화점 매장을 헤맨 거 있지. 그렇게 짧은 치마를 입기엔 넌 좀 늙었어,라는 판매원의 연민 같은 눈길도 무시하면서 말이야. 탈의실에서 냉혹한 현실을 절감하고 나서야, 그걸 사봤자 집 안에서만 뺑뺑이를 돌 거란 걸 알았어. 잡지나 카탈로그에 있는 옷들은 모두 깡마른 마네킹에 핀으로까지 고정하고 찍은 사진들이라 실제하곤 다르잖아.

이런 잡지들은 순한 독자들에게 충실하기보단 시장 상황과 야합한 아이템들만 광고하는 것 같아. 패션 에디터들이나 브랜드 홍보맨들이나 광고주들은 여자들이 나이를 먹을수록 외모에 관심이 덜해진다고 생각하나봐. 하긴 홍보 예산과 잡지에서 얻는 신뢰 사이에는 방화벽이 없겠지. 그들에겐 시나이 산을 내려오는 모세 같은 능력이 있는 것 같아. 자기 말고 다른 사람의 관점은 관심 없고, 뭐든 격렬히 비난하는 능력 말이야. 내 말은, 지금 내가 왜 하늘색 일색인 올 봄 트렌드를 보며 '이건 틀림없이 LVMH의 영향이야' '지난 시즌 이브 생 로랑에서 시작된, 강인한 여자라는 트렌드가 루이 비통의 로맨틱 프릴을 제치고 이번 시즌에도 유지될 수 있을까?' 이런 생각을 하냐는 거야.

패션 세계에 남은 편견은 사이즈와 나이 문제야. 백화점 여성복 매장조차 여자들을 나이별 세 단계로 나누어버렸잖아. 몸에 달라붙고, 임금님표 쌀처럼 윤기 나는 의상들로 가득한 미스 코너. 잘 빠진 스커트와 니트가 가득한 미즈 코너. 엉성한 블라우스와 허리선이 느슨한 옷들로 채워진 아줌마 코너.

어쩌면 그건 패션으로부터 빠져나올 수 있는 기회가 아닌, 오히려 참여하는 길을 열어준 것도 같아. 하지만 문제는, 섹스도착증 때문에 배관 수리공(이건 여자들의 가장 일반적인 성적 환상 아니니?)을 유혹하는 주부처럼, 패션 잡지를 볼 땐 손가락에 침도 안 묻히고 사뿐사뿐 책장을 넘기던 내가, 며칠만 지나면 그걸 국그릇 받침대로나 쓴다는 거지.

일상이 지루한데도 내가 이렇게 된 건 패션 잡지에 관심을 꺼야 한다는 신호겠지. 소비나 해대는 여자가 될지 모른다는 두려움에 반발함으로써, 다음 시즌에 유행할 메탈 소재나, 디자이너 팀장이 바뀐 구찌 소식보단, 지역구 뉴스레터에 더 관심을 가져야 한다는. 하지만, 아직은 아닌 것 같다는 생각도 들어.

나는 중년 여자의 생활방식과 사고방식을 가졌지만 퇴폐적이고 새로운 유행에 뒤처지지 말아야 한다는 의무감도 느껴. 그건 화려한 감옥이야. 디자이너들의 인터뷰를 보면, 패션 자체에 대해서라기보다는 그 옷이 가진 성향, 가치에 대해서만 떠들잖아. 가치란 게 뭐겠어. 넌 이 옷을 입기 위해 돈을 써야 한다, 이거잖아. 잡지의 목표란 사실 새로운 라이프스타일을 전해주는 거잖아. 근데, 그 변화란 어떤 상품의 구매자로 만드는 소비 형태를 말하는 게 아니니? 결국 잡지는 자본주의가 용납한 소비의 권유인 거야.

브랜드를 좋아하세요?

우리 중 누가, 지금 입고 있는 수트가 지방시이고, 가방은 에르메스이며, 저 단순한 식탁도 알고 보면 르 꼬르뷔지에 디자인이고, 투명한 꽃병은 필립 스탁이며, 콩코드를 타고 런던에서 뉴욕까지 가봤다는 걸 자랑하고 싶지 않을까? 또 누군들 새로 산 물건을 오늘 전역한 아들인 듯 밤새 쓰다듬어 본 적이 없을까? 비밀로 하고 싶지만, 단순함과 향락 사이에서 화해되지 않는 극적 침묵을 어떻게 참을 수 있을까?

예전엔, 경외심을 불러일으키는 대상은 종교적 의미의 조각뿐이었다. 그러나 그 신성한 토템의 의자 위엔 브랜드가 새로 앉았다. 소비 사회에서 브랜드를 숭배함으로써 스스로 페티시스트들로 만드는 증세는 아주 자연스럽다. 인조 모피 안감으로 페라가모 구두 스무 켤레 안을 감쌀 때, (바닥에 엎드려 구두 굽을 핥지 않아도)그건 더 이상 흙먼지 묻은 신발이 아니다. 베르사체의 메두사 머리 장식은 현대적 욕망에 제의의 의미를 보탠 것 아닌가. 페티시즘은 빨랫줄에 걸린 여자 속옷을 보면서 흥분하는 성도착자만의 얘기 같지만, 실은 사도마조히즘이 보여주는 자질구레한 측면과 관련돼 있다. 뿌리는 종교적이지만 세속적인 세상에선 성분 자체가 달라진 것이다. 작아서 입을 수 없는 준야 와타나베 수트나, 샘플 제작된 구찌 청바지를 사기 위해 5백만 원을 기꺼이 지불하는 사람에게, 브랜드의 심리적 함정이란 아무것도 아니다. 특별 대기자 명단에 합류할 수 있다면, 마침내 잡지에서나 보던 가방을 사게 되었다면, 생리전 증후군 때문에 짜증난들, 끓어 넘치는 라면 국물에 허벅지를 덴들 무슨 상관인가.

옷에 관한 한 모든 여자들이 페티시스트라고 말한 프로이트는 90년대 프라다 백 열풍을 예견했을 것이다. 장 폴 고티에도 자신의 향수 용기를 코르셋 모양으로 디자인했을 때 어떤 일이 일어날 줄 알았을 것이다. 샤넬 No.5를 경배하는 여자는 화장대 옆에 고티에 향수도 안치해두리라는 걸.

프라다 매장에 들어갈 때면 무릎이라도 꿇을 수 있다던 여자에게 프라다는 단순한 패션이 아니라 하나의 컬트이자 패션의 절대적 명령권자이다. 동시에 그녀는 컬트를 메인 스트림으로 이장시키는 집사인 것이다. 아침에 바로 눈에 띄도록 침대 발치에 프라다 백을 일렬로 늘어놓은 여자, 매일 애원하는 눈길로 백화점을 순례하면서 갖고 싶은 목록들을 세어보는 외로운 여자, 깨지기 쉬운 고대 이라크 유물인 듯 수트 사이에 티슈를 끼운 여자, 고야드 지갑을 사기 위해 계를 드는 여고생들, 샤넬 면세 매장에서 "아, 샤네루!"라고 외치며, 립스틱 하나 사는 것으로 부푼 자본주의적 열망을 다스리던 일본 여자애들, 납작한 트렁크든 애완동물용 물그릇이든 페라가모 마크라면 제 엄마보다 반색하는 여자…….

모두들 브랜드의 안개 속에서 환영을 찾는다. 브랜드는, 특별한 신분의 상징 없이도 고개 빳빳이 들게 만드는 현대적 부적이며, 재산이자 지참금이자 과시이며, 인품을 결정짓는 작위이며, 자랑스러운 권력의 신호이기 때문이다.

지금 몸에 걸친 것엔 주석이 달린다. 내가 바라보는 나와 남이 바라보는 나, 보상을 기대하는 흥미와 상실을 두려워하는 순진함이 서로 날뛴다. 보기만 해도 맥박이 튀어 오르는지, 내게 어울리기나 한지, 만만한 가격인지, 세간의 논란이 되는 스타일인지……. 따라서 한순간도 마음을 놓을 수 없다.

브랜드는 잠자리 날개 같은 치마 하나만으로도 미친 듯이 행복해질 거라는 광고의 기만에 쉽게 반응한다. 여자들이 음식에 복잡한 감정을 느끼듯 브랜드엔 구매 이상의 의미가 있다. 일백 번 고쳐 죽어도 아둔할 머리로 갑자기 멘사 회원이 될 순 없지만, 몇 십만 원짜리 구두 하나로 스스로에게 '인품'을 부여할 순 있다. 도저히 어떻게 입을지 요령부득일 땐, 토즈의 납작한 모카신 하나가 해답인 순간도 있는 법이다.

그러니까, 펜디 백을 메고 크리스토플 버터 스프레드로 버터를 바른 토스트는, 스팽글이 달린 백을 들고 플라스틱 포크로 찍어 먹는 떡볶이보다 힘이 세다. 이미 에르메스 백을 멘 채 다른 사이즈의 백을 하나 더 고르는 여자애는, 구매력은 권력보다 강하다는 걸 입증한다. 몽블랑 만년필로 결재한 서류는 더 권위를 얻고, 콩나물 값을 아껴서 산 발렌시아가 백은 좌판 위의 핸드백 백 개보다 더 큰 사회적 힘을 보여주며, 바게트 백은 중상류층 여자들에게 과거 상류층들이나 꿈꾸던 맞춤 패션을 소유한다는 자부심까지 준다. 버버리 우산은 휘몰아치는 눈보라도 막아줄 수 있을 것 같고, 듀퐁 백은 손잡이가 늘어나도 후지지 않으며, 양털 막스 마라 코트는 구역질나게 비싸도 부자의 세련된 사촌으로 착각하게 만들고, 던힐 라이터는 방 안을 금방 초현실적으로 밝힌다.

금색 G 로고가 번쩍이는 것만으로도 구찌 백은 어떤 맹세보다 굳은 믿음을 주고, 자신 속의 또 다른 자아를 보게 해준다. 이브 생 로랑 핸드백을 팔에 걸치는 순간, 그 편편한 가죽과 바늘땀에 매료돼 찍찍거리는 '레자' 와 나일론 안감으로 만들어진 조잡한 것들은 금방 집어치우고 싶어진다. 샤넬 재킷을 한번 걸치고, 헴라인에 무게감을 주는 금박 체인의 살랑거리는 소리를 듣는 순간 가격 걱정은 즉시 사라진다. 가격표에 '0' 이 두 개나 더 붙는 가방을 용서할 수 있는 건 그게 테스토니이기 때문이며, 디자인이 비슷해도 가격부터 다른 건 그게 티파니이기 때문이며, 티스푼을 목걸이로라도 걸고 싶은 건 그게 로얄 코펜하겐이기 때문이다.

평소엔 세탁기에 세 번 돌리면 후줄근해지는 티셔츠만 입던 사람이 오늘따라 옷태 난다 싶을 때 그게 요지 야마모토란 소릴 들으면 역시 그럴 만했다고, 손쉽게 긍정하게 된다. 국산 립스틱이 시슬리 립스틱보다 촉촉하지 못할 이유는 없지만, 사람들 앞에서 메이크업을 고칠 땐 얘기가 달라지는 것이다.

등장할 때부터 심미주의자들의 증오를 받아온 폴리에스테르는 유행과 브랜드에 대한 은유를 보여준다. 프라다의 검은색 나일론 재킷이나 샤넬의 플라스틱은 그다지 눈에 띄지는 않지만, 기름 부은 특권층은 기꺼이 지불 비용을 감수한다. 그 자체의 특징은 적고 메시지는 모호하지만, 소매나 이음매, 절단선에 차이를 주고 거기에 칼 라거펠트라는 이름이 붙여지면 심오한 기호를 갖는다. 이윽고 '품질 획득', '확신'이라는 새로운 경계가 생기는 것이다.

버스 정류장 앞 아울렛 가게에서 '유명 브랜드 30~50% 세일'이라고 적힌 현수막을 보았을 때, 평생 듣도 보도 못한 '유명' 브랜드도 다 있구나 싶었다. 그러나 그 가게 앞부터 버스 정류장까지 사람들을 줄 세우는 '브랜드'는, 지금은 감정적 가치가 인간성의 아름다움이나 덕목으로부터 사물로 옮겨가는 시대라고 소리친다. 그 앞에서 "옷이 자기표현이라쳐. 하지만 아무리 멋지다고 해도 옷 하나로 얼마나 남들과 차별화될 수 있겠어? 헬무트 랭이 재단한 옷이라 해도"라고 말한다는 건 차라리 용기이다.

그러나 브랜드, 브랜드 로열티, 브랜드 인지도만이 강조될 때, 정말 재치 있는 브랜드가 가지는 예술 — 흥미로우면서도 조화되는 아이템들을 진열한, 곧 칼날 같은 심미안을 가진 대중에게 진가를 발휘하는 — 이 힘을 잃을까봐 무섭다. 가장 민주적이고도 이상적인 스타일은 브랜드의 전제 정치에서 벗어나야 갖추어지기 때문이다.

명품의 데카당스

지난 시즌 컬렉션이 막 치워지고, 경쾌한 신상품이 그 자리를 대신한 쇼윈도를 볼 때마다 심근경색에 걸릴 것 같다. 제냐의 축복에 안기면 쓰러질 것 같은 가격과 진열의 교묘한 계산도 다 잊는다. 가장 매끄러운 수트와 제일 포근한 스웨터, 최고로 부드러운 가죽 재킷을 걸칠 때면, 매장 공기엔 몰약 두 양동이가 엎질러진 것 같다.

확실히 명품 매장 안엔 차원이 다른 에너지가 퍼져 있다. 공공연한 탐닉과 뻔뻔스러움, 행복과 지불능력 사이의 전투적 공기. 북적대는 수트 차림의 고객들 사이에서 음란한 슬로건으로 뒤범벅된 구제 티셔츠를 입은 남자조차 눈빛만은 기묘하게 형형하다. 이윽고, 빨간 가죽 상자를 열고 보석 박힌 손목시계를 꺼내 벨벳 시계 받침대에서 들어 올리는 판매원의 얼굴엔, 진주 목걸이를 손에 넣었을 때 지었을 법한 표정이 드러난다. 방금 다림질된 가는 호수의 리넨 감촉은 마약, 종교, 운동을 통해서나 몸 밖으로 배출되는 도파민의 쾌락을 준다. 새로 나온 것이라서 갖고 싶은 마음이, 뭔가 감상하고 경험하는 것으로 바뀌는 이런 상태는, 차별의 힘이자 경험의 귀족이다.

처음에 명품은, 세상엔 정기적으로 명품 시장을 찾는 단골과 단골 아닌 두 부류만 존재한다는 통계학을 썼다. 그러나 디자이너 직종이 엘리트 집단으로 인식되던 90년대, 루이 비통과 구찌의 대중적 확산과 표준화는, '명품'이란 모두에게 공유되는 것, 결국 간편하게 동일성을 안겨주는 것이라고 선언했다.

머리끝에서 발끝까지 셀린으로 치장하는 게 독창적이진 않지만, 웃기는 것도 아니다. 그런 식의 착장은 소수에게만 허용된 거니까. 그런데, 명품 소유가 단지 구매력, 이데올로기, 선택의 문제가 되자 '명품의 모순'이 생겼다. 요동치는 경기 속에서 명품 신흥 종교는 연단 위에서 추종자들을 표표히 내려다보다가, 맹렬히 펌프를 돌려대고 안장끈을 바짝 조이기도 하면서 모든 이들에게 같은 꼴과 일정한 바지 길이를 정해주었다. '소수만 소유한 미스터리'가 무엇이든 독점하고 싶은 층부터 먹고 살기 바쁜 주민들에게까지 '분배'되고, 집, 자동차, 특정한 음식, 오페라 로열석 같은 전통적 부의 상징도 합법적으로 계급을 차지한 부류에게 유통되었다. 이윽고 소비의 희열은 대한민국의 여중생, 여염집 안식구, 골목 안의 가게 주인들, 3년차 직장인, 거리의 아웃사이더들처럼 보다 '낮은' 데로 임했다. 명품은 새로운 형태의 탈출이자, 스스로를 만족으로 채우는 백신이 되었다. 급기야 마케팅의 몇몇 조항보다 인류학과 더 가까워진 것이다.

때로 죄책감, 절망, 범죄적 감정 없이 양말 한 켤레를 사듯 랑방을 사는 사람들도 있다. 살충제를 쓰지 않은 목화나, 노동 착취 없는 산업에 대한 것이 아니라, 허영의 시장을 지속시키기 위해 명품이란 쳇바퀴에 뛰어드는 사람들, 뒤틀린 패션의 세계관을 지지하기 위해 살아가는 사람들 말이다. 그러나 늘 가격표를 들춰봐야 하는 처지로는 명품을 끝까지 감당할 수 없다. 누군가 금으로 된 욕조가 실용적이기나 하냐고 묻는다면 "그래도 난 광택제 값은 아끼거든!"이라고 대답하는 뻔뻔함이야말로 명품으로 입문하는 어휘이다. 그래서 사람들은 회원제 클럽, 현금동원능력, 호텔 로비, 하이패션부터 자동차, 통장잔고에 이르는 과시 아이콘을 숭상하다 못해 얼토당토않은 말을 한다. "지금은 형편이 안 되지만, 곧 다 살 거야." "가격은 상관없어. 난 최고만을 살 거니까." 이때 쇼핑을 위해 수집해온 정보나 세일 같은 검약스러운 이유는 소비의 두 번째 동기로 밀려난다.

대한민국은 명품에 대한 고유한 의정서를 발달시켰다. 명품의 문화적 필요나 논리, 무엇이 제품을 신비로운 상징으로 변형시키는가에 대한 이해는 필요 없다. 예거 르꿀뜨르 시계를 정확히 발음하는 것 따위는 문제도 아니다. 차가 지위를 말해준다면 이야기는 끝. 비개방적인 상류층의 세계로 들어가는 입장권을 얻은 흥분은 자기만의 것. 결국 계약서에 사인하고, 은색 자동차를 몰고 집으로 가버리면 그만이다.

사람들은 파시미나 스카프, 8기통 자동차, 캐비어 한 양동이처럼 명품 레테르를 비단치마처럼 칭칭 감은 무엇들을 음미하면서도 그것이 정확히 무엇인지는 여전히 모호해한다. 하긴, 명품에 둔감한 문화권의 사람들에게 무엇이 선글라스를 명품으로 만드는지 설명할 수 있을까? 검정 가죽을 손으로 꿰맨 구찌 핸드백이 명품인 이유가, 분홍 줄무늬와 비단 같은 표면, 분리할 수 있는 어깨 끈에 있나? 명품이 되기 위한 어떤 거시적 합의가 있었을까? 잡지에 연신 실리고, 명품관에 입점되어서? 실용적이지도 않고 쓸모도 없는 채 무지막지하게 비싸기만 한 무엇? 미칠 것 같은 자기 과시 수단? 트렌드 부족들의 전유물?

재고 아울렛에서 10만 원만 주면 밍크코트를 살 수 있고, 어떤 나라에 가도 복제품이 널려 있으며, 럭셔리라는 말이 차라리 지겨워진 지금, 명품에 대한 전체적 논의는 유전이냐 환경이냐에 대한 논쟁과 비슷하다. 명품에 끌리는 마음은 후천적인가, 본능적인가. 그런데, 소수 브랜드를 제외하고 사치품 시장에서 명품으로 정의되는가, 그렇지 않은가는 사실 개인의 관점에 달렸다. 고급품 마케팅에는 가격 이외의 요소가 많기 때문이다.

하지만 이제 명품이란 말은 거리에서 만 원에 팔리는 가짜 프라다 선글라스를 정당화하는 캐치프레이즈가 되어버렸다. 약간의 캐시미어 함량, 송아지 가죽 조금, 거기에 유명 상표, 그러고 나면 갑자기 명품으로 둔갑하는 것이다.

죽도록 갖고 싶은 시계 때문에 몇 달을 거지처럼 지냈는데도, 막상 손목에 차고 나면 가짜로 보이지나 않을까 걱정하고, 오매불망 꿈꾸었던 핸드백이 대량생산체제 속에서 매시즌 수만 점 만들어진다면 고유한 안목이며 희귀한 가치, 독점적 의미는 어디서 찾을 수 있을까? '비싼 것'과 '좋은 것'을 가릴 수 있는 분별력은 이 시대의 오만이라지만, 그렇다고 브레게 시계가 시골 5일장처럼 만만해지고, 마세라티 자동차가 삼륜차처럼 우스우면 우아한 사람이 될까? 디올의 가치를 원해서가 아니라 '디올이니까' 지갑을 꺼낸다면 유행에 아첨하는 것일 뿐 아닌가?

특정 아이템 제작이 영락없이 산업화된 이 흔해빠진 매스티지의 세상에서, 오리지널의 독점적 이미지는 쉽게 복제될 수 없는 디자인과, 기원의 본질과, 존중하고 싶은 지적 이념, 시간과 공간에 관능과 쾌락을 더한 다음 활력과 독창성으로 사람들을 놀라게 해주는 속성에 달려 있다. 명품의 창조자와 판매자의 임무는, 소비자들이, 처음엔 원하는지 몰랐지만 보고 나니 그걸 가져야 한다고 생각하게 만드는 것이다.

사람들에겐 본질적으로 '우리'라는 개념이 있다. 조직화된 종교단체와 자원단체가 급증하는 건 그 때문이다. 그러나 명품 구매로 이끄는 동기는 보상심리와 자기만족이다. 산업적 쾌락을 위한 투자라기보단, 매순간 감정적으로 보상해주는 것들로 채우고, 개인적 욕망과 필요를 충족시키는 것. 명품은 서양 쌍륙의 일종과 같다. 몇 분 만에 기초를 익힐 수 있지만 완전히 익히기 위해선 평생이 걸린다. 그러니까 뵈브 클리코를 보드카나 소주처럼 '원샷' 하지 말아야 한다. 결국 명품이란 스스로에게 무슨 일이 일어나는지를 표현한다. 명품은, 세잔의 그림을 침대 옆에 걸고 평화, 기쁨, 침묵을 만끽하는 꿈, 쾌락을 위한 필수품, 고단한 삶을 위로하는 선물, 윤택함을 자랑하는 것으로 골 아픈 문제를 잊는 시도, 시시한 일상을 생동하게 만드는 방아쇠라서…….

최신 최고의 물결에 휩쓸리는 성향은 학습되는 게 아니다. 우린 워낙 무엇에든 쉽게 사랑에 빠지도록 설계된 종족이기 때문이다. 하지만 명품이, 내 자신이 아닌 다른 사람과 체제의 눈으로 나를 바라보게 만든다면 공중을 떠도는 구름의 환상에 불과할 뿐이다. 그것이야말로 사치품 시장에 도래한 데카당스이며, 명품의 유혹에 지지 않도록 애써 담담해야 하는 이유이다.

이미테이션, 진짜 가짜

언젠가, 길 건너편에서도 움직이는 지하철 밖에서도 알아볼 만큼 로고가 도드라진 메신저 백을 샀다가 이틀도 안 돼 장탄식을 했었다. 나는 온갖 잡지와 광고판, 웬만한 도시 어디서나 지천인 특정 제품 로고의 공짜 옷걸이를 자청한 셈이었으니까.

몇 년 전만 해도 그래픽 디자인된 브랜드 로고는 '면세점 쇼핑객'의 상징이자 세련된 감각의 증거였다. 기사 딸린 그랜저의 여자들과 압구정동의 자손들, 청담동 커리어우먼들만 로고를 걸쳤었다. 그들이 더 이상 패션의 역할 모델이 아닌 지금, '로고 집착'이라는 역설 속에서는 누구라도 룩의 상징이 될 만하다.

패션 안에선 모든 게 변한다. 소수 부족의 전통이었던 문신처럼, 로고는 돌아온 고전적 신분의 상징이자 현대의 공증된 접두사가 되었다. 사람들은 종교나 정치에 대한 생각에 쉽게 동의하진 않지만, 로고는 얼마든지 공유한다. 타인과 연계돼 있다는 안전한 감각까지 주기 때문이다. 기성복 상표가, 일련 번호가 매겨지고 카탈로그에 수록되는 제품인 듯, 재킷 위에 커다랗게 박음질된 로고로 처리된다는 건 중요하지 않다. 문신이 모델이나 보이 밴드 멤버로 보이게 하듯, 로고는 문장紋章을 과시하던 중세기사처럼 시대가 원하는 삶의 방식을 드러내는 것이다.

티파니의 고유한 '클래식 블루'와 버버리의 체크는 시장성이 높은 동시에 고상하다. 루이 비통의 반복되는 로고 프린팅의 직설적 형태는 현란하다 못해 멀미가 난다. 집요한 점묘화를 보다 토하고 악몽을 꾸는 것 같다. 그러나 정신분석학적 요구까지 느끼게 하는 이 모노그램은 기묘하게도 구매욕을 증진시킨다. 청바지도 예외는 아니다. 밑위가 길거나, 올이 풀려 있거나, 수가 놓여 있거나, 반짝거리는 것들이 박혀 있거나, 심지어 세상에서 제일 멋지게 스톤 워싱된 청바지라고 해도, 기능적으로 청바지는 청바지일 뿐이다. 단, 거기에 로고가 붙어 있다면 위엄 있는 후광을 내뿜는 것이다.

그런데, 디자인이나 품질, 값비싼 재료와 로고를 통해 가치를 얻은 제품들은 넘쳐나는 모조품 때문에 역설적으로 재평가된다. 모방은 단순히 대상의 가치를 인정한다는 뜻뿐만 아니라 가장 생산적인 장치일 수 있기 때문이다. 새로운 리얼리

즘은 완벽한 물성을 지닌 상품들을 시장에 요구한다. 이때 모조품은, 오리지널을 갈망하는 최상급의 형태이자(위조 방지를 위해 모든 제품에 찍었던 루이 비통 문장紋章이 오히려 가장 인기 있는 이미테이션의 표적이 되다니) 진짜를 살 돈이 없다는 걸 맨 먼저 고백하는 방법이기도 하다.

메가 브랜드의 로고는 모조품의 지지 위에 이태원부터 인도 뭄바이 골목, 런던이나 뉴욕 같은 메트로폴리스에까지 퍼져나간다. 속임수로 재창조한 이런 산업은 이성으론 헤아릴 수 없는 규모와 속도로 증식한다. 디자이너들이 런웨이에 등장하자마자 지구 어딘가에선 똑같은 디자인이 실시간으로 복제된다. 문제는, 어떤 로고의 가짜 냄새엔 저급 취향 추구족들조차 고개를 돌려버리지만, 어떤 것들은 미치도록 진짜 같다는 것이다. 그래서 모조품 전문가가 생긴다. 그들 인생의 목표는 "솔직히 말해. 그거 짝퉁이지?" "너 또 속았다, 또 속았어" "자세히 보지 않음 잘 모르겠네. 나나 되니까 알지" 같은 말을 하는 것이다. 그래서 "가짜라도 진짜처럼 만들었다면 무슨 상관이야? 난 되팔려고 산 게 아니거든?"이라고 버팅겨도 괜히 꿀릴 수밖에 없다.

진짜 가짜를 가리려는 마음은 외형에 속지 않으려는 욕망에 호소한다. 사람들은 진실한 세상이 피상적 세계 너머에 존재한다는 것을 확인하기 위해 표면과 속성을 대조한다. 하지만, 1960년대 이브 생 로랑 수트를 미심쩍어하면서도 6만 원 주고 살 때의 쾌락을 생각하면, 모조품이 주는 게 허위 경험만은 아니다. 때로 민주주의의 가치 자체가 다 허위인 것 같으니까. 오리지널은 미적 권리야말로 가장 앞선 가치 척도라고 주장하지만, 모조품이야말로 가장 열광적인 허구의 세계니까.

진짜 골동품이 합판 한 장 취급을 받기도 하는 세상에, 모조품은, 진짜와 가짜는 도덕이나 미적 가치관, 기호의 문제일 뿐이라는 오류를 만든다. 디자인은 특허나 저작권으로도 제대로 보호되지 않는다. 그래서 모조품을 사면, 협잡꾼 무리와 한 패거리이자, 테러와 마약 거래에 자금을 투자하고 부추기는 연락책이며, 세계 경제 안정을 위협하는 자와 같다는 비난을 듣는다(그러나 가짜 교수, 가짜 참기름, 태닝, 지키지 못할 약속, 가짜 좌파, 정크푸드, 가짜 오르가슴, 과장 광고, 가짜 웃음은 이미 '진짜 가짜'라는 문화가 되었다).

디자이너들은 자기 아이디어가 모사되는 것에 분개하지만, 사실 모조품이 산업을 해친다는 설이 별달리 증명된 바는 없다. 오히려 패션 산업은 전보다 더 왕성해지고, 수시로 모조품이 등장하는 명품 브랜드들은 더 막강해지고 있다. 이 역설은 패션 경제의 토대를 일구는 기초적 딜레마로부터 시작한다. 산업이 지속적으로 성장하기 위해선, 소비자들은 최신 디자인에 마구 열광하다가 곧 싫증 내며 다음 시즌 제품을 구입해야 한다. 다른 소비산업이 겪는 문제와도 얼추 비슷하다.

그러나 모든 것을 낡게 만드는 시간의 힘 속에서 진부한 상품을 가치 있게 만드는 구체적인 힘은 모조품으로부터 뿜어져 나온다. 모조품은 얼리 어답터부터 대중에게까지 오리지널 디자인이 잽싸게 확산되게 돕기 때문이다. 이런 상황이, 늘 그렇고 그런 사조를 헤엄치는 대신 매일 새 아이디어를 쥐어짜야 하는 디자이너들에게 반가울 리 없겠지만, 그건 산업 전체가 보다 혁신적이고 경쟁적으로 많은 상품을 판매하게 된다는 뜻이기도 하다. 모조품이 럭셔리 상품의 수익을 나눠 가지는 동안, 오리지널 시장은 완전히 다른 시장으로 눈을 돌릴 수 있다. 빼어난 스타일을 원하지만 가격을 감당 못하는 이들은 모조품의 해악을 '용납'하게 만드는 구실이 된다. 왜냐하면 사람들이 프리미엄을 얹어서라도 진품을 원하는, 몇 안 되는 산업 중 하나가 패션이기 때문이다.

보호되지 않는 저작권과 특허가 오히려 비옥한 토대를 만들어, 디자이너들 역시 '혁신'의 관점에서 다른 디자이너의 고안을 변형시켜 새 방향으로 주도하기도 했다. 사실 핀 스트라이프나 스틸레토 힐을 남용하는 디자이너들이 자기들의 창작에 일일이 저작권을 걸어두었다면 패션엔 결코 지금만큼의 개혁이 없었을 테고, 있었다 해도 그 속도는 훨씬 느렸을 것이다.

모조품이 디자이너들의 이익에 치명상을 입히지 않는다는 가장 강력한 증거는, 럭셔리 브랜드들이 모조품 열풍에 '부응'하지 않고 오히려 가격을 올린다는 것이다. 세일도 할인도 있지만 여전히 가장 잘 나가는 상품들은, 이를테면 1백만 원 밑으로 내려가게 두지 않는다. 패션 열망에 관한 한계효용—돈 많고 유명한 사람들의 라이프스타일을 모방함으로써 느끼는 즐거움의 정도—의 중요성을 생각하면, 모사품이 상대적으로 쌀수록 오리지널에 더 많은 돈을 지불할 사람들은 늘어난다. 굳이 숭배하며 거들먹거리진 않는다고 해도, 진짜를 손에 넣음으로써 죄의식과 퇴폐, 거기에 스릴까지 버무리는 사람들, '예술적 고귀함'이라는 명분을 옹호하는 사람들, 그래서 다락방에서 굶어가는 디자이너들의 생계를 지탱해주는 사람들 말이다. 이런 논쟁은 루이 비통의 귀마개를 쓴다고 해도 사라지지 않는다. 세상에서 가장 의지가 굳센 마크 제이콥스가 하루 지난 바게트로 전전하면서 로고 달린 친칠라의 가치를 재정의하고 있다곤 누구도 생각하지 않으니까.

아무튼 나는 로고 전쟁에서 빠지고 싶다. 퀵 아저씨 오토바이에 부딪혀 쓰러졌을 때 사람들이 내 셔츠를 보고, 세상에 파코 라반 씨가 다쳤어,라고 할까봐(그 회사가 나에게 자사 광고 모델이 되길 원한다면 비싼 모델료를 감당해야 할 거다). 그래서, 눈에 확 띄는 원산지 표기나 고집스러운 메시지도 안 보이고, 성적으로 소구하지 않으면서도 신중해 뵈는 로고 없는 제품을 보면, 가격도 합리적이란 믿음까지 덩달아 생긴다.

가끔, 스스로 일용할 생활 일습들을 만들었던 옛날 가내 수공업 시대가 그립다. 동력을 이용한 산업혁명이 광범위한 완제품 공급의 사슬을 갖추게 했지만, 옛날 사람들이야말로 산업에 예속되지 않은 순결한 디자이너들이었다. 그렇다고 나더러 동대문에 가서, 가는 면사와 지퍼, 단추, 리본과 핑킹 가위, 핀 박스를 사서 내 취미에 맞는 옷을 직접 지어 입으라고 하진 않으시겠지.

어디서 온 물건인고?

비즈니스의 한가운데는 익숙한 의문이 있다. 그러니까 고전적인 의미의 '상인'이라는 말은 '비즈니스맨' 혹은 '세일즈맨'과 어떻게 다르냐는 것이다. 훌륭한 '상인'이라는 말은 '요즘 상품'에 둘러싸인 비즈니스맨의 뉘앙스가 아니라, 보다 중세적인 의미를 풍긴다. 직업적 소명에 충실한 사람 정도? 그렇다면 비즈니스맨은 때와 장소에 상관없이 돈 버는 법을 아는 사람, 세일즈맨은 뭐든 관계없이 판매할 수 있는 사람을 말하는 걸까? 패션은 예술인가 산업인가, 옷인가 의상인가,라는 논쟁 역시 패션의 오래된 딜레마이다.

출중한 그림은 수세기를 뛰어넘지만, 패션의 생명력은 어느 정도까지일까? 옷은 단순히 입을 수 있는 것, 의상은 입을 수 없는 것을 의미할까? 벨티드 코트처럼 일반적이고 단순한 옷은 누구나 입을 수 있겠지만, 모피가 달린 녹색 미니스커트처럼 희석되지 않은 패션까지 그럴까? 남성용과 여성용의 차이는 또 뭘까? 단추의 위치? 디자인? 형태? 색깔?

패션을 보는 모든 관점 가운데 가장 중요한 것은 '의상이 그 문화를 어떻게 반영하고 있는가' 이다. 그러나 패션을 논리적으로 표현하는 건 점점 어려워진다. 패션에 윤리적 기준을 적용하는 것도 모호해졌다. 어떤 소재가 사용되었는지, 누가 그 옷을 만들었는지, 어떤 작업 방식으로 만들어졌는지, 그 옷이 어디에서 왔는지는 특히 중요한 문제이다. 결국 패션의 마지막 질문은 이런 것이다. 도대체 어느 나라 제품인가?

위성 TV와 엔터테인먼트 산업과 인터넷 때문에, 현대 시장은 산업혁명조차 견줄 수 없는 속도로 통합되었다. 이제 상품과 서비스는, 별다른 노력 없이 거의 즉각적으로 한 지역에서 다른 곳으로 흘러 들어가 지구 전역에 새 판로를 개척한다. 한편, 한 국가에서 다른 시장으로 상품을 가져간다는 논리는 궁극적으로 가격에 영향을 미치지만, 동시에 상품의 독창성에 대한 기대도 교란시킨다.

사람들은 자기가 지금 신거나 입고 있는 농구화와 유기농 목화 속옷이 '제조 단가가 싼' 나라의 공장에서 만들어졌다고 생각하기 싫어한다(어쨌든 의류는 1차 산업이다). 또 구멍가게뿐 아니라 모든 거래에는 공정한 무역의 법칙이 적용되어야 한다고 믿는다.

자, 일본산 샤프 TV는 LCD TV의 정수라 할 만하다. 스리

랑카에서 만든 9불짜리 자라 슬리퍼도 괜찮다. 리투아니아산 리바이스 레드탭도 좋다. 영국에서 만든 핑크 셔츠 역시 황홀하기 짝이 없다. 그런데, 디자이너는 일본인, 브랜드 이름은 프랑스어, 컬렉션은 파리에서 열리는 꼼 데 가르송 가죽 지갑이 만약 메이드 인 러시아 라벨을 달고 있다면 살짝 부자연스럽다. 가죽을 다루는 러시아 사람들의 재능이 처진다는 얘기가 아니라, 꼼 데 가르송의 유전 코드와 툰드라 지역은 맞지 않기 때문이다.

브랜드는 역사적 기원에 대한 공식을 만든다. 어떤 산업은 다분히 전통적이고도 전형적인 그 나라의 역사와, 고아한 취향, 풍요로운 삶을 일군다. 그 민족들의 일부, 그들만의 소유로서. 그러므로 근본과 정통에 충실해야 한다는 명분은 브랜드의 기원과 가격을 논리적으로 연관시킨다. 누구누구 빵집, 누구누구 내과처럼 이름이 플래카드가 될 때, 사람들은 본성적으로 근원에 대한 믿음을 지니기 때문이다. 그러므로 어디서 왔는지, 무엇이 첨가됐는지가 도대체 불분명한 물약을 찝찝한 기분 없이는 마실 수 없는 것이다.

에르메스가 프리미엄 브랜드 시장에서 높은 가격을 고수하면서도 평판이 드높은 건, 몇 세대 동안 축적된 전문 기술과 명성, 세대를 잇는 증명된 품질 때문이기도 하지만, 더 직접적인 이유는 공장이 프랑스 안에 있어서이다. 만약 수단에서 그 가방을 제조했다면 이야기가 달라진다. 1초마다 유행을 타는 의류들이 재단부터 제조, 매장 진열까지 속전속결 일사불

란하게 이루어지는 H&M이라면 굳이 스페인에서 만들지 않아도 된다. 작업복을 입은 기술자들이 꾸준한 실험을 통해 조심스럽게 조정된 결과물인 염료통을 쌓아 올리고, 규칙적으로 포진한 컨베이어 벨트를 따라, 길고 넓은 천이 층층이 쌓일 때마다 패턴을 찍는 식의 넥타이 제조법이라면, 즉 단지 기계 버튼을 누르는 문제라면 누구라도 할 수 있는 일이다.

럭셔리 브랜드들의 분주함과 밀라노 캣워크의 광휘는 그들이 제품을 만들기 위해 겪는 보다 곤혹스러운 현실을 잊게 한다. 그러나 패션은, 국가적 색채가 강한 제품들과 완제품 사이의 분리라는 새로운 문제와 직면하고 있다. 세계를 이끄는 상당수의 브랜드들은 엄정한 기술이 필요하지 않은 값싼 노동력과 낮은 비용을 위해 아시아와 동부 유럽, 북부 아프리카로 생산라인을 이전하거나 제품 일부를 하청하고 있다. 최고급 테일러링을 자랑하지만 기본적인 직물 대부분은 해외에서 생산하거나, 디자인과 생산이 각각 다른 나라에서 이루어지거나, 다른 나라에서 재단을 한 다음 유럽에서 의류를 '조립'하는 경우도 속출한다. 이때 어쩔 수 없는 도덕적인 의문이 생긴다. 어떤 치마가 스리랑카에서 재단되고 구슬 장식이 꿰지고 바느질 되었는데, 가죽 끈과 라벨은 이탈리아에서 제공된 것이라면 그 치마는 온전한 이탈리아산이 맞을까? 수정이 박힌 여덟 겹의 팥죽색 스웨터가, 최상급 울의 본향인 몽골에서 수태되어, 스코틀랜드에서 직조되고, 오스트리아에서 장식되어, 밀란 쇼를 거쳐 서울 쇼룸에 걸렸다면? 국경이 불분명한 바다 위에 떠 있는 배 안에서 재봉질된 옷은 어느 나라 제품일까?

이때 가장 중요한 것은 제조원의 비밀을 가진 라벨이지만, 어떤 브랜드는 원산지나 원형임을 분명히 밝히지 않는 문제에 대해 함구한다. 정치적으로 곧은 유럽의 몇몇 나라도 마찬가지다. 스타일에 신경을 쓰는 부유한 소비자들은 자기들이 산 제품이 어디에서 생산됐는지 신경을 쓴다. '메이드 인 이탈리아' 라벨의 중요함을 인식하고 이를 보호하는 것이다. 그들은 자기 발이 구두 안에 들어가는 순간 '이탈리아 거' 라는 걸 확신할 수 있어야 한다. 이때 구두 산업은 이탈리아산 태그를 부착하는 문제 이전에 개인과 국가의 정체성을 상징한다. 그러나 이탈리아에서 만든 제품이 다른 나라에서 모조될 수 없다는 새 법안에 대한 필요조차, 무너지는 울 제조업체들을 살릴 순 없다.

갭에서 모로코, 중국, 인도에 공장을 만들자고 결정했다면, 시장경제에 의해 그 지역 정부가 받아들인 것이라고 해도, 상품의 질과 코드가 맞는지 여부는 문제가 될 것이다. 샌프란시스코의 갭 매장과 다른 나라 갭 매장에서 파는 옷이 다른 건 각 지역마다 취향이 달라서이다. 영국과 프랑스 여자들이 선호하는 바지의 피트감이 다르고, 일본인들이 선호하는 워싱 역시 구별되기 때문이다.

논쟁점은 개인적 성향보다 더 복잡하다. 어느 날, 기발한 재단으로 쇼핑을 항상 독특한 경험으로 만들어주던 어떤 매장에서, 입어보지 않고 산 피케 셔츠에 문제가 있었다. 집에서 보니, 옷깃이 얼핏 뜯겨져 있는 데다 사이즈도 맞지 않았다. 판매원이 쇼핑백에 다른 사이즈를 넣은 건 아니었다. 문제는 그 셔츠가 이탈리아산이 아니라 보스니아산이었다는 것이다. 나는 보스니아에서 만든 어떤 옷에도 불만이 없다. 그 나라가 원산지라는 사실을 가격에 반영하기만 한다면. 그러나 그 브랜드는 이탈리아 전통을 숭상하는 척하면서 정작 제조지는 국외로 숨겼다.

가치를 얻은 브랜드엔 합당한 신화가 있다. 그러니까 보랏빛으로 짜인 미쏘니의 고깔모자, 시베리아의 로렌스 같은 룩의 추종자들은 엔터테이너를 통한 광고보다 이탈리아 가문의 역사와, 정교한 편물 기술과, 장려된 전통과, 강조된 숙련성과, 우아한 재능에 열광한다. 만약 미쏘니가 스케치만 밀란에서 하고 나머지 공정은 파푸아뉴기니에서 끝낸다면, 소비자들은 공허보다 큰 상실을 느낄 것이다. 브랜드의 기원은 품질을 신뢰할 수 있는 가장 직접적인 근거이기 때문이다.

소위 패션 피플들에게

연말 세일 매장을 안방처럼 휩쓸고 다니는 당신, 패션 피플에겐 전혀 새로운 국어사전이 있어요. 당신에게 '죽음을 불사한다는 것'은 잔고가 위험한데도 마르지엘라의 암적색 부츠나 쇼메 시계를 살 때를 의미하지요. '끔찍하다'란 말은 아프리카의 기아가 아닌, 몸빼 같은 바지나 바느질이 후진데도 비싸긴 또 우라지게 비싼 셔츠, 누가 볼까 겁나는 형광 스타킹을 목격할 때의 얘기고요. '레이블'이라는 단어를 들을 땐 특정 오케스트라의 연주가 아니라 '라벨'이 안에 달렸나 밖에 달렸나를 떠올리죠.

당신의 통제 불가능한 욕구, 분방한 치장은 도덕률의 기준이 돈 앞에 복속되고 말았다는 걸 알게 해줘요. 이젠 더 이상 '가난했지만 그는 주요 인사였다'란 말을 할 수 없게 된 거죠.

어느 목요일 저녁, 바의 사각 방석을 등 뒤에 받치고 앉은 당신은 머리끝부터 발끝까지 '마스터 피스'로 둘둘 말고 있었죠.(그러니 비싼 당신이 점원 도움 없이 혼자 쇼핑한다는 게 말이나 되겠어요?) 슬림 컷 헬무트 랭 바지, 살갗에 착 붙는 준야 와타나베 톱, 멀버리가 '대박을 낸' 바로 그 가방. 금색 동전과 네모난 금속으로 뒤덮인 직사각형 가방을 끼고 앉은 친구들도 마찬가지예요. 실금하듯 수시로 화장실을 들락날락하는 당신들의 키도 어쩜 그렇게 자로 잰 듯 똑같죠? 아아, 뾰족구두에 경의를.

모든 도시엔 패션 은어가 있죠. 마크 제이콥스를 제대로 소화하는 건 뉴요커. A.P.C.를 가장 분명하게 발음할 수 있는 것은 파리 여자들. 그런데, 뒤섞인 룩들로 몸을 싸맨, 파리와 남 브롱크스에서 건너온 듯한 그 옷들의 대조를 보고 있으면, 왜 학예회에서 다음 동작을 까먹은 어린애 같아 보일까요?

그때 정신이 번쩍 들었단 얘길 해야겠어요. 당신이 앉은 테이블이 진원지였죠. 빈 의자에 놓인 레이디 디올 핸드백 세 개가 그 열광적 괴성의 이유였지요. 하나는 가죽, 하나는 에나멜, 또 하나는 울. 튀어 보이진 않지만, 한때 다이애나 비가 들고 있는 모습이 파파라치에게 포착된 후 여섯 달 안에 20만 개가 팔려 나갔다죠. 전 세계 여자 3천 명의 이름이 대기자 명단에 올라 있을 정도라나요. 그러니까 그 환호는 가방을 산 도시는 달랐지만 취향은 같다는 것에 대한 자축이었어요. 당신들에게 외국은 하나의 '쇼핑 장소'일 뿐이니까요. 최악은 하바나예요. 거긴 모든 상품에 '메이드 인 러시아' 또는 '이탈리아인이 쿠바인에게 준 선물' 같은 라벨만 붙어 있는 도시고, 또 변변한 디자이너 숍 하나 없는 데니까요.

당신들은 유행에 대한 선견지명도 공유하죠. 몇 시간이고 디자인에 대해 '명상'하고 '토론'하며 직물과 패턴에 대해 토론하지만 가끔 '잇 백'이 거북할 때가 있어요. 어제 새로 나온 가방을 드는 게 항상 세련되진 않다는 걸 알 만큼은 박식하니까요.

당신은 내내 그 바의 유리가 다 부서지도록 박장대소했어요. 거기다가 퍼 칼라를 받쳐 입으면 딱이야, 같은 추임새도 곧 뒤따라왔죠. 당신 포즈 자체가 워낙 저돌적인 자신감을 풍기긴 하죠(다른 얘기라고 해봤자 친한 연예인들이나 다들 똑같이 싫어하는 사람 흉을 보는 거죠). 쾌활이 지나치다기보단 사람들의 주시에 굶주려 있는 것처럼 보였어요. 성욕 촉진제나 자양강장제는 됐고, 사람들 많은 데서 뻔뻔하게 만들어줄 약이 있음 좋겠다고 공상하는 나한텐 참 부럽고 시끄러운 목청이에요.

당신은 누가 쳐다보는 건 어쩔 수 없는 동경 때문이라고 생각하죠. 다른 사람들은 모기나 벼룩처럼 쳐다볼 필요도 없는 존재니까. 아니, 그만도 못하죠. 벼룩은 적어도 다리로 기어올라 어디로 튈지 불안하게 만들 테고, 모기는 피를 빨아먹을지도 모르니 바짝 신경 써야 하잖아요. 하지만 정작 다른 사람들은 당신 다리로 기어올라가 펄로 번쩍거리는 그 얼굴을 물어뜯고 싶은 걸 겨우 참고 있는지도 몰라요.

어느 파티에선가 당신은 거기 온 어떤 여자의 스타일을 어지간히도 씹어댔었죠. 처지는 코디와, 알 굵은 반지의 촌티, 급기야 핸드백도 두 시즌 전 에르메스 짝퉁 같다는 얘기까지. 저 블라우스는 비비안 웨스트우드 핑크 계열이긴 한데 아마 중저가 다른 데 걸지도 몰라. 그때, 치타 무늬 폴리에스테르 홀터를 걸친 당신은 꽃꽂이를 배우다 바람난 여편네나, 개마고원 난롯가에 앉은 여자 벌목꾼 같아 보였다는 건 몰랐죠?

당신은 그 불쌍한 여자에게 각설탕을 던지지 못했어요. 레드와 새틴이라는 파티의 드레스 코드를 지키지 않는 바람에 스스로 소외된 채 구석에 혼자—아무리 자신만만한 파티광이라고 해도 혼자 입구를 지나 필사적으로 사람들을 훑으며 아는 얼굴을 찾는 순간만큼은 정말 끔찍하죠—서 있던 회색 스커트의 여자는 공포 분위기 조장으로 고소당하고 싶진 않았는지 금방 사라져버렸으니까요. 글쎄요, 지난 주 당신이 하악골에 보톡스를 맞은 건 그 여자에게 얘기하지 않을게요. 당신이 입은 그 재킷은 샘플 세일 직전에 떼를 써서 거의 공짜로 가로챈 거란 것도요.

패션 피플로 일컬어지는 당신 부류는 전통적 매너에는 참 서투르죠. 혼자 있는 것도 힘들어하고요. 부탁은 자주 하지만 감사의 말은 생략하죠. 어쩌다 점심 약속에 늦는 건 아무것도 아니에요. 아예 나타나지 않는 경우도 있지만, 미용실 예약에는 절대 늦지 않아요. 전담 헤어 디자이너보단 친구를 기다리게 하는 게 나으니까요. 당신은 당신 어머니보다 브랜드의 숍

마스터에게 더 잘하죠. 날씬한 몸을 유지하고 결 좋은 머리카락을 갖는 건 무기 감축이나 빈곤 퇴치에 견줄 만한 관심사거든요. 그런데 당신과 휴가를 함께 가기 위해선 5분마다 이 편의 계획이 변해야 해요. 왜냐하면 당신 마음이 수시로 변하기 때문에! 당신에게 우정이란, 특정 대화를 나누는 이들과의 관계를 완곡하게 일컫는 어휘라서, 정확한 보상을 기초로 하니까요. 그런데, 싫어하는 사람에 대해 두 시간 동안 수다를 떨 수 있지만, 당신의 진짜 특기는 2분짜리 대화죠.

당신에겐 월요일조차 새로운 금요일이에요. 오늘은 어떤 자들과 저녁을 먹을 건지(당신은 모든 요리의 레시피가 자기 것과 같은 척하죠) 그루브한 파티에 갈 건지, 염색을 할지 다이아몬드 필링을 받을지, 와인을 마실지 알 수 없는 보라색 음료가 섞인 술을 마실지 고민하는 '일상적' 하루하루가 목적이니까요.

또 다른 파티에서 당신은 허접한 샴페인 한 병과 수상한 캐비어 한 됫박을 삼킨 다음 화장실 장식 거울에 얼굴을 비쳐 보았었죠. 패션 잡지에 양갱 사이즈로 달랑 한 컷만 실릴 때도 허술했던 적이 없는 당신이지만, 그날따라 초조로 부글대는 곰국 같아 보였어요. 지쳐 보였달까, 어쩐지 무기력해졌달까. 새카맣게 어린 후배애가 당신이 그토록 갖고 싶어 하던 수단산 어린 담비 가죽으로 만든 숄을 입은 데다, 설상가상, 후배 복부엔 셀룰라이트의 흔적도 없고 S라인까지 끝내줬으니까요. 하지만 결코 뒤쳐질 수 없어요. 패션 게임에선 추락이 아닌 스릴이 필요하고, 당신은 패션 활주로 위를 날아오르는 패션 피플이니까요. 시즌 유행 아이템은 무조건 사들이고 마는 쇼핑 여행의 선봉자이기도 하고요. 그래서 당신은 당장 단백질 효소 열 통과 에스트로겐 수치를 향상시킬 약품들을 사자고 결심했어요.

강박은 멈추지 않지요. 남자친구한테서, 어떤 때 여자들에겐 안 좋은 냄새가 난다는 말을 들은 후론 향수를 아예 들이붓기 시작했죠. 누군가 그 향수 이름을 물었을 때 당신은 본토 발음대로 너무 혀를 굴린 나머지, 그 나라 대사관 비자 발급 창구에서 발급 거부 대상자로 찍히지 않을까 걱정될 정도였다고요.

당신은 패션 잡지에 실린 새 제품을 다 가지면 사람들이 알아줄 거라고 믿죠. 그럴지도 모르겠네요. 어떤 사람들에겐, 그 혹은 그녀가 남태평양 작은 국가의 한 해 국방 예산보다 비싼 옷을 입고 있다면, 자고 싶어질 수도 있거든요. 패션의 기만적 세계란 원래 그런 법이잖아요.

어쨌거나 오늘따라 황석어젓처럼 피곤에 절어 보이는 당신이 내일 오전 두 시, 비 오는 거리에서 혼자 택시를 기다리진 않았으면 좋겠어요.

포장지가 숨긴 것

크레디트 카드의 승인이 떨어지자 포장이 시작되었다. 판매원은 먼저 조그만 검은색 상자에 제품을 담은 다음, 그 상자를 계란 노른자색 스웨이드 주머니에 넣고는, 세트로 된 상자에 다시 담은 뒤 하얀색 리본으로 묶었다. 그리고 다시, 하늘색 종이 가방에 넣었다. 그 손놀림은 참치 샌드위치를 싸듯 능란하지만, 눈앞에 방금 현현한 성모 마리아를 대하는 것처럼 숭고하기까지 했다. 징글벨 소리가 다 들리는 것 같았다. 세상에 이토록 복잡하고 평온하면서도 순결한 과정이 또 있을까? 영원히 깨기 싫은 꿈속에서 머무는 기분이 이럴까? 『위대한 개츠비』에서 "이렇게 아름다운 셔츠는 본 적이 없어요"라며 훌쩍이던 데이지도 틀림없이 그랬을 거다.

쇼핑백을 손가락마다 끼고 다니는 여자들을 보면 '쓰러질 때까지 쇼핑한다'는 게 어떤 건지 알 수 있다. 동시에 이런 생각도 든다. 저 여자 남편은 직업이 몇 개일까? 모서리를 단단히 봉한 딱딱한 플라스틱 포장이나, 내용물을 꺼내기 힘든 데다 날카롭기까지 한 투명 비닐 포장이 아닌, 흰 글씨가 쓰인 밝은 쇼핑백이나 밀가루색 스티치가 박힌 주홍빛 포장지가 말할 수 있다면, 곱슬거리는 모충 무리들이 알래스카 여행길에서 길 잃은 이야기를 늘어놓을 것이다. 모노톤으로 디자인된 샤넬 쇼핑백이나, 작은 은빛 로고를 새긴 감색 프라다 쇼핑백은 브랜드가 펼쳐 보이는 게 무엇인지 낱낱이 헤아리게 해준다. 쇼핑백은 매장이나 진열대가 보여주는 추세와 경향, 태도의 표현이라서 결국 그 자체가 지위의 상징이기 때문이다.

가난한 브랜드 마니아들은 기발한 접근법을 찾는다. 박스를 갖는 것이다. 어쩌면, 심장이 몸 밖으로 튀어나올 듯 활랑거리게 만드는 티파니 상자 스무 개, 텅 빈 채로도 가득한 에르메스 박스 서른 개를 모은 여자의, 대안으로서의 황홀을 이해할 수 있을 것도 같다. 구미를 당기는 오렌지 색깔의 상자는, 그 안에 오묘한 장밋빛 스카프가 놓여 있든 말든 점잖은 현대 백작 부인을 상징하는 획일적 표시로 기능하는 것이다.

한편, 정보가 차분히 인쇄된 매끈한 디자인의 세제는, 소비자가 원문을 읽든 안 읽든 세탁 효과에 관심이 있든 없든, 겉모습이 가장 매혹적인 역할을 해야 하는 현대 포장의 법칙을 보여준다. 때로 쇼핑 자체를 후회할 땐 포장까지 후져 보인다. 포장지는 광고와 제품 정보 표시, 제품 진열과 포장 상태

사이에 소통되는 기호, 제품의 가치를 다 보여주진 않지만, 적어도 브랜드나 매장의 '인본주의'는 약속하기 때문이다. 10만 원이나 하는 청소기를 비닐 백에 담아주면 더 이상 구질구질할 수 없다. 그럼, '돈 주고도 천덕스러워지는 게 이런 거네' 하는 생각이 든다. 버그도르프 굿맨에서처럼 얇은 티슈로 싼 다음 박스에 담아준다면, 생계 같은 건 다 잊고 당장 공작이 된 것 같은 기분이 들 텐데.

정말이지, 포장의 신비는 포장지를 뜯기 전의 긴장과, 포장지가 뜯겨져 나갈 때의 소리 속에 있다. 나는 '부드러운' 소포를 좋아한다. 그건 양말이나 장갑, 손수건이 그 안에 들었다는 걸 의미한다. 하지만 소포를 흔들었을 때 덜컥거리는 느낌은 더 좋다. 그건 그 안에 배터리가 필요한 남자애들의 장난감이 들어 있다는 얘기이다.

새로운 것을 멀리하고, 낡은 것을 수용하는 패션 경향은 늘 반복된다. 오래된 것은 새 이름을 붙임으로써 새 것이 된다. 감각적인 재활용, 세련된 재발명은 제품 자체가 아닌, 포장 재활용을 통해 유행 개척자들의 상상력에 불을 지피고 있다. 재활용을 이용한 창조란 스타일의 새로운 단어이다. 그래서 사람들은 뭔가를 필요로 할 때 일상 속에서 가장 유리한 대안을 찾거나, 다른 것으로 대체한다. 잡지나 옛날 '대한 늬우스'를 보다가도 문득 파자마를 조각조각 찢고, 타이를 염색하고, 옛날 여행가방에 범상치 않은 고리를 새로 달아 새 생명을 주고, 검은 쓰레기 봉지 하나라도 리본으로 봉하고 싶은 독창적인 충동에 휩싸이는 것이다. 그렇다면 쇼핑백의 역할은 더욱 커질 것이다. 이미, 일회용으로 제작된 쇼핑백이라도 수명은 반영구적이다. 결국 눈에 보이는 모든 것들은 잠재적인 사용성을 지니고 있다.

유행은 평범한 것을 변형할 때 찾아온다. 디자인과 예술과 조각은 서로 융합함으로써 새로운 용도를 만들고, 결국 세상을 새로 이해하게 만든다. 커튼으로 치마를 만든, 소설 캐릭터 중 미적 포부가 가장 컸던 스칼렛 오하라처럼.

프라다 화장품 라인 패키지는 스프링 달린 플라스틱 박스로 되어 있어 자연스럽게 도시락으로 둔갑하기도 한다. 가방을 싼 먼지 방지용 줄무늬 커버는 집에 들어오는 순간 세탁 커버로 재탄생한다. 보랏빛 화장품 박스는 편지통으로, 스위스 아미 플라스틱 바구니는 머큐롬과 안티프라민을 넣어두는 구급약 상자로, 끈으로 된 백팩은 운동 키트로, 핸드 페인팅된 프로방스 유리병은 세정제 용기로, 부케를 감싼 리본은 머리끈과 목걸이로, 고장 난 TV브라운관은 커피테이블로, 재봉틀은 테이블을 지탱하는 다리로, 비행기 1등석 여행자들에게 제공된 파자마는 요가할 때 운동복으로…….

이것은 밀레니엄의 풍요로움에 대한 반항일까? 어쩌면 황금기와 맞춤형 예금의 다음 단계일까? 또는 즉석에서 만들어지는 기쁨의 재발견일 뿐일까? 아니, 정신적인 제5원소들이 연단 위에서 결합되는 것 아닌가? 그렇다면, 워홀이라도 정말 좋아할 것이다.

세상에 하나밖에 없는 것

시장에서, 전에 한 번도 보지 못했던 야채를 본다면 어른이라도 애들처럼 눈을 동그랗게 뜬다. 럭셔리도 마찬가지다.

지금 손에 든 가방이 에트로란 걸 다들 알아주길 바라는 시대는 잔영만 남기고 사라졌다. 유혹의 사회학은 바뀌었다. 지금은 성적 성향에 대해서든, 쇼핑에 대해서든 더 많은 개별성으로 범람하는 불일치의 시대라서. 셔츠 깃의 높이만으로도 브랜드를 판독하는 신귀족문화 속에선 보다 장식적인 만족이 필요하다. 화급히 이탈리아 밀라노에 전화를 걸어 페레의 마지막 한 벌 남은 실크 예복을 주문하고, 3월 전에 신상품을 받게 해달라고 셀린 본사에 독촉하고, 매장 앞에서 진을 치고서라도 에르메스 악어가죽 백을 제일 먼저 가지겠다는 수렵가들은 극단적인 자극과 우월감을 원한다. 누군가 채가기 전에 먼저 수색하는 건, 다른 사람과 똑같은 걸 먹기를 죽도록 싫어하는 이의 사냥법이다(그런데 세속적인 '전통주의자'는 로고란 자주 볼수록 더 기억하게 된다고 믿지만, 더 세속적인 '인습 타파주의자'는 그건 같은 이미지에 단련되는 것일 뿐 드물수록 더 잘 식별된다고 우긴다).

오리인형을 담는 상자, 빨간 가죽으로 만든 젖병 홀더, 시가 수백 개를 넣을 수 있는 담배 케이스, 파리의 기능공이 만든 생일 케이크 상자……. 값비싼 라이프스타일을 누리는 사람들은 야망의 기초가 된 엄청난 구매력에 따라 최고의 럭셔리 식단을 만끽한다. 보통의 브랜드는 어디에서나 발길에 채이지만, 극단적 럭셔리는 패션 탐지기를 피해 눈에 띄지 않는 안뜰에 숨어 있어서, 그 안을 낱낱이 뒤져야만 새 계급에 합류할 수 있다.

어떤 자동차라도 살 수 있는 형편이라면 자기만 위해 존재하는 다른 종種을 선택할 수 있다. "난 마케팅보다 좀더 의미 있는 것을 원해. 좀더 깊이가 있어야 해. 더 큰 의미를 담고 있어야 해."

그들은 유일함과 감정적 애착을 동시에 경작하며 레이더에 탐지되지 않는 전설 속의 단 하나, 익명의 드레스를 찾는다. 누군가 그의 절대권력에 혀끝이라도 대면 만족은 죽처럼 엷어진다. 단 하나의 가치는 특정 목표의 끝을 의미한다. 그 하나의 존재감은 틀 안에 있는 모든 대상들의 가치보다 크다.

그들에게 누구나 아는 브랜드의 똑같은 아이템만큼 모욕도 없다. 모든 사람이 다 중요하다는 가정은 스스로 특별한 자들의 허영을 다친다. 그러니 공항에서 내 것과 똑같은 가방이 컨베이어 위를 함께 빙빙이 도는 것만큼 기분 잡치는 일도 없다. 샤넬은 앞으로도 숭배될 테지만, 어느 모임에 나온 열두 명 여자가 모두 같은 가방을 들고 있다면 앞으로 그녀들의 쇼핑 목록에 샤넬이 또 오를지는 자신 못한다. 그러나 나그네쥐 같은 습성은 한 집단 안에서 타인과 구별되려고 안달하면서도 소속을 필요로 한다. 그래서 오히려 같은 부류에게 더 깊은 인상을 주려고 기와 묘를 다 하는 것이다.

그들은 웬만한 대학의 1년 학비와 맞먹는, 거슬릴 만큼 비싼 우산 수납함이 주는 전율을 아주 잘 이해한다. 시장이 허용하는 범위에서 광고비가 판매가에 포함되어도 상관없다는 그 마음은, 현대 구매자 문화에 흔히 볼 수 없는 패턴을 만들었다. 막대한 돈을 쓴다는 기분을 주지 않는 구매는 싫다. 불만이 있다면 '최고의' '가장' '제일' 말고는 최상급 낱말이 자신의 메모리 뱅크에 없다는 것이다.

비밀스럽게 통용되는 상징들은 티 안 나는 대신 생각보다 돈이 든다. '단순하게' 입은 엄청난 부자란 걸 다른 사람들이 알아야 추앙받기 때문이다. 에르메스의 'H' 로고가, 모든 시선을 거부하는 듯 스웨터 골이나 셔츠 프린트 속에 소극적이고도 교묘히 숨겨져 있다고 해도, 은밀한 감식안을 지닌 이들은 지퍼에 달린 마름모꼴 가죽 손잡이를 눈치 챈다.

경제력이 계급의 속성을 띠는 이유는 공급이 무한하지 않아서다. 누구나 다빈치의 진품을 거실에 걸 순 없다. 이중섭의 스케치가 만 점이 넘었다면 그렇게까지 주의를 끌었을까. 처음엔 경포대도 한적했지만, 사람들이 몰리면 한 폭 그림이던 해변이 다리 뻗을 데도 없는 쓰레기통으로, 목가적인 소나무숲은 기다란 주차장으로 변한다. 따라서 더 호젓한 해변을 찾기 위해선 더 멀리 떠나야 한다.

많은 판매업체들의 일반적인 지혜는 이렇다. 누구나 살 수 있는 것은 더 이상 아무도 원하지 않는다. 잡화점 같은 세상에는 소량 판매 제품의 희소성—다른 사람은 못 구하는 아이템이라는—이야말로 구매의 정수이다. 그래서 거대 럭셔리 브랜드들은 '희소성'을 위해 대량 생산이 가능한데도 큰 컬렉션 안에서 한정 상품을 만들기도 한다(그건 공산주의 시절 러시아에서 식료품을 살 때의 기괴한 패러디 버전이다. 배추를 사고 싶은데, 정작 상점에 있는 거라곤 비싼 바나나뿐인).

한정 생산품은 럭셔리 시장에서 현기증이 날 정도의 부표가 되어왔다. 남미 산악지대의 낙타 털 그릇, 신발 밑창 안쪽에 영문이 새겨진 스포츠화, 디펜더 SVX……. 장애가 많을수록, 희소성이 클수록 소유욕이 불같이 일어난다. 이윽고 에르메스와의 인연이 너무도 각별한 나머지 마놀로 블라닉에게 제품 원단을 보내 구두와 옷 색깔을 맞추었다고 자랑하는 인종까지 나타난다. 이런 경향들은 하나의 범주로 묶인다. 오직 나의 감정적 높이 위에서 나에게만 말하고, 나만을 위해 기능하며, 나에게만 권유하는 상품. 그러니까 세상에 단 하나밖에 없는 상품.

'단 하나'는 단순히 '보기 드문' 것을 의미하지 않는다. 하나밖에 없다는—그 절대적 고독의 패러다임—말의 본질은 '매우' '아주' '오히려' '거의' 같은 재미없는 부사들로도 수식될 수 없는, 오직 하나만 존재한다는 단수성이다. 그건 '임신한'처럼 절대적인 형용사라서 수식어구의 공격을 받아서도 안 된다. 도용할 수는 있지만 완벽히 재생해내거나, 오차 없이 복제해내기는 불가능한 것.

어쩌면 유일무이한 상품이라는 개념을 논리적으로 결정짓는 것은 '시간'이다. 그렇다면 빈티지 매장만이 오직 하나뿐인 상품에 대한 욕구를 충족시킬 수 있을 것이다.

새로운 럭셔리의 기준

이제 럭셔리는 더 이상 상품 카테고리로만 분류되지 않는다. '럭셔리 초보자' '일상 속의 럭셔리' '공항 럭셔리' 같은 별의별 모순어법은 럭셔리의 활황 속에서 재발견되고 있다.

사실 '럭셔리' 만큼 오용되고 남용된 낱말도 없다. 사회적 외관이나 이미지로 가득 찬 럭셔리는 분명 존재한다. 비싼 애완견, 호화로운 제본의 책들, 비행기 1등석, 아주 큰 내깃돈, 작지만 특별한 호텔들, 최상의 재료로 만든 요리, 풍광 좋은 곳의 별장, 일본 공예품, 귀금속 성분에 관한 지식, 연휴, 스파에서의 정기적 전신 풀 마사지, 식기 세척기, 이집트제 목화, 최근 사조들에 대한 관심, 비만이 걱정돼 라면을 먹지 않는 것, 최고급 수제 가죽으로 만든 자동차 시트, 그 심미안을 이해하는 소수, 골동품 혹은 현대미술 작품, 누벨퀴진, 영감을 찾기 위해 떠나는 여행, 영양제, 요란하게 걷히는 소리를 내는 비단 커튼, 개인적 파티를 위해 예약하는 호텔, 세상에서 제일 비싼 자동차로 달리는 멕시코만류, 와인창고와 테니스 코트만한 거실과 자고 싶을 만큼 큰 옷장, 물 한 방울만 흘려도 스태프들이 화들짝 달려오는 레스토랑을 예약하는 2백만 원짜리 휴대폰, 금으로 된 수도꼭지, 밑에서 솟아올라 댄스 플로어가 되는 수영장 바닥, 향유고래 음경의 포피로 싸인 버터처럼 부드러운 의자…….

럭셔리란 실은 완전한 편안함이다. 눈에 띄지 않는 세부까지 완벽한 상태, 나쓰메 소세키의 초판을 읽는 오후, 내 자신을 위해 충분한 시간을 갖는 것, 어딘가에 들어섰을 때 환영받는 안락한 느낌, 폭포 아래서 혼자 뱃놀이를 할 때처럼 다른 데 떠벌릴 필요도 없는 온전히 사적인 것. 그러므로 럭셔리는 상대적이다. 착한 친구와 보내는 시간이 럭셔리하다는 소박한 사람도 있지만, 아내와 풀코스 식사를 마친 후 숨겨둔 애인과 다시 같은 코스를 (더 우아하게)먹는 대식가의 럭셔리도 있는 것이다.

소비를 모르던 아이들이 자라 신용카드를 알게 되듯 럭셔리는 때로 그 너머의 것들도 상상한다. 정원이 아니라면 발코니에라도 들여놓을 식물(제대로 가꾸진 못하겠지만), 묵상을 위한 집 안의 조용한 장소(집 밖은 너무들 시끄러우니까), 금방 따온 꽃(사온 꽃이 아니라), 철저한 보안 시스템(집이 개미집만하다고 해도), 매끼마다의 유기농 야채와 과일(어쩐지 맛은 없을 것 같지만)…….

물론 럭셔리의 기준은 늘 달랐다. 드레스룸이 서재만큼 필요해진 이 세대에 예전 부의 기준이던 자개장은 구식 럭셔리가 되었다. 그렇다면 냉장고보단 와인 냉장고가, 꽃보다는 유기농 야채가, 카펫보다는 원목마루가, 보이지 않는 수도관보다는 보이는 파이프가, 대리석보다는 원석 그 자체가, 연출보다는 내 자신의 박학다식이 새로운 럭셔리의 기준이 된 셈이다.

럭셔리의 감각은 실은, 최초의 강렬하고도 단순한 경험으로부터 비롯된다. 우리는 늘 세상을 처음 촉감하던 어렸을 때를 반추한다. 구름처럼 부드러운 담요의 감촉, 아주 멀리서 다가오는 낭만, 장인의 치즈 한 조각을 물었을 때의 초자연적인 경험, 사랑하는 이와의 외출, 엄마의 팔베개, 소금기 머금은 해변의 바람, 고양이처럼 갸르릉거리게 만드는 쾌적함, 사랑하고 사랑받는 것, 고열로 끓는 이마를 짚어주는 누군가의 손바닥, 마요네즈를 퍼부은 계란 샌드위치, 일어나기 싫어 이불 안에서 발가락을 꼼지락거리는 순간, 마술처럼 요플레로 변하는 우유, 아파야만 먹을 수 있었던 오므라이스, 햇빛 아래서 말리는 머리…….

이윽고 럭셔리는 성숙으로부터 온다. 방 청소, 물려받은 오래 대물림할 시계, 단풍 진 숲길을 산책할 때 걸려오는 그녀의 전화, 뒤늦은 깨달음(어렸을 땐 모든 사치를 당연하게 여겼지만 지금은 모든 것에 감사한다는 식의), 가구들을 하나 둘 덜어내는 것, 아홉 살 아들의 태권도 시합 전날, 가장 아끼는 펜으로 정정당당한 경쟁과 승리의 중요함에 대해 쓴 편지…….

럭셔리는 한편 게으름이다. 죄책감 없이 시간을 낭비하는 것. 네 명의 남자가 짊어진 조선조의 가마, 아홉 시 뉴스를 보기 위해 소파에 길게 눕는 것, 소반 위에 놓인 저녁 식사, 좋은 책, 전원을 꺼둔 전화기…….

럭셔리는 또한 아득한 숭고함을 매일의 경험으로 바꿔준다. 호텔에서 선물박스에 담겨온 빨래, 다림질까지 된 양말, 단골 헤어 디자이너, 백화점의 음식 코너, 참고 참았다가 기내에서 먹는 라면, 미뢰를 녹이는 초콜릿, 그 사람이 발음하는 '사랑한다'는 말, 마트에서 가장 비싼 비누, 아주아주 평범한 벌새 혀 샐러드, 마르기 직전의 빨래 냄새, 유리병에 옮겨 담아 라벨이 아닌 맛을 경험하는 와인…….

그러므로 럭셔리는 공간이다. 저택이 있는 동네지만 산꼭대기나 바닷가의 어딘가, 무한대의 시간이 흐르는 곳이다. 럭셔리는 시간이다. 사랑하는 사람과 보내는 더 많은 시간이다. 럭셔리는 옷감이다. 벨벳이나 실크지만 이따금 무명이어야 한다. 럭셔리는 색깔이다. 청정한 흰색, 저돌적인 주황, 눈멀도록 거센 보라, 그러나 가장 사치스러운 건 시간의 색이다.

럭셔리는 향기다. 난초와 작약 향기고, 빵집에서 나는 냄새고, 바다에서 불어오는 바람의 냄새며, 그 사람의 품속에서 나는 냄새이다. 럭셔리는 맛이다. 여러 가지 야채를 함께 갈아 만든 건강주스 맛이고, 버터와 녹말로 버무려진 파스타 맛이며, 늦게 본 딸아이가 서툴게 깎아준 사과 맛이다. 럭셔리는 소리다. 옛날 오디오로 듣는 카라얀이기도 하고, 제대로 된 마사지를 받았을 때 터지는 고통스러운 감탄사이다.

럭셔리는 질문과 대답이다. 나를 웃게 만든 그 사람의 질문과, 그 사람을 웃게 만든 나의 대답. 럭셔리는 누군가에게 꼭 안겨주고 싶은 선물이다. 아찔한 크로노스위스 시계나, 인디언 비즈로 뒤덮인 녹색의 양가죽 모카신이나, 뺨에 비비고 싶은 비단이지만, 내가 직접 뜬 핸드메이드 스웨터이다. 결국 럭셔리는 삶의 모든 것이다. 하지만 가장 받고 싶은 럭셔리한 선물은…… 아직도 기다리고 있는 중이다.

때로 이런 공상을 한다. 팬티만 입은 채 마당을 50미터나 걸어 격납고 문을 연 다음, 비행기 엔진을 켜고 일몰 속을 비행한다. 돌아온 후엔 맥주와 생굴 안주를 먹으러 노량진 시장에 간다. 팬티만 입고도 나는 뭐든지 다 할 수 있다. 진짜 럭셔리는 공상으로부터 오는 거니까.

사치의 이중성

오촌 조카의 결혼식 날 아침 어머니는 거울 앞에 서 계셨다. 지난밤 미리 생각해둔 양장을 거울 곁에 두고, 황록색 깃이 달린 양장과, 허리선은 높고 길이는 발목까지 내려오는 헐렁한 치마를 든 채였다. 불어나는 몸을 감당하지 못해 서랍 안에 밀봉된 채 청춘의 어머니를 감쌌던 그 옷들은 과거의 투광기를 통해 그녀를 어딘가로 안내하고 있었다. 어머니는 그 옷값은 '사치'였다고 말했지만 그게 화관처럼 느껴졌던 건 무슨 이유에서일까? 스스로를 탓하던 사치엔 왜 진실 이상이 보였을까? 그녀는 왜 몸에 맞지도 않는 그 옷을 계속 갖고 있는 걸까? 혹시 그게 그녀 삶에 남은 시간과 장소에 대한 황홀이어서일까?

13세기 이후의 심미적 여성관이 사치 욕구를 일으켜 의상과 가구와 건축물을 위한 소비재 산업에 영향을 미쳤다는 사료, "왕국이 사치하는 건 당연해. 부자들이 소비하지 않는다면 가난한 사람들은 굶어 죽게 될걸"이라던 몽테스키외를 인용하지 않아도, 고금의 모든 순간에 사치는 존재했다. 단, 사치가 소비의 방법으로 허용될 때는 언제나 신중한 규칙들이 주어졌다(옷감과 신발의 길이, 음식 코스의 수, 화장용 장작더미의 비용까지 제한한 법률은 고대 그리스의 것이었다).

문화는 생필품뿐 아니라 그다지 필요하지 않는 것들도 필수품으로 만든다. 그리스 로마 시대는 풍요로웠지만, 리넨은 꼭 필요한 생활용품은 아니었다. 그런데, 커피처럼, 루이 14세가 술탄 무하마드 4세의 사절에게 대접했을 만큼의 사치품이었다가 공기처럼 흔해진 예도 숱하다. 예전의 사치는 수치심으로 얼룩져 있었다. 롤렉스를 차거나, 피아노가 있거나, 차고가 있는 집에 산다면 조금 주의해야 했다. 사치는 눈치 없고 저속하고 불쾌한 것이었으니까. 유용성이나 기능성에 상관없이 지나치고 불합리한 거였으니까.

요즘, 극단적인 세공보다 무뚝뚝한 표정의 의자를 더 쳐주는 건 사치의 시간성 때문이다. 그러나 1백 년 전 극상의 사치였던 포드 자동차가 여태도 최고는 아니다. 파리 귀족들의 전유물이었던 이브 생 로랑은 지금 누구나 살 수 있다. 40년 전엔 시계가 계급을 만들었지만, 지금은 뚜르비용쯤은 차야 한다. 나일론처럼 '값싸고 질긴'이라는 범국민적 표어가 창궐하던 70년대에도, '오래간다'는 슬로건이 먹혔던 80년대에도 사치와 유행의 본질은 대립하지 않았다. 그런데 90년대, 모바일폰은 007가방에 부착되었건 마늘 찧는 방망이 크기였건, 가지고 있다는 것 자체가 사치였지만 이젠 대팻밥처럼 얇은 데다 기능도 백만 스물두 가지가 되어야 알아준다.

기능성을 중시하는 청교도적 합리주의로 보자면, 사치는, 비이성적인 쾌감으로 표현된 소모적 충동이나, 상업적 조작이 만든 그릇된 탐닉, 비실용적 장식을 향한 욕망, 또는 분간없이 소비하는 어린아이의 쾌락과 다르다. 내면적 사치, 위장된 사치, 섬세한 사치, 우아한 사치는 가끔 더 높은 허들을 뛰어넘게 만든다. 사치의 가치는 현란함보단 그 모습에, 외양보단 속성에, 경박함보단 유용성에 달려 있기 때문이다.(벨기에산이든 스위스산이든, 집에서 만들었든, 어떤 초콜릿이 다이어트 중에 몰래 먹는 초콜릿만큼 달 수 있을까? 어떤 잠이 업무 중 10분간의 도둑잠보다 깊을 수 있을까?)

'단순한 사치'가 주는 기쁨은 확실히 무분별한 소비와 다르다. 3만 원짜리 코트라면 바람을 막아주고, 30만 원짜리라면 몸을 따뜻하게 해주는 것 이상이며, 3백만 원짜리라면 일생의 고민을 다 해결해줄 것 같다. 책을 꽂아두는 난간이 부착된 욕조, 리본이 달린 신발 가방이 주는 약간의 사치는 세속적인 요소도 유쾌하게 만든다. 하지만 역설적이게도 돈이 없을 때 오히려 더 사치하게 된다. 사치는 결핍에서 벗어나기 위해 투약량을 늘리는 동안 나타나는 부작용과 같기 때문이다. 그것이 이미 연분홍 치마를 두 개나 가진 시골처녀가 초록색 치마를 하나 더 사고, 육교에서 구걸이나 하는 과부 처지면서 손톱에 빨간색 매니큐어를 바르는 이유이다. 결국 파리 샹젤리제에서 진실한 것은 덕적도에도 진실한 법이다.

사치가 낭비나 호사, 분에 넘친다는 의미와 다른 건, 인생을 생존과 동일시하지 않으려는 본성 때문이다. 가난한 대학생의 반지하 방 안에서 빛을 발하는 몽블랑 만년필이나, 신산스런 여행자의 벨루티 구두, 부두 노동자의 책꽂이에 툭 튀어나온 구스타프 클림트 화집, 너무나 비싼 정지용 초판본 시집, 1년 동안 바텐더 일로 돈을 벌어 런던에서 산 가죽 브리프케이스, 항구의 대폿집 그녀 방에 놓인 매킨토시 오디오, 밤중에도 벌떡 일어나 달빛 아래 바라보다, 그 깊디깊은 나무색깔을 더 느끼고 싶어 전등까지 바꾸게 만든 식탁은, 사치란 온전한 낭비가 아니라 희미해지는 추억을 붙드는 슬픈 허영이란 걸 말해준다.

단지 예산 초과되는 순수한 낭비 속에 근심스러운 사치의 노래는 들리지 않는다. 사치는, 삶 속에 매일 초대하고 싶은 무엇이자 미래를 환영하는 신호등이니까. 멀버리 다이어리로 품위 있게 나이 드는 방법을 생각하는 건 레이저로 젊음을 강요하는 방식과는 다르니까. 계절이 바뀔 때 시간에 갇힌 현재로부터 도피의 감각을 주니까.

결국 진짜 사치는 과거의 유산과 미래의 약속 가운데 존재한다. 내밀하고 확고한 열광처럼, 휴머니즘의 마지막 빛처럼.

대한민국 상류는 어디 숨었나

대한민국은 언제나 중산층의 나라였다. 중산층이 지탱하는 강건한 힘이 사회를 지지한다는, 틀에 박힌 표현으로 대변되던 시대도 있었다. 그러나 어떤 통계는, 스스로 중산층이라는 사람들의 수는 줄고 하위계층이라고 생각하는 사람들이 늘었다고 밝힌다. 그래도, 스스로 상류라는 이들의 숫자는 변함이 없다.

이런 통계는 계층에 대한 새로운 혼란을 되비추는 걸까. 그건 사회학적 문제일까, 문화적 경향일까. 우리가 어디서 왔는지 기억하게 하는 기념물일까, 아니면 우리가 어디로 가고 있는지에 대한 설명일까. 확장된 경제가 동등한 소득을 약속하지 않는다는 불안이 불만족스러운 인식으로 표현된 걸까. 어떤 점에서 사회적 허영이나 속물근성의 쇠퇴를 말해주는 걸까. 그렇다면 계층이 스타일의 표현 방식으로 전용되고 있다는 암시일까. 어쩌면 하위계층 연대의 자의식에 르네상스가 왔다는 얘기일까. 결국 아무리 소비문화와 중산층의 영향이 획일적이라고 해도 계층은 분류돼 있다는 통보일까.

모든 사회는 몇 개의 범주로 나뉜다. 상류, 중류, 하류, 부유층과 빈곤층, 부르주아와 빈민, 보수와 개혁, 주류와 인디……. 그 명칭들은 상호 보완과 서로 밀어부치는 반발력으로 지탱되지만, 사실 누군가를 분명한 계층 속에 포함시키거나 분리하는 막은 어쩌면 아주 얇다. 만약 어떤 공무원이 베르사체가 주최한 파티에 초대받는다면 그는 국민의 충복일까, 아닐까?

사람들은 의상, 식기, 가구, 음악, 미술까지 포용하는 상류사회의 몇 가지 풍경을 마련했다. 그들은 결코 줄을 서지 않고, 이데올로기를 애써 부정하고, 파티라면 적도에서 열려도 상관없고, 늘 대기 상태인 주치의가 있으며, 자신에 대한 환영을 유지하고 신화를 보존하기 위해 거짓말을 하고, 상인들에게 얼굴을 보여주는 것만으로 값을 깎거나 공짜 선물을 받고, 정사 스캔들에 휘말리고, 해외에서 박사 코스를 밟는 자녀들이 있고, 거물들과 두둑한 친분이 있고, 돈 많은 친구가 마련해준 보안이 철저한 장소로 잠적한다는 것이다. 하나 더 있다. 무한 신용.

그런데 상류와 하류를 구별하는 건 많은 경우 실제 구매력과 무관하다. 그건 의식과 기호의 문제라서 경제 자본과 문화

자본 사이에 혼란스러운 희극이 벌어진다. 이를테면 스펜서 가문의 딸이자 황태자비였던 다이애나는 상류였을까? 그녀는 클래식 음악회에 가서 졸았지만, 엘튼 존하고는 잘 놀았다. 하지만 찰스가 카밀라와 더 잘 지낸 이유가 고전적 취미를 공유했기 때문이라는 풍문은 무의미하다. 클래식 음악을 좋아하는 게 어떤 의미가 있는지 설명하지 못하기 때문이다.

진짜 상류의 모습은, 약화되기는 했지만 계층에 관한 뿌리 깊은 생각 자체가 여왕을 향한 충성심이라고 믿는 영국인들에게 더 선명하다. 상류 사회 여자라면 누구나 가야 했던 신부학교, 작위를 통해 세습되는 제도적 인정. 상류의 중요한 특징은 지위와 부가 태생적이라는 것이다. 록펠러 집안에서 태어났다는 이유만으로 이미 부자고, 영국 왕의 장자로 태어났다면 별 변고 없는 한 왕이 될 몸인 것처럼. 일용할 양식을 구하기 위해 돈을 벌거나, 자수성가해서 살림을 일으켰거나, 백수였다가 떼돈을 벌었다 한들 애당초 상류는 아니다. 죽기살기로 고시 패스해 재벌 딸과 결혼한 검사 사위란 방송국 필름 보관소에서 찾아야 한다. 더 명민한 사람들은 '상류' 안에서 넉넉히 충당된다. 게다가 상류는 '평민'들로부터 자기들을 보호하기 위해 자가 증식한다(백인 보수층의 인종적 배타성과 놀랍도록 닮았다).

예전의 부를 누른 새로운 돈, 구름의 움직임처럼 알 수 없는 돈은 사회 속에서 모이를 쪼아 먹는 순서를 새로 만들었다. 한국 내 상위 포식자 계층과 그들의 먹잇감인 중산층 사이의 분열은 더욱 선명해졌다. 오랫동안 잠자던 봉건제도가 '현대적으로' 다시 열려, 영주들은 농노들과 어울릴 필요가 없어졌다.

그러나 '상류'의 가치는 자본주의의 획일성, 제품과 문화, 보편적 사고방식, 상류 시늉에 침공당했다. 소비 행위가 빛의 속도로 계층을 나눈 만큼, 다들 만만하게 상류의 삶을 누린다. 모두들 거대한 연못에서 같이 수영을 하기 때문에, 연못은 온전히 누구의 소유가 아니게 되었다. 급기야 계층 구분은 의미를 잃고 유명세가 더 중요해졌다. 대중적으로 이름을 알린 사람들이야말로 현대의 공작이 된 것이다.

상류는 모두의 도달 목표이며 가십의 정점이다. 다들 단색적 저항감에 경멸하면서도 그들이 지나가도록 길을 터준다. 뉴스엔 심심하면 우국충정으로 상기된 멘트들이 아롱진다. 과소비, 명품, 특정 지위, 상속세, 증여세, 거액 탈세, 유착, 소득 재분배, 점유 의식, 보유 과세 같은 단어들은 상류의 부도덕을 소환한다. 무도회와 사냥을 연결 짓듯 너무나 자연스러운 사슬이다.

우리나라 상류문화에 제도적 구속은 없다. 70년대까진 상류사회 여자라면 누구나 가야 했던 신부학교나, 찰스의 아들이 입학한 영국 사립 명문 이튼교도 없다. 아이비리그에서처럼 언어가 구별되는 것도 아니고, 먹고 노는 게 별다를 것도 없다. 그런데 대한민국에서 누가 상류인지는 아직 밝혀진 바 없다.

강남 모 병원 특실에서 태어나 이중 국적을 통해 외국인 학교에 다니고, 커선 테니스장이 있는 미국 위스콘신 집에 머물고, 방학 때 서울의 영 노블리스 클럽에 모여들면 상류일까? 에스까다가 보세처럼 만만하고, 호텔 멤버십 카드가 교통 카드처럼 익숙하고, 오늘 수영하고 왔어,라고 말하면 묻지 않아도 하얏트인 줄 알면 상류일까? 말끝마다 무슨무슨 교수댁 운운하는 것으로 인맥을 과시하고, 특정 대학 출신 모임들로 분파를 만들면 상류일까? 스위스식 마사지 프로그램만으로 한 달이 다 가고, 50년짜리 위스키를 사발로 들이켜면 상류일까? 특급 호텔의 대낮, 힘 준 머리로 호텔 점심을 먹고 와인 라벨의 불어를 한글로 받아 적고, 그 호텔 한증탕에서 처진 가슴으로 은행 이율을 교환하는 오륙십 대 여자들, 12만 원 R석에 앉았다가 연주가 채 끝나기도 전에 차 막힌다고 일어나 나가던 사람들은 상류일까? 어려서부터 전신 코르셋을 입고, 스위스풍 하얀 모자에 프릴 달린 검은 치마 입은 유모 손에 양육된 정치가의 손녀는 상류일까? 그가 대한민국에 어떻게 기여했는지는 눈 씻고도 못 찾겠는데? 설사 그들이 상류라 한들, '계급' 이라는 낱말의 진정한 의미를 알기나 할까?

한국의 진짜 상류는 자리보존만 신경 쓰는 부정한 사람들 때문에 위협받는 소수 그룹이다. 몇몇은 자신의 존재감을 드러내지도 출처를 밝히지도 않으면서 여전히 부와 명예를 축적해나간다. 사회적 타이틀은 영광이지만 때로 위협이기 때문이다. 특권층의 의무에 자신을 적응시키지 못할 때, 아늑한

벽장 밖으로 나오긴 힘든 일이다. 그래서 그들이 누구인지 정확히 아는 사람들은 가족이나 각별한 친구들밖에 없다. 그들이 다른 사람들을 '통치' 할 만한 세력인지 아닌지는 불분명하다. 그들은 '귀족의 평범함' 을 지지하는 '다크맨' 종족일 뿐이니까.

그런데, 타이타닉호가 침몰할 때 구명보트를 거부하고 조용히 죽어간 1등석 승객들처럼, 대한민국 어느 '상류' 가 결정적 순간에 '하류' 를 위해 스스로를 버릴 수 있을까? 그때 살아남았다 한들 어느 '상류' 가 수치를 느낄까?

부자와 친구가 될 수 있을까

부자들의 수입 리스트, 로또 당첨자부터 엔터테이너들의 광고 수입, 빌 게이츠가 가장 좋아하는 열 가지 주식과, 도요타 회장이 그가 세운 왕국으로 얼마를 벌었는지까지 경쟁적으로 공개되는 요즘, 부자의 화려함은 시대적 신념이 되었다. 아니, 더 커진 사회적 영광 속에서 나르시시즘의 아이콘이 되었다. 그들이 번 돈에 내가 기여한 바가 밝혀지지 않은 것만 속쓰릴 뿐. 작년에 50억 원을 벌지 못한 나는 이렇게 스스로 위로한다. 나처럼 검증된 인생이라고 해서 돈을 많이 버는 건 아니지.

부의 소유가 사회적 부패를 의미한다는 단순한 등식은 늘 신봉된다. 그러나, 요즘 부자들은 숭배되지 않는 대신 평가받는다. 이상화된 부자들의 생활은 미디어의 광고판 속에서 계급과 권력의 꿈에 화답하고 있다. 사회 도덕의 최고 기준조차 돈 앞에 힘을 못 쓴다. 풍성하고 화려한 것들은 오금이 저리도록 매혹적인데 누가 옛날의 금기에 매달린단 말인가. 어떤 순간엔 모든 게 다 무너져 내릴 듯 공허한데 돈에 관해선 이렇게 관대해지다니. 대처 집권 때의 영국적 물질주의가 얼마나 어리석은지, 일본의 지적인 내핍이 얼마나 보기 좋은지를 떠들던 목소리들도 다 입을 다물었다.

하루아침에 부자가 된 사람들은 무시하기엔 너무나 매력적이다. 그래서 다들 뒤틀린 창문을 흘끔댄다. 샤워 커튼 하나에 3백만 원, 골동품 화장실 키트는 5백만 원, 리넨 침대보는 2백만 원, 레몬빛 여우털을 덧댄 부츠가 4백만 원이라는 소리는 비밀스런 감흥을 줄 것도 같지만, 잘 펴지지도 않는 샤워 커튼에 5백만 원을 들일 사람이 몇이나 될까? 대학 1년 학비와 맞먹는 쓰레기통을 사는 사람은 누구일까? 가격을 묻지 않고 칠보 우산 수납함을 사는 사람은 또 누구일까? 기절할 만한 부자란 하나의 추상 아닌가?

나에게 부자의 기준은 사방에 돈을 나눠줄 정도로 끝없이 벌거나, 해변을 몽땅 사들이거나, 한 도시가 원할 정도의 재력이 아니라, '맘껏 쇼핑을 할 수 있을 만큼'이다. 그렇지만 돈에 대한 부자들의 추상적 무심함을 볼 때마다, 결코 넘을 수 없는 국경이 있다는 걸 알게 된다. 그들은 질투를 자극하면서도 존경하게 만든다. 돈이 많으면 걱정도 많으리라는 건 착각이다. 어떤 부자가 그가 사는 마을에서 가장 가난하다고 해도, 어쨌든 그는 부자인 것이다. 반대쪽에서 보면 부자들의 좌절은 보이지 않고, 파르테논 신전의 신들이 누리는 쾌락과 정욕, 그들이 있는 힘을 다해 달려간 뒤의 뽀얀 먼지들만 보일 뿐이다. 그들은 태연하게 말한다. 날고 싶다면 떠 있어라. 날개가 없다면 비행기를 빌려라. 간단하다. 까맣거나 하얗다. 중간은 없다.

관계가 확장되고 사회적 키재기에 휩쓸리다 보면 부자들과 비교하게 된다. 그건 나도 모르는 사이에 돈이 없어진다는 걸 의미한다. 퍼스트 클래스만 타고, 돌보다 묵직한 파네라이 시계를 차고, 비싼 자동차를 사는 게 열쇠고리를 집어 드는 거나 같고, 바닥에 둘 소파에 2천만 원을 들이는 건 지나치다는 의견에 동의하지 않는 자들을 만나면, 감당할 수 없는 것들을 자연스럽게 동경하게 된다. 현실이 아닌 추상으로서의 부가 점점 친근하게 느껴지는 것이다.

그런데, 내 봉급의 아홉 배나 되는 연간 보너스를 받고, 건물을 인수해 내부를 부수고 르 꼬르뷔지에의 의자로 채우며, 자기 아내 기분이 별로라서 주말에 벳부로 날아가고, 내 침대만한 TV가 두 개나 되는 자들, 하지만 아직 전용기가 없어서 떨었다는 이들을 친구라 부르는 게 온당할까. 그들은 이해할 수 없는 다른 무리의 일원 아닌가. 나도 불쌍한 건 나란 걸 안다. 우는소리나 하는 사람이란 걸.

난 자기 연민에 빠진 멍청이는 아니지만, 그 돈 많은 놈들 중 한 명이 페라리를 몰고 지나갈 땐, 계급적 분노와 따분한

통증이 치솟는다. 페라리는 내 눈 앞에서 조소를 날리는 거대한 피자 한 판으로 변하지만, 억울함을 눌러야 한다. 자기 행운을 기분 상해하는 친구보다 더 불편한 건 없는 거니까. 트레드밀에 끼인 듯, 한심한 나라에서 도망 온 피난자 같은 신세를 비루해하며 부자들을 올려다보다간, 영원히 무산 계급으로 주저앉아 버리리라는 좌절감에 압사할 것이다.

부자를 친구로 둔 이들의 꿈은 진짜 부자이다. '진짜 부자가 되고 싶은 웬만한 부자' 라도. 그러나 좋은 울타리가 좋은 이웃을 만든다. 통과할 수 없는 대문은 조심스러운 구경꾼을 부른다. 꿈은 꿈에서 끝난다. 곧 연쇄반응이 일어난다. 영주가 토지를 구입하면 농노들은 그 밖으로 자연스럽게 멀어지는 것이다. 그래서 그들은 영혼을 비운 채 우스꽝스러운 나날을 보내다 마침내 부자가 되는 꿈을 접었다. 대신, 패션의 중간지대를 떠도는 허깨비가 되는 건 싫고, 그들에게 꿀리기도 싫어 방법을 찾았다. 세일 때 산 비싼 아이템 몇 개로 재력가들과 경쟁하는, '겉만 부자' 가 되는 것이다.

'겉만 부자' 들도 사는 방식만큼은 부자다. 사물에 대한 기호나 시간을 보내는 방식까지 비슷하다. 얼만큼 부자인가라는 사실은 얼만큼 부자처럼 보이는가만큼 중요하지 않다. '삶의 질' 이라는 흔한 표현이 '삶의 형식' 으로 수정된 세대니까.

'겉만 부자' 들에겐 집은 중요하지 않다. 서둘러 집을 갖지 못한 사람이 집주인이 되긴 너무 막연해진 요즘, 청약 저축은 명품 구매를 위해 깨버렸다. 그들 중 남자들은 수트나 시계

같은 핵심 아이템에 전력투구한다. 여자들은 알음알음 할인 받을 통로를 귀신같이 알아낸다. 그러나 아무리 루이 비통이 모노그램 탄생 100주년을 기념해 제작한 표범 무늬 손잡이 글래머 핸드백 안에 겔랑 메이크업 키트가 있은들, 날마다 카드 빚에 쫓긴다. 그래도 그나마 그게 부자들과 표 나지 않게 섞이는 방법인 것 같아서…….

수첩에 적힌 별의별 행사나 약속, 숱한 친구들 생일은 활발한 사회 활동의 기록이자 증거이다. 자기가 얼마나 잘 사느냐는 누구를 아는지에 달려 있는 세상이라서, 그들은 어디서든 심심하지 않을 가십과 잡학과 센스로 무장한 채 적당히 명망 있는 친구들을 거느린다. 공짜로 배를 채울 수 있는 뷔페 같은 부자 친구가 사준 30만 원짜리 와인을 홀짝거리면서 평범한 삶 이상을 즐긴다. 가끔 왜 그들이 자신보다 더 많이 가졌는지를 이해하기 위해 그들을 심문하는 한편, 깜짝 놀랄 짓도 저지른다. 턱없이 비싼 선물을(물론 할부로) 하는 것이다.

그들은 휴가도 끝내주게 잘 보낸다. 부자들과 같은 장소에 다다르지만 방법은 좀 다르다. 마일리지로 구한 이코노믹 좌석에 앉은 채, 돈으로 나뉘는 기내의 얇은 커튼 사이로 수평 좌석, 최신 영화, 미슐랭 가이드에나 나올 기내식, 선물로 증정되는 넥타이나 화장품이 든 가방을 엿보려는 마음을 승무원에게 연거푸 와인을 청하는 것으로 일단 진정시킨다. 호텔 같은 건 필요도 없다. 빌붙을 친구 집이 있으니까. 그리고 세일의 대동여지도를 그리며 파리를 종횡으로 누빈다. 서울로 돌아오면 어쨌든 여름휴가는 파리에서 보낸 셈이다. 다 거기서 거기 아닌가?(그러나 여행의 마지막 외상外傷은 난기류가 아닌 공항의 회전 컨베이어에서 생긴다. 비행기 안에서 옆에 앉은 이에게 자신이 지나치게 멋진 사람이라고—외교관이나 흉부외과의—허풍 떨었다간 곧 반박 증거물을 만난다. 빵빵해진 가방을 집어들 때 그들의 눈이 첩자 매처럼 변한다. 저렇게 후진 여행 가방을 든 이 자가 외과의라고?) 그렇다고 모든 곳을 다 가본 척하진 않는다. 진짜 부자 앞에선 부족함을 인정하는 게 그들과의 상징적인 우정을 유지하는 비결이기 때문이다.

파도처럼 돈을 쓰곤 영수증을 모으기도 전에 파도처럼 새 돈이 밀려드는, 스트레스를 느낄 수도 없을 만큼의 부자를 만날 땐 세심해야 한다. 부자들의 사치 '행각'은 그 비용만큼 가치가 있을까, 그들은 무엇을 위해 지불할까, 원하는 건 뭐든 가질 수 있는 '처지'는 기뻐 죽겠을까, 도대체 얘 순자산이 얼마일까,라는 눈초리는 됐다. 왜 우리 아버진 여름휴가를 보낼 별장 하나쯤 상속받지 못했냐는 원망도 그만. 어쩌다 음식값을 불평하는 그에게 "비싸긴 뭐가 비싸? 너 정도가?"라거나, "넌 돈 걱정하지 않아도 되니 참 좋겠다" 같은 말을 하지 않는 건 자존심이다. 동시에, 바지가 멋지다 그랬더니 "응, 이거 모스키노거든" 하고 대꾸하는 자, 휴가 잘 다녀왔냐는 질문에 (오랜만에 서울을 떠나니 참 좋더라,라면 족할 것을)굳이 런던 가서 셀프리지 백화점을 싹 훑었잖아,라고 말하는 자와는 더 이상 만나고 싶지 않다.

부자들의 포트폴리오 크기와 상관없이, 그들을 친구로만 생각해야 한다고 자신에게 주의를 주면서도 가끔 시비를 건다. 없이 사는 사람들을 만날 땐 소비 수위를 조절할 필요가 있다고. 세상에는 레스토랑 자체를 불편해하는 사람들도 많다고. 그렇다고 태양이 돈 많은 네 피부를 더 많이 비추진 않는다고. 진주 목걸이가 아무리 끝내줘도 네 목은 하나뿐이라고. 모든 것은 다 사라지고, 네가 가진 돈도 다 사라지며, 인생은 결국 손실이라고. 따지고 보면 사랑과 우정은 서로 맞춰 가는 데서 시작하는 거라고.

그렇지만, 그의 거실 임스 의자에 앉아 새로운 사업 계획을 들을 때, 그의 삶이 얼마나 더 쉽고 또 기회로 가득한지 나쁜 머리가 저절로 수학적으로 변할 때, 그런 생각 역시 우정과 부러움 사이의 어딘가에 존재하는 거짓임을 알게 된다. 냉소는 오직 나만의 것. 화가 나면 그 자리를 떠나야 한다. 아니면 부처처럼 너그러워지든가.

비교하지 않으려고 해도

예전엔 동네 사람들끼리만 서로 비교했었다. 평생 한 번도 고향을 떠나지 않은 사람에겐 가족이나 이웃만이 세상의 모든 것이었다. TV가 없던 시절의 도시 노동자는 다른 지역의 더 나은 부류를 동경하진 않았지만, 이젠 세간이 정해준 세속의 기준—학군 좋은 지역의 평당 4천만 원짜리 아파트, 웬만한 전셋값이 우스운 자동차, 와인 셀러, 통장 잔고, 유학 보낸 자식들, 사돈의 사회적 위치—이 새로운 비교의 준거점이 되었다. 비현실적으로 높아진 비교 기준은 상대적 순위가 중요한 중류층의 만족을 완전히 부수어버렸다.

우리가 속한 사회 경제 시스템은 돈과 상품과 서비스를 평등하게 분배하지 않아서 서로 끝없이 비교하게 만든다. 경기 호황으로 나라가 들끓을 때, 부자(얼마나 구태스러운 말인가)들이 더 부자가 될 때, 아니, 모두가 부자가 될 때, 당신과 나만 제외되었다. 동창인 그 바보도 벤츠를 몬다. 예전에도 백만장자는 있었지만, 미디어마다 로제타석의 상형문자만큼 난해한 재테크란으로 울긋불긋 꽃대궐을 차리는 지금처럼 군락을 이루진 않았다. 대체 그 많은 돈이 다 어디서 오는 걸까? 언제 모두들 그렇게 부자가 되었을까?

부를 향한 동병상련의 관점을 나누던 친구가 나보다 부자가 된 것만큼 사회적인 불행도 없다. 방 두 개짜리 서민 아파트에 겨우 전세 얻었는데, 가장 친한 친구가 확장형 발코니가 있는 집으로 이사했다면, 옷장 하나 없어 방방마다 난장인데 동창 집엔 드레스룸만 두 개라면, 동료가 여름휴가인 줄 알았는데 알고 보니 일주일간 프랑스를 가로지르는 기구 여행을 간 거라면, 신용카드 빚으로 매일이 전전반측인데 친구는 자기네 개집이 작아서 큰일이라고 안달이라면…….

사실 나도 세상의 99퍼센트 나머지들과 비교하면 '엄청난' 부자다. 내가 구두 한 켤레 사는 돈이면 아프간 마을 전체의 1년간 기초 건강 검진을 할 수 있다(고들 한다). 리히텐슈타인 취향만 아니라면 내가 못 가질 미술품도 없다. 집을 팔아 피카소를 사는 날, 그건 소유가 아니라 상처가 되겠지만. 하긴 아무리 빈곤 가정이라도 30년 전 기준으론 중산층이며, 아프리카와 비교하면 제법 큰 부자이다. 한 세대 전엔 고급품이던 컬러 TV가 극빈층도 살 만한 가격대로 떨어졌다는 걸 기억한다면.

그럼에도 "다른 사람한테 신경 좀 꺼"라는 충고를 따르긴

참 어렵다. 다들 자기만의 가치에 도달하기 위해 남을 바라보기 때문이다. 사람들은 몇 가지 접근방식(최고의 대학, 최고의 직업, 최고의 지역에 위치한 최고의 집)을 통해 누가 더 많이 더 빨리 이루는가를 견준다. 빌 게이츠의 성취에 내 연봉을 겨룰 수 없고, 루이 14세의 권세에 내 미래의 비전을 견줄 수조차 없다고 해도.

그래도 비교한다. 지금 내 모습이 옛날에 꿈꾸던 그 모습인지 비교하고, 과거보다 나은지 비교하고, 부모의 기대와 부합하는지 비교하고, 타인에 비해 어떤지 비교한다. 비교하고 비교하고 또 비교함으로써 낙심하고 분노하고 위로한다. 세포의 원형질엔 끝없이 비교하고 계급에 연연하는 인자가 새겨져 있기 때문에. 타인의 성공을 인정하지 않는 습성이야말로 경제생활의 근원이기 때문에. 질투가 십계명과 일곱 가지 죄악 모두에서 발견되는 유일한 죄목인 건, 그게 처음부터 인류 안에 내포된 속성이자 가장 우세한 감정이기 때문에. 구약시대와 지금과 다른 건 질투할 거리가 너무나 많다는 것이다.

생활수준이 다들 자기보다 나은 동네에서 상대적으로 못 사는 사람은 제 처지에 만족할 수 없다. 행복과 옆집 형편 사이는 역설적인 관계이다. 처음 얼마간은 그 잘난 공동체에 겨우 합류했다는 기쁨에 태극기라도 휘날리지만, 곧 생활의 작은 목차까지 비교하게 될 테고, 이웃들이 매일 뭔가 새로 바꾸는 걸 볼 테고, 집 치장이 옆집보다 처지지 않도록 생활비를 줄이고 줄이다, 적개심, 애절함, 좌절감에 터져버릴 테고,

결국 이사하기 전보다 불행해진다. 그들과 친할수록 더 불행해진다. 그래서 자기보다 못 사는 동네로 이사 가는 상상을 한다. 이웃이 가난하면 갈망도 낮아지겠지. 경멸 섞인 이웃의 시선에 당황할 일도 없겠지. 결국 자존심을 되찾고 말겠지.

사실 계급이나 지위에 대한 사람들의 관심은 워낙 유서 깊다. 차라리 심오하며, 갈수록 민감해진다. 사회적 동물에게 타인에 관한 정보는 통제될 수 없다. 동창회에 다녀온 부인과 다투는 남편, 연말 부부 모임에 갔다가 이혼 직전까지 간 부부, 딸내미가 대학입시에서 떨어져 위로받을 심산으로 친구에게 전화했다가 하버드에 입학한 제 아들 자랑에 더 상처받은 친척……. 모두들 계급의 속성을 좇는 이유는 어쩔 수 없이 경기장 속에 있어야 하기 때문이다. 뛰지 않는 건 패배를 인정하는 거니까.

행복은 어깨 너머 남들을 살펴본 후에야 측량된다. 내가 얼만큼 버는가는, 이웃의 수입으로 나눈 내 수입으로 측정된다. 남들보다 얼마나 더 가졌는가 여부는 인생에서 가장 중요한 조건이기 때문이다. 하지만, 나를 위해서가 아니라 남을 의식한 구매를 할 때, 결국 획일화된 체제의 눈으로 자신을 바라볼 때, 구매 행위는 하나의 교조가 된다. 충분한 정도를 가늠하기 위해 일일이 타인의 경험을 대입함으로써 내 결정을 그들에게 맡기는 것이다. 그래서 어떤 식용유를 살지 고민할 때마다 옆집 싱크대를 떠올릴 수밖에 없다. 이 망할 놈의 세상은 나만 좋다고, 나만 원한다고 순순히 따라주지 않기 때문이다.

사랑보다 힘센 것

솔로몬은 말했다. 세상의 영화榮華보다 소중한 건 건강이라고. 하지만 건강을 유지하는 데도 시간과 돈을 들여야 한다. 공자도 요즘 태어났다면 돈을 기준으로 인생을 설계했을 것이다. 돈보다 더 심원한 가치체계에 연결된 듯한 우디 앨런도 그랬다. 부자가 가난뱅이보다 낫다. 오직 재정적인 면에서만. 아멘.

신이라도 돈에 초연할 수 없다. 회피하기엔 너무나 극단적이고 특수한 의식의 한 종류니까. 모세가 시내산에서 수유기를 거쳐 이집트 왕에게 나아가던 구약 시대에 여호와는 따로 이렇게 지시했을 것이다. "넌 이제 독립적인 계약자로서 홀로 설 때가 됐어. 어딜 가서 무엇을 해도 세세한 지출은 꼼꼼하게 기록해두거라. 유념하지 않는다면 너를 치리라."

현대의 신 역시 주가를 살펴보며 세속적인 바이블을 쓴다.

"성스러움과 돈은 분리될 수 없다는 걸 알아야 하느니라." 부자가 천국에 가는 게 낙타가 바늘구멍으로 들어가는 것보다 어렵다는 성경 말씀은(그 번역이 오류라는 얘기는 논외다!) 부자들이 가난한 자들에게 인색해서가 아니라, 하나님보다 더 부자인 게 중죄라서이다.

사람들이 돈에 집착하는 건 돈이 금지된 영역을 대신하기 때문이다. 사랑과 증오의 관계처럼 돈에 대한 모순은 가장 오래된 것이다. 확실히 돈은 다루기 벅찬 화두들, 파산, 근친상간, 매춘, 축첩, 배신, 살인, 그 모든 것들을 대신하는 가장 집중력 있는 소재이다. 낭만적인 족속들은 세상에 영원한 건 사랑밖에 없으며, 사랑은 부동산 투자에 대한 슬기로운 몇 마디보다 더 거룩하다고 외치지만, 사랑보다 힘이 센 건 섹스고, 섹스보다 힘이 센 건 돈이다. 경제적 자립으로 무장한 여자는, 남자 집단으로 들어가 자기가 찍은 남자에게 손짓할 수 있는 것이다.

확실히 돈은 남근숭배 이론의 정신적 포피 밑에 존재한다. 강한 남성적 태도 때문에. 어렸을 땐 대충 마흔 전에 큰돈을 벌 거라고들 호언한다. 젊은 아이들조차 돈은 산소통을 짊어진 것 같은 생존의 이유이며, 웬만큼 돈을 모으지 못한 삶은 누추하다고 생각한다. 삶을 더 높은 목적으로 이끄는 진화론적 메커니즘 때문에? 현대 사회에서 성공 강박은 불가결해서? 생존이란 그렇게 과도한 행동 양식에 달려 있는 걸까? 문제는 부富가 수의 개념으로 가늠된다는 거지만, 수학자인들 그게 인생에 어떤 의미인지 모를 것이다. 그러나 그 소년들은 삼십 대를 훌쩍 넘겨 오십이 되어도 평소 하던 일을 한다. 그토록 되고 싶던, 그렇지만 주변에 널린 자본가들의 충실한 짐꾼이 될 뿐이다.

그래서 돈만 생각하면 억울하다 못해 뱃속이 텅 빈 느낌이 든다. '일확천금' '횡재' '유산' '임대수입' '적립식 펀드' 같은 '비속어'들은 '돈'이란 어감만큼 저속하게 들린다. 하지만 잠들기 전엔 누구나 돈을 생각한다. 강원도에 선친 땅이 있다거나(알고 보면 자갈밭이다), 진작 사둔 땅이 택지개발지로 정해지는 바람에 당장 부자가 될 거라고 설레발을 치는 작자들부터(30년 후에야 현금화할 수 있다), 호주머니에 딸랑 3만 원이 있으면 그것도 횡재인 족속들까지 예외가 없다. 나이 들어 더 이상 돈을 쓰지도 빌리지도 못할 때조차도 그럴 것이다. 천 원의 가치를 새롭게 인식한다는 건 인생을 바꿀 만한 문제이기 때문이다.

행복이 돈과 동일시된다는 말은 대충 맞다. 우린 다 부자가 빈자보다 장수한다는 걸 안다(생존이야말로 성공의 진실된 척도이다). 오스카상을 받은 배우가 다른 배우보다 앙코르에 화답할 확률이 높듯이 돈은 더 나은 배우자, 훌륭한 교육, 높은 사회적 위치, 더 견고한 의료 혜택으로 다가가게 만든다. 정말이지, 돈이 주는 흐뭇함은 우유의 유통기간과 달라 금방 소멸되지 않고, 위트나 진실처럼 아주 오래 남는다. 더더구나 귀신도 이길 수 있고, 행복도 살 수 있고(단, 소비 습관이 가치관과 조화를 이룰 때만), 세상의 모든 감정을 한 번에 경험할 수도 있다.

하지만 나는 내 자신에게 평생 9천만 가지의 잘못을 했다. 내게 하기 싫은 일을 하지 않을 자유를 주지 못했다. 도스토예프스키도 돈은 자유 그 자체라고 말했지만, 자유에는 돈이 너무 들어서, 돈이라는 친구를 사귀지 못했다. 그 포용력 있고 복합적인 성격 안에는 내가 원하는 친구의 덕목이 다 있는데도…….

문신처럼 파란색 볼펜 잉크로 그 몸에 칠해진 낙서, 어디서 묻었는지도 모를 얼룩도 멋있지. 사람들을 믿을 수 없는 세상엔 그런 진정한 친구도 없어. 무슨 말을 하기도 전에 이미 알 것 같은 친구. 하지만 돈은, 언제나 자기에게만 복종하라는 식의 태도 때문에 파악하기 어려운 친구이기도 해. 아무리 내가 사는 노동자 합숙소로 초대해도 거절하기만 하는, 너무 오래 떨어져 있어 내 이름도 기억하지 못할 것 같은 친구……. 신이 내게 그런 것처럼…….

그러니까, 정당에 가입한 것도, 충분히 지혜롭게 나이 든 것도, 축재할 것도 아니지만 빨리 대통령이 되어 종이돈부터 없앨 거다. 그 많은 사람들이 코를 후비고 자위를 하던 손으로 종이돈을 만졌을 텐데. 웬 아저씨가 엉덩이로 너무 눌러대 퀘퀘한 냄새가 나는 건 또 어떻고. 요즘 같은 때는 화폐 디자인도 조금은 덜 정신 나가야 한다. 아아, 다 흰소리다. 나 같은 산술력 가지곤 입에 풀칠하는 것도 천운이지.

그래도 가끔 부자들을 동정하는 건 내 자존심이다.

돈 걱정이야 누구나 공평하지. 가난한 사람들이 생계를 걱정한다면, 부자들은 생활을 유지해야 한다는 강박으로 스트레스깨나 받을 거야. 모든 것을 가지면 모든 욕망이 사라지고, 아예 존재의 의미가 사라질지도 몰라. 물질이 목표인 사람들이 편집증, 주의력 결핍, 행동 과민, 의존증에 걸릴 확률이 그렇게 높다잖아. 워낙 재물이 많으면 몸이 약해지고, 관官이 많으면 몸이 고달프댔거든. 기대치는 돈의 크기와 정비례하니까. 대수롭지 않은 문제도 엄청난 일로 발화될 거야. 실크 셔츠는 보이지도 않는 주름 때문에 입을 수 없고, 운전기사는 오늘따라 구취가 심하고, 화이트 와인은 너무 미지근해. 캐비어를 한번 맛보면 다른 알들은 입에 맞지도 않을 텐데, 뭐.

인생의 오점은 끝날 줄 모를 거야. 아무리 돈을 많이 벌어도 필요한 돈의 액수는 늘어나니까. 재산을 한껏 불리고 은퇴한 뒤, 쏘아 맞힐 새가 가득 찬 벌판에서 여생을 보낸들 뭐 그렇게 좋을라고? 「대부」에서 말론 브란도는 삶을 기름지게 만들자고 돈을 벌었고, 부자라서 더 부자가 됐다고 말했지만, 왠지 더 쇠약하고 더 지쳐 보였지. 돈은 오붓한 시간을 갖기도 전에 늙게 만들거든. 나야, 별장도 없으니까 세금 낼 일이 없잖아. 중진국의 잘 나가는 요리사가 부패한 후진국의 대통령보다 더 안전하지 않겠어?

나도 내 돈을 관리해주는 회계사가 있음 좋겠다. 엄숙한 열정으로 그들과 유산에 관해 토론하는 광경은 얼마나 숭고할까. 차압 고지서와 아우성치는 집달리에 묻힌 삶이 아니라, 상장된 주식의 배당금을 헤아리거나, 국제설탕협정에 깊숙이 개입해 돈을 좌지우지하는 배포 큰 반인반신이 된다면 얼마나 위엄 있을까. 너무나 부유하게 자란 나머지 재정적 불안에 시달리는 일조차 신의 발에 입 맞추는 것만큼 황홀하겠지. 주식 폭락으로 삶의 조수의 흐름이 바뀌어 지팡이 잡을 힘도 없대도.

금전적 요소가 인생에 얼만큼 절대적인지는 개인마다 다르지만 모두에게 적용되는 진리는 돈을 다루는 태도의 우아함이다. 때로 돈이 그냥, 의미 없는 영장류의 언어였음 좋겠다. 솔직히 회계사를 둔들 그들이 나에게 돈을 주나? 줘도 내가 주지. 돈을 관리하는 집사를 집안에 둔들 월급 나가는 걸 막을 순 없지. 그런 점에서, 삶의 질을 높이는 데 재산 증식이나 재정적 만족이 결정적 요소가 아니라면 무엇이 더 중요하단 말인가,라는 보편적인 질문은 마음에 든다. 경험이라는 답도 괜찮다. 경험은 시간이 갈수록 가치를 얻고, 긍정적인 회상으로 안내하니까. 닳지 않고 늘어나다가 이윽고 존재의 일부가 되니까. 역사를 수정하고 창조하는 건 딱딱한 물질이 아닌 경험이니까.

무엇을 위한 죄의식인가

4장

크리스마스의 악몽

선물은 종교와 역사, 가족 관계를 기념하기 위해 상징화된 이벤트 중 가장 현실적이다. 더욱이 기능적이기까지 하다. 선물은 사랑의 표현이며, 창의력을 발휘할 기회이고, 그동안 연인으로, 후배로, 자식으로서의 역할에 서툴렀다는 반성이자 보상이며, 내내 불편했던 시누이에게 딸기향 목욕제로 화해하자는 제스처이기 때문이다. 하지만, 연인부터 친구, 심지어 친구의 강아지에 이르기까지 다양한 상대를 위한 선물은 당장 심리적, 경제적 전쟁으로 발화한다. 식은땀을 흘리며 쩔쩔매는 전쟁. 가격도 적당한 품목을 고르는 전쟁. 서로가 서로에게 어떤 사람인지 추리하게 만드는 퀴즈 같은 전쟁.

선물을 주고받을 땐 세 가지 단계를 거친다. 고민과 선택, 구매, 선물 교환. 선물은 주는 이와 받는 이와의 관계의 다양성, 교환의 성격에 따라 형질 자체가 다르게 인식된다.

한편 선물은 경제적 교환 기능과, 주고받을 때의 태도라는 사회적 측면도 포함한다. 관계가 깊어질수록 더 사려 깊은 선물을 해야 한다. 조카들이 나이를 먹을수록 돈은 더 든다. 비극은 끝나지 않는다. 선물을 사야 하는데 왜 돈은 하나도 없는지, 기념일은 왜 그렇게 잦은지, 외국 여행 한번 가는데 경비 한 푼 보태주지도 않은 치들이 웬놈의 선물 타령들인지.

결혼 청첩을 받으면 더 황폐해진다. 짝짓기철엔 다들 탐미적 강박증에 걸려서, 그 얌전하던 색시마저 예식장 벽지와 신부 부케가 어울리지 않는다며 헐크로 변하기 때문이다. 결혼 적령기를 넘겨 집까지 갖춘 채 결혼하는 커플은 꼭 웨딩 리스트를 짜려는 부부 음모꾼 같다. 얘들은 오만 가지 찻잔이며 토스트 기계, 문짝 세 개짜리 냉장고, 돌침대까지 다 있는데 뭘 사주지? 세컨드카로 포르쉐 복스터라도 진공포장해서 선물해야 하는 거야? 아니 이것들은 결혼식 선물을 따로 모아 리빙 숍 차리려는 건 아냐?

결혼식을 위해 마련한 것들은 곧 폐기된다. 웨딩드레스를 다시 입을 일이 또 언제일까. 프랑스제 도자기 세트를 갖췄다 해도 식탁에 어울리지 않으면 평생 한 번 쓸까 말까인데. 어느 술 취한 밤, 그 잔에 보드카를 따른 다음 러시아식으로 어깨 너머 던져버릴지도 모르지. 그러나 필요한 걸 미리 알려줘 쓸데없이 받은 선물들을 구석에 처박아두지 않으려는 건 영국적 관행일 뿐이다.

누군가의 취향을 예측하는 건 '신혼부부 게임'의 학구파 버전과 같다. 사랑하긴 해도 아직은 잘 모르는 사이인 것이다. 그래서 사람들은 상대의 취향을 추측할 때 그가 좋아했던 것을 생각하기보다 그동안의 기억에 의존한다. 그때 자기 기호는 얼마쯤 양보해야 한다. 선물의 주인은 결국 받는 사람이니까.

크리스마스나 입학식, 생일처럼 이름 붙은 날이나 개인사적 의미가 있는 날엔 삶의 용량이 두 배로 커진다. 크리스마스 캐럴은 하늘의 영광과 땅의 평화가 아닌, 선물 목록을 짜고 쇼핑 날짜를 정해야 한다는 신호이다. 누구에겐 화끈하게 즐기는 날이지만, 다른 누구에겐 선물부터 걱정해야 하는 이분된 날인 것이다. 그래서 선물의 특별한 기능에 따라 브랜드나 상점들이 구사하는 백만 가지 마케팅을 감당하지 못한 사람들은, 선물을 고르다 지쳐 미동도 없이 매장 한가운데 서 있기만 하는 것이다.

도대체 크리스마스 선물은 축제를 예비하는 즐거운 계략일까, 막무가내의 탐욕일까, 종교적 죄책감을 씻는 행위일까? 분별 있는 사람까지 흔들리는 건 왜지? 평소에는 관심도 없던 은제 이쑤시개 케이스, 알코올 농도까지 측정해주는 휴대폰, 뱀가죽 허리띠, 예쁘기만 하지 여백도 없는 편지지, 고장 난 에디슨 타자기, 삶은 계란 타이머, 야광 슬리퍼가 갑자기 눈에 들어오는 까닭은? 단순한 종교적 축제가 한 달 생활비에 육박하는 지출을 의미하게 된 건 무슨 연유일까? '받는 것보다 주는 것이 더 좋다'는 사고를 주입한 그 재수 없는 작자는 누굴까?

사실 크리스마스의 광포한 월드 와이드 구매 행위를 애써 해석하자면 '자비와 베풂'이다. 하지만 선물 비용으로 마련한 돈은 곧 두 번의 폭격으로 급습당한다.

첫 번째는 친한 척하는 잠복꾼들이다. 지난 11개월간 연락 한 번 없던 인간들이 12월만 되면 나의 행복과 안녕에 관심을 보인다. 갑자기 친한 사람군에 속해 있는 듯 느닷없이 나타나 본격적으로 활동한다. 발랄한 이메일이나 전화로 내년엔 기쁜 일만 생기기를 바란다고 말하는 것이다.(인생에 어떻게 기쁜 일만 생길 수 있지?)

두 번째는 예상 못한 선물이다. 데면데면하던 이가 어떤 이유에선지 우정의 강도가 높아져 라벨이 붙은 선물까지 건네면, 쇼핑할 시간이 별로 없다는 초조가 밀려온다. 대답이 될 만한 선물을 못하면 내내 자책하게 될까봐 벼락치기 쇼핑을 떠난다. 이런 상황에선 팔리지 않는 아이템도 순식간에 사라진다. 계산대 앞에 행렬을 이룬 줄을 볼 때마다 제정신이라면 저런 걸 어떻게 선물할 수 있을까 싶지만, 정신이 온전한 사람도 예외 없다. 그게 매장마다 목불인견의 크리스마스용 진열을 선보이는 이유다.

진짜 크리스마스는 다음 달, 무시무시한 신용카드 청구서가 날아들고 갖가지 금전 폭발물과 잔해물 사이에 파묻히고 나서야 끝난다.

예전엔, 선물의 가치는 가격이 아니라 시간과 정성에 달려 있다고들 했다. 비싸다고 좋은 선물이 아니며, 저렴한 선물일수록 더 의미 있다고. 내게 필요한 것을 알기 위해 시간과 공을 들인 사람의 선물, 쓰레기 매립지에 내다버릴 일 없는 선물, 합격 불합격으로 평가되지 않는 선물은 마음을 만진다고.

그러나 동그라미 개수가 가장 중요하고, 가격이 가치인 선물은 사회적 계산으로 억류돼 있다. 아둔하고, 구리고, 소용도 없는 선물은 종류도 다양하다. 자본은 타락한 선물 주기의 악순환에 일조한다. 보상을 바라는 비싼 선물, 답례 타이밍을 놓친 다음에야 챙겨 보내는 난데없는 선물, 브랜드 로고가 잘 보이도록 포장된 선물들은 상대를 위한 게 아니다. 가격표를 떼는 것도 선물이 가격으로 표현되는 그 이상이기를 바라기 때문이다.

선물을 '투자' 개념으로 바라보는 역사는 수십만 년 전부터 이어져왔다. 가장 큰 맘모스를 사냥한 자가 동네에서 제일 예쁜 신부를 차지했다. 확실히 선물을 사는 사람들의 태도엔 뚜렷한 성별의 차이가 있다. 요즘 남자들이 전략적 이유—과시하거나, 좋은 인상을 남기거나, 유혹하거나, 장기적 관계를 암시하기 위해—로 선물을 하는 건 태곳적 버릇을 아직도 못 버려서이다. 그러나 영악한 여자는 남자의 선물에 이유가 있다는 걸 잘 안다.

경제적 관점만으로 본다면 선물은 비합리적이다. 주고받는 사람 모두에게 손해다. 10만 원짜리 머플러를 선물받은 사람은 그게 7만 원쯤일 거라고 생각하기 때문이다. 선물에 부여된 가치의 불일치는 뜻밖의 결례를 부른다. 곧, 선물로 받은 것 중 최소한 하나는 재포장해 다른 사람에게 선물하는 '선물 재활용'의 나날이 시작된다. 선배에게 선물한 시계나 파혼 후 돌려받지 못한 결혼반지가 옥션에 올라와 있거나, 그녀를 위해 절판된 재즈 CD를 찾아 오만 군데를 뒤졌지만 정작 그녀에게 받은 건 과일 케이크인데, 알고 보니 그게 (집에서 만든 것도 제과점에서 산 것도 아니고)방금 다른 친구한테서 받은 거였다거나, 남자친구에게 아르마니 블랙 라벨 향수를 선물했더니 답례로 받은 건 판촉물로 받은 게 분명한 와인이었다는 식의 만행이 자행되는 것이다.

선물의 손실을 따지는 비정한 프로젝트는 너무 질리고, 자칫 맘에 안 든다는 핀잔을 듣는 것도 무섭고, 뭘 고를지도 골아프고, 원하는 걸 먼저 사게 한 다음 나중에 돈을 주는 것도 부자연스러운 나머지…… 사람들은 논리적인 결론을 찾았다. 선물을 극단적 간소화라는 새 이름으로 변형시킨 상품권 말이다. 선물 레이스의 결승점에 이르러선 숨이 턱까지 찼는데도 방관자처럼 머뭇거리다, 아직도 못 고른 무능함을 인정하곤 상품권을 택하고 말았다. '이 상품권으로 갖고 싶은 걸 니 맘대로 사세요.' 경제학자들 방식의 해결책을 사회적으로 용인 가능한 버전으로 바꾸어버린 것이다.

상품권의 형태는 부분적으론 마케팅의 성과지만, 쇼핑에 능란하지 않은 사람에 대한 합리적 제안이기도 하다. 상점 주인에게도 상품권은 늘 이익인 셈이다. 상품권을 받고도 안 쓰는 사람이 많고, 적힌 가격과 딱 맞는 상품도 드문 데다, 다들 상품권 액수 이상을 소비하니까. 그야말로 고무된 소비이자, 재치 있는 책략이다. 그러나 그건 동시에 상대가 자신의 선물을 직접 사게 함으로써 내 고민을 떠넘기는 '비열한' 행위인 것이다.

선물을 받았을 땐 무조건 "이 선물이 나한테 얼마나 소중한지 넌 모를 거야"라고 말하는 게 속 편하다. 솔직히 포장을 푸는 순간만큼은 진실이니까.

선물의 의미에 대해 프로이트가 말해주지 않은 것들

우리는 늘 표정으로 타인을 읽는 단서를 찾는다. 최후엔 치사하지만 일기까지 들춘다. 하지만 누가 나에게 주는 선물을 파악하면 답이 나온다. 선물은 포장지 아래 메시지를 숨긴 채 의미심장한 말을 건네니까. 뭔가 실제로 뒤틀렸거나, 평생에 걸친 착각 혹은 그간 숨겨왔던 진심까지 그 모두를.

선물의 선택 기준은 관계의 중요성과 소통 자체를 상징한다. 선물은, 선물 자체가 주는 친밀함, 주고받았던 경험, 예산의 규모, 적합성에 관한 검토, 상점의 환경, 타인의 의존, 모든 것이 융합된 명사이기 때문이다. 선물은 받는 사람의 기호나 취미를 확인하는 정도에서 끝나는 게 아니라 선물한 사람이 나를 어떻게 생각하는지, 반대로 내가 그를 어떻게 생각해야 하는지 자체를 결정한다. 그렇다면 선물만큼 확실한 감정이입의 행위도 없다.

황당한 선물은 한눈에 파악되는 특성이 있다. 볼 때마다 놀라는 못난이 삼형제 인형 같은 선물은 반영구적이라서 잘 먹었다, 다 썼다, 낡았다 같은 변명으로 치워버릴 수 없다. 나쁜 시나리오는 선물한 이에게 상처 주고 싶지 않을 때 일어난다. 이 편의 현관문을 열자마자 거실에 자기가 준 선물이 잘 있는지 확인하는 사람이라면, 잽싸게 먼지떨이 펀치를 날려야 한다. 그런데 더 무서운 건 말짱하게 놓인 선물을 본 그가 너무 흐뭇해진 나머지 다음에도 비슷한 걸 사줄 때다.

사람들은 형편없는 선물이 주는 대가를 잘 안다. 자기 취향이 아닌 꽃무늬 넥타이나 이미 가진 CD를 받았을 때 자기도 모르게 표정이 가라앉는다거나, 그래도 뭔가 고마운 단어를 생각하려고 애쓸 때의 어색함……. 선물 자체에 만족한다면 문제는 끝이다. 그러나 선물의 트라우마는 관계의 문제에서 비롯된다는 점에서 결코 호락호락하지 않다.

병아리색 아니면 입지 않던 소녀가 아버지에게 선물로 받은 황토색 원피스는 아버지의 무신경을 드러낼 뿐이다. 스스로 수녀처럼 고상한 사람이 누군가에게 카마수트라 책을 선물받았다면 무너지는 심장을 감추며 웃어 보일 수밖에. 한편, 금욕적인 연인이 선물한 바이브레이터는, 자기가 못 주는 부분을 그걸로 보완하라는 의미인 것이다.(고맙지만, 됐거든?)

친구가 선물한, 불타는 빨강에 검은 레이스가 달린 속옷을 입는데 문득 길에서 팻말을 두르고 호객이라도 해야 할 것 같은 기분이 든다면? 게다가 사이즈도 두 치수 더 크다면? 세상에서 쥐가 제일 무서운데 여덟 나라의 전통의상을 입은 쥐 인형 세트를 받았다면? 꽃가루 알레르기가 있는데 정원 화보가 화려하게 수록된 살림책을 선물받았다면?

장모님이 녹색 들판에서 웃고 있는 양이 덧대진 조끼를 선물했길래 다 같이 외식할 때 예의로 한 번 입었는데, 웨이터가 애들 메뉴 보겠냐고 묻는다면? 남자친구가 선물한 잠옷 앞부분 가운데 구멍에 지퍼가 달려 있다면, 또 그게 섹시함은 아예 원단 빵점인 할아버지용 잠옷이었다면?

주방에서 쓰는 세제를 알아내 리필용 제품만 선물한 남자는 좀스러운 걸까, 타고난 검약가일까? 고모할머니가, 자신이 늘 먹던 거라며 준 캐러멜을 씹다가 물컹해서 뱉었더니 벌레가 반이 잘려 있다면 어쩌지? 벌레의 몸통을 잘라 먹는 것과 사랑하는 할머니에게 그 과자가 너무 오래됐다는 말을 하는 것 중 어느 게 더 최악일까? 10년 동안 생일 선물로 넥타이만 받는 남자는 대체 어떤 사람일까? 주변 사람들이 하나같이 넥타이광들이라서? 그는 좋아하는 게 따로 없나? 아무도 그의 취향에 관심이 없나? 그는 너무 까다로운 사람이라 그를 만족시키기 너무 힘든가?

상대가 무엇을 원하는가에 대한 생각은, 선물하는 사람이 스스로 무엇을 원하는지를 반증한다. 확실히 서로를 만족시키는 선물엔 취향만큼 운도 변수이다. 예전에 선물받은 레코드는 턴테이블 옆을 오래 지키지 않았다. 박물관에 진열될 애매한 선물이 되었기 때문에. 돼지 모양의 줄자는 물건의 길이를 잴 일 없는 이에겐 무용지물이다.

그러나 선물의 좋은 점은 맘대로 해석할 수 있다는 것이다. 친구에게 선물한 한 개의 머그컵은 영원히 끝나지 않을 것 같은 싱글 생활에 대한 저주일 수 있다. 석탄과 타르가 함유된, 엄격하고 산업적인 구석이 있는 비누 선물은 '당신을 사랑해요' 보다는 '제발 좀 씻으세요' 라는 의미를 풍긴다. 워낙 일기를 안 쓰던 사람이 다이어리를 선물받았다면 그의 엉망인 메모 습관에 대한 충고일 수 있다. 쿠키 선물은, 마구 먹어대는 결혼 직전의 신부 친구에 대한 경고이다. 전문 분야에 관한 책 선물은, 상대가 이미 가지고 있으리란 가능성을 고려하지 않아서일 수 있다. 꽃을 선물받은 독신자들은 이렇게 생각할지도 모른다. 볼 사람이 나밖에 없는데, 예쁜 꽃이 다 무슨 소용이야? 누군가가 선물한 반창고와 붕대는, 그게 한 가지 목적을 위해 사용되리라는 것을 암시한다. 당신을 '묶겠다'는. 그녀와의 사이가 불확실한데도 그녀가 오래 공들여 짠 목도리를 선물했다면, 명백히 남자와 더 깊은 관계를 생각하고 있음을 선언하는 것이다. 목도리는 '비록 당신과 다른 시간대에 살아도 당신을 항상 바라볼 거야' 라는 의미이다. 남자의 목을 죽일 만큼 조이면서. 그녀가 직접 만든 찰밥은 남자의 엄마가 되고 싶어 하는 근성을 드러낸다. 여자가 자기 손으로 만든 선물들은 어떤 남자건 불편하게 만든다. 남자는, 이런 선물에 보답할 길은 결혼밖에 없다고 생각하니까.

좋은 의미로 싸맨 선물도 있다. 아이팟, 팜, 매끈매끈한 실버 휴대폰, 기가바이트가 내장된 컴퓨터는 더 자주 소통하자는 의미로 내민 손이고, 연결되고 싶어 하는 욕망이며, 상대에게 기꺼이 많은 돈을 쓸 수 있다는 마음이다. 그 자체로 미래뿐 아니라 간직할 가치가 있는 과거도 공유하는 것, 즉 기억으로 만든 선물이다.

상대의 사진이 끼워진 액자나 시계도 즐거운 선물이다. 잠재적인 자기애를 자극하니까. 냄비나 프라이팬, 숟가락을 주는 사람의 애정은 담백하다. 그는 당신이 해준 밥을 함께 먹고 싶어 한다. 향수 선물도 이제 그만 괴로워하고 맘 편하게 좀 보내봐,라는 의미이다. 다이아몬드가 박힌 장신구는 당신을 (적어도) 사랑한다는(느낌이 들긴 한다는) 의미다. 이니셜을 새긴 다이아몬드는 '비싸기만 한 돌멩이'를 영원히 잊을 수 없는 선물로 둔갑시킨다. 물속에 몸을 던지기 전에 사랑하는 이에게 주려던 '큰 돌덩이'를 무시했던 건 나르시스뿐이었지만.

썩기 쉬운 선물에는 적대감도 은닉돼 있다. 연인이 과일 바구니를 보냈다면 관계를 재정립할 필요가 있다. 과일은 풍요로움과 재생의 상징이지만—계모가 자신을 얼마나 증오하는지를 부인하다 기절한 백설공주의 무의식을 융처럼 재구성한다면—선물로 주고받는 사과는 '독을 품었'다.

계급제도 속에는 돼지들의 선물도 있다. 날것 그대로의 뇌물 말이다. 뇌물 전달자들은 받는 사람을 내쫓으려는 은밀한 계략을 품고 있다. 똥 푸는 삽은 날씨에 상관없이 이 땅 저 땅

땅을 갈아엎는다. 아무도 그 길로 가지 않을 테니까.

어떤 선물엔 아무 의미도 없다. 프로이트가 말했듯, 가끔 담배는 그냥 담배일 뿐이다. 선물을 현금이나 카드로 받을 때, 상대의 미지근한 마음 때문에 상처받을지도 모르지만, 손에 쥐어진 이상 거부할 수 없는 임무가 주어진 거다. 써라. 써버려라.

남자가 저지르는 흔한 실수는 자기가 받고 싶은 걸 주는 것이다. 그게, 사랑과 온정이 최대치에 이르는 크리스마스에 에일리언 시리즈를, 물을 무서워하는 여동생에게 스쿠버 다이빙 용품을, 기계치 동생에게 게임기를 선물하는 이유이다. 도대체 누가 선물을 주는 행위를 이타심의 시작이라고 했을까. 연주할 줄 모르는 사람에게 선물하는 피아노는, 선물하는 사람이 자기중심적 쾌락주의자임을 말해준다. 받는 사람이 피아노를 칠 수 없다는 사실보단, 선물하는 동안 스스로 갖는 뿌듯함만 중요하니까. 이 영역에서 속옷은 예외이다. 문명화된 남자들은 익숙하게 란제리를 산다. 촌스러운 디자인이나 라디에이터 위에 놓았다간 금방 녹아버릴 소재를 피하는 건, 속옷은 간접적으론 선물하는 자를 위한 선물이기 때문이다. 단점은 선물할 대상이 적다는 것. 가족도 친척도 친구 마누라도 제외해야 한다.

상대가 늘 갖고 싶어 했던 (어쩐지 사게 되진 않는 것이나, 받기 전까진 갖고 싶은지 몰랐던)선물을 하는 빼어난 취향, 깊은 사려로 무장한 노련한 선물 구매자는 많다. 여자들은 남자보다 더 능란하다. 여자는 감정이입이 빠르고 보다 섬세한 레이더를 가졌지만, 남자는 생각 없고 게으르고 이기적이기 때문이다. 언젠가 한 여자 미술가에게 옛날 전화기를 선물받았을 때, 이런 선물은 불타는 건물에서도 제일 먼저 꺼내야지,라고 맹세까지 했다. 나는 답례로 전동기구 세트를 선물했다. 그녀는 혼자 사니까 집수리며 뭐며 두루 손 가는 데도 많을 테고, 재치 있는 선물이라고도 생각했다. 그러나 그녀는 DIY 같은 건 관심도 없었다. 그녀가 드릴로 당장 내 머리에 구멍을 내지 못한 건, 처음 사용하기 위해선 몇 시간 충전해야 했기 때문이다.

여자들은 남자에게 지나치듯 말한 것들, 다이아몬드 귀걸이나 꽃다발을 예상 못한 순간에 선물받길 꿈꾼다. 세 나라에 출장 간 남자가 세 개의 다른 선물을 사올 때, 여자는 어느 나라에서건 자신을 떠올렸을 마음을 기억한다. 5천 원짜리 커피잔을 선물받았는데, '위시 리스트'에 없었다고 해도 커피를 마실 때마다 기분이 좋아지는 건 진실로 이어져 있다는 느낌 때문인 것이다.

나는 죽을 때까지 선물을 주고받을 것이다. 내가 어디서든 누군가에게서 받은 사려 깊은 선물을 뜯어보고 있을 때, 상대는 나에게서 이미 멈춘 골동품 시계를 받고는 맘에 드는 척 억지로 웃어 보이겠지만.

50평짜리 아파트와 0.5평짜리 관棺

현대의 지위는 공간 점유 면적에 따라 결정되기도 한다. 뭔가 가지자면 그것들이 뭉개지지 않을 만큼 커다란 서랍장이 있어야 하니까. 확실히 청소하는 데만 사나흘 걸리는 큰 집은 공간 잠식자들의 기념비이다. 그러나 집은 경제적 지위가 아니라 문화적 지위라서, 미니멀리즘이 득세할 땐 집을 얼마나 비울 수 있는지를 과시하기도 했었다. 어쨌든 다들 장식장 위에 어울릴 거울을 찾느라 한참 시간을 들이는 건, 집을 통해 자신을 드러내려는 경향이 결혼식 서약만큼 중요해졌기 때문이다.

여자에게 그릇이나 레이스 판타지가 있다면 남자에겐 자동차와 집이 그렇다. 그런데 누군가 이사했다거나, 집을 새로 꾸몄다고 초대할 땐 진짜 난감해진다. 안 그래도 집 안에 조명이 넘치는데 미친년이 널뛰다 집어온 것 같은 샹들리에를 또 달았다면? 집 안이 온통 고산지대 라푸족 옷처럼 얼룩덜룩 성황당인데 히피들이나 좋아라 할 패턴의 쿠션이 넘실거린다면? 여행잡지 광고에나 나올 것 같은 모로칸풍 벽지와 무도회 가운 같은 진주색 커튼 때문에 숨 막혀 죽을 것 같다면? 온갖 수석이며 조각들 때문에 서 있기만 해도 아마추어 이집트 고고학자가 된 것 같다면? 구불구불 포도나무와 꽃들이 만화방창한 양모 카펫이 꼭 이라크 정원 같다면? 방방마다 벽 사이즈만한 가족사진을 걸어두었다면? 소화불량에 걸릴 것 같은 데미안 허스트의 그림으로 거실을 가득 채웠다면?

정말 멋지게 꾸몄다거나, 집안 개조의 지평을 열었다곤 말해줄 수 없을 땐 이렇게 말하는 수밖에 없다. "정말 멋져. 근데 아직 공사가 끝난 거 아니지?" 아니면, (최악의)패션쇼가 어땠냐고 묻는 디자이너 앞에서처럼 괜찮았던 것 딱 한 가지만 말하면 된다. 엉망인 가운데서도 덜 엉망인 것 하나는 항상 있는 법이니까. 물론 그들이 그 정도 조언 때문에 양털 카펫을 치워야 할 이유는 없다.

분명 라이프스타일과 개인사와 경제력, 감각 자체에 영향을 미치는 '공간'은 현대적 의미의 권력이다. 그런데 대한민국에서의 진짜 공간의 과시는 엄청난 굉음과 강력한 마력의 중장비를 보유한 건설회사를 통해 이루어진다. 사람들은 예외없이 넓디넓은 아파트(가 증명하는 부동산 부자로서의 현재)를 꿈꾸기 때문이다.

내 동창으로 말하자면 강남 8학군 어디쯤에 아파트 한 채만 가졌을 뿐이었다. 강남은 '하나를 위한 현명함, 전부를 위한 어리석음'을 나타내는 증거들 천지였다. 강남은 오뎅 하나도 더 비쌌다. 강북 사는 다른 친구는 그의 아파트 반값으로도 두 배나 넓은 집에 살고 있었다. 아이들이 자라자 가치관이 충돌했다. 그는 아이들에게 강남 프리미엄보다 나은 삶—넓은 집과 비경쟁적인 학교—을 주고 싶었지만, 강남을 떠나진 않았다.

이윽고 아파트 부족들에게 마법 같은 부가 주어졌다. 그는 혁신된 한국 계급제도의 풍경으로도 납득하기 힘든 부자가 되어 솔로 박박 문지른 듯 유리로 지어진 거주지로 옮겼다. 돈이 살 수 있는 가장 중요한 것은 (대중으로부터 피난할 수 있는)프라이버시, 그것이야말로 가장 탁월한 부의 표식이다. 쾌적한 편의시설, 최적화된 시간, 자긍심을 부축해주는 보안 요소들의 단단한 보호망에 싸인 궁궐에서 그는 영광스러운 미래를 미리 만끽하고 있었다. 두 대의 냉장고, 하이엔드 사운드 시스템, 천장 매립형 에어컨, 화장실에 설치된 TV(이 정도라면, 주상복합 상층부의 헬리포트에서 순식간에 헬기로 날아올라 비둘기떼를 놀래키며 호숫가에 착륙해야 폼이 더 난다. 인두세에 대항하는 시위가 벌어지는 곳에서라면, 금방 표적이 돼 불타버릴지도 모르지만)…….

그 친구의 주상복합에 들어서는데 오매불망이던 이를 만났을 때 같은 기분이 전신을 훑었다. 결혼 적령기의 여자애라면 창백한 옥색 벽 앞에서 정신을 잃곤, 그 벽지로 도배된 공간까지 안겨줄 남자를 꿈꾸었을 것이다. 넘치지 않는 프렌치 스타일인지 정돈된 영국식인지 헷갈리는 채로 담백한 조명부터, 따라 할 수도 없이 대범한 튤립 프린트 커튼, 이음새가 정교하게 맞물린 벽과 무슬린 커튼이 있는 벽, 흰 가구의 순열과 조합, 수국이 담긴 유리병부터 소파 등받이에 걸친 담요까지, 공간은 독창적 취향이라는 주제로 펄럭거리고 있었다.

그 집에 다시 갔을 땐, 모든 게 정신없어 보였다. 스틸 소재의 거실은 지나치게 간결한 데다, 선반을 지탱하는 유리며 철제 기둥은 정 없이 차갑게만 느껴졌다. 장식장 맨 위 서랍에 천을 깔고 그 위에 올려놓은 도자기 역시 내 취향이 아니었다. 문화적 충격은 사라졌다. 욕실에서 고양이 세 마리하고 같이 씻는 것도 호사 같지 않고, 집 안에 일 봐주는 사람이 따로 있는 것도 싫었다. 우리 집에 저 2백 호짜리 그림을 걸었다간 대낮에도 가위 눌릴 것 같았다.

나는 마루운동이라도 해야 할 듯 넓은 집에서 산 적은 없다. 다닥다닥, 지붕이 내려앉은 하꼬방 같은 데서 산 적도 없다. 인테리어 잡지들은, 정원은 또 다른 방이란 이론을 지지하지만 어렸을 때 말고는 마당 있는 집에서 산 적도 없다(그러니 정원사가 되거나, 개똥 때문에 골머리를 앓을 일도 없었다). 집에 골몰했던들 미로 같은 복도에 욕실이 열 개나 되는 집, 내 방에서 안방까지 10미터도 넘는 집, 이사갈 때 이삿짐 때문에 진입로가 막힐 만큼 큰 집에서 살 수도 없었겠지만.

사람들은 지금 내가 사는 집이 전망이며 위치까지 끝내준다고들 했다. 물론 좋은 점이 꽤 많다. 청소할 데도 적고 전기비나 난방비, 보유세도 적다. 때로 약간 넓은 감방 같을 때도 있다. 55인치 LCD TV를 들여놓을 수도 없고(꺼진 화면만 봐도 멀미가 날 테다), 진공관 앰프를 설치할 수도 없으며(사운드를 만끽할 수 없다), 큰 옷장을 둘 데도 없다(그럼 침대 시트도 무명, 리넨, 코튼으로 고루 갖추고 싶어지니까). 뭐, 코트 걸이를 둘 정도는 된다(금방 두엄더미나 불곰처럼 수북해지겠지만).

그렇다고 개집처럼 작은 것도 아니다. 봄나물 무친 듯 조물조물한 평면을 보면, 작은 아파트를 넓게 보이게 만드는 착시효과와, 최대치의 수납을 위해 디자인된 게 틀림없다! 솔직히 복도 따라 세발자전거를 타면 뭘 하고, 친구들 스무 명을 불러 댄스파티를 하면 뭘 하며, 친구 아이들이 이 방 저 방 소리 지르며 뛰어다니면 뭘 하겠냐고. 물론, 작은 집은 작은 집이다. 하지만 큰 집과 똑같다. 비율만 다를 뿐.

나중에 짬이 나면 모를까, 내 명의로 된 집이 한 채라도 있는 한, 공간의 여유에 대해 더는 생각하고 싶진 않다. 제자리로 돌아온 느낌, 좋아하는 사람들과 점심을 먹을 때처럼 편안한 이 느낌만으로 충분하니까.

작은 차로는 멀리 떠날 수 없네

한여름, 서울 도심은 핵폭탄이 떨어진 곳처럼 텅 비었다. 서울을 벗어나는 사람들은 고속도로 톨게이트, 양평 가는 국도, 공항 가는 강변도로 위에 멈춰 있다. 햇빛은 모든 곳을 파고든다. 햇빛 아래 안이란 개념은 없다. 매장 문을 닫을 필요도, 속옷을 감출 이유도, 내적 생활을 감쌀 구실도 없다.

차를 타면 도로 위의 타인들에게 바로 파악된다. 누군가 포르쉐 카레라 대신 박스터를 몰고 다닌다면, 그는 디자이너의 세컨드 라인을 입고 있는 것과 마찬가지라는 식이다. 자동차는 신분과 같아서, 어쩌면 누군가 거리 한복판에서 허리를 굽힐지도 모른다. 자동차는 길 위를 장식하는 가구이며, 사치스러운 옷이며, 멍청한 세속적 가치를 담은 상품이며, 움직이는 금속이며, 세탁기 같은 기능적인 도구지만, 지위를 대변하는 가장 효율적인 수단이기 때문이다(요새 일만도 아니다. 인도 군주들은 화려한 지붕이 있는 코끼리를 자가용 대용으로 썼고, 18세기 유럽 왕족들은 누가 가장 강렬한 수레바퀴를 가졌느냐로 경쟁했다. 반짝거리는 회색 말과 로코코 장식의 마차, 제복 입은 고용인과 빛나는 채찍, 기마 수행원으로 치장한 당시의 이동 수단은 자동차 산업이 약진하던 50년대 미국 차들보다 한 수 위다).

한산한 거리를 달리다 말고, 엉뚱하게도 주차 공간이 이렇게 넘치니 자동차를 바꿔야겠다는 생각이 든다. AMG나 R32, 브라부스 튜닝이 아니라면 차적부에 남기고 싶지 않지만……. 차체로 기어 들어가는 동안 성공의 빛을 뿜는 차, 메탈 외장에 무광택 검정 실내가 제임스 본드를 생각나게 하는 차, 곧장 스피드로 치달아 모골을 송연하게 만드는 차, 세상의 모든 행인들로부터 진가를 인정받는 차는 싫다. 롤스로이스 팬텀은 연방 장관에게나 어울린다. 호화로운 가죽, 깃발을 꽂는 구멍들은 권세를 외치지만, 차에 오를 때 왕족처럼 입지 않는다면 방송국 소품이 되기 십상이다. 성공한 것과 잘난 체하는 것 사이엔 가는 선이 있으니까. 그럼 애스톤 마틴 뱅퀴시는? 너무 좋아서 토할 것 같지만 어디서 수리하지? 재규어? 다임러는 멋지지만 너무 크다. 아니 길다. 면도날 같은 람보르기니는? 무엇보다 돈이 없다.

파고다 지붕을 가진 옛날 메르세데스 SL, 물방울 헤드 램프로 바뀌기 전의 포르쉐는, 시간을 견디면 라파엘 전파의 그림처럼 영원한 생명을 얻을 것이다. 길에서 멈추거나, 부품이 하나라도 사라질까봐 무섭긴 해도.

사실 내 드림카는 장인이 손으로 만든 차, 내부 가죽 시트가 나무처럼 견고한 작은 차다. 거기에 에어컨과 오토매틱과 서해안 고속도로를 달릴 주행성능만 갖추면 된다. 파워 윈도도 기찬 오디오도 히터도 필요 없다. 차가 작아야 하는 건 범지구적 환경 문제 때문이 아니라 내 공간지각력으론 전폭 넓은 차로 뒷골목을 다닐 자신이 없어서…….

나는 작은 차를 좋아했다. 피아트 판다(더 이상 간명한 디자인은 없다), 푸조205(한 차례 수입되었으나 대형차만 쳐주는 대한민국에서 분루를 삼켰다), 스마트(한 주먹 사이즈의 고성능 장난감), 로버 미니(어렸을 때 영화에서 본, 확장된 형태의 동화), 그리고 아우디 A2(모든 기술을 집약시키고도 차체가 이렇게 작다니, 그런데도 수지를 못 맞춰 단종됐다니).

내 첫 차는 컴퓨터 EGI 엔진의 92년식 빨간 프라이드 FS였다. 사람들은 그 차를 볼 때마다 채식주의자를 위한 히피 자동차를 본 듯 피식거렸다. 주변에선 프라이드의 애처로운 지위를 상기시키며 좋은 차로 바꾸라고 다그쳤다. 마티스도 트랙바퀴 자국을 낼 수 있다는 걸 모르고.

나는 부서진 헤드 램프를 노란색 테이프로 때운, 안테나가 휘어진 이 보라돌이 차를 4년이나 탔다. 생긴 건 청파리와 똑 닮았지만 내가 안고 있는 숱한 문제들로부터 날 구해주었고, 그 많은 장소에 날 데려다주었다. 그러다 어느 날, 직접 차를 만진답시고 냉각수 통에 엔진 오일을 붓자 차가 멎었다. 영원히 멎었다.

누군가 들이받으면 역사 속으로 사라져버릴 2000년형 올드 로버 미니는, 타이어 같은 내 몸 하나로도 찢겨질 듯 작았다. 몽상가의 야성성도 넘실거렸지만, 보행기 운전과 비슷해서 꽃병을 매달고 돌아다니는 것처럼 조심스러웠다. 그래도 완충장치가 흔들거릴 땐 일요일에 지붕 위에서 뛰어내리는 것처럼 재미있었다. 신호 대기 중일 때 사람들은 물었다. 그 차 이름이 뭐예요? 얼마예요? 가속력은 어때요? 속도는요? 사람들이 서로 구동력, 컨버터블의 효용성, 보험료, 해치백을 고른 취향, 연비에 관해 실용적이고도 민감한 질문을 하는 건, 네 차는 얼마나 비싼가에 대한 축약이다. 그러나 이런 도시 생활에 기계 장치들이 천정고리관을 망가뜨리는 24기통 혹은 V8 엔진이 필요하기나 한가? 밧줄로 전함을 끌고 암벽을 달리려고?

골목을 다 막는 큰 차는 모든 땅이 내 것이라고 교만하게 선언한다. 큰 차 주인들은 도로 정체조차 엄청난 에너지로 전환한다. 큰 차야말로 더 위험한 도로, 더 심한 소음들로부터 숨을 수 있는 더 크고 단호한 참호이기 때문이다.

하지만 큰 차는 교통 재난과 불건강이라는 문제와도 타협하고 있다. 걷는다는 것은 자동차가 지배하는 세계에선 열등한 일로 간주되기 때문이다. 그래서 화창한 날에조차 한 블록도 걷지 않다가 헬스장까지 운전하고 가서야 애달프게 달리는 것이다.

우리는 최신 기술을 바짝 따라잡으려는 통렬한 욕망에 고통받고 있다. 차가 커질수록 신기술이 추가된다. 추가된 것만큼 출중하다고들 믿는다. 그러나 큰 차엔 자리가 많이 남는다. 아버지 옷을 입어서 온몸이 헐거워진 어린아이처럼. 그래서 나는 작은 차를 탄다. 작은 차는 특정한 시각이나 시대의 기억, 그리고 내 친구만큼 오래 남을 테니까. 그래서 모든 것으로부터 떠나는 마지막 1분까지 작은 차에 몸을 기댈 작정이다.

그런데 해마다 자아가 부풀려져서 차도 매년 커져야 한다는 건지, 아무리 그래도, 새로 산 폭스바겐 골프가 170센티미터에 100킬로그램 나가는 미스터 코리아처럼 터질 듯한 몸을 가질 줄은 정말 몰랐다.

술이 페티시로 변할 때

입는 게 그런 것처럼 마시는 것에도 주석이 달리고, 조용한 의견이 덧붙여진다. 우리가 소비하는 모든 것들은 개인적 사색을 담은 국기國旗와 같다.

모든 건 30년 된 빈티지의 와인으로부터 비롯되었다. 이 후일담은, 아무리 좋아해도 월급을 와인 한 병에 다 쏟아 부을 수 없는 사람들에겐 약간의 학구적 관심 정도만 줄 것이다.

어느 날, 한 부자의 집에서 그 와인을 맛보았다. 와인 한 병이 주는 풍성한 행복, 포도 동산으로부터 코로 밀려오는 야생의 이스트 냄새, 씁쓸한 타닌, CD 플레이어에 걸린 브람스, 높은 윤리, 진보된 대화, 샐러드 접시, 장방형의 치즈 사이에서 마음은 명주처럼 미끄러워졌다. 그가 가르쳐주는 대로 혀 뒤쪽으로 소리 내보는 동안 아무 거나 들이 붓던 그동안 술의 율

법들은 잊고 싶었다. 시간의 흐름을 따라 형질이 달라지는 건 세계에서 가장 오래된, 또 가장 바르게 평가된 술의 덕목이다.

와인은 글라스 안에서 복잡하게 진화하다가 성층권 밖으로 방향芳香을 내뿜었다. 그 와인이 1백만 원짜리라는 소리를 들은 건 그 다음이었다. 내 혀가 순식간에 뻣뻣해졌다. 그게 어떤 적개심이라고 말하진 않겠다. 나 또한 그 옛날 실존주의적 분노에 몸부림치던 러시아 혁명가가 아니다.

그래, 어쩌면 횡재처럼 맛볼 수도 있다. 인심 좋은 와인바 주인이 싼 값에 한 잔 내줄지도 모르고, 술 취한 김에 아예 한 병을 선물할지도 모르지(그런 날이 올까마는). 그런데 요점은 그게 아니다. 이 와인이 정말 가격만큼 가치 있느냐는 의구심도 아니다. 와인은 칵테일 잔에 얹힌 불필요한 첨가물이 아니니까. 때론 나도 부드럽고 시고 맵고 씁쓸한 와인보다 더 맛있는 게 뭘까, 생각한다. 누군가 첫 번째 섹스보다 처음 마신 와인의 추억이 더 강렬하다고 할 때도 거짓말 같지 않았다. 와인은, 로켓으로 달에 가거나 아침 메뉴를 바꾼 것만큼 문명의 획기적인 발견이며, 지식의 분량을 늘린 개척자 아닌가.

내가 지적하고 싶은 문제는, 와인이 그림 같은 수집 품목이 되었다는 것이다. 이런 기절초풍할 가격이라면 술의 기능은 간 데 없어지고, 단지 페티시 용품, 수집가의 목표이자 사색가의 놀이기구가 될 뿐이다. 사실 희귀한 와인의 가격 책정 과정엔 일관성이 없고 모호한 원리들이 뒤섞여 있다. 어떻게 보면, 실제 와인은 그 가격에 지불되는 분위기보다 덜 중요할 수 있다. 그건 와인을 중심으로 성격과 소득, 학력이 비슷한 치들끼리 만나고 싶어 하는 '인구통계학'이다. 혹시, 와인 농장에서 아무 가격이나 떠올리고, 그 숫자의 두 배를 더한 다음, 돈다발을 든 멍청이들이 와이너리 문 앞에 올 때까지 느긋하게 기다렸다가 들이미는 건지도 몰라…….

마시지 않는 오래된 와인은, 보티첼리의 그림을 어두운 방에 모셔두곤 안대를 쓴 채 가끔 훔쳐보는 것과 비슷하다. 고유한 기능을 잃은 수집품이라니, 뭔가 이상하군. 그런 그림이라면 벽에 걸어두고 모두 향유해야 마땅한 게 아닌가? 코르크로 병 입구를 꼭 닫아둔 희귀한 와인이라면 더욱……. 글쎄, 오래되었다고 무조건 좋은 건가? 오래되었다는 것은, 궁극적으론, 어쨌든 오래되었다는 것 아닌가? 놀랍게도 손길 닿지 않는 창고의 어두운 구석에 쌓아둔 캐스크라고 해서, 항상 좋은 와인을 만들진 않는다. 하지만 시장이 오래된 와인을 원하고, 또 고객들이 사준다면 누가 그 술을 병에 담지 않는단 말인가. 더구나 아무도 맛보지 않을 텐데.

우린 모두 수집하는 게 있기 마련이다. 하지만 와인이나 위스키를 수집하면서도 어떤 맛일지 궁금해하지 않는 사람들도 많다. 뚜껑을 열 적절한 때를 못 찾아서인지, 여는 순간 가치가 폭락해서인지. 나라면, 세상에 마지막 남은 최고最古의 와인을 따기 전까진 땀이 피처럼 변하도록 심사숙고하겠지만, 그래도 따긴 딸 것이다.

어느 금요일 밤, 친구들 몇이서 새로 문을 연 와인 바에 모였다. 나만 빼면, 다들 소믈리에로도 먹고 살 수 있을 만큼 상표의 배경, 역사와 정보에 식견이 있었다. 심지어 한 친구가 기르는 고양이 이름은 '메독'이었다. 물론 우리는 정교함에 목이 메어, 캔 커피보단 뭔가 섞인 라테, 대량 판매하는 맥주보다 희귀한 피노 누아를 원하지만, 때로 와인을 대하는 복잡한 기교와 빼기는 태도를 거북해하는 부류이기도 했다.

원산지나 원료로 쓰인 포도로 와인을 분류하는 방법은, 올바를지는 몰라도 골이 너무 아프다. '타닌' '미네랄' '황산염' 같은 단어 말고 그냥, '순하다' '톡 쏜다' '신선하다' '텁텁하다' '시다' '달다' '진하다' '음식과 어울리겠다' 같은 분류면 속 편할 텐데. 위스키를 마실 때도 가끔 화가 난다. 40년 된 위스키의 셰리향이 끝내준다고 치자. 근데 거기에 미묘하게 풍긴다는 스파이스 오크 향은 또 무슨 잘난 소리지? 처음 한 모금엔 천지가 개벽할지 모르지만, 목구멍으로 몇 잔 들이부으면 어차피 혓바닥이고 뱃속이고 모두 기절해 버릴 텐데.

우리는, 그 옛날 거리에서 즐겁게 코카콜라와 펩시콜라를 감별해낼 때처럼, 다섯 가지 와인을 똑같은 순서로 마시며 맛을 느끼고, 토론하고, 경험을 얻었다. 나는, 깊은 냄새를 탐지하기 위해 소용돌이치도록 잔을 흔들고, 약간 기울여 불빛에 비쳐보며 루비색 투명함을 만끽하다, 입에 머금고 딥키스를 하듯 혀를 굴리고선, 수집가가 백자를 닦듯 잔의 밑둥을 쓰다듬는 그들의 능란함에 혀로 박수를 쳤다.

우리는 전체적인 인상을 품평하고 점수를 매겼다. 가장 맛있는 와인과 맛없는 와인을 추렸다. 결과는 예측 밖이었다. 누구는 시라즈가 최고라고 했지만, 다른 누구에겐 그저 그런 맛이었다. 내게 최고였던 부르고뉴는 옆 사람에겐 세 번째였다. 그러니까 와인을 판단하는 기준은 메이커나 포도 수확년도, 가격, 맛이 아니라 음악처럼 주관에 달렸거나, 두 시간 전에 먹었던 족발이 영향을 미쳤을 것이다. 가치보다 중요한 건 감흥이니까. 결국 와인의 엘리트주의는 아무것도 입술을 통과하지 않은 것과 같다.

미각은 무엇을 마실 것인가를 결정하는 요소지만 불변은 아니다. 집에서들 포도에 설탕과 소주를 퍼부어 만든 포도주나, 4홉짜리 진로 포도주의 끈적거리는 맛은 얼마나 범죄적 기쁨을 주었나. 신뢰할 수 있는 객관적인 기준들은 있다. 얼마 전까지만 해도 독일 와인은 프랑스 와인보다 비쌌다. 어떤 야구 선수는 볼링 선수보다 차를 빨리 몬다. 어떤 배우는 다른 배우보다 더 많은 위자료를 지불하게 만든다. 그러나 보르도 산이 남아프리카 산보다 낫다고 말하는 건, 야구가 탁구보다 재미있는 운동이며, 미셸 파이퍼가 우리 엄마보다 더 예쁘다는 것만큼 근거 없는 얘기다.

때로 라이프스타일의 일부로서의 고품질 와인을 마시고도 싶다. 그래도 극단적인 진품은 싫다. 우리에게 정말 필요한 것은 분별력 있는 눈으로 바라본 다음 생각을 옆으로 넓히는 거니까.

유기농 무기수

때로 '미각'을 사기 위해 마트에 들른다. 형광등 대신 할로겐 조명이 불 밝히는 요즘 대형마트의 식품 매장은 특히 즐거운 놀이터다. 쇼핑 카트를 밀고 소금 함유량이 너무 높은 과자 진열대를 지나면 청정한 채소밭, 즉 인증받은 유기농 혹은 친환경 제품 코너가 가득 펼쳐진다.

친환경 식품 매장이란 '시골스러운' 좁은 통로에 소박한 곡물들을 잔뜩 펼쳐놓은 데가 아니라, '유기농 침공'의 비옥한 시험장이 되었다. 그러나 인스턴트 식품을 저만치 격리시킨, 생태계의 파괴 없이 생산된다는, 흙으로부터 식재료의 순수한 색과 감촉의 향연을 펼치는, 낙원으로부터 축복받은 그 식품들은 하나같이 비쌌다. 과장하면, 유기농 닭 한 마리는 한 포병 중대에서 한 달 동안 불발된 포탄보다 비싸다(건강제

일주의자들은 언제나 비유물론자처럼 굴지만, 유기농 식품은, 가격만 생각하면 몸의 건강엔 모르겠지만, 마음의 건강엔 참 별로이다). 대량 생산만큼 가격을 낮출 수 없는 소량 생산 '규모의 경제' 때문이거나, 농약이나 동물 성장 호르몬을 쓰지 않는 대가로 늘어난 인건비 때문이라지만.

모든 음식은 신성하다. 우리가 식사를 하는 건 자연의 은총 때문이지, 산업에 의해서가 아니다. 결국 우리가 섭취하는 건 세상의 몸통인 셈이다(음, 예수님 말씀 같군). 그래서 인류학자가 아니라도 다들 좋은 음식에 대해 할 말이 많다. 입에 넣는 것들은 그 자체가 생명이니까. 식품 회사의 메시지는 아마 이럴 것이다. '음식은 당신의 영혼을 살찌우며 기분도 째지게 만들어줍니다. 그러니까 우리 회사가 만든 식품을 먹으세요. 무지 행복해지거든요.' 그렇다면 과자 하나는 단순한 과자나 에너지 공급원, 간식거리가 아니라 거의 종교적 체험에 가까운 무엇이다.

새롭게 퍼진 병리학은 하루 세 끼 챙겨먹는 데 사활을 걸었던 전 시대에는 상상도 못했었다. 중세 시대가 저주나 악마를 두려워했듯이 부유한 과잉의 시대, 건강식주의자들은 살충제, 첨가물, 화학비료, 유전자 조작된 토마토를 끔찍해하며 까다롭게 굴기 시작했다. 자기 건강이 축산농장의 어두운 포스에 둘러싸여 있다고 믿기 때문이다. 그래서 규칙을 정했다. 점심식사 후 두 시간도 안 돼 라면을 상스럽게 빨아들이지 말 것, 고속도로 휴게소에서 생각 없이 과자 봉지를 집어 들지

말 것, 유해할지 모를 플라스틱에 담긴 기내식을 순순히 받아먹지 말 것.

식량과 식품은 정치, 경제, 대중문화의 성격을 바꾼다. 때로 예술과 문학 이상의 것을 드러낸다. 한편 식량은 국가 차원의 문제지만, 식품은 계급 문제이기도 하다. 어떤 사람은 가장 비싸고 화려한 레스토랑에서 식사를 하느냐에 따라 지위를 가늠한다. 유기농 식품도 그렇다. 엘리트가 되고 싶은 사람이 얼마나 빨리 아이비리그에 입성하느냐와 비슷한 문제인 것이다.

음식 네트워크에 대해서는 다들 좀더 넓은 시야를 가질 필요가 있다. 식품의 생산과 배달의 흐름을 아는 건 사회적 선택이자 미덕 아닌가. 그렇지만 저 햄버거가 한때 특정한 돼지 근육의 부분이었다고 해도 그게 어디서 생산됐는지, 또 어떻게 내 입까지 오게 됐는지, 원산지 가격이 얼마인지 알 이유가 있을까? 또 그런 정보들의 시시콜콜함을 매번 소화할 수 있을까? 어떤 박테리아, 균류, 원소가 그 농장에 묻혀 있었는지 알 이유가 있을까? 그 농부는 트랙터를 쓸까, 황소를 부릴까? 트랙터로 밭을 경작한다면 석유 연료를 썼을까, 아니면 공기나 맹물, 어쩌면 하이브리드일까? 그런데, 단순불포화지방산과 다중불포화지방산의 차이는 뭘까? 소가 밭을 갈았다면 여물로 쓰인 귀리는 유기농 재배일까, 비료를 잔뜩 머금은 걸까? 그런데 그 농부의 이름은 무엇일까? 결국 세상에서 가장 깨끗한 내장을 갖는 게 무슨 의미가 있을까?

땅은 현실적이고 영구적이며 (하나의 은유로서)자발적인 국가이다. 땅의 건강, 땅에서 자라나는 것들의 건강, 땅에서 자라나는 것들을 섭취하는 자들의 건강은 퇴화한 히피적 화두가 아닌 거룩한 주제이다. 이런 복잡한 체계를 간단한 화학적 정보로 훼손하는 건 환원주의적 과학일 뿐이다. 화학 비료의 비옥함은 단기적으로는 곡물을 증산시키지만, 엄청난 질소가 강과 바다로 흘러가 해초를 번성시킴으로써 산소를 필요로 하는 생물들을 멸절시키고, 결국 미래 세대의 건강을 약탈할 것이며, 필경 화학적 영양, 화학적 음식, 화학적 동물, 그리고 급기야 발육을 멈춘 화학적 인간으로 인도할 것이기 때문이다.

그러므로, 살충제의 흔적이 없는 오이나, 동물 성장 호르몬 주사 없이 자란 고기, 맑은 물에서 낚은 물고기를 먹어야 하고, 아이에게 먹일 우유에 티끌만큼의 불량 성분도 용납할 수 없다면, 유기농 식품에 돈을 더 들이는 건 자연스럽다. 사람들은, 유기농 식품 구매가 더 나은 '건강과 영양'을 약속하는 동시에 환경에 대한 소비자들의 예민함을 표현하는 방법이라고 생각한다(젓가락으로 막 집어 올린 콩나물을 보며 얼어붙는 순간이 있다. 이것들에 엄청난 화학적 성분들이 살포되었다는 자각, 막 구운 갈비살이 박테리아에 저항하는 품종으로 급히 키워지기 위해 대낮에도 항생 물질에 취해 있던 송아지의 것이리라는 추리 말이다. 그렇다면 어떤 야채에 흙이 너무 많이 묻었든, 지나치게 멍들었든, 보드지 같은 맛이 나든 놀랄 필요도 없다). 사실 채소나 고기를 살 땐 선도鮮度와, 종류와 부위, 그리고 흠의 여부가 그것들이

자란 땅이 갯벌인가 질산암모늄으로 덮였나 같은 사항보다 우선된다. 어쩌면, 친환경 식품은 대체식품의 범주로부터 벗어나 있는 것 같다.

문화적이고, 정치적이며, 반공업적 뿌리로부터 생겨난 유기농업의 동력은 환경에 대한 반발이기도 하다. "옥수수 밭을 미소 짓게 하는 게 뭘까?"라던 로마 시인의 질문에 답한 건 2천 년 후의 친환경 유기농 재배자들이다. 유익한 작물들을 살충제나 화학 비료 없이 친환경적으로 생장시킨다는 점에서 유기농이 생태계의 진실과, 재배하는 사람들과 먹는 사람들 사이의 상호 존중, 사회적 정의와 평등을 의미한다는 생각은 틀린 게 아니다.

유기농은 새로 도래한 근대 농사의 면면을 비춘다. 유기농 식품을 먹는 건 정신적 학술적 탐구와 가깝다. 생태계의 섬세한 복잡함, 땅을 가꾸는 사람들의 건강, 그들의 수확을 누리는 사람들의 장기적 행복과 맞닿아 있기 때문이다. 유기농 쪽파를 사는 게 더 건강한 식품을 섭취한다는 뜻이며, 농부들이 공들여 채소를 가꾸었다는 말이며, 행성의 공해 문제에 긍정적인 영향을 미친다는 것을 의미한다면, 유기농 재배자들에게도 그건 제대로 된 비즈니스임을 방증한다.

유기 재배의 근원은 사실 잃어버린, 또는 팔려나간 낙원의 이야기이다. 인류가 안정된 생태계에서 살아가던 상태로 되돌리려는 소중한 상상은 마케팅의 일부가 되어버렸지만. 화학 농법에 대한 환멸은 품질, 환경 친화, 상업 윤리에 의해 생긴다. 그건 이데올로기의 문제이기도 하다. 만민을 굶기지 않고 먹인다는 명제는 근대 사회 체계 중 아주 높게 평가되는 요소지만, 하루 세 끼 먹는 관습은 도덕과 무관하지 않다. 유기농은 아직도 세계 인구 일곱 명 중 한 명은 식량을 살 돈이 없다는 이유로 굶주린다는 정치적 죄의식도 포함한다. 그런데도 부자 나라 사람들은 갈수록 비만해지고(미국인만큼 항아리 체형이 많은 나라도 없다), 식품 논쟁은 끝도 없다. 더 절박한 문제는 거대 식품기업들의 비즈니스와, 무력한 정부라는 쌍둥이가 인도적으로 고안된 유기농 식품의 본성을 다치게 한다는 것이다.

유기농 예찬론자들과 현실주의자 사이의 논쟁은 생각만큼 심각하지 않다. 그건 신과 과학 사이의 대결이 아니라, '더 부자'와 '덜 부자' 사이의 충돌이다. 더 심화된 윤리적 문제는, 지금, 세계의 모든 농가가 유기농업으로 전환한다면, 얼마나 많은 사람들이 굶어 죽을지를 고려해야 한다는 것이다. 화학비료를 쓰지 않아 곡식 수확량이 급감하면 20억 명이 아사할 거라는 보고도 있다. 아프리카의 배고픈 이들을 먹이는 건 유전자 조작된 옥수수이지, 순결한 품질 관리로 생산된 유기농 쌀이 아니기 때문이다. 결국 세계 인구에게 유기농 식품을 먹인다는 공상은 인류를 큰 폭으로 축소해야 한다는 것을 전제한다.

그러나, 정작 우리에게 유기농 식품 구매는 근대 사회의 기반을 파괴하는 짓거리가 아니라, 단순한 '장보기'일 뿐이다.

채소를 먹을 때 인류의 미래까지 내다봐야 한다는 주장은 막연하게 들린다. 메뉴에 있는 모든 것들이 토양 협회에서 인증받은 안전한 재료들로 만들어졌을 때, 자연산 생선조차 해양관리 위원회의 표준에 따라 선택되었을 때, 미네랄 워터가 병이 아닌 물주전자에 담겨 나왔을 때, 모든 기계 설비에 풍력과 태양열 전기가 사용될 때, 미래 음식 공급원을 보존하는 가격이 조금 더 비쌀 때, 샐러드에 딸려 나온 붉은색 양상추가 타 있을 때(천천히 긴 시간 삶아야 하는 채소라면 항상 주의해야 한다), 탄소 중립적 사이드 디시라고 해야 맞을 음식이 이산화탄소를 배출한다는 강박이 밀려들 때, 그때의 핵심은 항상 뭔가를 희생해야 한다는 것이다.

그런데 정말 유기농 식품이 관습적으로 생산된 식품보다 영양소도 더 많고, 더 깨끗할까? 그 과학적 증거는 확실할까? 식당 주인에게 어제 붙잡힌 멧돼지의 허릿살, 농장 주인이 직접 목을 벤, 들에 방목돼 땅 벌레를 먹고 자란 암탉, 그 닭으로부터 가져온 달걀, 새의 분비물 연료로 자란 옥수수, 친구의 집 정원에서 자란 상추, 옆집 나무에서 얻은 감, 영광의 어느 해변에서 긁어 모은 소금으로 만든 깍두기, 첩첩산중 깊은 샘에서 길어 올린 약수, 그 물로 만든 동동주라고 해도 완전무결하게 깨끗할 순 없다. 그 모두를 키운 빗방울부터 이미 오염돼 있기 때문이다.

유기농 농산물을 운반하는 데도 기름은 들고, 연소된 기름은 대기 중으로 퍼진다. 완벽히 안전한 것은 없다. 차가 내뿜는 이산화질소, 휴대폰에서 비어져 나오는 전자파는 말할 것도 없고, 가축 화장터에서 나오는 프라이온이 식수로 스며들어 신종 크로이츠펠트야콥병을 유발시킨다면 고집 센 육식주의자들이나 막무가내의 채식주의자들 모두 마음 편하진 않을 것이다. 결국 아무리 유기농으로 재배한다고 해도 다른 시스템은 자본주의 비즈니스의 체계를 따를 수밖에 없다.

최신식 메뉴에 있는 다양한 선택권을 무시한다고 해서 세상이 끝나는 것도 아니다. 설사 우주에서 내린, 완벽히 정수된 빗방울로 길러진 토스카나산 올리브유, 백포도주 식초, 파르마 치즈를 곁들인 흠 없는 식사를 한다고 해도 대부분의 사람들에겐 그저 잘 먹은 점심일 뿐이다. 그 한 끼의 신성함을 서로 축복한다 해도 단지 식사 한 끼에 불과할 뿐이다. 완벽한 식사란 결국 종교적인 개념이기 때문이다.

청바지에 입이 있다면

옛날엔 청바지를 사는 게 하나의 의식이었다. 그러나 쫙 빼입는 청바지가 스타일의 상징이자 신성한 복장 언어이던 시절도, 청바지가 화려한 구매 아이템이 된 요즘엔 고리짝 얘기이다.

태초에 리바이스가 있었다. 리바이스가 랭글러와 리를 낳고, 랭글러와 리가 조다쉬와 캘빈 클라인과 베르사체진을 낳았다. 이윽고 시장의 신비스러운 힘에 의해 장식 하나 없던 '작업용 바지'가 프롤레타리아의 뿌리를 벗고 뭉게구름 가득한 나라의 대표주자가 되었다.

청바지는 1백 벌 이상 입어봐야 자신에게 맞는 걸 고를 수 있다는 말은 시간도 돈도 많은 호사가들 얘기다(진에는 스타일, 컷, 핏, 워싱, 밑위 길이, 데님, 징, 포켓의 세부처럼 고민해야 할

게 끝도 없으니까). 하지만 사람들이 해지지도 않았는데 또 진을 사는 건 삶의 불가결한 요소라서이다. 청바지가 불편하고 구속적이라는 말, 차라리 가혹하다는 말(청바지는 매일 체중계에 서지 않고도 몸무게를 확인할 수 있는 혁신적인 방법이다), 청바지를 입고 파티에 가는 건 자신이 없어서, 그냥 사람들 사이에 섞이고 싶어서란 말도 설득력이 없다. 일자로 길게 뻗은 선과 엉덩이 아래 아플리케 장식과 굵은 바느질 자국이 난 주머니 달린 진은 이 시대 최고의 성배이기 때문이다.

10년 전에는 프리미엄 진이라는 분류조차 생소했다. 최근 몇 년 동안 프리미엄 레테르를 단 진은 패션 비즈니스에서 가장 빠르게 성장한 아이템이 되었다. 리바이스가 진 시장에서의 헤게모니를 잃어버림에 따라 생긴 빈자리를, 가늘고 긴 다리와 납작한 엉덩이를 약속하는 얼진이 삽시간에 채웠다. 어떻게 보면 프리미엄 진과 리바이스의 관계는 희귀한 맥주와 대중적 맥주의 관계와 같다.

하지만 아무리 40여 년 전의 직조 기구로 짠, 뒷주머니에 갈매기 로고를 새긴 영광의 결과물이라고 해도 50만 원이 넘는 진을 볼 땐 속이 불편해진다. 청바지 회사의 제품개발 의욕이 무궁해서일까? 프리미엄 진에 대한 사람들의 욕구가 카우보이의 거친 상상력을 뛰어넘어서? 이성을 잃을 만큼 꼼짝 못할 마력을 지녔기 때문에? 글쎄, 프리미엄 진을 입고 싶은 열망은 정당한가? 자개장이 그냥 옷장일 뿐이듯 청바지 역시 단지 바지 아닌가? 진이면 됐지, 세븐진인지 테이크 투인지가 무슨 상관인가? 프리미엄 진에 컬트적인 매력이 있다고 설파한들 다른 진과 무엇이 다른가? 적당한 배율로 스펀 소재를 섞고 트리플 니들 스트리칭, 블리치, 탈색 같은 요소를 가미해서? 뒷모습을 멋지게 보이게 하니까? 프리미엄 진 신드롬은 어디까지가 진실일까? 그건 소비자들이 스스로 정당해지고 싶어서 만든 장치 아닌가?

고가의 진일수록 취급 주의사항이 장문에다 세심하다. 아주 비싼 진에 부착된 영문 안내문은, 입양기관에 인터뷰하러 가는 기분으로 만든다. '주의: 이 데님은 빨리 해지도록 만들어졌거든요. 조심해서 입으시고 필요할 경우 꼭 수선을 맡기세요. 세탁을 할 땐 특히 주의하셔야 하는데요, 꼭 손으로 빠세요. 죽었다 깨도 햇빛에 말리시고요.'

많은 프리미엄 진 브랜드들은 최고의 품질과 스타일을 위해 일본, 미국, 이탈리아산 원단을 쓴다고 주장한다. 아시아의 남루한 공장이 아닌 미국에서 만들며, 화학 효과를 위해 기계 스프레이로 색깔만 바꾸는 진과 달리 전문가가 직접 손으로 워싱한다고. 백악관 커피를 인스턴트 커피와 비교하지 말아달라고.

그러나 진에 정통한 사람이라도 일본제와 중국제 데님의 차이를 구별하긴 힘들다. 어떤 청바지의 밑위가 넉넉한지, 노란색 스티치를 쓰고 1950년대 스타일을 기본으로 하는지, 또 가상 제품연수를 표시하는 워싱 넘버를 매긴 진은 무엇인지, 리바이스 빈티지 중 최고는 뭐고, 그 특징은 무엇인지에 관한 논의는 극단적 마니아들의 이야기일 뿐이다. 30만 원짜리 청바지의 원단을, 순수 다이아몬드 광석으로 가공했으면서도 평범한 데님처럼 보이게 애썼다는 말은 디자이너만 아는 얘기다. 제조 공정, 옷감, 그로밋, 워싱, 피니싱에 대한 뒷얘기는 말할 것도 없다.

패션에 있어 사람들은 유기적일 수밖에 없다. 패션은 살충제를 사용하지 않은 목화나, 노동 착취 없는 비즈니스와 무관하지 않기 때문이다. 사람들은 10만 원짜리 청바지를 입으면 영화배우의 엉덩이를 가지게 될 거라고 생각한다. 그런데 50만 원짜리 청바지를 만들기 위해서라면, 제3세계 사람들이 시력을 잃었거나 죽기까지 했다는 걸 기억해야 한다. 아무리 비싼 청바지라고 해도, 지구 어느 끝에서 재봉틀을 돌린 미싱사에겐 단 1페니만 지불된다는 걸 알아야 한다. 알바니아, 마카오, 멕시코, 인도 같은, 헐한 공장 법으로 악명 높은 제3세계 공장 산 청바지엔 염소 화학물이 첨가되고, 공장 안의 공기뿐 아니라 지역 주민들에게 공급되는 물도 오염되었으며, 거대 의류기업이 그들에게 초저임금으로 바느질과 염색을 강요한다는 보고서는 흔하다. 어떤 럭셔리 패션은 인도에 사는 소년들, 적게는 일곱 살짜리의 노동력을 착취한다. 인도 전역에서 강제 노동에 팔린 아이들은(어린 시절을 누릴 기회와 헌법에서 보장된 교육권리를 박탈당한 채), 구슬 장식 수요를 맞추기 위해 하루의 절반을 일하고도 작업장 탁자 밑에서 잠을 자는 것이다.

사실 윤리학 학위가 없어도, 도덕학자들이 말하는 하나와 다수라는 문제에 골몰하지 않아도, 멋진 타이를 맬 수 있다. 넥타이는 많은 매듭의 총체를 의미하며, 깔끔한 매듭을 묶을 수 있는 능력만 있으면 끝이다. 그러나 우리는 몸에 걸치는 것들의 진실에 대한 수색자가 될 필요가 있다.

청바지 디자이너들과 청바지 중독자들에게 던지는 질문은 이것이다. 한 벌 청바지로 노동자들을 착취할 가치가 있나? 그 돈을 지불하고 얻는 것은 무엇인가? 평등과 사회 생태학, 이 사회를 살고 있는 도덕적 의무에 대해 조금이라도 눈을 떴다면, (반짝이는 패션의 이면엔 고통과 착취가 낭자한)비싼 청바지란 편하게 말할 성질의 것은 아니다. 그렇다면 패션 디자이너들과 브랜드들은 자사 의류, 가방, 신발에 아이들의 노동력이 전혀 쓰이지 않았음을 증명해야만 할 날이 올지도 모른다.

지구를 사랑하지 않은 죄

나쁜 사람은 아니지만, 지난 몇 십 년간 이 초록별을 악화시키는 데 나도 일조했다. 나는 환경을 파괴하는 협잡꾼도 아니고, 석유를 캐려고 땅을 판 적도, 비오는 날 정제되지 않은 화학물질을 개울에 몰래 방류한 적도, 아파트 주차장 밑에 핵폐기물을 묻은 적도 없다. 그렇다고, 수도꼭지를 열어둔 채 손을 씻고, 오줌 한 방울만 흘려도 변기물을 내릴 때도, 다음 세대가 매일 전염병이나 조류 독감으로 시달릴 거란 생각은 하지 않았다. 그러나 인류의 한 사람이라면, 때로 생태적 죄를 '속죄'(란 말이 그걸 인정하되, 계속 그런 태도를 견지한다는 의미라면 더더구나 그래야) 할 시간을 가져야 한다.

우리가 사는 곳엔 일회용 접시가 열 개 중대가 먹은 것처럼 높이 쌓여 있진 않지만, 찢어발겨진 비닐봉지는 언제나 나무

낀다. 마트에서, 비닐봉지마다 각각의 것들을 담는 건 멋져 보여서일까? 도덕적 혼수상태는 밤에도 지속된다. 잘 때 스탠드를 켜두는 버릇을 생각하면 오존 구멍의 일부는 내가 만든 게 틀림없다. 머리를 닭벼슬로 만들 것도 아니면서 헤어스프레이는 왜 뿌려댔을까? 왁스는 또 왜? 아무것도 바르지 않은 머리가 흑룡강성 청년처럼 순수해 보인다는 건 왜 몰랐을까?

나는, 빈 보드카 병과 당근이 한 쓰레기봉투에서 나뒹군대도 누구도 대놓고 뭐라 하지 않는 영국에서 살고 싶진 않다. 그러나 매주 토요일 분리수거날마다 재활용해온 건 오직 내 자신의 반사회적 타성일 뿐이었다. 나에겐 그걸 버릴 수 있을 만큼 큰 분리수거함이 없었다.

온난화의 주범인 이산화탄소를 방출하는 거대 기업에 환경부담세를 요구하거나, 생물의 다양성을 위해 터널 공사에 협약된 프로그램이 필요하다고 주장하는 급진성은 어쩐지 생경하다. 나는 집 텃밭에서 유기농 야채를 기르는 보수주의자도, 인간 분비물을 찬양하는 토양 협회 직원도, 경제 성장을 언급할 땐 유기농 집단을 생각해 '녹색 성장'이라고 말하며 정치적으로 어슬렁거리는 녹색당원도, 수염이 덕지덕지 붙은 환경론자도 아니지만, 살충제와 화학 비료를 옹호하거나, 배터리 공장을 응원하지도 않는다. 그렇지만, 환경 문제 캠페인을 벌이는 세제회사가 모순이라는 건 안다.

포장에 '살균' '지성용' '석유' '멘솔'이란 말이 쓰여진 건 결코 사지 않는 친구는, 바나나 껍질을 '종이류'라고 적힌 쓰레기통에 버리는 나를 죽이려고 했다. 다 먹지 않은 피자를 발견하는 날엔 흥신소 전화에 불이 날 태세였다. 그는, 공기가 안 통하게 꽉 닫히는 일회용 기저귀가 최고의 발명품이란 소리도 환경 측면에선 한낱 헛소리라지만, 어떤 때는 쓰레기를 '세척'까지 해서 내보내는 그가 지나쳐 보인다. 그러나 유난스러움은 무심함보다 분명 이롭다.

예전엔 살충제가 필요하면 해골 표시가 있든 말든 아무거나 사선, 집안 해충들과 밀회하곤 몽땅 죽여버렸다. 극소량의 제충제조차 하룻밤 사이에 개울에 서식하는 곤충들이나 물고기들을 멸절시켜버릴 수 있다는 화학적 진실과, 동물들이 멸종되어간다는 염려가 측은지심을 일깨웠을 땐, 모두들 환경 파괴자가 되고 난 뒤였다. 냉장고에 드는 프레온 가스의 양이 웬만한 석탄 발전소에 견줄 만하다는 통계를 보면서 죄의식을 갖지 않을 순 없다. 골프장 낙조가 미치도록 멋지다고 해도 비료로 가꾼 잔디가 환경에 자행하는 죄를 잊을 수 없다. 그 독성과, 어마어마한 물의 낭비까지. 강아지 한 마리조차 주인에게 모든 악행을 가르쳐준다. 매주 집 안 잔디에 때맞춰 물을 준다고 해도, 푸들 한 마리 목욕시키는 데 쓰이는 물보다 적다. 좋은 목욕용품을 갖추는 건 중요하지만, 부동액의 성분일 수 있는 불길한 화학물들이 민감한 피부를 망치고, 거품을 만드는 성분들이 두피를 손상시킬 수 있는 것이다.

비누를 고르는 데 고심하는 요소들은 내가 어떤 소비자인지 말해준다. 비누는 몸을 씻어준다는 진부한 약속 이상을 선언한다. 눈(노란색 바탕에 겨자색 무늬가 소용돌이친다)과, 코(신선하고, 톡 쏘고, 풀냄새가 난다)와, 피부(지성피부에 효과적이다)를 즐겁게 하기 위한 목적과 성분의 정확성을 약속한다. 그래서 어떤 비누는 글리세린과 야채 기름 같은 천연 성분만 함유돼 있다고 결백함을 호소한다.(정직한 향이 정직한 색으로 이어진다!) 물론 모든 성분이 식물로부터 추출되어야 한다는 주장은 개인적 믿음의 문제이다. 그러나 천연 제품은 이점보다는 죄책감의 메시지를 전한다는 게 더 문제다. 비누는 상대적으로 무해해 보이지만, 주말, 호텔 욕조에서 비눗물에 담근 채 피부를 망가뜨리는 일만큼 괜한 일도 없다.

패션이 저지르는 범죄도 만만치 않다. 거기엔 토끼 가죽 스카프를 둘렀다는 이유로 동물 보호 운동가를 격노하게 만든 여자들의 삽화도 추가된다. 그러나 길고 검은 밍크코트를 입은 패션의 잔 다르크, 카트린 드뇌브는 오히려 퍼를 입을 권리를 옹호했다. "사람들이 무엇을 하거나 하지 말아야 할지 정해준 것에 동의하지 않는 이유는, 세상엔 걱정해야 할 중요한 일들이 훨씬 많기 때문이에요."

황학동에서 파는 옛날 톱은, 땀은 흘리게 해도 유독가스를 배출하진 않는다. 톱질을 죽어라 한다면 굳이 헬스클럽에 가지 않아도 될 것이다. 나에게도 친환경적인 부분은 있다. 늦게 운전을 배웠으니, 그만큼 매연을 덜 내뿜은 셈이다. 사회적 양심이란, 친구의 화장품을 빌려 쓰고 다시 돌려주는 것 정도로 아는 십 대 여자애들과 하나도 다르지 않은 논리지만.

시간 사용법

내 머리로는 체계적으로 일을 분배할 수 없다. 기한 안에 원고를 쓰고, 책상을 정리하고, 번잡한 사회적 관계들을 유지하고, 생일 선물을 준비하는 일을 동시에 감당할 수 없다. 그래서 늦장 부린다. 느릿느릿한 건 삶을 더 즐기고 싶은 탐욕을 채워준다고 우기면서. 급할 땐 더 굼떠진다. 첫 문장을 쓰지 못할 땐 여지없이 구두를 수선해야 한다는 생각이 든다. 내 삶의 모토는 '오늘 할 일을 내일로 미루라'니까.

사람은 두 가지 타입으로 나뉜다. 시간이 없다고 안달하는 매 같은 타입과, 누구라도 시간의 창조자나 기생충이 될 수 있음을 받아들이는 비둘기 타입. 사실, 일을 미루는 행위는 다양한 감정적 결함—정서 불안, 갈등, 제대로 하지 못할 거면 시작도 말자 식의 강박적 완벽주의, 실패의 두려움, 다이어리의 빈 칸을 채워야 한다는 초조, 오늘 한 일이 아무것도 없다는 한밤의 낙심, 그러나 뭔가 시작하기엔 내일이 더 나을 거라는 망상—을 의미한다.

한 해의 흐름은 크리스마스, 생일, 기념일 같은 시간의 지표로 드러나지만, 모든 순간은 시간을 낭비하지 않아야 한다는 초조로 여과된다. 새벽 3시에도 인터넷으로 주문하고, 사막에서도 전화가 되고, 4만 피트 상공에서 설명회 자료를 정리하며, 10분 배달이 피자집의 경영 과학이며, 엘리베이터에 타자마자 '닫기' 버튼을 눌러대는, 오직 시계만 보는 아드레날린 중독자들의 세계에는 언제나 스위치가 켜져 있다. 시간의 이미지를 시계가 대신하는 세상은 디스플레이에서 깜빡이는 일 분 일 초에 의해 기록되고 있는 것이다.

비행기가 착륙하면 다들 골초가 금연빌딩에서 나오자마자 담배를 찾듯 휴대폰 전원부터 켠다. 전선줄을 통한 빛의 광포한 질주, 이메일이 편지를 대신하고, 서울 부산 길을 두 시간으로 줄이고, 쏟아지는 정보를 감당하기 위해 듀얼 코어를 갖추고, 휴대폰 왕국이 삐삐 신기술조차 내몰았는데도, 세월아 네월아 가지를 마라던 신카나리아의 시대보다 더 시간이 없다. 시간이 없다는 말은 물고기에게 물이 없다는 말과 같다. 그래서, 흘러가는 시간에 대항하기 위해 우리는 하루, 일주일, 한 달의 끝없는 레이스에 휘말린다. 우리가 가장 많이 쓰는 단어는 돈도 술도 여자 남자도 아니다. '시간'이다. "시간이 없어" "한 달이 왜 이렇게 빨리 가지?" "내년에 꼭 가자".

바쁘다는 말은 다이어트나 부동산처럼 현대의 신흥 종교가 되었다. 그러나 테크놀로지가 아무리 시간을 줄여준들 우리가 살아가야 할 시간의 총량이 더 늘어난 건 아니다. 서둘러 사는 바람에 오히려 인생이 줄어들면 줄었지.

시간 경영의 핵심은 효율성이다. 가능한 시간에 되도록 많은 것을 꾸려놓는 것. 잠재적으로 빨리 돌아가는 생활 방식에 연루되었다는 건 시간을 신속하게 처리하는 방법이기도 하다. 엄청난 부자의 자가용 비행기는, 경제적 관점으론, 길이 막혀 차 안에 갇혀 있거나 공항에서 좌석 체크인을 위해 줄을 서기엔 그들 시간의 실제 가치가 목록화된 명목상의 값보다 훨씬 비싸다는 걸 말해준다. 촌음을 아껴야 할 사나이가 전용기로 공중을 날아다니고 운전기사를 둘이나 고용하는 건, 그 자신이나 주주들에 대한 의무일 수 있기 때문이다.

굳이 말하자면, 빌 게이츠가 업무 중 30만 원을 떨어뜨렸다면 돈을 줍지 않고 계속 일하는 게 더 많은 돈을 버는 방법이다. 돈을 줍는 데는 5초 걸리지만, 그는 5초에 50만 원도 넘게 벌기 때문이다. 휴일 제외하고 세금 다 빼도 한 시간에 2만 5천 원을 버는 고소득자라면 시간당 2만 원에 파출부를 고용하는 게 훨씬 효용성 있게 시간을 쓰는 셈이다. 파출부는 그보다 몇 배 광나게 청소할 테니, 야근은 좋지만 청소는 죽어도 싫은 사람이라면 그 시간에 다른 일을 하는 것으로 시간을 벌 수 있다. 다시 말하지만, 굳이 말하자면 말이다.

벌어들이는 돈의 크기만 중요하다면, 삶은 애덤 스미스도 무덤에서 벌떡 일어나게 할 만큼 무수한 활동들로 가득 찰 것이다. 무직자나 소득이 적은 이라면 타인에게 돈을 주고 맡겨도 좋을 일은 없겠지만, 세상엔 직장일 빼곤 아무것도 직접 하지 않아도 괜찮은 연봉도 있는 법이다. 그렇다면 5만 원 싼 비행기 티켓을 구하려고 6시간이나 인터넷을 서핑하는 게 옳지 않다는 이론의 근거는 명확하다. 한 시간에 10만 원을 버는 사람이 10만 원을 주고 타인에게 휴가 예약하는 일을 '외주' 주면 안 되는 건가? 더 많은 시간을 누리는 제일 좋은 방법은 돈을 주고 시간을 사는 것 아닌가?

우리는 인생이 실망스럽게 탕진된다는 걸 알면서도 여전히 꿈을 놓지 않음으로써 시간과 거래한다. 나이 든 개 한 마리와 함께 앉아 지는 해를 바라보고 싶다고 공상한다. 작은 조각들로 퍼즐이 이루어지고, 낱말 몇 개가 합쳐져 『죄와 벌』이 완성되는 것처럼, 인생의 그림도 침묵과 시간과의 관계 속에서 짜맞추어진다는 걸 애써 믿는다. 그러나 잠재의식 속에 잠긴 신체 시계는, 이 행성에 존재하는 모든 것들은 유한하며, 궁극적 데드라인인 죽음과 직면해 있고, 하루에 충당된 시간은 변하지 않는다는 것을 직관적으로 안다. 그러나 일생이 그렇게 바빴는데도 여전히 더 바쁘다. 결핍을 채우기 위해 바쁘고, 에고를 다치는 일에 시달리느라 바쁘다. 우리가 그리워하는 안식은 잊었던 숙명성을 일깨운다. 시간을 더 갖는 건 불가능할뿐더러, 거기에 잠깐 머무를 수조차 없다는 걸. 그토록 바쁜 이유는, 실은 인생이 너무 짧은 게 슬퍼서라는 걸.

시계를 5분 빠르게 해놓는 것으로 삶을 돌려받을 순 없다. 시간의 새로운 접근법은 시간과 같이 순환함으로써 균형을 맞추는 것이다. 그땐 완충지대가 필요하다. 재가동하기 전에 시간을 지연시키는 것이다. 사소한 신문 스크랩이나, 안경을 닦거나, 과자 먹는 일로 급한 업무를 미루어도, 다르게 생각하면, 나중에 자료가 필요하면 어디서든 찾으면 되고, 대화 중 거즈를 꺼낼 필요가 없으며, 굳이 과자를 더 먹을 필요도 없다.

인생에는 끝이 있지만, 일에는 끝이 없다. 하루가 48시간이 되면 그걸 채우기 위해 더 많은 일을 만들 것이다. 그 자체로 만족한 문구인 '나만의 시간'은 해에 따라 날짜가 바뀌는 축제이다. 가리봉 다방에서의 한가로운 순간, 운동장에서 엔도르핀이 상승하는 순간, 단순히 가을날 새소리를 듣는 순간이다. 아르키메데스가 유레카를 외치던 순간이 왜 하필 목욕 중이었을까? 일생을 바꿀 아이디어는 왜 시골길을 걸을 때 나올까? 영감은 왜 시계의 존재 자체를 잊을 때 찾아오는 걸까?

힌두인들은 8천만 개의 다른 삶이 존재한다고 믿는다. 시간을 낭비하는 사람은 삶의 형태 중 최상위 존재였다가 백만 번째 열등한 형태로 다시 태어나는데, 그건 소나 개, 벌레와 다르지 않은 삶이라는 것이다(신은 혹시 회계사일까). 시간을 마구 엎질러버리던 옛날을 생각하면 나는 도룡뇽으로 태어날진 모르지만, 내 시간을 함부로 대한 작자들 역시 짚신벌레로 태어나야 마땅할 것이다.

인생의 반을 빈둥거렸지만, 나는 여전히 머리 나쁜 철학자처럼 '아무것도 문제되지 않는다' 고 생각한다. 내게 남은 시간이 얼마나 적은지 인식하면, 뭔가 만족할 때까지 기다리는 게 얼마나 특별한지 알게 되니까.

예전엔 이야기의 끝을 알고 싶어 책을 빨리 읽었다. 그 이야기를 직접 살아가는 지금, 시간은 더 빨리 흐른다. 내 기분을 더 잘 설명할 다른 표현도 있겠지만, 지금 나는 툭하면 씹히는 지퍼를 고치러 가방 수선집에 가야 한다.

사회 부적응자의 노래

소비 시장은 다른 가치관, 욕구, 기대에 의해 점점 더 세분화된다. 그 변화에 대응해야 하는 건 제품을 만드는 회사뿐 아니라 기계의 민첩함에 적응하지 못하고, 기능적인 시대를 횡단하지도 못하는 자들의 몫이다. 그러나 파푸아 뉴기니 주민들조차 디지털 제품을 사는 것으로 트랜지스터의 종말을 축하하는 것을 보는 건 우울한 일이다.

나는 문명이 세상을 더 낫게 만든다는 낙관론에 동의하는 축이지만, 그건 화학이나 물리 혹은 환경 측면에서지, 내가 컴퓨터를 잘 다루기 때문이 아니다. 하긴, 워낙 천천히 움직이는 타임머신의 의자에 앉아, 대중에게 테크놀로지를 선사하는 건 체제 전복만 가져올 뿐이라고 생각하는 편집증적 관료처럼 살았는데, 이제 와서 굳이 최신식 세상을 따라잡아야 할까. 모든 게 컴퓨터 시스템 속에서 이룩되는 눈부신 세상인데도 나는, 기계를 사기 위해 퍼부은 돈만큼 문명으로부터 멀어지고 있다. 문명의 화려한 빛 뒤에는 비효율적이고 육중한 늪, 어두우며 혼란스럽고 질척거리는 미로가 있을 뿐이라고 우기면서.

최신 테크놀로지의 집합 장소, 대형 전자상가에 가자 숱한 브랜드와 사이즈와 무게로 무장한 노트북 군대가 침공해왔다. 제대로 된 용도 한 가지면 족한 내가 스피드, 하드 용량 같은 단어를 노려보는 건, 상형 문자로 가득한 동굴 안에서 눈을 껌뻑이는 것과 같았다. 집에서 전선을 연결하는 것 자체가 시련이었다. 도전을 뿌리치기 위해선 제품 안내서를 이해해야 하지만, 약관 난독증인 내가 한 시간을 씨름한 후에야 모니터에 '이제 시작합니다' 라는 메시지가 떴다. 그러나 인터넷 익스플로러 아이콘을 클릭한 순간 다시 원점으로 돌아갔다. 곧 '시스템 자동 치유 키트 리마인더, 그리고 시스템을 복원하시오' 라는 문안이 떴다. 컴퓨터를 써보기도 전에 경고부터 먹었다. 30분 후 바이러스 감지 체제 소멸이라는 메시지가 떴다. 30분 전 독감 예방 주사를 맞았는데, 의사가 독감에 몸살까지 도졌다고 진단한 셈이었다.

나는 사무실에서 모니터를 끼고 살지만, 긴급 메시지를 대비해 이메일을 체크하는 PDA는 없다. 나는, PS가 추신, 모바일이란 갓난아기들용 장난감, 블랙베리는 그냥 과일 이름으로 통용되는 이미 잊혀진 그 시대에서 왔다. 사람들이 '블로 그' 라고 할 때, 그게 보도블록인 줄 알았다. 업로드 · 다운로드는 고가도로 · 지하도인 줄 알았고, '싸이' 는 가수 싸이라고 생각했고, 블루투스는 치과질환이라고 생각했다. 나는 아마 디스코텍에 처음 가본 원시인일 것이다. 사생활로 넘어가면 각종 디지털 침략자들과 나 사이에 튼튼한 방책을 세우고 기계로부터 철저히 독립을 지킨다. 아이팟의 정제된 디자인에는 탄복하지만, 쓸 줄은 모른다. 아이팟을 심수봉이나 레이 찰스의 노래로 채울지, 침엽수림 사이에서 저 혼자 알아서 자라는 야생 순록처럼 방치해둘지도.

사랑에 관해 누구도 대답해줄 수 없듯이 기계도 마찬가지다. 내가 가장 잘 다루는 기술은 오직 '타자' 뿐. 작은 디지털 눈을 깜빡이는 기계 불빛이 무엇을 비추는지 알 수도 없다. 디지털 카메라는 있지만, 열네 개 버튼 중 여섯 개만 쓸 줄 안다. 그나마 다행인 건 그 여섯 개가 가장 기초적인 버튼이라는 거다.

나는 좀 보수적이지만 태평하고, 덥수룩하지 않지만 느긋하며, 현재적인 사고를 하지만 앤티크를 좋아한다. 사실, 전자기기가 패션보다 빠르게 유행을 바꾸는데도, 오래된 레코드플레이어나 90년대식 슈퍼 사이즈의 모토로라 휴대폰 같은 구형 기기를 고집하는 사람들은 구제 옷을 입은 사람과 같다. 매끈하고 인체공학적이고 날렵하고 동그란 모양 대신, 짧고 거추장스럽고 비효율적이며 네모난 물체를 사용하는 것 역시 "이웃을 이기려고 애쓰고 싶지 않아"라고 말하는 것과 같다.

그래서 그런지, 휴대폰도 없이 고물상이나 빈민가 또는 늙은 친척의 다락방을 뒤질 것 같은 행색의 사람들은 모든 호출로부터 자유로워 보인다.

그렇지만, 아날로그는 인간적이지만 디지털은 비인간적이란 말은 시시하다. 인프라 자체를 구성하는 기계적 요소란, 인류가 돌을 쪼개고 청동으로 화살촉을 만들기 시작하던 때부터 내재된 문제였다. 그래도 구식 기계의 외관은 좀더 성격이 강하고 재기발랄해 보인다. 몽둥이 휴대폰은 바보 같으면서도 멋지다. 수신율도 우직하고 한결 같다. 뭉툭한 60년대 폴라로이드 카메라와 주름 카메라, 여전히 시선을 꼭 붙드는 형광 노랑의 소니 워크맨, 8트랙 테이프 기계로 녹음된 음반……(명료하게 들리지 않는 건 새로운 '쿨'이다. 어떤 때는 흠이 하나도 없는 소리가 오히려 지루하다). 러시아 로모 카메라가 나름의 지위를 획득한 건 조금은 믿을 수 없는 특성 때문이 아닌가. 컴퓨터 리터칭은 질리지만, 느리고 세심한 과정으로 현상된 사진은 마음을 만진다. 오리지널 폴라로이드 195로 패션 사진을 찍은 헬무트 뉴튼처럼.

예전, 전자 손목시계가 나왔을 때 무겁고 불편한 기계식 시계는 죄다 사라질 줄 알았지만 상황은 역전되었다. 기성복에 맞선 맞춤 양복의 존재감 역시 사라지지 않고 외려 형형하다. 공장의 불빛 속에서 기계가 만든 편리보다 사람의 숨결이 더 그리운 건, 별의별 기술을 갑옷처럼 두른 럭셔리 자동차보다 장인이 한 번이라도 더 매만진 벤틀리가 비싸고, 세계 매장을 점거한 브랜드의 구두보다 피렌체 뒷골목 안토니오 할아버지의 손바느질이 몇 땀 더 들어간 수제 구두가 더 가치 있는 이유와 같다.

나는, 내가 처한 문명 속에서 어떻게 내 자리를 점해야 할지 걱정하지만, 미칠 정도로 두려운 건 아니다. 그래도 이젠 선택해야 한다. 야만스러웠던 잿더미 속에서 불사조처럼 갱생해 몇 십 년간 나의 레이더 밖에 있었던 현대 사회의 장비들과 과학 지식을 습득해야 할지, 이 모든 걸 때려치우고 그냥 살던 대로 살아갈지, 아예 유선 전화나 보통 우편으로만 연락 가능한 (그러니까 완벽히 초연한)불순응주의자가 될지.

환전의 추억

유럽이 통합되기 전, 영(0)이 끝없이 늘어진 이탈리아 리라를 쓸 때마다 꼭 부자가 된 것 같았다. 이탈리아 사람들도 나 같았을까. 에스쿠도(포르투갈 지폐. 정확하게 발음하다 보면 술에 취할 것 같다)의 뒷장만 봐도 행복하다는 그 나라 사람들 심정은 모르지만, 유로화 때문에 소멸한 페세타를 추억하는 스페인 사람들은 또 어떨지 궁금하다. 자국의 화폐는 그 나라 사람들의 목적이자 수단이며, 여행자들에겐 이국적 정서이자 전율이라서 "모두 같은 돈인데 어때?"라고 말할 수 없다. 그러나, 유럽을 여행할 때 몇 푼 남지 않은 드라크마나 도이치 마르크를 다 써야 한다는 초조 때문에 탑승 전, 처치 곤란인 기념품을 사던 것도 다 옛일이다.

이제 여행은 회 뜬 광어와 소주를 비닐봉지에 담아 동네 마실 가는 식의 아무렇지도 않은 일상이 되었다. 어떤 사람들은 그 일상에 '사치스러운 독창성'을 발휘한다. 세일 중인 도시에 가서 쇼핑이란 합법화된 죄를 저지르는 것이다. 환율 문제가 개입되면 상황도 바뀐다(언젠가 원화 가치가 확 올라 1달러에 8백 원 하던 환율이 1천2백 원이 되었을 때, 환전만으로 힘 안 들이고 돈을 번 사람들을 예수님이 봤다면 어떻게 하셨을까? 그들이 예루살렘 성전의 사악한 환전상은 아니니까 채찍으로 때리시진 않으셨겠지).

사람들이 여행을 선택하는 기준은 주로 '경제학'이다. 호화 여행, 중간 가격대 여행, 저예산 여행, 하는 식 말이다. 그러나 요즘 여행은 인구 통계학이 아니라 사람들의 태도와 욕구가 소비에 어떤 영향을 미치는가를 탐구하는 심리 통계학에 속해 있다. 여행지에서의 쇼핑은 절대적 필요가 되었기 때문이다. 이젠 쇼핑과 관광의 차이가 모호해지고, 쇼핑은 박물관이나 유적 견학만큼 중요한 코스가 되었다. 상점들이 유적보다 더 강렬한 힘으로 호객하는 판국이라 쇼핑은 여행의 자투리 일정이 될 수 없다. 차라리 쇼핑 말곤 모든 게 성가신 일정일 때도 많다.

친구와 뉴욕 바니스 백화점에 갔다가 그의 예전 영국인 여자친구와 마주친 적이 있었다. 그녀는 파운드 대비 달러 급락으로 본의 아니게 돈을 번 친구들과 런던 해러즈 백화점 대신 뉴욕에 들이닥친 거였다. "하우 머치 이짓?"이란 말이 그렇게 시끄럽게 들리는 게 영국 영어인 줄 난 미처 몰랐었다.

"얘 말이, 여기서 옷 좀 덜 사면 런던 뉴욕 왕복 비행기표를 끊을 수 있대."

경제학자도 통화 전략가도 아닌 바에야 그게 통화 시장에 어떤 영향을 미칠지는 모르지만, 달러 가치가 어떤 선 아래까지 추락하면 쇼핑객들이 단순해진다는 건 안다. 화폐 시장에서처럼 복잡하게 환율 계산을 하는 대신, 그냥 가격을 절반으로 생각하는 것이다. 심리학이고 뭐고 모든 게 반값인 것만큼 신나는 일은 없다.

"영국 사람들 입장이긴 하지만, 이런 경우는 10년 전쯤에나 한 번 있었대."

항공사들의 출혈 경쟁과, 주말 쇼핑객들을 맞으려는 값싼 호텔들까지 가세하는 바람에 런던발 뉴욕행 항공기가 그렇게 쇼핑중독자들로 붐볐던 거군.

"우리가 공항에 내리자마자 제일 먼저 뭘 했는지 알아? 바로 쇼핑."

그녀는 발열하기 시작했다. 그녀가 가장 갖고 싶었단 건 아이팟이었는데 영국보다 3분의 1이나 쌌다.

"얼마나 갖고 싶었다고요. 시계 두 개만 더 사도 비행기 값이 나올 정도예요. 돌체 앤 가바나 치마걸이는 더 기절이에요. 런던의 딱 반값이니까."

영국에서 온 산술의 여왕은 위대했다. 우리가 유로존 안에 살든, 밖에 살든 단일 유럽 통화는 지구인 모두에게 영향을 미친다. 그래도 유럽인이 아니라서 다행인 건 여태까지 산수밖에 몰랐던 머리로 페세타를 파운드로, 파운드를 다시 유로화로 전환하는 이중 작업을 하느라 0을 없애고, 4를 곱하고, 반올림을 하고는 또 내리지 않아도 된다는 것이다. 언젠가 페소와 달러를 들고 멕시코에 갔을 땐 환율 게임을 포기하고 말았다. 그저 '100페소는 100페소다' 라고 받아들였을 뿐, 그게 한국 돈으로 얼마인지는 슈퍼컴퓨터로도 계산할 수 없을 것 같았다.

"이 팀버랜드 부츠도 영국에선 150파운든데 여기선 120달러야, 세상에. 더 잡담할 시간이 없어. 솔직히 얘기 좀 더 하고 싶은데 일행이 주말에만 여기 와 있는 거라서."

가격비교 때문에 매일 국경을 넘나드는 유럽의 소비자는 짐 가방도 몇 개 더 사야 한다고 했다.

"발이 너무 아프고 어깨도 빠질 것 같아. 그래도 뭐 세관만 통과하면 되니깐."

언젠가 유럽 곳곳을 신길동 골목처럼 잘 아는 친구는 말했다.

"이젠 유럽 다니기 진짜 편해졌어. 옛날엔 국경을 넘을 때마다 환전을 하니까 그때마다 수수료 때문에 저절로 돈을 조금씩 뺏기는 거나 마찬가지였잖아."

유로화는 유럽 통합의 상징이다. 자유, 민주주의와 인권이라는 이름으로 투쟁을 벌여온 국가들의 통합……. 지갑 구석에 습관적으로 구겨 넣은 50프랑짜리 지폐와 1천 에스쿠도가 이제 종잇조각에 지나지 않는다는 것을 알게 된 유럽 방문객들에게, 현금 인출기 근처에 가지 않고도 파리에서 마요르카로, 뮌헨에서 인스부르크로 날아갈 수 있다는 건 기적과 같다. 그러나 한 네덜란드 친구는 유럽의 화폐 통합을 "황량하기 짝이 없는 일"이라고 말했다. 유럽 단일화와 그 개방성을 상징하기 위해 고안되었다던 아치와 윈도 이미지를 활용한 새 지폐의 답답함과, 결과적으로 사라져버린 문화적 다양성, 그 모두가…….

한 나라의 단어와 표현, 은유는 그 나라의 특정 화폐와 깊게 관련돼 있다. 결국, 옛날 돈은 통합된 세계에 등장하는 슬랭과 농담, 욕에 의해 시대적으로 대체되었다. 천박함과 탐욕을 뜻하는 '페세테로'라는 단어의 생명이 끝났다('유레로'가 그런 의미를 지닐 일은 절대로 없다)는 걸 생각하면 스페인 사람들 기분이 어떨까.

나는 파운드를 유로화나 달러로 바꿀 일도 없지만, 결국 이메일에 익숙해진 것처럼 화폐 통합에도 익숙해질 것이다. 시대가 변하면 호주머니도 변한다. 하지만, 여전히 프랑과 페세타와 파운드와 리라와, 드라크마와 도이치 마르크와 에스쿠도와 실링과 길더를 고집스럽게 사용하려는 사람들도 존중할 것이다. 역사가 오랜 화폐는 추억을 의미하니까.

선택의 기쁨은 어느덧 사라지고

인생엔 늘 뜻밖의 지출이 생긴다. 누구도 명절, 친구의 결혼, 교통위반 범칙금 문제를 피할 수 없다. 아무도 인생의 작은 부분조차 후회에 바치고 싶진 않겠지만, 철저히 조절된 욕망 속에 사는 실용적인 인간은 존재할 수 없다. 결정도 빠르고, 쓸데없는 건 안 사고, 제값보다 싸게 사고, 유통기한을 살피고, 세일에 담담한, 세상에서 가장 합리적인 구매자라고 해도 피 한 방울까지 계량할 순 없다. 하긴, 과자 하나 사는 데 가격과 맛, 신선도, 나트륨과 칼로리까지 따진다면, 논문 쓸 작정이 아니고서야 하루가 마흔 시간이라도 짧을 것이다. 세상의 모든 세탁기를 보기 전엔 쉽게 고르지도 못할 테고, 모든 세탁기 가격을 다 알기 전까지는 제일 싸게 산 것도 아닐 테다. 하지만, 자본주의의 맹목적 괴물이 아니라고 반발하며 쓴

커피나 마시는 나 같은 자도 합리적인 소비를 해야 한다는 강박엔 예외가 없다.

언젠가, 도톰한 단추에 빠닥거리는 천의 화이트 셔츠를 사러 돌아다니다가, 만사를 내 기호에 맞추는 게 얼마나 피곤한 일인지를 미치도록 절감했었다. 내 자신, 갈수록 성깔 사나운 비평가를 닮아간다는 자의식도 피곤을 거들었다. 소재며 뭐며 다 좋은데 안으로 채우는 단추가 성가신 셔츠, 주머니의 V자 재봉선 때문에 손이 가려다 만 셔츠, 괜히 끝마무리가 허술해 보이는 셔츠, 팔 길이가 너무 긴 게 문제인 셔츠, 공교로운 흰색이지만 막연히 구닥다리 느낌의 셔츠, 천 사이에 솜을 넣은 울룩불룩 고지혈증 셔츠, 모든 걸 참아줄 수 있었지만 어깨 패드만은 용서할 수 없었던 셔츠, 모든 게 괜찮았지만 사이즈가 문제였던 셔츠……. 이상적인 셔츠를 찾는 건, 소녀에게 딱 맞는 브래지어를 사는 것만큼 힘든 일이다.

그래도 신용카드를 꺼냈다. 큰 옷은 몇 번 세탁기에 돌리면 줄어들 거라고 힘없이 독백하면서. 우리가 꽤 괜찮은 선택을 하는 사람이라는 증거들도 이럴 땐 무력해진다. 판단력이 뛰어나다고 늘 괜찮은 선택을 하는 것도 아니다. 의사결정이 빠르다는 것은, 결정을 내리는 소질이 있다는 말일 뿐이다.

쇼핑을 하기 전에 사전 조사를 하는 건 당연한 일이다. 그러나 특정한 관점으로 테스트하고, 만져보고, 그것으로 무엇을 할지 생각하는 검증 체계는 너무나 포괄적이고도 복잡하다. 선택의 가짓수, 시장 환경, 가격, 상점에서 보낸 시간의 총량, 사회적 경제적 압력, 정보 접근 용이성, 상황별 다양성, 감정적 지불, 지식과 경험, 문제 해결을 위한 접근, 사전계획과 검색, 연령, 수입, 교육 정도, 성격, 사실 정보 습득의 정도, 결혼 여부, 정신적 특성, 주택 크기, 직업, 인구통계, 다양한 라이프스타일, 분쟁과 분쟁 해결, 그리고 구매……. 그러나 언제, 무엇을, 어디서 사는지에 관한 구체적 구매 행위로 나아가기 위해선 주관적인 삶의 경험과 분명한 욕구, 판타지라는 몇 개의 독립된 흐름을 따르지만, 지불 행위 자체는 기술적인 것에 불과할 뿐이다.

매일의 선택 요소들—마트에서 화장품을 살까 홈쇼핑에서 살까, 늦었는데 택시를 탈까 지하철을 탈까, 강남에서 만날까 강북에서 만날까, 저 놈을 만날까 그 친구를 만날까—은 차고 넘친다. 1년 전 제품들의 색인은 오늘과 비교할 수조차 없다. 그러니 아무리 소박하게 살고 싶은들 계몽 구호에 그칠 뿐이다.

우리는 늘 선택하는 모든 것들을 좋아한다고 생각한다. 선택의 자유와 자율적 통제가 더 행복하게 만든다고. 하지만 삶의 영역 모두를 언제나 제대로 선택할 순 없다. 내가 아는 의자 브랜드만 해도 몇 메가바이트다. 그 엄청난 가짓수의 향연 앞에서 김 서린 배삼룡 안경을 쓴 듯 어리버리해질 때마다, 미국의 한 슈퍼마켓에 들렀다가 "소비에트 연방 시민들이 이 광경을 봤다면 혁명이 일어났을 거"라며 놀라던 옐친을 이해할 수 있을 것 같다.

마트에 가서 진열장을 훑어보기만 해도 머릿속이 전선줄처럼 꼬인다. 살찌는 것과 아닌 것, 상자 포장과 낱개 포장, 보통 크기와 한 입 크기, 국산과 수입, 감자향 첨가와 무첨가, 소금 첨가와 무첨가, 로팻과 노팻, 유기농과 반유기농, 소규모 업자 것과 대기업 제품, 상온과 냉동 보존……. 닭도 참 심하다. 들판에서 방목한 닭과 농가에서 키운 닭, 토종닭과 그냥 닭, 껍질 벗긴 닭과 안 벗긴 닭, 몸통 전체인 닭과 부위별로 토막 낸 닭, 양념된 닭과 백숙용 닭, 속 채운 닭과 속 빈 닭……. 선블럭은 어떻고. SPF가 15부터 50까지, 유분 천지인 것부터 건조한 것까지, UVA와 UVB를 동시 차단하는 것과 하나만 기능하는 것까지 열세 가지도 넘는다. 폼 클렌징도 열두 가지(스크럽 제품이나 비누나 바디 워시는 제외하고라도), 립스틱도 아홉 가지(립 밤이나 립 글로스는 아예 열외시켰다), 라면도 일곱 가지(컵라면은 치지도 않았다), 올리브 오일도 여덟 가지(등급별로 나누면 말 다했다), 식초도 아홉 가지(사이즈별로 나누지 않아도), 세제도 열 가지(빨래비누는 뺐거든)……. 그런데, 신상품이 메뚜기떼처럼 매장을 휩쓸 때 눈길 한 번 못 받고 사라진 제품들은 또 얼마일 것인가. 아, 정말 골 아프다 못해 두피가 찢어진다.

식탁 의자를 사러 가도 별난 가죽과 플라스틱, 아크릴 의자 사이를 헤매야 한다. 내용물을 담으면 그만일 휴지통도, 스테인리스와 뚜껑 달린 야외용 소형 드럼통처럼 생긴 것부터 왕골 휴지통까지 형형색색이다. 그래봤자 스테레오 튜너와 CD 플레이어와 스피커 세트에 따라 몇 백만 가지 조합 가능한 오디오에 비할 바도 아니지만.

모든 게 우울한 무한대로 느껴진다. 우유 하나 사는 데 설명이며 약관은 또 왜 그렇게 긴 걸까? 음식 하나 파는 데도 설명을 다는 '작가'들이 따로 있나? 혹시 잘 안 팔리는 작가들이 음식 설명서를 쓰면서 원고료로 연명하는 걸까? 그래도 그렇지 설명서는 왜 이렇게 크고, 글씨는 왜 이렇게 작을까? 이 우유가 20퍼센트 저지방이라는 건 어떻게 확인하지? '키토 영양'은 또 뭐지? 무엇이 효소의 이점일까? 식습관의 윤리적 기준은 식품 공급자들이 정하는 걸까? 식재료를 살 때 알레르기 여부만 겨우 체크하는 정도면서 그렇게까지 삶을 계량해야 하는 이유는 또 뭘까?

계산대에 와도 정신을 놓치면 안 된다. 현금을 낼지 신용카드를 꺼낼지, 항공 마일리지 포인트 적립 카드를 낼지 가맹점 카드를 낼지, 비닐봉지를 따로 살지 아님 그냥 들고 갈지.

사회는 선택의 표준을 제공하고, 개인적 경험은 습관을 만든다. 그러나 삶은 특정 수준에 만족하는 것 자체를 용납하지 않는다. 방대한 선택의 변수들은 자유롭기보다는 저항할 수 없을 만큼 압도적으로 다가온다. 선택의 폭이 넓어질수록 계산과 사고의 수위도 높아지고, 선택의 수가 많아질수록 고르는 자유는 독재가 된다. 한 손에는 맘대로 할 수 있는 권리가, 또 한 손엔 아무것도 할 수 없는 혼란이 놓여 있는 것이다.

매초마다 들락날락 무차별 쏟아지는 상품들은 은혜이자 저주이다. 더 잘 고를 수 있었다고 후회한들 소용없다. 지나쳐

버린 기회, 잘못된 선택이 주는 후회, 사회적 비교로 고통받는 건 모두의 숙명이다. 곧 주저와 당황과 후회와 신경과민과 형언할 수 없는 복잡함이 섞이고, 모든 게 극단적으로 심각해진다. 그야말로 성가신 공포다. 아무리 이 침대에서 저 침대로 뛰어다니며 브로셔를 읽고 또 읽고, 시트도 이렇게 걷어 올렸다가 저렇게 말았다가, 이쪽으로 드러누웠다가 저쪽으로 되돌아 눕고, 침대 다리를 메탈로 할지 바닥에 매트리스만 깔지를 정하고, 코튼으로 된 패드가 나을지 아니면 라텍스가 좋을지를 고민한다고 해도, 그 침대가 말하는 건 단지 필요한 가구라는 사실뿐이다.

자본으로도 만족할 수 없는 포스트 미니멀리즘 시대에 이런 선택의 방대함은 환상이며, 실용성이란 때로 무용할 뿐이다. 인생은 복잡하고 살 것은 무수히 많지만, 지성은 너무나 유약하기 때문이다.

영원히 만족할 수 없는 이유

우리가 세상을 떴을 때 더 이상 입지 않게 된 수트로 사람들은 뭘 할까? 그토록 애지중지했던 시계와, 한 번도 듣지 않았던 CD와, 소장용에 불과했던 책은 어떻게 될까?

낡은 서류가방, 구형 폴라로이드 카메라 가방, 군용 고무색, 흰색 스티치가 테를 두른 갈색 가죽 가방, 메신저 백, 배낭, 여행 가방으로 사태 나는 방 안에 있다 보면 내 자신, 가방더미에 추가된 또 다른 사물일 뿐이라는 생각이 든다. 왜 이렇게 많은 가방이 필요한 걸까? 왜 이렇게 구별해야 할까? 가방이 이렇게 많은 건 음식을 기다려야 한다는 것만으로도 짜증나는, 당장 초콜릿을 먹지 않으면 불안해지는 비만 환자의 심리와 같다. 죄책감, 두려움, 역겨움이 모두 혼합돼 있다. 불충분하다는 느낌은 개인적이고도 부끄러운 성적 일탈과 닮

왔다. 어쨌든 갖고 싶은 목록들의 괄호, 콜론, 대시를 조합하면 끝없이 보채는 어린아이로 돌아갈 뿐이다.

자신이 삶에 무엇을 원하는지 알기는 힘들다. 그래서 제대로 고르기 위해 폭발할 듯한 감정을 퍼붓기도 하고, 미친 듯 고뇌하다 불확실성 때문에 망연자실하기도 하고, 난데없이 찬란한 결정을 내리곤 어째서 그랬는지 스스로 궁금해들 하는 것이다. 아무튼, 결정은 끝도 없이 번복되고 결정한 뒤에도 상처는 남는다. 어떤 게 죽도록 갖고 싶었는데 손에 넣자마자 그게 그다지 간절했던 게 아니라거나, 아니 원한 적조차 없었다거나, 알고 보니 원하는 건 따로 있었다는 것이야말로 흔한 절망이다.

'구매의 괴로움'은 옷을 살 때 작열한다. 어제 산 칙칙한 셔츠는 스타일에 관해 학습해온 그동안의 안목을 초토화시킨다. 매장에선 기적 같은 재단의 수트가 집 거울 앞에선 갑자기 추레해진다. 세일 중에 작심하고 산 수트는 늘 후회스럽다. 최악의 상황은 다른 사람과 쇼핑하러 가서 따로 계산한 다음, 서로의 전리품을 확인할 때 일어난다. 난 시시한 레자백을 10만 원이나 줬는데, 잰 스틸 고리가 달린 말가죽 백을 겨우 5만 원에 샀을 때…….

때로 좋아하는 것들은 미래의 실용적인 계획까지 오염시킨다. 밥을 먹고 마트에 가면 식재료를 적게 사고, 배고픈 채 들르면 지나치게 많이 사게 된다. 사람들은 더 나은 구매를 위해 예전을 들춰보지만, 기억력은 그렇게 믿을 만하지 않다.

마음은 경험의 과정 같은 건 다 밀어내고, 좋았던 것에만 집중한다. 그러므로 초밥 대신 비빔밥을 먹었을 때 더 행복할지, 이혼 후 10개월째와 결혼 10년차 중 누가 더 행복할지 알 수 없다. 놀라운 건 얼마나 자주 잘못 구매하느냐가 아니라, 얼만큼 패배감을 맛보느냐 하는 것이다.

하지만, 날이 갈수록 갖고 싶은 게 늘어난다. 죽을 때 짊어지고 갈 것도 아니고, 내 수입으론 턱도 없다는 현실 감각도 소유와 집착 사이에서 길을 잃는다. 그러니까, 소리도 괜찮고 웬만큼 편리함과 스타일을 갖추었다면 '충분히 좋은' 오디오겠지만, 선택의 해일 속에서 자율성을 유지하고 싶다면 어디에서 만족할지 정해야 한다.

지혜로운 사람들은, 욕망은 부도덕하며 마땅히 감춰야 한다고 말한다. 무욕無欲이야말로 제일 높은 경지이며, 모든 게 욕망으로부터 일어난다고. 하지만, 모든 게 욕망의 유희이자 희열의 확인인 사람에게 돈을 쓰고 싶은 욕구는, 조절 불가능한 성욕과 견줄 정도다. 할인된 가구를 사려는 욕구와 여자를 자극하려는 욕구는 뇌 속에 같이 묶여 있다. 욕망은 도덕과 무절제 사이를 진자운동한다. 꼭 탁구 같아서 충돌이 승부를 결정짓는다. 그러나 이 충돌에서 도덕이 승리하는 경우는 드물다.

그런데 원하는 모든 것을 전부 손에 넣으면 어떻게 되지? 가진 게 너무 많아서 포장조차 뜯지 않게 된다면? 그건 행복의 레시피일까, 불만족과 비참의 레시피일까? 얼마나 많은 크림빵을 먹어야 싫어하게 될까? 어떻게 다 이루었다고 말할 수 있을까? "예쁜 여자는 충분히 만나봤어"라고 말할 호색한이 있을까? "이 정도 돈이면 됐어"라고 말하는 자본가가 있을까? 얼마나 가져야 충분할까? 충분한 상태란 또 무엇일까? 하얀 아이팟이 있는데 왜 검정 아이팟을 사야 할까? '타자' 기능만으로 충분한데 새 컴퓨터가 왜 필요할까?

너무나 많은 것을 가져서 더 이상 아무것도 필요하지 않을 때도 갈망은 남는다. '충분하다'는 건 이미 가지고 있는 것으로 모자라 뭔가 더 가질 때 느끼는 형용사이다. 충분하다고 느낄 땐 약물복용 같은 에너지의 흐름이 생긴다. 보상받고 싶은 감정과 선택할 때의 반감을 담당하는 원시 두뇌가 복잡하게 춤을 춘다. 비만의 원인이 뇌하수체 아래의 선腺인 것처럼, 방울 모양 지방 주머니만큼 탐욕스러운 마음속의 선엔 결핍이 자리 잡고 있다. 그렇지 않다면 이미 3백 켤레의 신발, 자가용 세 대, 네 채의 집, 스무 개의 커피잔을 가진 여자가 여전히 쇼핑하는 이유를 설명할 길이 없다. 확실히 정신적 비타민 결핍이다. 하지만 충동과 자제, 두 가지 배를 모두 탄 사람, 아무리 탈속하고 견고한 사람도 겉을 긁어보면 그 안엔 감각주의자가 산다. 우리는 다 휴식과 안락, 위안, 평안, 아름다움을 갈망하는 불완전한 종족인 것이다.

삶은 절제와 유혹을 동시에 가르친다. 다이어트 광고는 욕구를 억제하라고 훈계하지만, 보석 브랜드는 사랑의 서약을 구실로 욕망을 흔든다(여자에게 구매욕이 사라진다면 남자는 욕망으로부터 벗어날 것이다). 처음, 편안함과 욕망을 채우고 나면 힘을 원한다. 욕망의 정점엔 권력이 있기 때문이다. 권력욕은 성욕을 닮았다. 권력이 행정적 측면에서 허락된다면, 성욕은 강렬한 규범 안에서 조절된다. 권력은 최후의 결전이라는 드라마 속에서 맹렬해지고, 성욕은 생리와 심리 사이의 임계점에서 날뛴다(어쩌면 성욕은 관념이다. 호르몬 분비에 의한 생리반응 말고는 대부분 상상에서 비롯되니까).

문제는, 향락의 기준은 갈수록 높아지지만, 만족에 이르는 과정은 그렇게 순수하지 않다는 것이다. 놓친 것들은 후회를, 선택한 것들은 불만족을 준다. 마치 군비 확대 경쟁과 같아서 기대치가 경험에 못 미치면 불만족스러울 수밖에 없고, 멋진 경험을 하고 나면 기대치는 높아질 수밖에 없다. 영원히 평행한 거리다. 시간이 갈수록 감각은 단조롭게 느껴지고, 열광은 사라지며, 기쁨은 창백해지고, 후회는 커지며, 기대와 다른 현실이 각성된다. 도취와 흥분과 행복과 향락은 잠깐 증진되다, 언제나 시작한 곳으로 되돌아가려는 우리들의 경이로운 능력 덕에 곧 원래 수치로 돌아간다. 그 만성적인 '별로인 기분' 으로.

사철 과일을 먹을 수 있는 것만으로도 꿈만 같더니, 이젠 겨울 딸기가 달지 않아 화가 난다. 새 차를 사면 매주 세차를 하지만, 3개월만 지나면 좌석 시트에 흙먼지가 묻고 운전석엔 개털만 가득해진다. 부엌 개조 공사를 막 끝내고 나선, 그 매끄러운 조리대와 반짝이는 단풍나무 장식장을 5분마다 쓰다듬지만, 네 달도 안 돼 부엌이 좀더 넓었음 얼마나 좋을까 생각한다.

새롭다는 느낌이 닳으면 즐거움은 편안함으로 바뀐다. 편안함은 즐거움만 못하다. 적응은 세상사와 관련된 모두의 보편적 반응이다. "이렇게 맛있는 고기는 처음이야" "섹스가 이렇게 좋은 건지 몰랐어" "내가 이렇게 잘될 거라곤 상상도 못했어"라고 말한다고 해도 새로운 경험은 만족과 쾌락의 기준을 변화시킨다. 새 상품의 강렬함에 질식한 뒤에도 쾌락 추격을 멈출 수 없다. 한번 섬세한 승객이 되고 나면 후진을 모른다. 테이프 플레이어 대신 CD 플레이어로, 면시트 대신 가죽시트로, 요구 자체도 구체적으로 변해간다. 급기야 프리지어가 꽂힌 화병까지 갖추어진 자동차를 원한다. 리무진을 타던 몸이 폐차를 수리해서 탈 순 없으니까.

결국 식별의 저주에 빠져버린다. 이중 치명타이다. 1천만 원짜리 자개장도 두 달 뒤엔 그저 옷장에 불과해진다. 벼르고 별러 HD TV를 사도 다음 날 성능이 향상된 풀 HD TV가 출시된다. 그래서 토요일은 처음 샀을 때의 흥분이 하나도 남지 않은 신발, 책꽂이, 촛대, CD를 죄다 갖다 버리는 날이 되었다.

한편, 반품된다는 건 마음이 변할 기회를 준다. 결정을 바꿀 수 있다면 덜 만족스러운 법이다. 더 나은 선택을 상상하면 방금 고른 게 대단찮아 보인다. 좋은 투자의 개념은 다른 투자와 비교해서 얼마만큼 이익이 돌아올지를 잘 따지는 것이다. 그런데 최종 결정을 내렸을 땐, 확실하고도 우월한 선택이었음을 강화시키는 심리 상황에 돌입하게 된다. 다른 게 더 낫다고 후회하는 건, 이미 사버린 것을 험담하는 것과 같으니까. 그래서 잘못 샀다는 걸 알게 될까봐 무서워서, 차를 산 다음엔 그 차 광고는 계속 봐도 다른 차에 관한 정보는 무조건 피하는 것이다.

소비 사회에서의 잘못된 선택은 다른 관점에서는 생산적이다. 그건 왜 새 자동차에 그토록 빨리 싫증내는지, 10년을 고대했던 승진이 어째서 한 달 만에 시들해지는지를 가르쳐준다. 동시에 어떤 괴로움도 영원히 괴롭진 않다는 우리의 본능적인 탄력을 일깨워준다. 실연이나 해고처럼 두렵던 것들도 나중엔 오히려 잘된 일이 되기도 하듯이.

지금 내가 모는 차는 별 문제 없지만, 소비지향 사회의 양심 있는 일원인 나는 뭔가 더 크고, 새롭고, 혁신적인 걸 원할 의무가 있다. 소유는 성공과 권력을 계량하며, 감정적 욕구와 정신적 갈망을 충족시키고, 더 많이 가질수록 더 만족하게 된다니까. 하지만, 뭔가 원하고, 갈망하고, 미쳐버리고, 결국 손에 넣는다는 건 이론적인 행복일 뿐이다. 벼르고 별러서 슬리브리스 셔츠를 샀다고 해도 문제는 끝나지 않는다. 멋지게 입자면 털을 싹 밀어버린 매끈한 겨드랑이여야 하기 때문이다.

소비 조정자들과의 인터뷰

부록

사람들은 당신이 정형화된 타입이 아니라고 합니다. 하지만, 오늘 당신은 언제나처럼 감청색 티셔츠와 진을 입었군요?

그렇지만 특별한 자리, 런던에서 찰스 황태자와의 자선 패션쇼 같은 자리에선 턱시도를 입기도 하는데요? 모두들 나에게 잘 어울린다고 하고요.

당신은 바다 건너 나처럼 체형이 우스운 사람이나 우피 골드버그 같은 사람들도 베스트드레서로 만들어주지요. 당신의 미니멀한 옷을 걸치고 나면 하나같이 완벽하다고들 하고요. 그러나 난 정작 당신 자신이 베스트드레서란 말은 못들어봤는데요?

나에겐 특별히 우아하게 옷을 입을 시간이 없습니다. 그게 나한테 문제가 되지도 않고, 또 굳이 신경 써서 옷을 입지도 않아요. 재킷과 타이를 꼭 매야 하는 자리가 아닌 이상 이게 편합니다. 이렇게 옷 입는 방식은 내 라이프스타일을 말해주거든요. 내가 활동적인 사람이라는 걸.

당신의 첫 번째 컬렉션을 추억해주세요.

군 제대 후, 밀란의 리네쌍테 백화점에서 남성복 바이어로 일했습니다. 그때 나는 우리에게 주어진 옷의 선택이 몹시 제한적인 데다, 온통 비슷한 디자인의 옷들뿐이라는 걸 느꼈죠. 그게 내가 패션을 신중하게 생각하기 시작한 계기였어요. 세루티의 남성복 디자이너로 일했을 땐 다양한 소재와 재단을 경험했습니다. 그때 비즈니스 파트너 세르지오 갈레오티는 내게 사업을 시작하도록 격려했어요. 처음 사무실을 열기 위해 애지중지하던 폭스바겐 자동차도 팔았어요. 첫 번째 컬렉션 때 나는 몸을 타고 자연스럽게 흘러내리는 옷

© 배태열

을 선보였습니다. 기존 디자인들은 피하고 싶었거든요. 완전히 색다른 컨셉인 '해체'는 큰 성공을 거두었지만, 26년 후 전 세계 유명백화점이나 부티크에 내 컬렉션을 선보이게 되리라는 꿈은 꾸지 못했었죠.

그 유명한 아르마니 수트(엄격하게 테일러드된 전통적인 의상으로부터 몸의 선을 방해하지 않으면서, 그것을 따라 흘러내리는 듯한 형태로 변형시킴으로써 '몸'을 새로 정의했다)에 관한 당신 자신의 칭찬을 듣고 싶어요.

사람들은 친절하게도 그걸 '재킷의 창조'라는 타이틀로 명명했습니다. 옷의 해체와 파격을 창조하는 내 아이디어는 형태를 강조하며 자유로움과 활동성을 창조했죠. 남성복과 여성복의 벽을 허물기 위해 남성적 세부와 여성적 세부를 적절히 구사했으니까요.

의상의 페티시즘에 반대하신 거군요. 우상과 상징으로서의 가치가 아닌, 살아 있는 문화를 위한 것. 당신의 '선'이 양성성의 영역을 포괄하는 건 그 때문인가봐요.

덧붙이자면, 내 패션 사업의 또 다른 특징은, 매 시즌 변하는 트렌드를 만들기보단 나만의 스타일을 지속시키는 겁니다.

아르마니 패션 가운데 변하지 않는 요소는 무엇인가요?

우아함, 개인의 스타일, 그리고 진화.

당신은 스스로 고객의 스타일을 진화시킨다고 믿나요?

나는 옷을 입는 방법을 통해 개성을 표현하는 고객들을 위해 옷을 만듭니다. 내 컬렉션은 개성, 자유, 두드러지는 스타일, 자기만의 실루엣을 표현하니까요.

당신은 매스미디어가 패션의 이미지를 왜곡시킨다고 말하곤 했죠. 그런 당신이 할리우드를 선택한 이유가 뭐지요? 물론 다른 디자이너들도 할리우드를 목표로 하겠지만요. 스타들이 당신의 패션과 스타일을 대변할 수 있다고 믿기 때문인가요?

패션과 할리우드와의 관계는 특정 시기와 관련이 있습니다. 예전 배우들은 스타답지 않아도 스타일 수 있었죠. 옷 입는 스타일과 대중 앞의 모습, 사생활에서의 모습은 같았으니까요. 그들이 아르마니 스타일을 즐기고, 결혼식이나 아카데미 시상식에 입고 나오는 것만큼 영향력이 큰 창문은 없겠죠. 그러나 전 논리적인 제한을 두었습니다. 그들에게 아르마니를 입으라고 돈을 지불한 적도, 그들과 계약하려고 한 적도 없습니다. 그래서 친구가 되었겠지만요. 제가 일과 관련된 재능 있는 사람들과 친분을 가진 건 커다란 행운입니다. 조디 포스터의 표현대로 그들은, 제가 '왜곡된' 그들의 개성을 만들어내거나 가면처럼 보이는 것이 아닌, 표현의 자유를 개인적 스타일에 반영하는 점을 좋아합니다. 제 옷을 입는 스타들은 분명 제 패션과 스타일을 대변합니다. 그러나 제가 가장 큰 칭찬이라고 생각하는 것 중 하나는 그들이 아르마니를 입으면 기분이 좋다고 진심으로 말할 때입니다.

확실히 당신은 판매 시스템에도 정통한 것 같아요. 창의성과 비즈니스를 어떻게 조화시키길래요?

그건 균형의 멋진 게임입니다. 나는 창의적인 동시에 그걸 다룰 수 있는 매니저이기도 합니다. 디자이너로서 어느 정도까지 도달한 다음, 매니저로서 내가 할 수 있는 것과 할 수 없는 것을 가려내지요. 내 자신이 내 일을 통제하는 건데, 다행히 내겐 얼마쯤 쉬운 게임이거든요. 사실 고객들이 어떤 제품을 진정 원한다면 비즈니스도 자연스럽게 창조적으로 변하는 거죠.

당신 작업에 대해 충고하는 숱한 사람들 사이에서 어떻게 객관성을 유지하나요?
때로 내 생각을 말할 자신이 없을 때, 모든 사람이 각기 다른 의견이 있을 때 객관성을 유지하기란 정말 힘든 일입니다. 그런 점에서 내게 신뢰할 수 있는 조언을 주는, 의지할 수 있는 친구들이 있다는 건 행운입니다. 그들은 또 다른 가족이죠. 그들의 의견은 항상 직접적이고 진실되니까요.

아르마니의 세계로 들어가는 건 태풍의 고요한 눈, 센세이션에 흔들리지 않는 스타일로 들어가는 거예요. 그 우아함을 완성하는 데 도움을 준 단 한 사람을 말한다면요?
어머니. 내가 어릴 때 어머니에겐 큰 돈을 쓰면서 옷을 살 여유는 없었지만 그녀만의 개성과 스타일이 있었죠. 물론 음악이나 이색적인 문화, 여행, 건축, 때론 거리를 걷는 사람의 걸음걸이처럼 단순한 무엇으로부터도 도움을 받지만요. 영화 또한 컬렉션을 위한 끝없는 영감을 줍니다. 나는 언젠가 영화 속의 마를렌 디트리히를 보며 '와! 저것이야말로 바로 우아한 스타일을 가진 여자의 모습이야' 라고 생각했던 기억이 납니다.

당신은 20년 동안 패션에 분리되었던 상반된 요소들을 통합했지요. 색에서 색, 컷에서 컷, 해체에서 해체. 그 변화는 하나의 스타일로 발전했고요. 당신에겐 어떤 모형이 있었나요?
예전 얘기지만, 내게 극단적인 영감을 준 예술가는 단연 샤넬과 이브 생 로랑입니다. 음악 분야에서는 에릭 클랩튼, 미술로는 최근 런던에서 알게 된 프로이드라는 화가가 있지요. 나는 그림이나 조각 분야보단 건축가들이나 영화계에 종사하는 이들과의 관계가 잦은 편입니다.

당신은 조화라는 측면에서는 코코 샤넬과 폴 쁘와레를 따르는 것 같습니다. 부드럽고 직선적인 구조를 보여주니까요. 그리고 중도적이고.
그래요. 그들은 분명 내가 사랑하는 세계를 만들어냈지요. 지금 뭔가를 찾자면, 일본인들처럼 패션에 새로운 이야기를 만든 사람들로부터도 영감을 받습니다. 나는 내가 좋아하는 새로운 것들 속에서 내 스타일을 간직하려고 합니다.

당신과 마티스, 당신과 초기 피카소와의 관계를 보면 패션 디자이너들은 비주얼 아트에 영향받고, 현대 아티스트들도 패션을 자기 표현으로 변형시킨다는 걸 알 수 있지요. 당신도 96년 피렌체에서 극작가 로버트 윌슨과 'GA 스토리' 를 공연했었죠. 그러나 패션이 영감을 위해 예술을 이용하고, 다른 문화를 수용하는 건 다소 피상적으로 느껴집니다.
아니요. 예술가와의 접촉은 나를 항상 풍요롭게 만들어줍니다. 지금, 개성이 뚜렷한 로마 출신 건축가 쿠스퍼와 함께 홍콩의 엠포리오 아르마니 공간을 설계하고 있어요. 일과 관련된 예술가들과의 만남은 계속될 겁니다. 세상을 예술적 시각으로 바라보는 사람들과 교류한다는 건 너무나 즐거운 일이니까요.

나이가 든다는 것은 시간의 선물입니다. 당신의 구겐하임 미술관 오픈 기념전이 그걸 증명하지요. 그러나 나이는 창조적인 일에 장애라는 견해도 아주 흔하잖아요. 저는 결코 동의하지 않지만.
나는 결코 내 자신을 어느 한 시기나 금빛 우리 속에 가두지 않아요. 거리의 청년들과 사회 변화에 항상 주의를 기울여야 합니다. 세상 밖에 남겨졌다는 느낌이 들지 않는 게 중요하니까요.

패션 디자인부터 홈컬렉션까지 당신의 비전은 촘촘한 미적 경험을 주지요. 한편 그건 당신 삶의 은유 같습니다. 당신은 어떻게 개인적인 시간을 보내나요? 충동적으로인가요? 계획을 세우나요? 웬만하면 이탈리아를 떠나지 않는다고 들었는데요.

나는 일을 많이 합니다. 주중에는 보통 아침 일곱 시에 일어나 한 시간 동안 개인 트레이너와 운동을 같이 합니다(8년이나 해왔죠). 전 트레드밀에서 걷는 걸 좋아합니다. 몸을 돌보는 건 머리에도 좋잖아요? 그리고 아침을 먹고, 신문을 읽고, 아홉 시에 밀란 내 집 아래에 있는 사무실에 나갑니다. 두 시간은 디자인을 비롯한 창의적인 일에, 두 시간은 비즈니스에, 또 두 시간은 광고를 비롯한 나를 기다리는 시스템에 따라 하루를 나눕니다. 오후 한 시에 간식보단 제대로 짜여진 식단으로 식사를 합니다(나는 이탈리아 사람입니다. 음식이 중요하다는 걸 잊지 마세요). 다시 두 시부터 일곱~여덟 시까지 계속 일을 합니다. 저녁엔 영화나 TV를 보거나, 집에 사람들을 초대해 식사를 하죠. 최근엔 우리 집 근처 만조니 가에 있는 일식당 '노부'에 자주 갑니다. 주말엔 밀란 외곽의 별장에서 친구들, 가족들과 시간을 보냅니다. 1년에 한 달 여름휴가를 갖고요.

밀란에 아르마니 테아트르를 가지고 계신데요. 디자이너에게 공연장을 갖는다는 건 어떤 의미인가요?

몇 년 전 운 좋게도 지금 살고 있는 보르고누보에서 패션쇼만을 위한 게 아닌, 작은 극장을 찾았어요. 그 마법 같은 극장에서 내 패션쇼가 열렸죠. 시간이 가는 동안 규모가 커지고, 여러 가지 필요가 생겼습니다. 패션쇼를 위해서도 더 크고 기능적인 공간을 만들겠다고 결심했을 때 안도 타다오가 떠올랐어요. 그의 정수를 모은 스타일과 재료의 사용, 젠(ZEN)이 가미된 컨셉이 맘에 들었습니다. 다른 국제적인 건축가들도 생각했지만 그가 가장 이상적이라고 확신했죠. 안도 타다오 역시 내 구상을 아주 흥미로워했습니다. 나는 그를 밀란으로 초대했고, 15일 후 그는 완성된 프로젝트를 보여주었죠. 그는 진정한 재능을 가진 사람들처럼 아주 간명하면서도 사려 깊었습니다. 대화와 토론은 간단했죠. 극장은 패션쇼를 포함한 다른 공연까지 고려한 기능적 공간이어야 한다는 걸 서로 너무 잘 알고 있었으니까요.

당신의 컬렉션엔 어딘지 동양적 성분이 있습니다. 80년대엔 더 그랬지요. 안도 타다오와의 프로젝트 역시 그 관심의 연장인가요?

안도 같은 동양의 훌륭한 인물과 일한다는 목표를 이룬 거죠. 하나의 원을 완성한 것. 내게 동양이란 마술적이고도 시적인 무엇인데, 나의 패션과 아주 잘 어울립니다.

사람들은 항상 트렌드를 추종하긴 하지만 밀란의 아르마니, 파리의 에르메스처럼 보수적인 브랜드의 성공은 부인하지 않지요. 그런데, 당신은 트렌드만을 따르는 사람들의 심리를 어떻게 이해하세요?

무조건 눈을 감고 좇아가다 보면 벽에 부딪히죠. 디자이너에게도 트렌드의 노예가 된다는 것, 트렌디한 컬렉션만 보여준다는 건 너무나 위험천만한 일이에요. 어제 산 것이 내일 보잘것없게 돼버리니까요. 난, 시간의 흐름 속에서 일관성 있게 변해가는 스타일을 창조하는 것이 사람들에게 특별한 확신을 준다고 생각합니다.

먹고 먹히는 패션 그룹들의 전투에서 당신은 방관자 혹은 관망자처럼 보입니다. 그런 것들이 무모해서요? 당신도 충분히 그 전투에 뛰어들 만하지 않나요?

패션계 안의 경쟁은 냉혹합니다. 남보다 더 뛰어나다는 걸 보여야 하니까요. 예전엔 모두 같은 것으로 경쟁했습니다. 대중에게 어떻게 선보이느냐, 어느 시장을 선택하느냐. 지금 패션계는 막강한 그룹들의 출현으로 훨씬 복잡해졌습니다. 젊은 디자이너들에게는, 디자이너들과 브랜드를 돋보이게 해주는 엄청난 수단을 가진 그룹들과 경쟁하기가 정말 벅찹니다. 권력과 힘, 자본이 없는 디자이너는 얻고 싶은 걸 얻기 힘듭니다. 새로움으로 주시받았던 20년 전과 달리 이제 무엇을 창출해내는 것만으로 주목받는 건 어려워졌습니다.

요즘 젊은 디자이너들에겐 혁신을 보여줘야 한다는 강박이 크지요. 그들은 자신이 곧 브랜드, 그리고 스타플레이어가 되기를 원하지만, 실은 자신들의 밥줄을 잡고 있는 오너들을 위한 꼭두각시 춤을 추는 건 아닌가요?

디자이너의 목표는 새로운 패션을 창조하는 것이 아니라 옷을 입는 사람을 생각하는 겁니다. 잡지 커버에 나가기 위해, 기사거리가 되는 게 목표가 되면 안 되죠.

일관된 패션 컨셉을 유지하는 데 미디어가 방해되지 않나요?

현재 패션계에 일어나는 현상은, 국제적 다국적 패션 기관들이 미디어라는 강력한 힘을 통해, 제품의 가치와 기능을 가늠하기도 전에 시장에 내놓고, 실제 갖지도 않는 유약을 입힌다는 거예요.

당신의 컬렉션이 트렌디하지 않다는 언론의 지적 때문에 갈등한 적은 없나요?

물론 있었죠. 때로 강박도 느꼈고요. 그러나 컬렉션을 하거나 새로운 것을 결정할 때 시장에서 기능할 수 있는가가 내겐 더욱 중요합니다. 패션쇼와 잡지에서 보는 옷을 실제로 매장에서 볼 수 없다는 건 그 컬렉션이 소비자에게까지 전달되지 못했기 때문입니다. 나의 패션쇼에 올랐던 옷은 모두 매장에 있습니다.

당신은 오트쿠튀르가 대중적인 우아함과는 거리가 있으며, 대중의 민주적 욕구를 반영하지 않는다고 말했어요. 그런데도 얼마 전 첫 번째 오트쿠튀르 무대를 가졌죠.

지난 10년 동안 내 컬렉션의 마지막 부분에선 항상 이브닝 드레스 라인을 발표했습니다. 사실 고급한 소재에 세부를 강조한 의상들이 추앙받는 건 미니멀리즘에 대한 반작용으로 볼 수 있습니다. 그건 요즘 패션에 옛날과는 비교할 수조차 없는 소재와 디자인 연구가 뒷받침되고 있다는 증거거든요.

전 당신이 샤넬 혹은 디올을 디자인한다면 어떨까, 늘 궁금했어요. 모든 창조자들에게 자기 이름을 단 스타일은 면류관이니까요. 당신도 샤넬처럼 '아르마니 스타일'을 만들어냈고요. 20년 후에 지금을 떠올리며 스타일을 발견한다면 모르겠지만, 갈수록 짧아지는 주기 때문에 스타일이란 단어는 이제 과거에나 찾아볼 수 있을 거란 생각이 들어요, 서글프게도. 대중은 늘 누군가 새로운 걸 제안하길 원하니까요.

그래요. 패션 트렌드의 희생물이 되지 않고 이 옷은 내게 어울려, 혹은 어울리지 않아,라고 말할 수 있는 비판적 양심을 갖는 게 중요해요. 패션이란 하나의 수단과 도구라는 현대적 의미로 해석됩니다. 음식을 먹거나 음료를 마시거나 극장에 가는 것처럼, 옷을 입는다는 건 더 이상 역설적인 말투로 이야기될 게 아니거든요. 평범한 티셔츠에 화려한 민속적인 목걸이, 동떨어진 문화와 현실과의 혼합, 이것이 진정한 현재성입니다.

누구라도 당신을 부러워할 겁니다. 성공

이란 관점에선. 당신도 실패를 두려워하나요?

사람들은 나를 완벽주의자라고 합니다. 아마 사실이겠죠. 내가 유행을 따르지 않는다고 해서 실패를 두려워해본 적은 없습니다. 나는 매 시즌마다 새롭고 다른 것이라는, 나만의 스타일을 유지해왔습니다. 내 패션 철학은 혁명이라기보다는 변화입니다. 그것을 통해 성공을 이루었고요. 나는 내가 이룬 것들에 만족합니다. 내가 소중히 여기는 것 중 하나는 사람들의 표정이 보여주는 격려입니다. 진을 사러 온 소녀부터 우아한 부인까지. 그런 현실은 또 다른 내 패션 철학을 암시합니다.

그럼에도 불구하고 당신이 잃은 것은 무엇인가요?

주위 사람들과의 관계. 나를 사랑하는 사람들을 위해 쓰여져야 했던 시간들. 내겐 일이 먼저였죠. 그들은 내게 많은 말을 했지만, 난 그 말을 듣지 않았어요. 내 삶은 아주 제한적이었죠. 일 속에서의 인생과 개인의 인생이 너무 복잡하게 얽혀 있었으니까요.

마지막 질문입니다. 우리가 옷을 입는다는 건 왜 그토록 중요한가요?

내게 옷을 잘 입는다는 것은 그 옷을 입고 자신감과 편안함을 느낀다는 것을 의미합니다. 양장점이나 양복점에서 똑같이 만들어낸 옷을 입을 수밖에 없었던 옛날과 달리, 요즘 패션은 다양한 선택을 통해 우리가 모두 다르다고 느끼게 해줍니다. 요즘 사람들은 시장의 수많은 제안으로부터 자기 개성에 따라 '선택'하고 있습니다. 이런 관점에서 보면 패션은 우릴 '돕는' 거죠. 남들과 같지 않은 스타일을 가질 수 있는 건 패션 때문이니까요. 옷을 입는 건 우리의 정체성을 연장하는 일입니다. 그게 중요하지 않다면 도대체 뭐가 중요하겠어요?

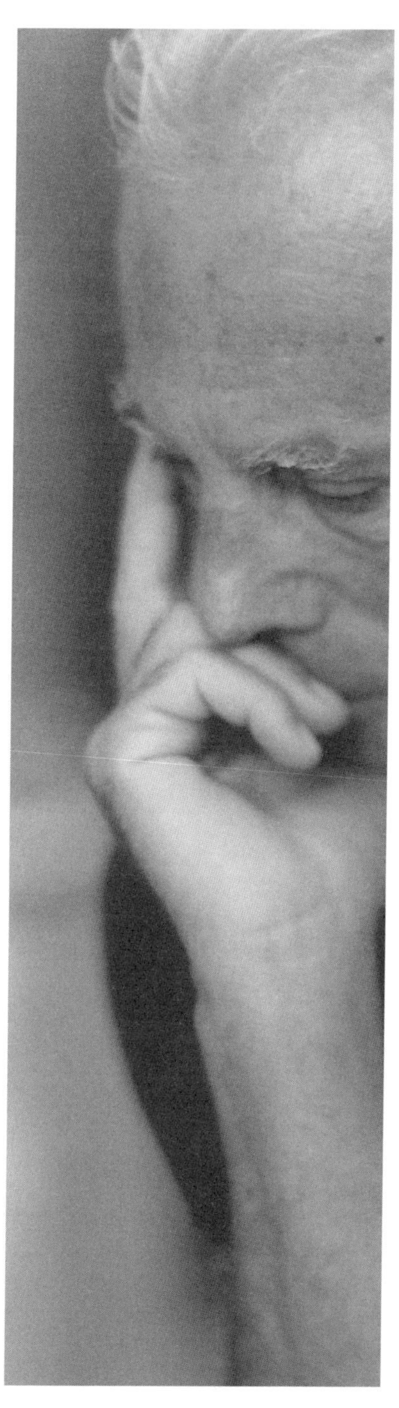

새로 론칭된 BMW 5세대 3시리즈를 보고 어떤 친구는 이것이 자신의 드림카라고 말했지만, 다른 친구는 3시리즈인 척하는 5시리즈라고 했습니다. 나는, 후자입니다. 당신은요?

난 정말 마음에 드는걸요. 뉴 3시리즈를 아름답고도 존경할 만한, 동시에 가치 있는 아이콘으로 만들었다고 생각하니까요. 정말 짜릿하기까지 한.

당신은 BMW 7, 6, 5시리즈와 Z4, X3 디자인도 책임졌지요. 당신이 주도한 BMW 리디자인 프로젝트는 자동차 디자이너들에겐 모르겠지만, 대중에겐 충격적이기 짝이 없었죠. 혹평이 잦아들고는 있지만, 디자인이 신뢰를 얻었다기보단 익숙해졌기 때문이란 냉담한 반응도 여전하고요. 뉴 3시리즈도, 뒷모습이 앞모습에 비해 허약해 뵈는 게 착시 같진 않은데요.

난 무엇보다 BMW와 나를 동일시하지 말란 말을 하고 싶어요. 자동차를 디자인한다는 것과 설계하는 건 다르거든요. 자동차를 디자인한다는 건 뛰어난 팀원들과 함께 브랜드의 본질을 이끌어내는 거라고 할 수 있습니다.

BMW를 지금 디자인으로 바꾸기로 결정했을 때, 그 보수적인 회사를 어떻게 설득할 수 있었나요?

엄청난 토론으로죠. BMW를 디자인하는 것은 BMW라는 회사의 영혼의 일부를 재창조하는 일이기 때문에 사람들이 새 디자인을 이해하는 데 시간이 필요했어요. 하지만 그들 역시 디자인이 만들어지는 과정 속에서 과정의 일부가 되었죠.

그러니까 당신의 디자인은 유기적으로 통합된 사고의 결과군요. 직감적 사고의 결과가 아니라.

자동차 디자인엔 자동차의 역사, 회사의 문화, 브랜드 같은 많은 것들을 고려해야 합니다. 역사적 문맥을 규정하는 요소들을 추출하는 과정을 거쳐 특정 자동차를 재해석할 때 각각은 다른 존재가 됩니다. BMW의 모든 시리즈가 서로 다른 존재지만 모두 BMW이듯 말입니다. 나는 각 시리즈를 디자인할 때 BMW가 가진 고유의 DNA를 어떻게 발현시킬까 고민합니다만, 동시에 각각의 시리즈는 다 달라야 한다는 걸 전제합니다. 디자이너들의 관점만이 아닌 경영진의 관점도 고려합니다. 그들이 어떤 제품을 손에 얻게 될지 이해하는 일 역시 중요하니까요.

나는 오래 살고 싶어요, 타고 싶은 차들이 많아서. 당신의 첫 번째 업적이기도 한 쿠페 피아트에 대한 당신의 감정을 알고 싶어요. BMW에서 디자인한 차들과의 공통점, 다른 관점, 접근의 방법, 어쩔 수 없는 변화에 관해서도.

오펠이나 피아트에서 근무할 때 디자인의 시작은 항상 내 내부에 있었죠. 그때 만들었던 자동차는 피아트라기보단 나 자신이 더 많이 표현된 것들이었어요. 하지만 BMW에 와서는 내 자신이 존재하지 않아요. 오직 BMW, 미니, 롤스로이스만이 존재할 뿐이죠.

당신이 남긴 포트폴리오의 최고와 최악을 꼽아주세요. 나는 그것이 각각 6시리즈와 7시리즈라고 생각합니다만.

음……. 여태까지 내가 참여했던 디자인 결과물 중 제일 마음에 드는 건 제 아들입니다. 어떻게 보면 그 프로젝트에서 제 역할은 비교적 작았지만, 난 내 아들이 자랑스럽고, 그 프로젝트에 참여하는 걸 정말 즐겼지요. 이렇게 말하겠습니다. 나는 내가 디자인한 모든 것을 사랑합니다. 각각 다른 매력들을요. 아이들과 마찬가지입니다. 문제를 일으키고 말썽을 많이 일으킨 아이가 가장 소중하듯이 디자인이 힘들었던 모델이 마음에 오래 남는 경우도 있습니다.

속을 너무 많이 썩여서 제일 사랑하게 된 모델은 뭔가요?

3시리즈를 디자인할 때 새 디자인팀과 책임자가 영입되면서 기존 디자인 문화와는 다른 경험을 했죠. BMW의 역사상 처음 맞는 큰 변혁이었어요. 그때 사람들은 기존 디자인이 자연스러운 BMW라고 평가했지만, 1998년형 모델을 위해 우리는 열세 개 시안을 만들었죠. 스트레스가 가장 컸던 시기였습니다. 그 작업 이후에 7시리즈를 디자인할 때는 자신 있었어요. BMW에 새로운 디자인 언어를 입혀야 하는 도전에 직면했을 때, 어떤 식으로 접근을 해야 하는지에 대한 자신감 말이죠.

뉴 5시리즈는요?

마찬가지예요. 이미 시중에 출시돼 굴러다니고 있지만 5시리즈를 디자인하면서 새 전략을 택했었죠. 현실과 이론이 맞닿는 전략이라고 할까요? 심정적으로는 5시리즈에 애착이 가장 많습니다.

BMW에서 나온 당신의 작업들을 보면, 원 없이 하고 싶은 거 다 하는 것 같아요. 자동차 디자이너들에게 BMW는 어떤 회사인가요.

그 질문을 한 건 BMW가 클라이언트를 위한 회사란 걸 이해하기 때문인 거죠? BMW라는 회사는 후견인 같은 존재로 비유할 수 있습니다. 메디치 가와 미켈란젤로의 관계처럼. 독일에서 BMW만큼 직원들의 애사심이 강한 곳도 없죠. BMW

© 한정훈

가 만드는 제품과 문화 때문이라고 생각해요.

당신이 보존해야 할 BMW의 유산은 무엇인가요?
사람들이 더욱 관심을 갖도록 이끄는 것. 사람들은 관심을 가진 것에 더 신경 쓰니까요. 나는, 내가 디자인한 것이 당신에게 의미가 있고, 당신의 세계를 풍부하게 해주길 바랍니다. 난 항상 뭔가 더 좋아질 수 있는 게 있다고 생각하거든요.

하지만, 많이 들어본 말일 테지만, 훗날 당신은 찬사와 비난을 동시에 가장 많이 받은 자동차 디자이너로 남을지 모르죠. 이 역설을 어떻게 해석하세요?
그렇게 기억되는 미래에 살아보고 싶네요. 독일에는 이런 속담이 있죠. 빛이 있는 곳엔 그림자가 있다.

나에겐 큰 차에 관한 본능적인 혐오가 있어요. 큰 차의 메시지는 아주 부정적이죠. 너와 부딪혔을 때 넌 죽어도 난 멀쩡하겠어, 땅을 더 잠식하겠어, 더 비싼 차를 사서 당신에게 경제적 낙담을 안겨주겠어, 기름을 더 낭비하겠어. 아닌가요? 그러나 모든 자동차 브랜드는 새 라인이 나올 때마다 차체를 키웁니다. 예외 없이요.
나 역시 작은 차를 좋아합니다. 난 1950년대에 생산된 토플리노 자동차가 있어요. 아주 아늑하지만 필러가 작아 탈 때마다 위험하단 생각이 들죠. 3시리즈를 디자인할 때, 당시 CEO는 왜 그 차를 2002처럼 만들지 않느냐고 했죠. 우리가 만들던 자동차를 축소하면 2002 사이즈가 되었겠죠. 부품을 다 없앨 수도 있었을 테고요. 하지만 트렁크나 천장의 필러 구조는 달라요. 사고가 났을 때 더 안전하자면 충격 흡수를 위한 몇 센티미터의 공간이 더 필요합니다. 차체를 키우지 않고는 공간을 더 확보할 수가 없죠. 더 효율적인 엔진을 만들기 위해 엔진이 숨을 쉬도록 공간을 더 넉넉히 만들 필요도 있고요. 엔진은 공기를 빨아들여 작동하니까요. 또 세대가 거듭될수록 우리 몸이 점점 더 커지잖아요. 요즘 사람들은 예전 사람들보다 9밀리미터 정도 더 커졌거든요. 뉴 3시리즈가 옛날 5시리즈만큼 커진 건 그런 이유에서입니다. 작은 차를 원하는 사람들을 위해선 1시리즈를 만들었죠. 안전이나 기능을 위해 필요한 부분을 고려하면 자동차는 커질 수밖에 없어요.

그렇다면 아우디 A2는 A6보다 위험하겠군요? 하지만 나는 사이즈 문제 때문에라도 A2를 가장 좋아합니다. 아무리 7시리즈가 1시리즈보다 안전하다고 하더라도 난 1시리즈를 살 거예요. 한국에 론칭된다면 말이지요.(돈 문제는 지금 중요한 게 아니잖아요. 그렇지요?)
내 말은, 7시리즈가 1시리즈보다 더 안전하다는 건 아니에요. 모든 자동차가 다 다르다는 말이지. 하지만 충돌 사고가 나면 앉아 있는 간격은 좀더 좁겠죠. 미니가 안전한 차인 건 분명하지만 롤스로이스 팬텀은 아니잖아요.

어제 나는 끔찍한 사고를 목격했어요. 커다란 SUV가 오토바이를 치었는데 앞바퀴가 퀵 아저씨의 배 위에 얹혀진 채 멈춘 거예요. BMW의 모토 중 하나는 드라이빙의 즐거움이라지만 운전은 사람을 죽이기도 하죠. 그렇다면 드라이빙의 즐거움이란 어디에 있는 걸까요?
BMW에게 컨트롤이란 운전자와 자동차가 서로 의지하고 함께 작동하는 것, 이를 통해 사고를 방지하는 것을 의미해요. 운전이라는 복잡한 시스템에선 수동적 안전이 아닌 적극적 안전이 중요하죠. 에어백은 오토바이엔 도움이 안 되지만 자동차에겐 보다 안전한 장치죠. 그야말로 사고로부터 나 자신만을 보호하는, 수동적 안전을 넘어 다른 사람들을 보호하는 운전이 더 중요합니다.

난, 자동차가 단순히 움직이는 기계가 아니라 숨을 쉬게 만드는 하나의 방, 사색의 장소라고 생각해요. 그 안에선 일상의 거의 모든 것을 할 수 있죠. 음악을 들을 수도, 잠을 잘 수도, 키스를 할 수도 있고요.
기능적 측면에서 볼 때 자동차는 삶에 많은 공헌을 했습니다. 과거에는 얻을 수 없었던 개인적 자유를 주었죠. 자동차는 우리가 누리는 삶의 정체성, 문화가 움직이는 방향과 너무나 밀접하게 연관되어 있습니다. 황홀할 만큼요. 나는 자동차가 산업 사회의 예술적 표현의 하나라는 걸 잘 이해하고 있어요. 삶에서 맞닥뜨리는 것들 중 가장 큰 금속 예술 작품이라고나 할까요?

자동차 이전의 가장 큰 금속 조형물이라면 자유의 여신상 정도죠. 어쨌든 난 5시리즈는 5시리즈고, 3시리즈는 3시리즈면 좋겠어요. 나처럼 소위 패밀리룩에 의문을 품고 있는 자들도 많죠?
기본적으론 브랜드의 특성을 강화하는 거고, 소비자들에게 각 모델들의 통일성을 일러주려는 것입니다. 가족의 누구도 동떨어진 구성원이라는 기분을 느끼고 싶어 하진 않잖아요? 패밀리룩은 넓은 의미의 소속감입니다.

현대사회의 가장 부도덕한 점은 사람들이 기다리는 시간을 견딜 수 없어 한다는 겁니다. 오랫동안 변치 않는 게 정통을 유지하는 방법이라면 BMW의 잦은 페이스 리프트는 너무 트렌디한 것 아닌가요?
날이 갈수록 소비자들은 더 많은 것을 요구합니다. 하나의 자동차를 만들어 실제로 돈이 들어오기까지는 6년이 걸립니다. 자동차 역시 비즈니스 아닌가요? 똑같은 물건을 7년 동안 계속 판다고 한번 생각해보세요.

그러나 개인적으로는 BMW의 디자인이 '혁신' 되기 전, 90년대 초 네 개의 둥근 헤드램프가 보존될 때까지의 디자인이 좋아요. 갈수록 자동차의 원형이 훼손된다고 믿는 건 내가 복고취향이라선가요? 지금의 BMW 리디자인은 과연 진화인가요, 퇴보인가요? 혁신인가요, 답습인가요?
얼마 전 제네바에서 뉴 7시리즈를 공개했죠. 우리는 새로운 세대의 7시리즈라고 말합니다만, 앞과 뒤에 화장만 조금 한 꼴이네,라고 생각하는 사람도 있겠죠. 하지만 엔진을 교체함으로써 힘이 좋아졌어요. 엔진이 바뀜에 따라 더 넓은 공간이 필요해 후드 사이즈를 키웠죠. 거기에 맞춰 앞부분 디자인도 바꾸었어요. 기존 엔진을 그냥 쓸 수도 있었지만 새 엔진이 기존 엔진보다 9퍼센트나 효율이 좋다면 그걸 써야 하잖아요?

당신은 천재적인 사람이라기보단 합리적인 사람이군요. 미국인의 실용성과 독일인의 고딕적 조형성의 융합이랄까.
아뇨, 전 정말 우둔하기 짝이 없는 사람입니다.

그러니까 '우둔한' 당신이 사람들을 지루한 삶으로부터 새로운 세상으로 인도하고 있는 건가요?
난 결국 내 일을 하고 있을 뿐입니다. 어떻게 하다 보니 내가 좋아하는 일을 하게 되었단 거죠. 자신이 하는 일을 좋아한다는 건 정말 행복한 일입니다.

자동차 디자이너들은, 한국의 자동차 산업은 크지만 디자인엔 '스피릿' 이 없다고

들 합니다. 당신이 보기엔 어때요?

한국 자동차 디자인은, '아주 흥미롭다'와 '멋지다'의 중간이라고 말하겠습니다.

자동차는 어디까지 진화할까요? 정말 자동차가 날아다니는 세상이 올까요?

독일에서 운전면허를 따본 적이 있는지 모르겠네요. 엄청나게 시간도 오래 걸리고 돈도 많이 듭니다. 쉽지 않죠. 언젠가 가능할 날이 오기야 할 테지만요.

그러자면 교통사고도 없이 대체 얼마나 오래 살아야 할까요?

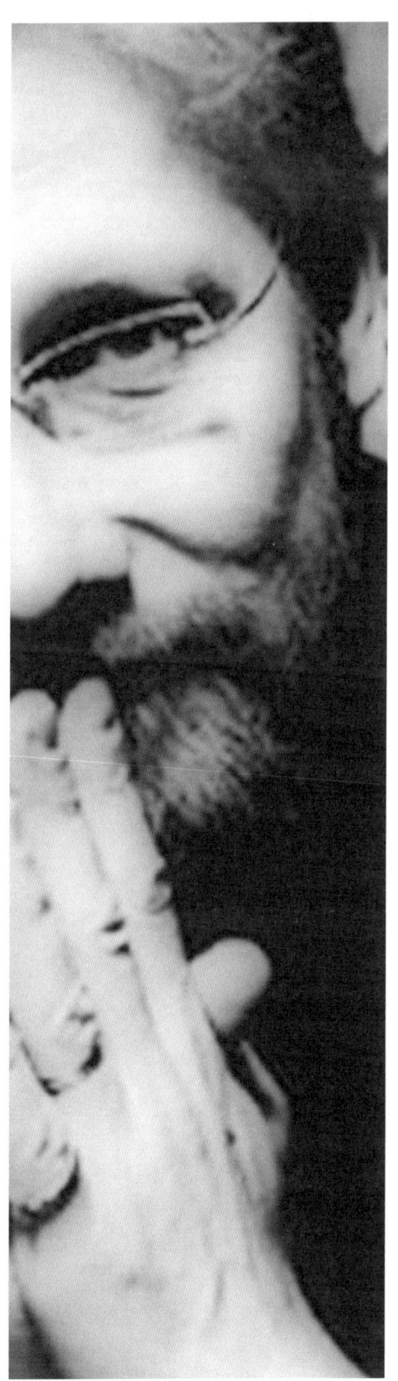

필립 스탁

산업 디자이너

세상에 디자이너는 많아요. 제품들은 말할 것도 없고요. 그러나 왜 당신이 손을 대면 그렇게 마음을 만지는 걸까요?

내 생각에 디자이너와 나의 차이는, 내가 디자인을 싫어한다는 거예요. 난 더 이상 디자인이나 건축엔 흥미를 느끼지 않아요. 물질적인 것은 나에게 목표가 될 수 없습니다. 내 목표는 바로 인간입니다. 우리에게 행복을 가져와야 한다는 거죠. 무엇이 아름다운 건지 아는 게 아니라, 그것을 통해 행복을 느껴야 비로소 내 목표가 됩니다. 그래서 내 작품은 디자인이 될 수 없습니다. 나는 디자인을 통해 정치적인 행동을 만듭니다.

무슨 차이가 있나요?

다른 사람들은 스타일을 통해 디자인하지만, 정치적 행동을 할 때는 논리가 필요하다는 거죠.

어디선가 당신이 오토바이를 탄 사진을 보곤, 아주 로맨틱한 사람일 거라고 생각했었죠.

아주 어려운 얘기예요. 내가 오토바이를 탈 때 나는 미니멀에 대해 배웁니다. 나는 미니멀을 사랑합니다. 미니멀이란 우아함입니다. 이 세대의 거의 모든 제품들, 특히 엔진을 가진 물건들은 지나치게 남성적인 힘을 보여주고 있죠. 남성성이 지나친 사물에 관한 작업을 할 때 나는 궁극적으로 여성적인 지성을 끌어냅니다. 모터사이클은 그런 의도에서 만든 거죠.

당신이 영감을 얻는 과정은 다른 디자이너들과 어떻게 구별되나요?

나는 진정 인간이 필요로 하는 것에 의해 영감을 받지, 시장의 필요에 의해서는 아니에요. 그 위에 광기로 가득찬 나의 직감이 필요하죠.

사물에 대한 일반적인 해석에 익숙해져 있다가, 당신이 만든 램프를 보면 사물이 지닌 숙명적 긴장과 감정을 느낍니다. '진정한 의미의 대상'이랄까요.

일을 할 때 '미니멀' 자체는 정직합니다. 당신이 정직하다면 못생긴 제품에 관심이 없죠. 다시 설명하자면, 내가 지금 어떤 물건을 만들고 있다면, 이것을 가지고 살게 될 사람에 대해 생각합니다. 그 다음 그가 살게 될 사회를 생각합니다. 다시 그 다음엔 그 사회가 존재하는 문명을 생각하고, 또 그 다음엔 동물과 비교되는 종족으로서의 인간을 생각합니다. 이런 단계를 거쳐 철학적 결론에 도달한 후, 다시 그 물건으로 돌아온 후에야 비로소 제작할 수 있게 되는 거죠.

다른 주장도 있지만 사람들은 당신더러 지구에 있는 모든 형태의 어휘를 디자인할 수 있는 극소수 디자이너의 맨 위 그룹에 속한다고 말합니다. 당신이 '디자인의 신'이라는 말에 동의하나요? 당신도 스스로의 존재감을 느끼나요? 당신은 어떤 분량으로 살고 있나요?

난 항상 삶과 죽음 사이에서 살아가고 있습니다. 죽음을 생각하지 않으면 삶에 감사할 수 없어요. 그래서 난 매순간 창가 끝에 서 있는 기분으로, 내 머리에 총을 댄 기분으로 살아갑니다. 작업에 관한 아이디어가 떠오르지 않으면 그건 나에게 죽음을 의미하죠.

당신이 초조 대신 낙천적으로 보이는 건 그 때문인가요? 아니면 당신 말대로 예술이 뭔지 모르기 때문인가요?

나는 좋은 교육을 받았고, 그저 예의가 바를 뿐이에요. 당신이 내가 어떻게 사는지 알고 싶다면 그건 아주 간단합니다. 나는 아주 평범한 마을에 삽니다. 대개는 사막으로 덮인 섬, 숲속 한가운데, 배 위, 그리고 세상 어느 곳에서나 삽니다. 나는 항상 혼자 작업을 하는 소수 그룹들하고만 지냅니다.

당신을 찾는 건 보물찾기 같군요. 그 보물은 나무 위나 돌멩이 아래 숨어 있지 않고 사막 위를 움직여갑니다. 당신은 수선스럽지 않은 성격이라고 들었지만 격정적으로도 보입니다. 날짜 변경선을 넘나들며 시간을 분해하는 비행기 여행이 일상이니까요. 당신의 성격은, 매일 주소를 바꾸며 사는 삶과 어떻게 조화를 이루나요?

내 인생의 그림을 그려보면, 유령이 되는 거예요. 아무도 내가 누군지, 어디에 사는지, 무엇을 하는지 모릅니다. 나는 조용히 존재합니다. 그리고 조용히 작업을 할 뿐이죠.

당신은 신발, 호텔, 음식, 옷, 램프, 투명한 유령 의자, 달콤한 색깔의 플라스틱 의자, 생수용기, 칫솔, 컴퓨터, 시계, 안경, 통조림, 텔레비전 세트…… 열거하기 힘들 만큼 숱한 사물들을 만들었죠. 담배와 무기 빼고요. 그것들은 제품의 본질을 살리면서도 용량과 용적과 유용성을 확대해 나가죠. 유동적이고 거의 살아 있는 대상들로서. 당신에겐 손을 대 고쳐주고 싶은 또 다른 것들이 더 있나요?

다음 프로젝트는 프로젝트가 될 수 없습니다. 좀 더 효과적이기 위해 인간과 정치를 위한 제품이 될 것 같은데요. 인간, 개인적인 것, 반물질, 비물질, 인간이라는 종족의 도전과 운명에 관한 것입니다. 어떤 변종과 유기 생물과 생물전자공학과의 결혼에 관한. 그러니까 인공위성과 TV 채널 말이죠. 이미 피터 가브리엘과 올리비에로 토스

카니와 함께 작업하고 있는 중입니다.

인간이 만들 미래를 어떻게 전망하시는데요? 낙관적인가요? 하늘을 올려다보면 매일 별들이 새로 생기거나 사라집니다. 오그라들다가 보이지 않게 되죠. 중력이 커질수록 크기는 줄어들어요. 미래에는 수많은 제품들의 모양과 크기도 작아질 거예요, 지능은 높아지겠지만.

스타일보다 좀더 똑똑해지는 것이죠. 그게 미래 제품들의 비밀입니다. 그런데 우리의 유일한 문제는 다들 돌연변이란 것이지요. 아름답고 시적인 역사를 유지해나가기 위해선 정말 할 일이 많아요.

일상 중에 특히 좋아하는 것들은 뭔가요?

특별히 그런 건 없어요. 난 단지 채식주의자일 뿐입니다. 당신이 지금 보는 것처럼. 그러나 내가 가장 좋아하는 건 꿈꾸는 겁니다.

모든 창조자들은 자신의 아들, 작품들에 만족하지 않지요. 당신은요? 멀리서 느긋하게 그들을 기뻐하며 품평하나요?

전혀 아니에요. 내가 새로운 것을 계속 만드는 건 그 때문입니다. 무엇을 만든다는 건 과정이죠. 누군가 자기가 만든 것에 만족한다면 그건 이미 완성된 것일 테죠. 프로젝트는 완성이 아니라 단계이며 한 존재의 과정입니다.

가장 먼저 디자인했던 게 뭔가요?

대여섯 살 때, 선생님에 관한 작품을 만들었어요. 내 자신을 위해서. 미술 시간에 선생님을 고문하는 방-고문한다는 게 뭔지 아시죠?-을 보여주었더니 아무 말도 하지 않고 날 조용히 내버려두었어요. 그때부터 학교에서 가르치는 대로 따라가지 않아도 되었고, 내가 원하는 걸 그리게 됐죠.

사물을 창조하는 것보다 더 많은 게 떠오르게 하네요. 혁명은 모든 거니까요. 하지만 세상엔 너무 분파가 많고, 도덕적 신념 또한 유행이 되죠. 그런 세태는 당신에게 어떤 상념을 주나요?

난 트렌드와 과격하게 대적합니다. 트렌드란 명백히 위험한 과소비를 의미하니까요. '현대'라는 개념은 오래가는 것입니다. 난 미니멀하면서도 시간에 제약받지 않는 작업을 합니다.

당신에게도 콤플렉스가 있나요? 코를 고치거나 다이어트를 해야 할 필요를 느낀다거나 하는 것 말이에요.

모든 인간은 모든 것에 만족할 만큼 훌륭할 수 없다는 걸 생각해야 합니다. 훌륭하긴 너무 어렵죠. 나 역시 내가 충분히 훌륭하다고 생각하지 않아요. 인간이 아인슈타인이 되는 건 불가능합니다. 그는 충분히 훌륭하니까요. 그리고 난 아인슈타인이 아니니까요.

당신은 명예, 돈, 창조적인 일, 영향력, 모든 걸 다 가졌지요. 디자인을 통해 정치 성향까지 원없이 드러내고 있고요. 더 가지고 싶은 게 있나요?

나는 개인적인 어떤 욕망도 없어요. 전문적인 욕망도 없습니다. 단지 책임을 다하는 시민으로 살고 싶을 뿐입니다. 항상 창조적이려고 노력하지만 그보단 정직하고 존경받을 만한 사람이 되려고 애쓸 뿐입니다.

당신이 웃으니 로버트 드니로 생각이 나는데요.

그는 내 친구예요. 사실 그가 웃는 게 나보다 보기엔 낫겠죠? 그렇게 말해줘서 어쨌든 고맙지만, 내 생각엔 좀…… 다른 것 같습니다…….

시간이 지나면 어떤 사람으로 기억되고 싶은가요? 누군가 당신 이름을 딴 광장을 마련해주고, 또 기념비를 세워주길 바라나요? 또 그게 당신을 위해 옳은가요?

난 단지 정직한 사람으로 남고 싶고, 문명화되기 위해 노력한 사람으로 기억되고 싶어요. 나에게 가장 중요한 건 사랑이란 걸 잊은 적이 없습니다. 그것뿐입니다.

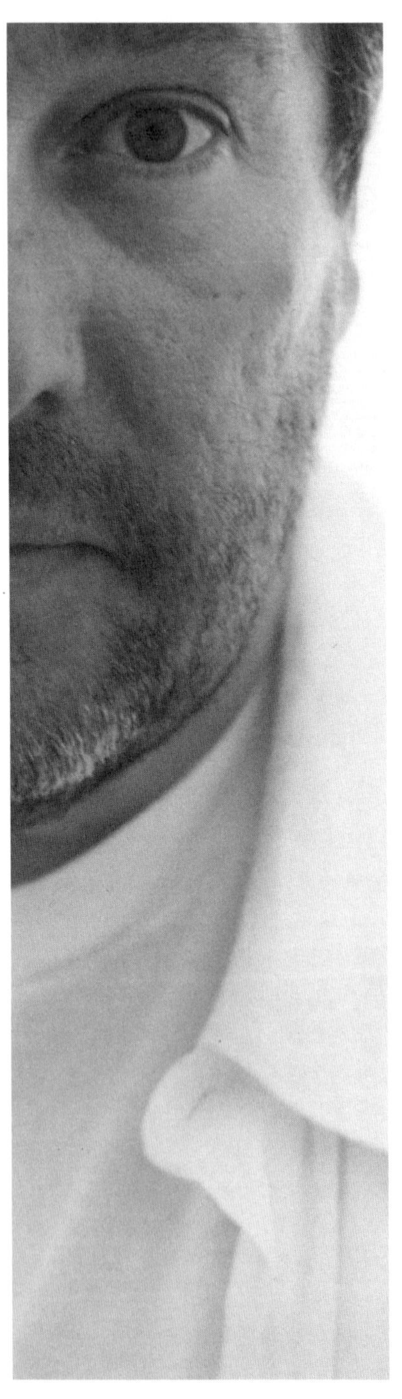